「阿紫文学沙龙」是个园地，是产业工人的精神家园，一朵朵「小花」静悄悄、羞答答地开了。这一本太阳花，便是这个园子里结出的「果实」。风吹过，雨打过。我们来过⋯时光荏苒，岁月流逝，我们盛开过。

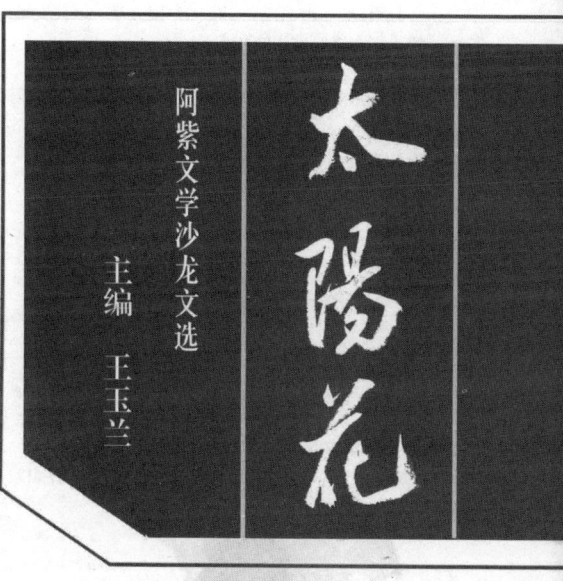

阿紫文学沙龙文选

主编 王玉兰

太陽花

北方文艺出版社

图书在版编目（CIP）数据

太阳花: 阿紫文学沙龙文选/王玉兰主编. -- 哈尔滨: 北方文艺出版社, 2022.7
 ISBN 978-7-5317-5594-4

Ⅰ.①太… Ⅱ.①王… Ⅲ.①中国文学－当代文学－作品综合集Ⅳ.①I217.1

中国版本图书馆CIP数据核字(2022)第084583号

太阳花: 阿紫文学沙龙文选
TAIYANGHUA:AZI WENXUE SHALONG WENXUAN

主　　编 / 王玉兰	
责任编辑 / 王　丹　金　宇	封面设计 / 现当代文化
出版发行 / 北方文艺出版社	邮　　编 / 150008
发行电话 / (0451) 86825533	经　　销 / 新华书店
地　　址 / 哈尔滨市南岗区宣庆小区1号楼	网　　址 / www.bfwy.com
印　　刷 / 成都市天金浩印务有限公司	开　　本 / 880mm×1230mm 1/32 字 数/320千印张/11.5
版　　次 / 2022年7月第1版	印　　次 / 2022年7月第1次印刷
书　　号 / ISBN 978-7-5317-5594-4	定　　价 / 50.00元

《太阳花》序

李明官

　　大道至简。庄子认为道在稊稗瓦甓，阐释的是道之无处不在。观照文学，亦当如是。阳春白雪，春风大雅固然令人起敬；下里巴人，一域之谣同样不可或缺。唯其如此，文学的多元化才得以彰显，文学的天宇，方能河汉耿耿，群星熠熠。

　　戴南古镇，作为兴化东南部的一颗耀眼明珠，更多的是以经济为标杆，它的文史意义依然如蒙尘之珠，初掘之璞，在相当长的时期内，尚未得到拭擦打磨。好在护国寺的暮鼓晨钟，茅山号子的宛转悠扬，蒋庄良渚文化遗址的浩博邃远，让这片神奇的土地根源立现，传承之脉，宏实充沛。

　　早在二十世纪八十年代中期，戴南便有了一本铅字排版的文学期刊《泥土香》，一群文学青年聚拢于此，胸中气象，笔底波澜尽诉于一页页稿纸，状写彼时风云际会。时光之辇疾驰，而今，又一批文学爱好者簇积"阿紫文学沙龙"麾下，放言直抒，姿态万千。这个平台的搭建，不仅唤起了人们对乡愁的记忆，而且从精神层面为广大作者提供了一个直抒胸臆的平台。这个乡愁，是个人的，也是地域的；是当下的，更是时代的。

　　所谓地域性，即指一方水土的风俗人情，是独此一家，别无分店。以自己的切身感受来展示地域文化的独特魅力，从而达到让人心驰神往的效果。究其滥觞，《诗经》中的十五国风：邶、卫、郑、齐、陈、豳等，皆为一域之谣。就近而论，沈从文的湘西，孙芸斋的白洋淀，赵树理的山西农村，贾平凹的商州，冯骥才的津门，乃至汪曾祺的里下河莫不如是。

　　"重湖叠巘清嘉，有三秋桂子，十里荷花。"这是柳三变《望海潮》中的句子，这种对西湖美景浓墨重彩的铺排，竟然令金主完颜亮顿起挥鞭江南之意,可见,地域文化的诱惑力是多么巨大。

或问,一座普通的平台,何以承载地域文化?这不仅是地理意义上的发问,更兼思想和精神上的考量。实则,《太阳花》的内涵是极其丰厚的,它土生土长于圩南一带,存活在老百姓的烟火日常里。这本书的最大特色,当是雅俗共赏。好的文字不是苏绣,不是锦上添花的繁绮,也不是百年老宅里的木器,于时光的黯淡中透出陈腐。譬如《太阳花》,它的文字是原生态的,自出机杼,温暖亲切。即便是修饰,亦非刻意,只是恰到好处地连缀着,积极活泼,充满生机。这些朴茂的文字,充溢着劳作者本质的汗味,充满了人间烟火的温情。庸常琐碎,甚而有一点点俗,但它是活生生的,是有棱角的,有个性的。

文无定法,每个人都有自己的表述方式,铁板琵琶,大江东去是一种写法;黄莺婉转,斜依熏笼也是一种写法。环肥可写,燕瘦可写;白马秋风可写,杏花春雨亦可写。较之《太阳花》,同样可圈可点。

书名《太阳花》,取于沈培林的同名散文,其代表性自不待言。这一书名的妥帖,更在于它的喻指:"春夏之际,她悄悄地发芽、蓬勃地生长,在你没留意间突然含苞开放,一片灿烂。"虽是状写伶仃花草,征之"阿紫文学沙龙"现象,如出一辙。

全书分为十一个小辑:草木含情、且听风吟、岁月无声、心香一瓣、凡人逸事、生活浪花、往事如烟、人间万象、企业风采、书海泛舟、四季行吟。对当下的书写,林林总总。备述市井人生有之;描摹雅趣美食有之;慨叹既往,记述民生有之。所选文章,贴近生活、关注当下,与时代同呼吸,与社会共发展,正因如此,这本书更像是一部生动的地方史。

《太阳花》定位于大众写作、在场叙事。其作者囊括五湖四海的戴南人,兼及其他。专家学者、务工人员,兼容并蓄,包罗万象。举凡各行各业,无论何种身份,皆可入选。如果华干林等本邑专家的佳构,为这本书增添了厚重的砝码,那么,王玉兰、常玫瑰、夏所珍、华九红、张三凤这些作为生力军的本土作者,无疑,是这本书的脊梁,他们用心血和真情,支撑起了这本书。尽管他们的文字尚显稚拙,却如熹微中的露珠,颤荡于草尖,别有一种清芬。

在庸常而杂乱的现实生活中,保持一颗平常之心已属不易,而拥有一颗玲珑之心,诗意地化解日常的荒芜,尤为难得。确然,文章之美,固在大气。不一定是宏大叙事,即便平常的柴米油盐,自己心动了,哪怕只是微弦轻触,有所感悟,方可形成文字的感染力,进而感动别人。如此,则文章经由物象描摹,臻至一种精神气息的漫溢,济世之道,生存之义皆备,显示出壮阔的人生意蕴。如周丽华的《苦楝树》,以物象之树,状人生之艰;施兆祥的《串场河,母亲河》,满怀深情地怀想一条地标式河流的情状;丁桂兴的《春犁渐远》、陈凤如的《庄稼》,用最简洁的语言阐释了"一分耕耘,一分收获"的道理。

讲述凡人琐事,乃《太阳花》又一特色。唯其低姿态,方能引起共鸣。如周春根的《"六县长"》、王春芳的《舅爷爷》、费桂兰的《惹祸精哥哥》状写平凡人的日常,颇多情趣。凡此种种,不一而足。正是这些平凡的人、平凡的事、平凡的生活,让尘世的烟火小温,令人怦然心动。

是为序。

2021 年 11 月 3 日

目录 CONTENTS

《太阳花》序 ·················· 李明官（1）

草木含情 ·················· （1）
1. 村庄植物记 ·················· 李明官（2）
2. 苦楝树 ·················· 周丽华（6）
3. 月季花开 ·················· 华九红（9）
4. 喜欢"五亩半" ·················· 孙爱晴（11）
5. 我的栀子花情结 ·················· 唐介锋（13）
6. 太阳花 ·················· 沈培林（16）
7. 童年的柿子树 ·················· 翁学社（18）
8. 提梁，萤火虫与林黛玉 ·················· 常鱼（20）

且听风吟 ·················· （23）
1. 秋水一色 ·················· 华干林（24）
2. 春犁渐远 ·················· 丁桂兴（26）
3. 串场河　母亲河 ·················· 施兆祥（28）
4. 山野寻秋 ·················· 赵桥（30）
5. 北京的秋天 ·················· 常鱼（33）

6. 东荡渔趣 ……………………………… 成　杰（35）
　　7. 那时扇子 ……………………………… 常　鱼（38）
　　8. 我独爱花椒的那一味椒麻香 ………… 舒　眉（41）
　　9. 童年 …………………………………… 华　刚（43）
　　10. 庄稼 ………………………………… 陈凤如（46）

岁月无声 ………………………………………………（49）
　　1. 外祖父留给我的记忆 ………………… 徐国军（50）
　　2. 生活的绝活 …………………………… 夏所珍（53）
　　3. 小镇茶摊 ……………………………… 马雨保（56）
　　4. 家在茅山 ……………………………… 周丽华（58）
　　5. 我的戏曲缘 …………………………… 费爱萍（61）
　　6. 有个小院 ……………………………… 费爱萍（64）
　　7. 我爱吃肉圆 …………………………… 谢友华（67）
　　8. 老爸荣获纪念章 ……………………… 李　琳（71）
　　9. 一条特别的毛毯 ……………………… 周丽华（73）
　　10. 我的名字是香烟牌子 ……………… 周丽华（76）
　　11. 大哥的高考故事 …………………… 周丽华（79）
　　12. 蒸饭逸事 …………………………… 赵　桥（81）
　　13. 热乎乎的汤圆 ……………………… 李　琳（84）
　　14. 我最爱的一双鞋 …………………… 周春根（86）
　　15. 出门琐忆 …………………………… 李德珊（89）
　　16. "浮光掠影"说茅山 ………………… 顾怀满（92）
　　17. 血战顾庄 …………………………… 王玉兰（94）

亲情如歌 ………………………………………………（99）
　　1. 致母亲 ………………………………… 陈　铭（100）
　　2. 不让你孤单 …………………………… 舒　眉（102）
　　3. 我的爸爸妈妈 ………………………… 周丽华（104）
　　4. 外婆的传奇 …………………………… 费桂兰（107）

5. 没有母亲的年 ……………………………… 马雨保（110）
6. 最后的日子 ……………………………… 王　兰（112）
7. 爷爷，抱 ………………………………… 李德珊（116）
8. 外婆的绝活 ……………………………… 舒　眉（118）
9. 落脚猪 …………………………………… 唐金秀（120）
10. 母亲的蒲扇 …………………………… 翁学社（122）
11. 愿你此生比我强 ……………………… 王有勤（124）
12. 把父亲留给我 ………………………… 陈　铭（126）
13. 奶奶教我裹粽子 ……………………… 姜诗兰（129）
14. 树高千尺不忘根 ……………………… 杨桂涛（131）
15. 母亲的侧影 …………………………… 姜广泰（134）

凡人逸事 ……………………………………………（137）

1. 故里人物 ………………………………… 李明官（138）
2. "六县长" ………………………………… 周春根（149）
3. 瞎四爷爷 ………………………………… 陈　铭（151）
4. 家有老王 ………………………………… 周瑞红（154）
5. 惹祸精哥哥 ……………………………… 费桂兰（157）
6. 又见翟明老师 …………………………… 唐双慧（159）
7. 清姐 ……………………………………… 苏　淦（161）
8. 我的公公叫老党 ………………………… 周丽华（162）
9. 我的哥们儿郑笑咏 ……………………… 陆享阳（165）
10. 舅爷爷 ………………………………… 王春芳（171）
11. 三和的绝活 …………………………… 包　缤（173）
12. 我那些爱喝酒的老师 ………………… 张友良（175）
13. 十三岁，去当兵 ……………………… 华正堂（178）
14. 我的母亲 ……………………………… 范芹凤（180）
15. 文忠哥哥 ……………………………… 朱　峰（183）
16. 母亲的牌友 …………………………… 唐介锋（185）

生活浪花 ……………………………………………………… (187)

1. 我最爱的阿紫群 ……………………………… 周丽华(188)
2. 师父与徒弟 …………………………………… 常玫瑰(191)
3. 老家的小巷 …………………………………… 周瑞红(194)
4. 大妈学车记 …………………………………… 沈玉年(196)
5. 十年之约 ……………………………………… 李树楚(199)
6. 善念与善行 …………………………………… 周春根(203)
7. "哭鼻子"也有好处 …………………………… 蒋仁乐(206)
8. 替鸟雀求情 …………………………………… 成小玲(208)
9. 我家的猫 ……………………………………… 王 兰(210)
10. 一口铁锅 ……………………………………… 张三凤(212)
11. 乡村码头 ……………………………………… 张友良(214)
12. 母亲的缝纫机 ………………………………… 王 兰(216)
13. 遍地尽是大闸蟹 ……………………………… 成小玲(218)
14. 谈写字 ………………………………………… 陈凤如(221)
15. 追求 …………………………………………… 姜乐明(223)
16. 扭螺丝 ………………………………………… 夏所珍(225)

往事随风 ……………………………………………………… (227)

1. 替吃 …………………………………………… 王玉兰(228)
2. 干塘与沉脚鱼 ………………………………… 顾晓良(230)
3. 那夜炉火分外旺 ……………………………… 顾处清(234)
4. 给妈妈打电话 ………………………………… 周春根(237)
5. 一张旧船票 …………………………………… 刘宝山(239)
6. 第一次去唐刘 ………………………………… 夏所珍(241)
7. 那年发大水 …………………………………… 周瑞红(243)
8. 史堡人的几则歇后语 ………………………… 陆享阳(246)
9. 那一年,我去兴化城高考 …………………… 陆享阳(248)
10. 记忆中的红花大队 …………………………… 沈朋道(252)
11. 一盘青椒炒鸡蛋 ……………………………… 华九红(255)

12. 二亩地 …………………………………… 王春芳（257）
13. 难忘那年光荣入党 ……………………… 孙贵书（259）
14. 两次戴大红花 …………………………… 翁学凤（261）
15. 进仓 ……………………………………… 陈凤如（263）
16. 澡堂 ……………………………………… 陈凤如（266）
17. 爸妈的五十年 …………………………… 朱　峰（269）
18. 路在山穷水尽处 ………………………… 刘党娟（272）

人间万象 ………………………………………… （275）
　　1. 翠云 ……………………………………… 袁正华（276）
　　2. 晕花 ……………………………………… 王玉兰（282）
　　3. 铁锁 ……………………………………… 马雨保（284）
　　4. 一条狗 …………………………………… 马雨保（286）
　　5. 秋水一色 ………………………………… 王玉兰（287）
　　6. 回家 ……………………………………… 唐金华（289）

企业风采 ………………………………………… （293）
　　1. 夏日采风行 ……………………………… 徐国军（294）
　　2. 兴达人永远都年轻 ……………………… 王玉兰（297）
　　3. 大麦茶 …………………………………… 沈　杭（299）
　　4. 孝道当先　厚道为本 …………………… 王玉兰（302）
　　5. 星火故事 ………………………………… 沈　杭（305）

书海泛舟 ………………………………………… （309）
　　1. 用心点亮生活 …………………………… 奚群峰（310）
　　2. 婉约兰花　芬芳水乡 …………………… 姜乐明（313）
　　3. 夏所珍的《藕垛》 ……………………… 王玉兰（317）
　　4. 串场河边的土味情话 …………………… 王玉兰（319）
　　5. 玉兰花开 ………………………………… 张巧生（322）
　　6. 眼前飘过的玉兰花 ……………………… 常　鱼（325）

7. 写在《玉兰和她的孩子们》出版之前 ……… 孙爱晴（328）

四季行吟 ……………………………………………… （331）
  1. 孙正明诗词 ………………………………………… （332）
  2. 我最爱的（并序） ………………………… 徐国军（339）
  3. 二月，平 …………………………………… 韦　巍（341）
  4. 爱的传递 …………………………………… 顾红干（343）
  5. 梁祝 ………………………………………… 常　鱼（345）
  6. 爱情袈裟 …………………………………… 沈　杭（349）
  7. 兴达之歌 …………………………………… 沈　杭（351）
  8. 传奇 ………………………………………… 沈　杭（353）

我们盛开过…………………………………………… 王玉兰（355）

草木含情

1. 村庄植物记

李明官

一

小河西斗折处,临水人家门前一排木槿,自成藩篱,碧叶粉蕊,亦颇雅致。

木槿记于《诗经》,谓之舜,"颜如舜华"即此。所谓槿舜者,以形声推衍,犹仅荣一瞬之义,极言花期短促,不可与久。李时珍以为此花朝开暮落,故名曰及。此说或为臆测,多年之前,我曾于一枚木槿花瓣尾端,以朱红印泥点涂,复二日往视,犹自开张摇曳于小南风中,薄粉轻敷,朱颜未易。

《周礼》载:"夏至到,鹿角解,蝉始鸣,半夏生,木槿荣。"仲夏物候丰繁如此,于植物而言,最佳注脚乃是夏花绚烂。经典如《周礼》者,于群芳中独对木槿青眼相加,足见其自有异于他卉之神奇。

北宋寇宗奭《本草衍义》云:"木槿如小葵,花淡红色,五叶成一花,朝开暮敛,与枝两用。湖南北人家,多种植为篱障。"细叶繁密,五枚单瓣,色若浅霞,所述与桑梓如出一辙。印记里,里巷栽植木槿并不刻意为之,其所对应者,以蓬门荜户,冷僻角落处居多,街巷闹市嘈杂处难觅其踪。曩年,斜对门的麻老队长家猪圈后,有木槿数丛,动荡于小满的晴光之中,娇妍可喜。然,只是作为一种植栽,并无篱护功效。倒是东邻人家,三间草屋,西厢傍之,四围木槿成篱,翠叶铺排,纤枝夭夭,其花灼灼,灿若列星。风拂篱漾,虫吟不绝,极其可观。木槿极泼皮,可扦插。俟二三月间新芽初发,段截,长一二尺,横陈竖倒皆可。《群芳谱》以为,倘欲插篱,须一连插去，若少住手，便不相接。未知昔日东邻，插槿编篱是否一气呵成。

作为一种落叶灌木，木槿初载于《尔雅》，列于草属。东汉樊光释为，木槿花朝生暮落，与草同气，故入草中。其木类身份之转换，自三国陆玑疏始得匡更。此本从木槿花色进行分类，洁白者谓"椴"，粉色者谓"榇"。前者清澹雅致，后者粉妆嫣然，俱为仲夏之饰。

西晋潘尼察槿花尤细："凌晨结蕾，天明绽开，中午盛放，日暮陨落"，木槿花凝露蓄蕾，于熹微中展瓣，至午盛开，红葩紫蒂，含晖吐曜，其质丝滑若绸。夜幕低垂，却也未必脱蒂落地，只是花色由明艳而黯淡，胭脂色渐褪，翻转为绛紫，仿佛沾染上暮色，旋收敛，如一声轻微的叹息，孤悬于枝头。"只恐夜深花睡去，故烧高烛照红妆"，海棠可得诗人之惜，槿花如之奈何。

魏晋年代，木槿极一时之盛。文人骚客寄情于木槿，已远远超过了植物之本义。"东方记乎夕死，郭璞赞以朝荣，潘文体其夏盛，嵇赋悯其秋零"，明璨的槿花，一瞬而生的玄远意味，漫溢在那个时代的朝野。

大红大紫之后的谢幕，是规律、自然、周期，甚至宿命，任谁也难以跳脱。繁华如槿，至此亦不免落寞。村庄已鲜见木槿，曾经的槿篱遮掩，幽巷深深，绿影繁密，粉瓣招摇业已成为熏风中一道远逝的风景。

河西人家的这丛槿篱，遂成绝响。为编篱的木槿护持，这家人本分而内敛。男人不苟言笑，每日扛着农具进进出出，往来门庭田畴；女人低眉顺眼，围着兜裙，拾掇家务。他们家狭长的天井，泥土被笤帚扫刷得白白净净，不着一星半点草屑落叶。

这户人家的次子，于一年的夏季横遭不测。那时节，他们家残缺的院墙处，木槿正荣，花开寂寂。

二

榆钱簌簌飘落，于空中划过一道道静美弧线，绿影青浅。甫别枝头，犹在晴光里翩翩袅袅；触地，如一息轻微惋叹，就此依附。这些叠地青钱，运数亦迥异。陷困风雨泥淖最为寻常，为鸡鸭啄食亦算得归其所。倘为细心厨娘，纤手捡拾，回得家中，精心拾掇一番，蒸饭涨蛋，成其美食，那更是身价陡增了。东汉崔寔《四民月令》："二月榆荚成，及青收，干以为旨蓄。"《诗经》所云："我有旨蓄，亦以御冬"当即有所指也。

榆钱簇攒，望之如浅碧花絮。实则，其非花，乃榆树籽也。昔年，村庄田野遍植桑榆，联产承包后，农民惜地，悉毁岸埂圩堤之灌木乔木，致有平野荒秃，水土流失，鸟雀无归。犹记得村东九顷二的那片大田，沿北河一溜，沟渠之南，俱有榆树颀长身姿。植树于田尾，由来久矣。贾思勰《齐民要术》："榆性扇地，其阴下五谷不植。随其高下广狭，东西北三方所扇，各与树等。种者，宜于园地北畔。"择地而种，并非尽毁，树木无言，世人有愧。一以贯之的脉承，不知还能延续多久。

而在村庄，随着人家房屋翻建，争占地盘，对树木更是大肆伐斫。累月经年，鳞鳞屋瓦袒露于朔气寒露，熏风烈日之下，再无荫蔽。曾经绿荫拱围，清流环侍的村庄，于光天化日之下，显得那样黯淡无助。

屋后水码头畔的这两棵榆树，粗若盆口，枝干举天，冠盖挽云。大热暑心，近邻们每常三三两两，聚于浓荫之下，浣汰洗涮，话旧述新。飘散的榆钱，流逝的岁月，一如水波渺渺，贯穿着我们凡庸的日常。

三

土润溽暑，令人猝不及防。伏天来得疾速，榴花初谢，商陆始果,暑气便与熏风一莩而至。

独存于王家尖西坝之侧的石榴树,因植者正尧已逝经年,致如敝屣之弃,不为人所待见。既无肥水之施,更兼病虐虫噬,愈见瘦弱伶仃。仿佛乡间饥寒交迫的纤弱女子,菜色而乱丝,令人不忍卒视。而物之本性使然,逢春则发,至夏则荣,经秋则凋,历冬则匿。此株孤寂石榴亦然,于入伏时令,卸蕊彰实,顺应物候,以羸弱之躯启季节之标识,不免让人从心底高看一眼。

商陆的身世似乎不至于如此凄恻。这一丛开春时节绿影摇漾的草本,由立地而齐膝而过顶而及檐,花色春白夏粉,结扁实有棱,状若豌豆,生绿熟紫,变化神奇。整座村庄,幽巷空庭,废囿荒园,十边隙地,河沿渠畔,商陆遍及,而生于后邻正祥家圮缺猪圈里的这一片,茎粗叶硕,浆果累累,蓬勃荫蔽了一檐晴空,似不多见。不过,也可以理解,正祥长期住于集镇,偶或回村,对此一隅空闲之地疏于打理,致使多种草本木本植物疯长。这些商陆,早些年我即得见,春秋衰荣,至今当为宿根无疑。而其业已高挺的木质硬茎,宽泛的枝叶覆盖,也无言地佐证着自己的陈年履历。

商陆别名尤多,《尔雅》谓之蓫薚、马尾,《诗经》"言采其蓫"或有所指。

《荆楚岁时记》写:三月三日,杜鹃初鸣,田家候之。此鸟鸣昼夜,口赤,上天乞恩,至章陆子熟乃止。以章陆子未熟前,乃鹃鸣之候,故商陆亦有夜呼之称。商陆味辛酸,古方谓有疗水贴肿之功效,足证其性之峻厉。而村人皆不识,可见,物类何其博奥,而人力一何浅狭也。

2. 苦楝树

周丽华

  苦楝树,对气候环境等生存条件要求不高,小时候常见。田野里、小河边,荒坡上、房前屋后,到处都能见到苦楝树。
  苦楝树开的花紫莹莹的,闻着有淡淡清香,但是有一股子苦涩味,不讨喜,就连蜜蜂都不愿采它的花酿蜜。苦楝树的果实更不招人待见,不仅小得可怜,又不香又不甜更不能吃,几乎没有人觉得楝树果能有什么用场。然而,苦楝树对我来说,却有着一段难忘的回忆。
  很小的时候,我们家烧饭都是用煤炉子。用过煤炉的人都知道,生炉子得有引火柴。那时候,我们家在边城镇上,找引火柴不太容易,母亲为此常常犯愁。寻找引火柴,是我们家那些日子里的头等大事。我的姐姐看见巷子里有人挑着稻草,就紧紧跟在后面,一路捡拾掉落的稻草回来交给母亲。
  我也曾跟着哥哥去过小镇外围的田边地头,捡过枯树枝,扒过枯树根。冬天,我和哥哥的手虽然被冻得红肿,可当我们用尽全力成功扒出树根,两个人抬着,顶着呼啸凛冽的寒风走在回家的路上时,心里却是暖暖的。就想着:这么大的树根拿到家,母亲一定很开心。我至今都记得,母亲看到我和哥哥筋疲力尽回到家,眼里含着泪,心疼的样子。母亲一直到去世,都常常提起,那时你们还是小孩子啊!
  时间,似乎就在哥哥姐姐不断寻找引火柴的日子里过去了。后来,姐姐参加工作离开了家,两个哥哥也相继去了外地学校上学。父亲平时在乡下教书没有空闲,寻找引火柴的任务,就落到了我一个人的头上。
  可我终究是个女孩子,去田里捡树枝,扒树根,显然不是我一个人能干得了的活。然而每天都要生炉子做饭，这个难题一定要解决。俗话说："穷出来的主意，饿出来的病。"那年冬天，母亲偶然听到别人说，晒干了的楝树果可以用来做引火柴，火力还很大。她高兴地对我说："我们也可以去打楝树果回来晒，反正又不用花钱买，明天我和你一起先去试试看！"

那时候的我已经上初中了，心里不禁嘀咕：苦楝树那么高，打楝树果只有男孩子才会干，岂是我一个瘦瘦小小、没力气的女孩子干的事啊！何况，如果让人家看到，得有多难为情！可一看到母亲那期盼中带着无奈的眼神，想着母亲也是做老师的，她也没干过这事，肯定也和我一样怕难为情。心里一软，就答应了。

母亲找来一根长竹竿，在竹竿头上用铁丝结实地绑着一个钩子。找来了家里最大的一个竹篮子，这一竿一篮就成了我们打楝树果的工具。

谁承想，梦想是美好的，现实是残酷的。第一次和母亲来到高大的楝树下，看到树叶已经掉落的树上挂满了金黄色、饱满圆润的果子，我立即用竹竿去钩，也许是我胳膊没劲，竹竿不听话地在空中摇晃，就是够不着那些果子。即使勉强碰到果子，却又打不下来，我急得满头大汗。母亲在旁边说："不着急，慢慢来，第一次先练练手。"就这样第一次打楝树果以失败告终。一路上我心里难过，情绪低落，没跟母亲说一句话。

这世上，任何事情都需要不断地积攒力量，积累经验。不死心的我没有放弃，每天放学就去打楝树果。经过多次实战，慢慢地，胳膊有劲了，打楝树果的技巧也掌握了，近处那些我能够得着的楝树，果子都被我打光了。再后来，我就像个游击队员，满大街到处找楝树。因为在镇上，认识的人多，每一次，我手上在干活，眼睛却时刻关注有没有人路过，生怕熟人看见了难为情。

怕什么来什么，防不胜防。有一天，我正在聚精会神地打楝树果，突然就看见一个男同学远远地走过来，我顿时满脸通红，浑身发麻，真想找个地缝钻进去，马上离开。幸好，那位同学并没有注意到蓬头垢面的我，虚惊一场。

楝树果的资源是找到了，不用再犯愁。可是，有时候篮子里装得满满的楝树果，弄回家又是一个新难题。父亲常说，办法总比困难多。我灵机一动，找了一根粗绳子，拖着篮子一步步往家移。虽然路途艰辛，可想着用这些楝树果生的炉子烧出来的香喷喷的饭菜，那一刻身体有着无穷的力量。

　　渐渐地，母亲的学生知道了，就有好心的家长把自家院子里的楝树果打下来送给我们。我学习成绩好，班上有同学请教我问题，我也不忘问他们一句："你家附近有楝树吗？"经常有好心人看我艰难地拖着重重的楝树果篮子，总是主动帮我抬起送到家。

　　一晃几十年过去了，煤炉子早就淡出了人们的日常生活。苦楝树也难得一见，更不要说楝树果子了。有时候在梦里，我依然能梦见家门口那块空地上，铺满了一颗颗金黄色、饱满圆润的楝树果，在阳光照射下，闪闪发亮。我的母亲站在一旁，看着我的成绩，开心地笑。

3. 月季花开

华九红

月季是四季都开花的，因此被人们称为"花中皇后"。它寓意着美丽长存的幸福爱情。苏东坡有一首赞美它的诗："花落花开不间断，春来春去不相关。牡丹最贵唯春晚，芍药岁繁只初夏。唯有此花开不厌，一年长占四时春。"对于这首诗，我有着更深一层的理解，是缘于发生在我身上的一桩事。

2018年年底，我们准备把老家的房子装修一下，关于怎么改进，爸爸提了个小小建议。他说花台太大，天井太小，不如把花台拆掉算了。这个建议得到我和老公的赞同，可公公不答应。他说："这花台不能拆，拆了我这棵月季花怎么办？"

不就是一棵普通的月季花吗，又不是什么名贵树木。我不满地对公公嘟囔起来。接下来的几天，任我请出三姨娘、六舅母来劝公公，他都态度决绝地不答应。倒是老公脑子活，他打电话骗公公说："你不是想早点儿抱曾孙子吗？我们不把家里弄得漂漂亮亮的，人家姑娘不肯过门咋办？"一提到曾孙子，公公马上妥协了，但他提了个条件，说，花台可以拆，这棵月季花树必须帮他移到院落外面的菜地里。

不知道是由于冬日里天气寒冷，还是由于装修工人挖树时伤了树根，等到开春，那棵月季花树却没能抽枝发芽。

一连好几天，我老是看到神情落寞的公公围着那棵失去生机的枯树踱来踱去，时而还自言自语，唉声叹气。

一天早上，邻居乐奶奶捧了个早饭碗来串门，见公公又蹲在枯树旁抽闷烟，乐奶奶惋惜地说道："这么壮的一棵月季树，移了下就息了，可惜呀！这棵树还是银所在世时栽的呢，见树如见人啊！"

一语道醒梦中人，难怪公公这段时间不开心。是的，这棵已经

太阳花

　　快一人高的月季花,长在我们家已经二十八个春秋了,它是我们结婚的那年,婆婆栽下的。每当盛开时,那一朵朵花蕾比牡丹还娇艳,浓郁的香味直抵人的心田。就连树上那密密匝匝的一层层绿叶,仿佛也具有人性,夜深人静时,我们常常在它发出的挲挲作响声中安然入睡。这二十八年来,不管严寒酷暑,刮风下雨,它都静静地守护在我家花台上。树枝上的一花一叶,都像婆婆慈祥的眼睛,每天关爱地注视着一家人。这棵树,填补了公公精神的空白,弥补了我们长期在外公公一个人生活的孤独,难怪公公对它情有独钟呀!

　　为了让老人开心,我从唐刘镇一花圃园林里请了园艺师,给这棵月季花树会诊。原来是移栽中伤筋动骨,加上新地方水土不服,上面的枝叶都枯萎了,好在靠近根的地方,还有一点点绿芽。园艺师帮忙把花树修剪一番,移栽在家中一大缸里,公公每天早上起来的第一件事,就是给它松土浇水。今年国庆回家,我看到这棵月季树上,又盛开了满树的花朵,公公那久违的深壑皱纹里的笑容有如这盛开的月季花,灿烂了起来。我知道,这棵月季花树,又将一如既往地温润着公公的春夏秋冬。

4. 喜欢"五亩半"

孙爱晴

傍晚时分，一辆南京的沃尔沃开到院子里，随即又往后倒，我以为是预订房间的人，谁知道车主人说是先来看一下的，这家民宿网上评价很高，谁知道进来后看后院像是仓库以为走错了，正打算离开。

我笑着说不是你一个人这样以为，很多人刚进来时都以为走错了，先别忙着走，带你们看一下房间，一进房间全都表示喜欢，直夸好文艺。嗯，一切都在预料之中。

"老板娘，这个房间多少钱一晚？"

"平常298元，周末368元，节假日398元。"

"可不可以给我们打个折？"

"不可以，我的房间都是用心布置的，是有其价值的，而且我的价格是透明的，也从不参与平台任何活动，一年四季都是这个价。"

"是的了，是的了，好喜欢，这个桌子上的花是真花啊！"

"当然了，我从不用假花。"

"我觉得不用去其他地方了，你家就很好了，网上评价你貌美，人又好。"

"谢谢，我今天都没打扮自己……"

"我们想住一个房间可以吗？这样热闹些。"

"我的房间虽然大，但是标准间，配的是两个人入住，你们四个人带个小孩，要加钱的，一人加50，两个人就要加100，这个房间就是498元，你们看是开一个498元的房间还是开两个398元的房间？"

"我们要住一起，可以聊聊天，这样好玩些。"

"可以呀，我其实也想少打扫一个房间，本来还想歇一下的，因为明天客人就多了。"

我拿起桌子上的二维码让顾客付了房款，随即关闭了网上房源。

没有什么比让顾客满意更有成就感的了……

我写的那些字他们表示很喜欢。

我画的那些画他们表示很喜欢。

我的老桌子他们表示很喜欢。

我插的那些花他们很喜欢。

房间的布置他们很喜欢。

网上的好评没有让他们失望，他们很喜欢。

总之是有很多喜欢……

一句"你家太文艺了，好有感觉"表现了他们的满意。所以他们能包容没有饭吃，不提供早餐，这会儿到外面去觅食。

喜欢真的是可以包容很多缺陷的。

"老板娘，可以加你微信吗？"漂亮的女房客问我。

"当然可以，我叫傻子孙。"

"你为什么不用漂亮一点儿的照片做头像……"

因为喜欢，她会心疼老板娘一个人打理房间，会在乎老板娘的经营形象，会有那么多的理解……

忽然想起朋友说的一句话，人是有品牌的。

我说过，喜欢这里的会非常喜欢。

不喜欢这里的会一点都不喜欢。

而我要做的只是定位好我的目标顾客。生活水准越高的越喜欢我的民宿"五亩半"。

5. 我的栀子花情结

唐介锋

近日,内地的秋伏还在,我却身着棉衣,无聊地看着窗外绵绵的阴雨。天气预报称不日市区还会有中雪降临,看来国庆假期间,只能窝在家中。昨天,朋友圈转发了一个下雪的视频,有人质疑,我告诉他,岑参早就在《白雪歌送武判官归京》中说过:"北风卷地白草折,胡天八月即飞雪。"这里的胡天,指的就是新疆。想着阳台上的几盆花草,该往屋里搬了。

(1)

昨晚,发觉阳台上的栀子花没了踪影,遂问妻。

妻说:"你才知,前几天就没了。"天冷,叶子越发枯黄,原想打理一番,留几株稍壮的枝干过冬。谁知,接个电话的工夫,三岁的孙子拿起剪刀,"咔嚓咔嚓",剪得只剩了土上面几根细细的桩子。我随手就拔了,准备过些时日种上兰花。拔出来一看,根还是当初移盆时那样,蜷成一团,并没长到新土里。

面对空空的花盆,我竟生出了些许自责,最近因为忙于生计,我的确忽略了它的存在。

我明白妻的意思,这盆栀子花即便不拔掉,估计也活不了。嗟叹之余,倒也释然,或许,花与人一样,有着各自的命运吧。

(2)

三月二十六日,路边花摊见到栀子花,枝头满满的都是欲放的花苞。欢喜地挑了一盆大个儿的,老板笑说:"这花就是你们南方人的最爱。"然后，拍着胸保证，这盆是精品，花冠大，好养。

连同新买的花土，一并移到了大盆里，浇水、施肥后，静待花开。

几天后，花没开，叶子却零星地黄了。想找卖花的问问可有补救措施，再去已不见了踪迹。于是请教后院种花经验丰富的老张。老张告诉我，南方的花只适合长在南方，北方土质碱性大，不好养。

假如老张是医生，他的意思再明了不过，这花无药可救，只能等死。老张的话有道理，可我还是不死心。这时网上有人支着儿，遂快递了硫酸亚铁，死马当活马医吧。

也怪，浇过肥后，黄叶竟慢慢转绿。没过多久，花陆续开了。驻足阳台，沉浸在"色疑琼树倚，香似玉京来"中，除了怡然自得外，竟还有些沾沾自喜。

（3）

过了花期，又施了几次肥，花枝并不曾如我预想中的茂密，而是一日不如一日地消瘦。但让我欣慰的是，它并没有死去，有几片叶子依然是绿的，甚至还孕育出了一朵羸弱的花苞。

我曾想，要是这株栀子花种在老家的庭院里，任凭日晒雨淋，它也会茁壮成长，长成一棵花树。而这盆中的，终归是养尊处优，娇贵惯了，你再怎么悉心照料，它还是整日萎靡。于是，我不再奢望它开花，只希望它能平安地活着，熬过即将到来的漫长的严冬。

（4）

半年的时光，从相遇到期待，再到欣赏，只是源于遥遥的念想。

而今，在冬季到来之前，孙子以他稚嫩且勤快的双手，剪断了我最后的一丝希望。于是，那满树白白的花，又开在了儿时简陋的庭院中。

从二十世纪九十年代中期到现在，身在异乡的我，每个夏季，身边几乎都有栀子花陪伴。明知道它们的生命脆弱且短暂,我却还是如此执着。我想,或许哪天奇迹就会出现,然后,那株白玉满枝的栀子,年年伴随我左右。

妻苦笑,说我固执。我并不否认。明年的夏季,我还会固执地买上一盆。

6. 太阳花

沈培林

前几年,一位玩花草的朋友送我两盆兰花和两盆杜鹃,不禁触动了我玩花草的念头,花上千元钱,陆陆续续从花贩手中购买了茶花、君子兰、含笑等十几盆花草,开头兴致蛮高,时常还记得浇水、施肥,然天生懒惰,到底难以坚持,结果枝枯叶落,三楼阳台上留下了一只只狼藉的花盆,从此我也懒得去阳台一步了。

一个星期天的中午,贪玩好动的小孙子,突然在阳台上惊喜地喊道:"爷爷,快上来,你看,这是什么花?开得这么漂亮!"我闻声走上三楼阳台,眼前一亮,只见那些平常无人照料的花盆里竟然开满了艳丽夺目的太阳花。

这些太阳花不知是何时从那些早已无花的花盆里冒出来的。因为太阳花几乎无须照料,对它的存在和枯荣,也没人关心,更不存在什么指望。几年来,春夏之际,她悄悄地发芽、蓬勃地生长,在你没留意间突然含苞开放,一片灿烂。

太阳花,本名半枝莲,阳光愈烈,开得越是繁盛鲜艳。太阳花花色丰富,有红、黄、白、雪青等多种颜色。红的又分淡红、深红、玫瑰红;黄的则有深黄、明黄和鹅黄;白的亦有苏白、杭白之分。太阳花,繁花似锦之时,十分好看,那大红的,红得那么庄严凝重;那玫瑰红的,娇艳得犹如少女的嘴唇,是那么生动艳丽;那白的,白得那么冰清玉洁、一尘不染……

单独一朵太阳花,小小的、扁扁的,并无什么独特之处。

太阳花,既不哗众取宠,也不妄自菲薄。她只是一无保留地展开心扉,默默地倾诉着自己。单株的太阳花显得那样孤独,那样瘦弱,那样不惹人注目,然而她和她的姐妹们在一起时,景况就大不相同了,真是欣欣向荣,姹紫嫣红。她们呈现的美,是群体的美,红黄淡浓，混为一体，更是璀璨夺目。太阳花的花期并不是很长，但形成群体后此起彼伏，一代接一代，花期就长得可观了。

　　阳台上的太阳花我很少过问，甚至连水也顾不上浇一点儿，但她们无怨无悔，从仲春到初冬一直层出不穷地开放着。太阳花有着倔强的性格，她的抗烈日、耐干旱的本领是其他娇嫩的花草难以比拟的。无遮无盖的她，既不惧六月里太阳的煎烤，也不怕冰寒袭击。她要求不高，只要有土壤、阳光和些许的雨水，就能蓬勃地生长，而奉献给大自然的却是那五彩缤纷，赏心悦目的花朵。

7. 童年的柿子树

翁学社

"卖柿子,又大又甜的柿子。"前几天,街上经常有人卖柿子,看着这红彤彤的柿子,我又想起了童年的那棵柿子树。

春节过后,天井里的那棵柿子树光秃秃的,它还在冬眠呢。爸爸叫我拿了扁担、粪勺,他拿了一只粪桶,要我跟他到茅缸那儿去抬粪,给柿子树上上肥。到了茅缸边,我把粪勺给了他,他用粪勺先把浮在粪水上面的杂物推掉,茅缸里的粪不怎么多,他一下一下地把粪舀到粪桶里,舀满后,叫我在旁边的草堆上拿了一小把草,打了个结,放在粪水上面,省得走起路来一泼一泼的。到了柿树旁,爸爸又将粪浇到已松好的土上。浇了三四桶粪后,他要下田干活,就叫我出去玩了。

时间不长,春天到了,南来的燕子在家门口的电线上叽叽喳喳地叫开了。柿子树上的花儿掩映在绿叶当中,好看极了,天井里弥漫着淡淡的花香。

暑假里,柿树底下是我们的乐园。我的同学、邻居家的小孩,都喜欢到我家来玩。有时候,我们下象棋,"当头炮,马来跳",两个人在中间下,旁边挤满了小孩子在看。有时候,我们各自从自己家里带来一本小人儿书,互相交换着看,有《小兵张嘎》《草原英雄小姐妹》《骑白骏马的人》《铁道游击队》……

有一次,一个高个子同学趁一位小女孩不注意,将她的小人儿书藏到柿子树的树丫上,那小女孩找不到小人儿书,急得直哭。在屋里补衣服的小脚奶奶,赶忙出来了,问谁藏了人家的小人儿书,拿出来还给人家,不然就告诉他家大人。吓得那男同学赶紧拿出小人儿书还给小姑娘,小姑娘这才破涕为笑。

柿子越长越大,沉甸甸地挂满了枝头,有些树枝恨不得要断了。

爸爸找了些旧竹子，拿了些麻绳，还有一把剪刀，要我搬两张长凳到柿子树下面摆起来。然后，叫我扶住长凳，他小心翼翼地站到上面一个凳子上，用麻绳把竹子的一头绑在树枝上，打了个扣，用剪刀剪断，一头戳在地上。忙了好长时间，才把那些要断的树枝打理好。

　　柿子熟了，采摘的季节到了。一天傍晚，我放学回家，爸爸和妈妈已摘下好多柿子，放在垫了旧衣服的大筛子里。妈妈拣了一个又大又熟的柿子，轻轻洗好，叫我送给奶奶尝一尝，奶奶慢慢地剥了皮后，眯着眼睛，用她那没了牙的瘪嘴一吮一吮地，那神态，享受，比吃了山珍海味还高兴呢！过了一会儿，月亮上来了，我出去一看，啊，树上的柿子已全部摘下，这些红彤彤、软绵绵的柿子，看得我喉咙直痒痒。妈妈拿了一些稍微好看的柿子，放在篮子里，要我给每家邻居都送几个，让他们也尝尝，高兴高兴，我愉快地去了。

　　儿时的柿子树，在砌新房子的时候没能存活下来。可它留给我许许多多美好的回忆，将会永远地留在我的记忆深处！

8. 提梁，萤火虫与林黛玉

常 鱼

曾经我家的西厢，是一个大大的平台，相当于一个六七十平方米的大露台。

夏日黄昏，我提着一提梁桶一提梁桶的井水，浇几乎滚烫的平台。看着它冒热气，看着它气没了，看着它清凉了。

多年以后，摩挲着手中的提梁紫砂壶，想到的却是另外一番光景。

多年以前，女友胡搅蛮缠，唯有"一提梁壶 提梁壶"的甜言蜜语不停地浇，看着她冒热气，看着她不气了，看着她清凉如玉。

夜深了，特别喜欢一个人，躺在平台的凉席上。平台的上面是星空，仰望它们的时候，感觉自己的眼里，一定也映满了星星。弯月如船，若出其中，星汉灿烂，若出其里。

整个西厢，像我的卧榻。西厢以西，卧榻以西，是一条小河。河也是黑色的，和长夜融为一体。感觉小河飘了起来，和我的卧榻在一个水平，在一个水平面，仿佛我也成了水了。在流动，在漂动，在无时不动，在无所不至。我居无定所，我身无定形。长夜是什么样子，我就是什么样子。星空是什么样子，我就是什么样子。

萤火虫终于来了，一群一群飞。在空中，在水中，在天上。荧光映在水里，星星也映在水里，它们也映在我的脑海里。原来我的大脑是大海啊，盈满了荧光，盈满了星光，盈满了星星荧荧的回忆。每一刻，都是流年，都是随风流动的夏夜。只是不知道，是在水中，还是在天上，还是在人间。

邻家女孩十一二岁了，黑白清澈的眸子，正是最调皮的年华。一天夜里，抓了好多萤火虫。非常残忍地剥下了虫子发光的腹部，把它们沾到她的睫毛上。当她的眼睛一闪一闪，星星一样，萤火虫一样,向我走来,像是漆黑夜空里的精灵。

特别喜欢《红楼梦》五十回:"芦雪庵争联即景诗,暖香坞雅制春灯谜。"像大学中文系的女生宿舍,一群青春靓丽的女同学在斗诗。

刚开始是一人两句的联句,而后是众美共斗史湘云,最后是薛宝钗、林黛玉、薛宝琴,三英大战云同学。

最幸福的莫过于混入其中的贾宝玉了,看着这些仙子般的女孩子,在云端厮杀,千姿百态、争奇斗艳、各逞芳华!

其实帅气温柔的男孩子人人都喜欢,这些美好的女子含英咀华、口吐琼芳,又何尝不是想在宝玉这枚"校草"面前,有个好表现?

最后,她们居然猜起了谜,其实有什么可猜的,她们哪一个不是谜一般美妙!

李纨连出三谜,其中"萤"打一字,以字打字,端的是脱俗出尘。宝琴猜出乃一"花"字,旁边黛玉解释道:"妙得很!萤火虫乃草化,草化即为花!"

林同学看上去是旁白,其实更像是自我表白:妙得很!吾乃上天绛珠仙草所化,来人间还那年借你的半块橡皮!

妙得很!原来这萤火虫约等于林黛玉啊!而这卧榻之侧,无数萤火,无数精灵,浮沉明灭,就约等于林黛玉的无限循环……

且听风吟

1. 秋水一色

华干林

"落霞与孤鹜齐飞,秋水共长天一色。"唐代诗人王勃所作《滕王阁序》,以落霞、孤鹜、秋水和长天四个景象,勾勒出一幅宁静致远的画面,历来被奉为写景的精妙之句。

诗人笔下描写的是南昌赣江风景,但用于晚秋的新安江也完全适合。

美丽的新安江一泻千里,流入桐庐而名富春江。识得富春江之秀丽,是早年读南朝吴均的那篇信札式小品《与朱元思书》。吴均称赞富春江"水皆缥碧,千丈见底。游鱼细石,直视无碍"。其实富春江景色之美又岂止在江水!举其秀者而言:春可游于芦茨之湾,夏可泳于龙门之瀑,秋可登于严陵之台,冬可潜于瑶琳之穴。

而我,正是在一个山寒水瘦的深秋时节,登上了仰慕已久的严子陵钓台。

严子陵,名严光。东汉初年名士。早年曾与光武帝刘秀作同学游,且交情笃厚。据说,当初刘秀打天下时,严光曾为之谋。然而,当刘秀做了皇帝,再请严光入朝为官时,严光却坚辞不就,执意隐居。于是便来到了富春江畔的七里泷中,以"浩歌向兰渚,把钓待秋风"式的执着与浪漫终了一生。

今我来时,秋正高,气正爽。山,已消退了春日的娇嫩与夏日的繁茂,满眼烟霭凝沉,举目层林尽染;水,也没有了春日的澎湃与夏日的欢腾,而显得清洌微寒,静谧安详。

我在空山人语响的登山小道上拾级而上,时而穿行在古人之间(钓台管理处将游过此处的部分历史名人塑成了群雕),仰望他们的风采,与这些千古名师一同陶醉于青松翠竹的风韵之中;时而在字字珠玉的碑廊上流连忘返,每每为那些称颂严光的诗文佳句和龙蛇

飞舞的酣畅笔墨而赞叹叫绝。在所有诗文中,我觉得最有意味的是李白的那一首《酬崔侍御》:

严陵不从万乘游,归卧空山钓碧流。
自是客星辞帝座,元非太白醉扬州。

李白赞赏严光,蔑视权贵、无意功名。他自己一生则是马不停蹄,人不息脚。往往"朝发白帝,暮到江陵",且是一路走来一路歌。而严光则悄然无声地躲进了山环水绕、人迹罕至的七里泷。披一袭羊裘,执一杆长丝。

其实,无论李白之"动",还是严光之"静",只是古代士子归隐行为的两种不同的表达方式而已。前者纵情诗酒,浪迹天涯,追求的是安放孤傲灵魂的巨大空间;后者隐匿山林,不求闻达,追求的是一种独善其身的隐逸情怀。而后者恰恰是更为艰难的选择。因为,一旦做出这样的选择,便意味着人生要经历更多的艰辛,生命要付出更为沉重的代价!如果没有一种绝对超然于物质之上和淡泊于名利之外的高蹈情怀,则是很难成其正果的。想到此,我又情不自禁地回望了一眼那镌刻着数百块石碑的长廊。

终于上了百丈崖,这是处在半山腰中的一块平地。在悬崖断壁之缘,有亭翼然,中立一碑,曰"汉严子陵钓台"。站在百丈崖上放眼望去,江流平缓,碧澄如练。江渚上,芦花如雪,猎猎于深秋的风中,宛如垂钓老人的一把苍髯。近处的山崖边,各种不知名的果实随枝而挂,有的通红,有的橙黄,有的还绿莹莹的犹如翡翠明珠般玲珑。这些山蔌野果,在空寂的山中生生灭灭,无声无息。我想,它们不正是先生的精神所化吗?

秋日的钓台幽静而富有,我在山中半日,却有如穿越千年。汉之大气,唐之浪漫一时际会于眼前。真的不舍离开,这静谧的山,这安详的水,尤其是严光那高洁的灵魂。然而,我乃俗人一枚,甩不开的是那一份俗事、俗务。只好反复默念着范仲淹赞美严光的那四句诗:"云山苍苍,江水泱泱。先生之风,山高水长。"深一脚,浅一脚地下山去也……

2. 春犁渐远

丁桂兴

春天的犁属于乡村，沉睡一冬的沃土，一次次伴随杂草被翻耕，这是一个布谷鸟催种的季节。

从前的犁，耕出了沉寂多年的往事。

斜风细雨，润物无声。春雨忙不迭地滋润田地，一汪汪的水漫到田埂，春耕的序曲悄然开始。

牛是犁的使者，拖着"杏花春雨江南"的梦。

"千顷绿畴平似掌，蒙蒙春雨动春犁。"我经常忆起尘封的画境，一头牛拉着一张犁，不紧不慢地甩着尾巴，悠悠地昂然前行，农人一手扶犁，一手执竿催促。

一个少年站在田沟边的草垛旁痴痴地看着，牛、犁、水田、农人，还有春天……在少年的心田里埋下了诗情的种子。

杨柳依依，紫燕呢喃。春天的农活井然有序地在田野上铺开，勤劳的农人扛着农具有说有笑地走向自己的田地。忙春，千年不变的传承，依然在水乡人心中是那样的器重。

千百年来的开犁春耕，一直延续到如今的乡村。宋人释智愚有诗云："烟暖土膏农事动，一犁新雨破春耕。"一幅画，浑然而成，天人合一，诗人的书卷气弥漫在乡野，画家的农耕图泼墨于胸怀。在南方，或在北方，木犁改变着生活，憧憬着未来。

一副好犁具，一个老把式。

农人的脚泡在水田里，挽起衣袖，拢一丝暖风；卷起裤脚，揽一缕春光。若遇到春雨绵绵，还要戴上斗笠，披上蓑衣，系着的一块布衣裙，遮挡腰部和大腿处，避免飞溅的泥水。不慌不忙，从从容容。

犁铧的牵绳拉得恰到好处。犁尖过后，田里的水一阵荡漾。左脚行走，右脚踹泥。翻出的泥块一个个被重新踩烂，田面又恢复平整。累了，就歇在田边，牛儿尽兴嚼起心仪的青草。

　　一幅犁春画不知不觉地在心中收藏多年，历久弥新，梦境中时常不期而遇，窄窄的乡间小路上，徘徊了许久。

　　出走已半生，归来仍是少年。清明时节，回到故乡，不免寻觅旧时梦。时过境迁，物是人非。小河已被填平，一条大道通向城里，农田上矗立起豪华的大酒店，往昔的景象不复再现，此时的春天失落了曾经宁静的美，淳朴的乡愁更加浓郁。

　　春犁渐远！

3. 串场河　母亲河

施兆祥

　　我出生于千年古镇，古盐运集散地——大丰区草堰镇。

　　早年，位于滔滔黄海之滨、紧偎204国道东侧的草堰镇，家乡的父老乡亲有着神奇般的理想。他们聪明、善良，富有勤劳能干的开拓精神。据老者介绍，草堰镇是一个生机勃勃，商业极其发达的"盐文化古国"。这里，古灶盐亭林立，商栈鳞次栉比，人丁兴旺。名胜古迹密集，物华天宝，人杰地灵。每当回到家乡，所到之处无不感受到家乡人民热情好客的人文气氛。走进古镇的热土，忘我地沐浴着春风般的盐韵风情。置身于这片土地，岁月仿佛凝固了，随着黄海之滨吹进的徐徐海风，我感受到了先祖慈祥的笑容和热心的爱抚。

　　其实我对家乡草堰还是有着某种特殊的感情。虽然少年时期的我，由于家境贫困过早地肄业，初中没有修完学业，带着落魄的心情走向社会。那时，我对串场河情有独钟。在我的心里，这条流经家乡的河流成为我小时候经常嬉戏玩耍的母亲河。和我一般大小的小伙伴们，每次放学回家丢下书包都会泡到河里尽情地戏水一番。还记得，庄上的小伙伴教我游泳的那一刻，那时河水清澈，我们光着稚嫩的小屁股，在河里打着水仗，开心而快乐。小时候，我放学回家总是喜欢一个人拿着鱼竿，用蚯蚓或者面团为诱饵，静静地守候在屋后的串场河边，耐着性子垂钓。这个过程中不时有调皮的小伙伴在水里戏闹，不时地拍打着热闹的水花。童稚的笑声不绝于耳。兴起时，我丢下鱼竿，一个猛子扎到河里，久久地沉于水底，水中小鱼结伴尽情玩耍。

　　也许，有多少家乡的人们，他们不知道串场河因何得名？相传唐大历年间，李承筑起海堰，挖河取土，穿越东台何垛、草堰丁溪、小海、草堰、刘庄、白驹、盐城伍佑等盐场，串场河由此得名。草堰之所以成为古盐运发祥地，串场河功不可没。那时，一担担、一船船盐通过串场河运往高邮、扬州，以大运河为主要通道，遍布祖国的大江南北。串场河曾经河道淤泥沉积，水质受到污染，水草横生，往年各种大小船舶川流不息的繁华景象一去不复返。这种现象引起国家及省市有关部门的高度重视。1990年，串场河草堰段裁弯取直工程正式启动，作为草堰古文化的象征，它，留住了往年千古不变的故事，留住了草堰父老乡亲幸福的记忆，留住了古镇游子浓浓的情思。如今，改造后的串场河，水色靛蓝，饱满的河水含蓄而富有神韵。每当回到家乡，总会久久徘徊于串场河边，任凭河风飘过，欢快而畅美的浪花尽情跳跃，那神韵令我陶醉。

　　串场河，家乡的母亲河。远古的历史文化，流淌着永不磨灭的青春气息。这里，我们看到了真理，听到了亘古不变的优美旋律。

4. 山野寻秋

赵 桥

霜降过后是立冬,秋天,只剩下一个短短的"尾巴"了,再不寻秋、赏秋,转眼就是万物萧瑟的冬天。

天气正好,和煦的秋阳暖暖地照着,也有空闲,便独自到附近的山村里去看秋天。

说是山村,其实已不存在。几年前,原本住户就不多的小村庄已经拆迁,只剩下两三户人家兀立在路边或山脚下。是他们安土重迁,还是没谈拢拆迁条件而不肯搬走,不得而知。紧挨路边的这一家,简陋的砖瓦房很低矮,门,紧锁着,也没有鸡鸣狗吠,但竹篱笆围成的小院落很干净,菜畦的青菜碧绿着,显然还住着人。

山野寻秋,用个"寻"字,不是唐突,就是有点儿矫情。过了一座水库的小石桥,刚折进这空旷的小山村,无边的秋色就撞进了眼帘,目不暇接。哪里用得着"寻"呢!

眼前,是一块一块整齐的稻田,在这晚秋时节,已是金灿灿的一片,让人很容易想起伟人"喜看稻菽千重浪"这一句美好的诗句。只是,这是一个无风的午后,沉甸甸的稻穗都一律谦逊地低着头,没有"千重浪"的动感,但灿烂秋阳像瀑布一样倾泻、照射着这成片的稻田,看久了,你能感受到阳光跳跃着的律动,似乎有稻浪在翻涌。阳光,稻穗,相映相谐的金色,又让人想起凡·高最爱的色彩,想起他的名作《向日葵》。

田边沟渠里,随处可见的雪白的苇花,偶尔可见的农人栽种在田塍边的三五株穗子火红的高粱,还有一畦畦碧绿的菜蔬,不时掠过稻田的几只白鹭,装点着金色的稻田,色彩斑斓,生趣盎然。

看来,虽然已经拆迁好几年了,原先的农家也早就住进了小镇上漂亮的安置小区(我们每次上下班都会经过这个叫"北山澜庭的小区),但只要土地还没被征用,原来的村民还是不在乎来回好几里的路程,愿意把力气、精力、心血,和那些稻种、菜种一起,播种在他们熟稔、钟爱的土地里面,播种着亘古不变的希望。

诗人艾青的经典名句"为什么我的眼里常含泪水?因为我对这土地爱得深沉",写出了许许多多的中国人对土地那份朴实的感情。

美丽的秋色,不仅仅是大自然的杰作,还有人类的创造。

坐在稻田边,一边感受着暖暖的秋阳,嗅着隐隐的稻花香,一边随意四看。沟渠里,稻田深处,路边的树上,有许多飞来飞去的鸟。树上是灰喜鹊,一群快乐的"歌唱家",任何时候见到它们,都是在唱着一支永远不变的欢乐的歌;沟渠里,是一群小麻雀,也是"乐天派",整天群聚一起,叽叽喳喳说不完的话,只有偶尔独处时才沉默片刻;稻田里,是几只野鸽子,它们是说话不多的"务实派",有时警觉观察周边的动静,大部分时间都钻进草丛里觅食,现在面对着穗粒饱满的稻子,更是心无旁骛。有的稻田边,立着几个穿着红衣、戴着草帽的假人,可这些野鸽子视而不见,俨然把自己也当作这块土地的主人。事实上,所有的鸟,也应该是这块土地、这片天空真正的主人。

我最愿意看到这样一景:一只老牛在田边悠闲地吃草,一只两只白鹭悠然地立于牛背之上。"牛背鸥鹭图"是宋元画家最常见的笔意。我以往漫步这个山村时,数次远远地看到这一画意(近了,立于牛背的鸥鹭就会带着戒备之心飞走了),并用手机最大限度拉近焦距拍照,尽管照片里,牛背上的白鹭只是一个不易看清的小白点。今天,路边也有一只老牛,被它的主人拴在一根木桩上,它只能以牵住牛鼻子的绳子为半径,吃草,画圆。它的背上没有白鹭。那几只白鹭,掠过金黄的稻田,掠过青黛的山峦,远离我这个不速之客。

眼光看远一点儿,就是连绵起伏的小山,江南丘陵。这十几年来,已经禁止开山采石,四周的农民也基本不再用柴火做饭,生态彻底改观,山上的植被异常茂密,春夏季,碧绿、浓绿中夹杂着一树一丛一片的白花,雪白,多是野梨的花。现在,秋深了,绿色也老了,深而黑,更多的是一树的金黄、火红,好像是杂乱无章,又像是有意镶嵌在满山深而黑的绿中,特别惹眼。整座山,就是一幅巨大、立体的油画。

是谁以山峦为画布,泼下这么多的油彩,成就了这幅意境深邃的油画呢?不知道。脑中忽然冒出几句打油诗:

午后信步野村中,不见酒旗矗西风。

应是谁人倾彩墨,满目丹青胜画工。

秋光易老,时间易逝。在这山野里盘桓不到半日,已经红日西沉,远处的山脊成了圆圆落日优美的切割线。不走回头路,我取道另一个小山村往回走。路过村边一户人家,院落的西南角,一棵柿树有半截身子探出围墙,叶已半落,柿子未采,火红的,像一盏盏小灯笼,错落有致地挂在枝头。与柿树对角,厨房与正房结合处的外面,是一棵十分高大、挺拔的银杏,一树金黄,一些黄叶落在黛色的屋瓦上,看着,就莫名喜欢。想来,树根周围的地上,也是一片金黄了。

屋顶的烟囱里,一缕炊烟袅袅升起(现在也很少能见到这一缕炊烟、一缕乡愁了)。薄暮时分的秋空,像一页淡蓝色的信笺,这袅袅炊烟,就是写在信笺上的一行田园诗,意境安详而悠然。

2021年10月24日改定于湾山

5. 北京的秋天

常 鱼

夏天的薄衫、夏天的短裤，无一例外地还在大街上"走"着，偶有风来，或许它们会有些抖有点儿轻寒。而女孩子们浑然不觉，就像是鸡蛋煮熟了，蛋壳就不重要了，莹润的脂肤能露出来尽量露出来，青春的"蛋白"最能打动人们的食指。

天空被"扫"得很高很蓝，就连有恐高症的人们也很喜欢九月的天空。那种高那种蓝对谁都一样，让人踏实，让人觉得不再飘着，让人觉得，我的天啊！它应该就是我的呀！

每每这个时候，北京便有好多大大小小的会要召开，但最浪漫的是两个人的会议，静悄悄的，似乎全世界所有人都不知道，大街上所有的噪音都没有了，来来往往的人都视若无物。大学的门刚刚打开，他俩就准备开会，每一句颤抖的话都有香味，会议有一个婉约的名字，叫约会。

午后的红蜻蜓没有组织地飞，没人觉得它的作风有问题，更让人觉得它像是移动的小彩虹。它们流连于枝头，它们流连于花间。连叶子也在红着脸微笑，它们的笑声同样有香味，特别是在一座山上笑的时候，感动了整个京城，那山叫香山。

大闸蟹未熟时，青涩而手足无措，蒸熟了便感觉换了一身紫禁城的服装，富丽堂皇如君临大地。据说北京城是刘伯温和姚广孝设计修建的，被称为"八臂哪吒城"。刘姚二人一僧一道，在民间传说中约等于《红楼梦》中的僧道二人，不仅造就了约等于宁荣二国府的南北京城，还精心培养了约等于贾宝玉的燕王朱棣。友人说，如今除了原产地，只有香港和北京有正宗的阳澄湖大闸蟹。其实哪吒三太子三头六臂，北京无论是体形上来说，还是肤色上来说，都应该叫"八臂螃蟹城"。特别是到了秋天，从宝玉和朱棣的故乡而至的

"蟹小姐",八只大长腿,打江南走来,如红莲一般的面罩,是小小的寂寞的城。

一年四季,秋天排在了第三位。三是个非常有格局的数字,"天地人"三才,"儒释道"三教,"一生二,二生三,三生万物",而三位常常是一体的。八〇后女孩郝景芳写了一部关于北京的科学幻想小说,她将未来的北京分成了三个空间,一举获得了誉为科幻界诺贝尔的雨果奖,小说的名字居然叫《北京折叠》。其实不用折叠,其实没有那么遥远。在北方的天空下,中心政务区,首都副中心,雄安新特区,三位不一样的秋天的北京,或雍容华贵,或娇艳妩媚,或清婉可人,呈品字型互为犄角,屹立神州,三位绝对一体,独得秋之三味,堪称天下一品!

秋天是一个没有如果的季节,在瓜果遍地的辰光中,一切该结果的都已然结了果!深秋的银杏摇动着金黄的扇子,深秋的芦苇摇曳着披纷的头巾,他俩是一年之中最后的"羽扇纶巾"。谈笑间,抬头看看,隔着一个严冬便是一个春天,回头望望,隔着一个酷暑,同样也有一个春天。

6. 东荡渔趣

成 杰

儿时的东荡，简直就是我们的乐园。那里有广阔的田野，纵横的河沟，大大小小的池塘。一年四季，春夏秋冬，社员们个个都是天才的画家，在这巨幅画卷上挥毫泼墨，涂出五彩斑斓的天然色彩：碧绿的麦苗，金黄的稻谷，雪白的棉花，火红的高粱，全在蓝天下笼罩着。收工的耕牛轻松地走在老坝上，黑压压的小蝌蚪，在小沟里成群结队地欢快游玩。

我们几个小伙伴最喜欢到这美丽的东荡玩了。春天，可以到河浜上拔茅针；夏天，在雷阵雨之后来圩埂上拾地皮菜（地木耳，像黑木耳）；秋天，放学后挎着篮子去田间阡陌挑猪草；冬天，往生产队里已经挖过萝卜的田里倒萝卜。不过，最有趣的还是捕鱼，俗话说得好，"吃鱼没有取鱼乐"。

暑假里的六月天，骄阳似火，稻田里的水都烫人了，泥鳅为了寻求比较舒服的环境，都游到打水机塘里来了，泥鳅们哪里知道，它们因为贪图一时的享受，选择了一个更加危险的环境，真是"福兮祸所伏"。打水机塘口由于经常加秧水、稻水，受水流的冲击，形成比笆斗大的一个深塘，因而这里的水自然凉爽许多。我们小伙伴穿着裤头，顶着烈日，拿着提罾，轻轻把提罾放到塘底，左脚踩住罾口，右脚站稳，然后迅速把罾提出水面，几十条泥鳅啪啪乱跳，几个塘口一转，收获满满。只是溗在齐腰眼儿的水塘里，下面的水凉爽，腰眼儿一圈火辣辣地烫，自己也晒成黑泥鳅了。卜寨大队后来买了两台大型拖拉机，能拖四张泥刀，耕起田来呼呼地，泥浪翻滚，我们跟在后面，不用费劲，就能捉到稻板田里翻出的泥鳅了。回到家里，用畚箕扒出灶塘里的草木灰，把泥鳅往里一倒，灰一呛，就不滑了，然后用薄刀刻头去肠，洗清，用咸菜一煮，一碗美味佳肴就盛到饭桌上了。

　　寻长鱼也很有趣。栽秧以后，这时，因为秧苗还没有长高长密，水面看得清清楚楚，长鱼无处藏身。长鱼喜欢夜晚觅食，而且大多是贴着田埂的水面慢慢游动，因而，白天我们先在家里做好捕长鱼的夹子。长鱼夹子是用三条长六七十厘米、宽两厘米的竹片做成的，把竹片顶头夹长鱼的部分锯成锯口状，以便于夹长鱼时牢固，然后把三片重叠起来，在中间钻孔穿钉为轴，这样，三片就连在了一起。最后把中间一片岔开，上下两片的两头固定起来，长鱼夹子就做好了。晚饭后，我们拿上手电筒、长鱼夹子和鱼篓子或蛇皮袋子出发，前往东荡。打着手电筒，走在松软甚至泥泞的田埂上，目不转睛地盯着水面，不一会儿就能发现目标，大家凝神屏息，用电筒照着长鱼，长鱼一动不动，这时，只要眼疾手快，果断敏捷，一条长鱼就被夹住了。大家兴高采烈、欢呼雀跃。

　　收稻时节，社员们为了方便把船上的稻把运到打谷场上，往往在打谷场临河的一面，搭一个略低于场面的栈台，先把稻把叉到栈台上，其他社员像二传手一样，再叉到场上去。这样，栈台下面的河里就会散落不少稻谷，引得成群的鱼儿前来觅食。我们在早上或午后，就来到栈台上钓鲫鱼。渔具也是自制的：砍根芦竹作鱼竿，缝被子的卡线作鱼线，鱼钩是用三号缝衣针放在煤油灯上烧红了用夹剪弯成钩，再把高粱苗子剪几段穿到线上作为鱼浮子，最后用干面团儿或米粒儿做鱼饵。那些嘴馋的小鲫鱼，争着咬钩，一钓一条。

　　春暖花开，风和日丽，正是花鱼咬籽、晒阳的季节。一天，我们来东荡游玩，漫无目的地走在南大河北岸上，忽然发现一条大花鱼仰在水面上，肚皮在阳光的照射下，白花花地闪着银光，尾巴时不时地摆动一下，显得悠闲自得得很。我小心翼翼地下河，悄悄迂回到它身后，双手像钢钳一样，嗖地一下，紧紧掐住了，抱上岸来，回家一称，五斤多呢，我们开心极了。

　　梅雨季节，雨水特别多。有时一下就是一整夜。早晨，天亮了，雨也停了，社员们纷纷挖开稻田口子放水，田里的积水全都汇聚到灌溉渠里，形成一股激流再冲向大河，轰轰作响。远近的鲫鱼闻声而来，飞身跃上灌溉渠，逆流而上，大人们说，这叫吃水。上百条鲫鱼乌泱泱参差排列着，顽强向前，力争上游，我立即脱下身上的红背心做成网兜，跳进灌溉渠就兜，鲫鱼们吓得啪啪啪地乱逃乱窜。

东荡是卜寨大队六、七两个生产队的田地，北面与车担接壤，东面与沙家比邻，南面与高凡隔河相望。这里是勤劳善良的社员们辛苦耕耘的场所，更是他们满怀丰收的希望，同时，也是我们儿时充满无限趣味的乐园！

7. 那时扇子

常 鱼

很长一段时间,到了夏天,扇子比钱都珍贵,你可以借到钱,但你绝对借不到扇子。在那个时候,这个观点绝对深入人心,有些人甚至刻物铭志,在芭蕉扇的扇页上写诗:"扇子扇凉风,宜夏不宜冬;谁要问我借,等到秋风中。"然后著上自己的大名,仿佛这首打油诗,是他原创的一般。

由于芭蕉扇本质上是干枯的芭蕉叶,类似于腊肉,上面也有腊光,无论用什么笔在上面写字,都能轻易地擦掉。于是有人用烧红的木签在上面烫字,那是另外一种绣花功夫,烫得不好,会烫出一个洞。举起这扇子往天上看,就是一个成语——别有洞天。

有些人家还有折扇,在扇骨上刻字,那就点儿类似于晚唐"八叉丑鬼"温庭筠的《杨柳词》了:"玲珑骰子安红豆,刻骨相思知不知?"同样的待遇,这里也是一个成语——刻骨铭心。怨不得旧时戏曲中,稍微有点儿文化的男子,哪怕女扮男装的女驸马,也手拿一把折扇。唰的一声打开,一方面是无比的潇洒,另一方面,或许有着刻骨铭心的相思吧?

现在最吸引人的是女生,可能由于价值体系不同,在戏曲中,最吸引人的却是书生。下雨了,书生举起他比手帕大不了多少的折扇,就会有国色天香的女子往他怀里钻。现在读了很多书的男人,每到什么情什么人什么节,挖空心思地制造浪漫,绝对是为了表达生不逢时的悲哀!

那时的夏天,是绝对的酷热。特别是入伏以后,天地就成了釜鼎,啥事不做,都汗珠直滚。我曾经亲眼看着我细弱的小胳膊,一个个的汗珠冒出来,然后一个个的,尽情地滚落。有人曾经辩论是冬天的严寒更难熬,还是夏天的酷热更难熬。邻居崔奶奶,上身仅穿背心,有气无力地摇着芭蕉扇:"当然是夏天更难熬,寒天时候再冷,多加几件衣裳,实在不行,可以钻被窝啊。热天时候,你怎么办?你总不能让人剥皮啊!"

幸好人间还有芭蕉扇。很多人家的扇柄,都有如同红木一样的包浆。细作的人家,扇子最容易损坏的圆周边,会用布条缝起包边,讲究的人家会用艳丽的花布。细细摇曳之处,清风徐来之间,那芭蕉扇,竟也有了几分妩媚模样。

幸好人间还有桥。那时到了傍晚,连地上都是燥热的,竹席摊在地上,都热烘烘的。桥可能是上下悬空,上下窜风,加上水气蒸腾,本身钢筋混凝土结构,散热比较快,中午能煎鸡蛋的桥板,晚上一点儿都不热。孩子们中午就在桥上占地方,各家的器具都各具形态。有些人用坏塑料布塞在桥缝里,有些人用碎砖碎瓦,有些人干脆放一长凳。总之,划桥为牢,占地为王,我方的领桥神圣不可侵犯。我们村当时条件相对要好些,邻村的桥板要么两块要么三块,我们村是四块,显得很宽大仁慈:一块桥板五十厘米,三块一米五,也就一张凉席的宽度,留下一块桥板可以人来人往。

晚上的大桥就是后来的综艺大观,有人唱戏,有人猜谜语,有人说评书……我们村有专业说评书的,尖嘴猴腮,黑不溜秋的。长篇评书的主角,姓高名明字望岱,后来读了些书,知道了高望岱这个名字实在是高明。既有"欲穷千里目,更上一层楼"的闳阔,又有"会当凌绝顶,一览众山小"的睥睨。再后来,我行过许多地方的桥,看过许多次云,喝过许多种类的酒,搜过许多回"度娘"的"娇体",却再也没有见过这样高明的名字,也没能读到那些已经遗忘的故事!当然,再也没有了,那座充满了欢歌笑语的大桥!

"寥落古行宫,宫花寂寞红,白头宫女在,闲坐说玄宗。"似乎听得见,那宫女在说:"那个叫李太白的胆小鬼,总是偷偷地瞄我几眼,却不敢动手动脚……"

夜深露重,子夜时分,人们还会纷纷回家。那时的蚊帐,眼儿极小,还被绒毛覆盖。像极了多年以后,我在北方生活久了,耳朵眼里,生出了绒毛,在似透非透之间。

那时弟弟刚满周岁,别的话没学会,就会说个——扇。母亲不停地给他扇扇子,扇着扇着,他睡着了,就不吱声了。但只要妈妈一停下来,弟弟就会不停地喊:"扇——扇——扇——"

那时我家是青砖黛瓦的老古瓦屋,封建年代讲究捂财,低矮没有窗户,只是房间屋顶上有个玻璃天窗。

那时月色,皎洁如银,清夜无尘,四下寂寥。唯有母亲扇扇子的声音,间或有弟弟急促地不停地喊:"扇——扇——扇——"

8. 我独爱花椒的那一味椒麻香

舒　眉

"食无上品，适口为珍。"这话一点儿不假。

我出生在湖泊密布，沟渠纵横的苏北农村。我是吃着家乡淡水河里的鱼虾长大的水乡妹子。不知从什么时候开始，我的口味发生了巨大的变化，由水乡妹子成了辣妹子。准确地说应该是川妹子，因为我所钟爱的麻辣味是地道的四川口味。

我对花椒、八角这些调味品情有独钟，尤其是花椒。我也记不清它是什么时候成了我味蕾上的独宠的。有时，我只要一闻到椒麻味，人立马来了精神，如果能够立马吃上一口，那感觉更是神清气爽，妙不可言。

喜欢一撮一撮棕红色玛瑙似的花椒籽，更喜欢满嘴嚼着花椒——上下嘴唇被麻得直跳跳、麻得头皮直冒汗，那感觉才是真正爽快。

2020年上半年疫情期间有了居家的闲暇，给了我下厨房的机会。每天做不同样的菜，每个菜里放几粒棕红色的花椒粒，那菜立马就是上上品了。那段时间，让我觉得，天下最美味的菜肴，莫过于出自我手的了，让我成就感满满。

碰上空闲时，陪家人或约上三五好友聚会火锅店，等大家点完一遍菜后，我会喊服务员"开个小灶"，要上一份花椒油。在服务员怪异的眼神中，我吃得是津津有味。我认为，涮火锅时吃的就是那一份热辣辣的酣畅淋漓，调味里少了那一味椒麻香，那才一点儿不带劲儿呢。

有自己的喜好不失为一件乐事，但也会有碰到尴尬的时候。如初次见面不相熟的人，此时也刚好有相熟的朋友在，他们会特意添油加醋一番介绍："这是我们孙总，她喜欢麻辣味的菜，特爱吃花椒。她喜欢把花椒炒熟了放在口袋里，没事时就捏几粒吃着玩，就像别人没事时磕葵花籽一样。"显然，这是一种极其夸张的说法。一个正常的爱好，被无限放大成了另类。还有搞笑的事，有些只见过几次面的人，长时间没见，记忆难免会断片，一时想不起来人在哪里见过，大脑里正在搜索时，对方却很热情地跟我打招呼，喊我"爱吃花椒的老板"。"花椒老板"就这样被叫出来了，知道的人还好，不知道的还以为我就是一花椒小贩，想到此，我只能哑然失笑。

其实我知道，花椒在我们这个城市还没有那么太受欢迎，但凡菜里吃到花椒，一般会挑拣掉。有的不小心吃到嘴里，就会发出"哎呀"一声，显然是无法接受其刺激的味道。就这样在别人眼里，我成了一个"怪物"。

还有朋友打趣，让我回家问问父母，是不是在四川捡的我。哈哈，我的衣胞还在里下河腹地埋着呢。只不过我长了一张辣妹子的嘴。

也许是冥冥之中的注定，儿子谈的对象是四川的。丫头大眼睛水灵灵的。都说川妹子漂亮，这话我真信。难怪办公室里的同事也总是夸我的眼睛水灵，扑闪扑闪的像是会说话。我总结了一下，可能是因为我爱吃麻辣的原因。

丫头知道我喜欢花椒，每年花椒收成时，总是提前让她父母特意给我准备一份新鲜的。每次只要打开厨房放花椒的那扇柜门，窜出的椒麻香味总是让我馋得直咽口水。

天下之大，无奇不有。在别人认为我的口味很怪时，我也是百思不得其解。而我对于自己的胃更是无解。旁人吃辣吃麻胃不舒服，我是不吃胃难受。通常在感觉有点儿不舒服的时候，我会赶紧找几粒花椒，没有花椒找点儿泡椒应应急也行，得先把"胃老爷"安抚住。后来食堂阿姨习惯了每天给我做一两道麻辣味的菜，再特意备上一瓶泡椒，这样我的胃顺服多了。

2021年暑假，儿子陪丫头去四川玩了一趟。回来后儿子说："妈，你都不知道四川的菜有多麻，那个地方的口味最适合你去了。"听着儿子的话，我的味蕾开始不安分了。

其实，吃货的世界很简单，通常不是在吃就是在去吃的路上。四川，我心之向往处。

9. 童年

华 刚

童年是人的一生中最美好的一段回忆，如果人生没有了这段回忆，生活的乐趣也会淡去很多。写童年的文章很多，每当阅读，总能勾起我无限的回忆，从小到大，我们在反复地阅读着别人的"童年"，从中也隐隐找回自己的影子。

我的童年是在乡下度过的。家乡是里下河地区的一个小小的村庄。那里没有青山绿水的秀美，没有飞流直下的壮观，却有着流淌在我心灵深处，千丝万缕般的梦萦魂绕……

小的时候，喜欢坐船。放学回家，做完功课就迫不及待地去田间寻找劳作的大人们。等到回家，小船儿载着我，摇曳在波光粼粼的河面，伸手触碰着舷边的水花，拽一把水面的菱叶，好奇地寻找着什么，却什么也找不到，只好甩手一扔，叹息自己运气不好。等到小船靠岸的时候，总是不耐烦大人们的催促，无奈地跳上岸边，失落地走在回家的路上。从小对水便有着特殊的感情。淘米做饭的时候，总是喜欢用青菜叶逗一逗水中的小鱼儿。家乡的小河里有各种可爱的小鱼儿，那种眼睛大大的，发着光，身子特小的，每次淘米做饭的时候，我总用淘箩抄起一只，如获至宝地将小鱼儿装进准备好的罐头瓶中，叫来小伙伴，不停地炫耀自己是个"捕鱼"高手。可面对少去的一大半米，总是逃不过责备的。

春天里，家乡的油菜花金灿灿的，开遍了整个田野。我们尽情地游弋在金光荡漾的花海。嬉戏蝴蝶，品尝蜂蜜，最后弄得满身的绿汁和黄斑，回家还是逃不过大人们的责骂。

夏天，小村庄进入了深绿盎然、柳叶飘摇、金蝉长鸣的季节，河里的莲叶也接天般地铺开了，出水的芙蓉，随风摇摆着，纤细的身姿引来蜻蜓驻足。家乡的小孩子都喜欢戏水，当大地被炎炎的烈

太阳花

日暴晒,知了不停喊热的时候,我们也有了下河洗澡的充分理由。河岸的石板上,河面的小桥下,还有对岸的田埂边,总是少不了我们戏水打闹的欢笑声。水性好的在河里玩起了躲猫猫,尽情地向岸边年纪偏小的孩子们炫耀自己的"本领"。更小的孩子站在岸上,羡慕不已,却又无奈。因为他们坚信大人们的话:"河里有专门抓小孩子的水獭猫。"他们也只好老老实实地蹲坐在岸边,玩弄着大孩子们甩上来的大钳龙虾……

盛夏,小河对岸的桑枣紫得发黑,禁不住诱惑的孩子们,踩水踏浪,游过小河,小猴似的爬上小树,饿狼似虎地将满树的枣儿一扫而光。回头还放下几颗稍黑的,揣进的确良小褂子上的口袋,回家拌了蜂蜜慢慢品尝。等母亲早晨洗衣服的时候问起那黑点,只能支支吾吾地说是墨水……

夏季的午后,水乡的桥头很早就铺满了凉席,摆满了板凳。待到零星点点,桥下芦苇丛中闪闪发光的时候,大人小孩都出来了。大人们劳作了一天拖着疲惫的身子进入梦乡,我们躺在席子上面,数着漫天的繁星,总是疑惑月亮里面那个锯树的人是谁?

秋风瑟瑟扫落叶,黄色的树叶子片片凋落,落满了整个院子。大家都忙碌着收获一年的喜悦。我们也跟着大人们去田间埂头,大捆大捆的谷子让我们望而感慨,力不能及,只好做些递茶送水、拾掇谷穗的事情。我们伴着打谷场上机器的轰鸣,和大人们一起披星戴月,枕"谷"待旦。睡得正酣的时候,不情不愿地被大人唤醒,揉揉惺忪的双眼,拖着疲惫的身子回家。秋天不仅仅是一个收获的季节,也是我们小孩子最快乐的时光,每当和小伙伴一起密谋偷邻居家的梨子的时候,我们精神抖擞的,如同经历一场战斗,总能收获满满。

寒风袭来,天气渐渐变冷了。清清的小河也泛起了久违的冰花,站在岸边的我们总是想象着如何才能从这么薄的冰面上蹚到对岸去。走上前,用脚试探一下,之后,会为弄湿了自己十分爱惜的棉布鞋懊悔一整天。腊月初八,孩子们高兴地品尝着五谷豆子做成的腊八粥。大概是快过年的缘故,喝着腊八粥,比喝蜂蜜还要甜蜜。腊月二十四是小年，故乡有什么特别的风俗我也不知道，只是记得有个什么灶神，些许跟吃有关，在我们心目中总是那么神秘。

真的快过年了，那可是我们孩子期盼已久甜蜜的时光。大人们总是张罗东张罗西的，有忙不完的事情。我们小孩子也跟着大人们忙活开了，掸尘、贴对联、做肉丸子，忙完一整堆的事，然后去理发、洗澡，等待心中的那份企盼。大年三十，算是一年中最快乐的时候了，吃年夜饭讲究个早，说什么："吃得早，不割草。"全家老少围着桌子，桌子上摆满了各式各样的农家菜，父亲也搬出了他那瓶陈年老酿，孩子们总是为吃不上爱吃的鱼而百思不得其解。伴着张也那"三百六十五个夜晚，最甜最美的是除夕……"悠扬的旋律，黑白电视机里春晚已经开始了……

大年初一，家家户户都忙着走巷串户，拜年贺喜。

孩子们拽着自己的布兜兜，迫不及待地推开别人家的大门，院子里积攒着白茫茫的一片，映着金灿灿的阳光，照得门框上"瑞雪兆丰年"闪闪发光……

10. 庄稼

陈凤如

空旷的天底下,广阔的田野,一望无边的沃土;一片片葱绿的禾苗间,错落有致地散落着一座座房屋,屋里住着人,一座座房屋就是一个个家。乡村里,农民种田收获粮食,粮食在田里,在那些葱葱绿绿的庄稼里。

庄稼离不开人的辛勤伺候。我就是伺候庄稼的人,就成了庄稼汉。

一年四季,庄稼汉大部分时间是在田间消磨。行走在嫩绿、苍翠、浅黄、金黄的庄稼地里,稻麦的清香混杂着湿湿的泥土的芬芳气息包裹着庄稼汉,满鼻充盈着独有清新的泥土气息,使人沉醉的庄稼地,让人流连忘返。

稻、麦、玉米、高粱、红薯为五谷,乡村里,我们都称为庄稼。庄稼不是工厂里生产出来的,而是在广袤的天地间的田野上,在阳光照射和雨水滋润下,是庄稼汉用汗水浇灌而成的!庄稼是农民的根,更是民族的命脉!

家乡地处里下河,气候温和湿润,四季分明,属亚热带季风气候。适合种植麦子和水稻,夏季麦子秋季稻,素有鱼米之乡的美名,是闻名全国的粮食生产基地。

芒种节气,踢步庄稼地,宽硕的麦田,由翠绿逐渐变成浅黄,万头攒动的麦穗饱盈了起来,尖尖的麦芒,也在热浪中摇曳,阳光下,发出若隐若现的金光,流火下的麦香充盈着我的鼻息。

轻轻扯下一束麦穗,揉去干脆的麦芒和麦壳,一粒粒饱满的麦粒端端正正地躺在我的掌心,似玉一样圆润,似金一般精贵。麦子穗穗挺拔,恨不得长得开裂,今年的麦子真饱满!

一阵风,金黄的麦浪逶迤腾浪,布谷鸟悠远的鸣叫声,从几节田外飘入我的耳膜。

"夜来南风起,小麦覆陇黄。"烈日下挥汗如雨的夏季"双抢"大忙的号角又在水乡的大地上吹响。

庄稼中占据显赫地位的当数大米。它喂养了我们,我们身上每一个细胞里都融入了大米特有的清香和精魂。

"椿树蓬头浸谷种。"清明、谷雨之间,椿树发芽舒叶,正是浸谷孵芽的最佳时段。

此时节,庄稼汉从收藏了一年的稻种中,挑选出金黄饱满的稻谷,从不会轻易看见的瓦罐木柜中小心翼翼地取出。春荒时节哪怕家中没有一粒米下锅,谁也不敢打瓦罐木柜里谷种的主意!谷种也是庄稼汉的"孩子",谷种是庄稼汉的希望和力量!

用温水浸种孵芽,几场春雨后,嫩绿的谷芽撒入清亮的水田里,秧苗绿汪汪的一片,给了庄稼汉无限的幻想和憧憬。

秧苗咕噜咕噜地吮吸着甘甜的河水,就像孩子喝着娘的奶,一天一天变得粗壮茂密。烈日炎炎,光脚一深一浅地行走在稻田里,薅草、喷药、施肥,稻田里留下一串串深深的脚窝,洒下了一蹚蹚辛劳的汗水,稻叶划破一层层手皮,沤烂的脚丫从来没有屈服过脚下这片庄稼地。

守望中的庄稼,一粒稻谷从裹着稻壳的子宫里孕育饱盈,用手轻轻一搓,稻浆迸裂,青中带玉,鼻子轻轻一嗅,清香沁脾!

太阳西沉,庄稼地边的屋顶上炊烟轻袅,红彤彤的晚霞洒满金黄的稻田,一丝风轻抚着低垂的稻穗,弥散着阵阵稻香,让人陶醉。

庄稼汉取出"饥饿"了一年的镰刀,磨刀石上霍霍山响,声音在巷道口来回飘荡,心中涨满了丰收的喜悦。

火辣辣的太阳迎候着黄灿灿的稻谷,庄稼汉趁着晴好天气,不分日夜地忙碌于田头,赶天时抢收割,直至稻谷进仓,悬了一年的心思才会平静下来,整个新稻场结束,人瘦了一大圈。

每年的收割时节,都会忆起父亲常挂在口边的话:"一穗一粒须珍惜,一粒米三滴汗,好收成要防荒年成,过了收场之时,即便挖地三尺,也不会再有谷粒等你去收!"父亲的话常在耳畔响起,简朴的话语，刻骨铭心的教诲，令我终身不忘！

　　小时候，"备战、备荒、为人民"的口号在中国家喻户晓，无论是大喇叭广播，还是遍布城乡的标语口号，到处都能见到或听到这七个字。庄稼是维系国家正常运转的基石。

　　常常翻阅饭前感恩词：

　　饭食之德，一粥一饭，当思来之不易。自奉必须简约，宴客切勿流连。

　　饮食约而精，园蔬愈珍馐，勿贪口腹而恣杀牲禽，萝卜青菜保平安人生。

　　或饮食，或坐走。长者先，幼者后。对饮食，勿拣择。食适可，勿过则。若衣服，若饮食。不如人，勿生戚。

　　联想时下铺张浪费之风，百感交集，不堪忍受。

　　随着国力不断强盛，粮食问题倍受党中央、国务院的高度重视。从我做起，拒绝剩餐。以知为行，崇尚俭朴，以勤俭为荣，铺张浪费可耻，是每个中国人义不容辞的责任！

岁月无声

1. 外祖父留给我的记忆

徐国军

不作死,死亡的可能是很小的。外公家里有一个精致的小算盘,我光溜的脚踩上去正合脚。我和表弟没事做,就偷出来玩,全不知快乐之后少年的幸福就绑紧了它。

外婆虽然一直告诫这是家中谁也不能碰的东西。我和表弟其实并不执拗,但是她却从不阻拦我们的行为,这种纵容让我们失去了自控。表弟踩坏了算盘,还真不是我,到现在为止,我仍然保证不是我弄坏的。外婆吓傻了,特别是就在这个时候,外公回来了,而受伤的算盘散在我的手里。

外公的威严是远近闻名的,起码像鲁四老爷。此时的我并不紧张,"不是我。"我的第一反应是要澄清自己。"手拿过来。"我知道戒尺来了,委屈的眼泪也来了,乖乖地伸手过去,如阿Q缩着头等着挨打。"知道为什么打你吗?""不知道。""还嘴凶!"又是十下。"就因为他是你孙子?""知道就好——"又是十下。我的"小宇宙"要爆炸了,准备揉眼睛的时候,我看见外公正细心地整理那个受伤的"宝贝"。外婆和表弟正手足无措地等待新的风暴。

"我爷爷留下的,绝后了!"外公叹了一口长气,"祖业没落的时候我以为没希望了,就没让你的舅舅们学它,有希望了,你们又毁了它!"风暴没来,外公轻轻地带上门出去了。

我早听母亲讲过外公的绝活——一手好算盘。好到什么程度,用大队支书的说法,"全国没几个,最起码戴南第一",用现在的说法,"戴南是世界上最大的城市",那肯定能进吉尼斯世界记录了。一个独孤求败的手艺,要失传了。

"外公，我要学！"我拿出宇宙爆炸的力气猛吼一声，忘了他可能传内不传外。

明间里寂静死了。门又轻轻地打开了，"你想学算盘？想好了，我为什么打你！""我想不通！""想不通回家问妈妈！""反正我要学——"我窜出门一溜烟回家了。

"婆嗲嗲打你了？""嗯，我想不通，要我问你。""我也想不通你做的事说的话。打你前你说了什么？""不是我！""该打！你会画算盘吗？"

我拿出圆珠笔，在妈妈的鞋样子上画了一个算盘。"我不懂珠算，你讲给我听。上档两个珠子代表多少？下档五个珠子代表多少？"妈妈很诚恳地问。

"妈妈，我告诉你，上档一个珠子代表五，下档一个珠子代表一。"我神气劲又来了，忘了自己的委屈。

"档位不一样还真不一样。能不能倒过来呢？上档五个，下档两个呢？""不能啊，妈妈。""那倒值得捋一捋了。算盘坏了吗？坏了。你知道算盘是在地上滑行的吗？应该知道不是。你婆嗲嗲怪你了吗？还没来得及。你比弟弟大，你承担责任了吗？没有。不懂事的孩子不应该挨打吗？"

我再次面对外公时，外公语重心长地对我说："平儿，珠算讲究每一个珠子的归位与定位，归位是一种责任，定位是一种心态。遇事推诿不顶责，这一点，你不能学算盘，学不好，会打个人的小九九、打别人的算盘。知错了，懂事了，开始学吧。每晚八点开始。"

那一年我十三岁，做了外公的徒弟。从小九九到加减乘除，从单手推打到双手验算，再到蒙眼盲打，再到跟他一起记账审账，每错一步都会有重重的戒尺，我有时感到，我肥厚的双手简直就是伤肿，白天学校里因为功课表扬的尊严随着夜色一洗而光。到现在，每见戒尺都心有余悸。

我有了绝活,可惜,我走进了高考考场,做了老师,没做会计。我没看见外公生气,我离家去盐城上学时,他还是那句话,"技多不压身"。不过,妻子到财政所上班时,算盘不精,我做了几个月的师父。儿子过周请他老人家吃饭时我告诉了他,他说不岔辈,因为按照他的理论,我妻子与我的儿子属于一辈的。他问我,"小静(妻子)听话吗?"我说:"没用戒尺,她主动要学的。"

　　外公临走的时候,把戒尺给了我,人生不能没有戒尺,记住,尤其是老师。我的外公啊,这戒尺吓唬了我的少年时候,还想警示我的中老年吗?我芒刺在背。

2. 生活的绝活

夏所珍

在我七八岁的时候,父亲远去东北沈阳炸炒米,父亲炸炒米可是一流的,闭上眼睛不看火表,都能炸出一锅又一锅的好炒米。他先是一个人去,后来把本村和邻村的一帮人都带去了。有一天,家里收到了一封父亲寄来的信,信中吩咐母亲把我们交给奶奶照应,让母亲去东北。父亲一直是个不安分的人,专搞"投机倒把"的交易。他在东北见去炸炒米的人多了,每个人都要从老家叫边城的地方买炒米机,一路颠簸带到东北,实在不方便,就和在机械厂上班的房东毕叔叔一起,偷偷摸摸地造起了炒米机,炒米机是造出来了,可得有人去卖呀,父亲想到了在家的母亲。老实巴交没有上过一天学的母亲,在外公和奶奶的千叮咛万嘱咐下,安顿好我们姐弟仨,凭着平时跟我们淘来的几个字,怀揣着父亲的地址,让人不敢相信的是,还真寻到了父亲的住处。

到了沈阳后,母亲每天早上揣上两个馒头,当一天的伙食。父亲用自行车把母亲送到固定的地点,竖上一块纸牌子,放着两个炒米机,关照母亲不要走太远,防止找不到,但要注意城管来逮。母亲坐在带去的爬爬凳上,等着客人来。父亲则又骑上车子,又到另外的地方去寻找据点,到了天黑再来带母亲回住处。一晃几个月过去了,有时一天能卖个一只两只,有时三五天也卖不掉一只。一天,远远地看见一帮戴红膀套的来了,吓得母亲连炒米机也没拿,拎着个爬爬凳向巷子深处跑去。到了天要黑,母亲又悄悄地"摸"了回来,等父亲来接她回住处。父亲见吓得哆哆嗦嗦的母亲,连声安慰道:"炒米机拿去拉倒,只要人没逮去就好。"

藕垛是出了名的小庄子，夸张地讲，小孩屙一泡尿都能浇三圈。庄子小，可人们的心不小。社员们除了起早带晚干农活，还比别的村庄的人多几样绝活，首先就是扫鸡屎和铲岸草，稍有空闲，大队的干部就号召群众扫鸡屎和铲岸草。本村的田岸都被铲得光秃秃的，要是光着脚丫跑路都打滑，小孩子整天拿着个扫帚和畚箕，跟在鸡屁股后面转，生怕一不小心错过一坨鸡屎。因为村里的杂草和鸡屎都被铲光和扫光了，队长们还经常开着挂桨船，把社员带到外庄去铲岸草和扫鸡屎。

当时，我们村的粮食在全公社是亩产量最高的。那时候，山芋萝卜当饭吃，可山芋扒起来，放的时间长了容易坏，在村支书赵干青（我大舅）的带领下，家家户户挖起山芋窨子，分好坏堆放，破的、小的、有蛀眼的先吃，把好的山芋储存到开春，育成山芋苗卖到东台和周边村庄，社员们把家前屋后和小菜地都利用起来，单山芋育苗，我们村的社员，家家都有一笔小收入，以至于到了婚嫁年龄的姑娘，都尽量在本村找对象，不愿意嫁到外村去。在我们村，骨头连着筋，家家都是亲。

做篾匠可是小姑父的绝活。从大集体跳出来以后，先是和姑姑领着三个孩子，在一条三吨的水泥船上卖竹子。再后来又在河边搭了个棚子，一家又总算住到了岸上，不管夏天多热，冬天多冷，每天周而复始地在露天干活，特别是捐篙子，夏天热死了，冬天在露天冻得鼻涕直流。随着改革开放，做生意不再是偷偷摸摸的了，为了多挣钱，姑父又远上江西，直接到山上去砍竹子，一趟运到家，押船都要一个多月。后来，姑父又不满足于卖竹子了，又批发些钉耙、锄头、扫帚等回来卖，随着生意越来越好，十几年前，姑父已经在市口较好的地段，弄了块地皮又扩大经营，小姑父凭着这个绝活，为三个儿子砌上了好房子，并为他们风风光光地办了婚礼。虽然现在不愁吃不愁穿，孙子、重孙都有了，儿子个个也事业有成，他自己的存款也有几十万,可七十五岁的姑父和姑母,就是不听儿子们的劝阻,仍然每天在忙碌着。

每个人一出生,都是一张白纸,什么都不会什么都不懂,哪里有什么绝活?只不过是为了适应环境、为了生存,又什么都会什么都懂了。而且因地制宜地又有了些绝活。俗话说得好,"三百六十行,行行出状元"。什么绝活都不叫绝活,那些所谓的绝活,就是"绝处逢生",在绝境中为了求生存,而千方百计谋得的一技之长。

3. 小镇茶摊

马雨保

　　小镇茶摊的简陋是让没见过的人无法想象的那种。狭小街道的某处角落,一把竹柄的大号油纸伞,罩着下面一张木制的小板桌。一排六棱形的玻璃茶杯,已是相当讲究的物件,上面盖一块方形玻璃片,摊主倒也将它们擦得干净。小桌边是几个装着不同口味茶水的壶子,这便是茶摊的全部家当了。

　　茶摊的主人多半就住在大伞后面的门户里,小本生意是不会租较贵门面的,多是家里闲暇的老者为解寂寞顺带赚点儿小钱,贴些家用罢了。

　　整个夏季,茶摊的主人总是在桌子里面坐着,手里拿把蒲扇,不停地在桌上来回划着,赶走那喜好甜味的蝇虫。透亮的玻璃杯里有几种色彩,淡粉的苹果味、青绿的薄荷味、浅黄的橘子味、褐色的大麦味、栗色的原茶味……茶水有些是甜味的,是孩子与女人的爱好,而脚夫苦力却是喜有香气的大麦或茶叶味道。炎热的日子里,茶摊的主人会把泡好的茶水放到井水里凉透,吸引来更多的客人。

　　挑着担子的过客,老远走来,便会放慢了脚步。到摊前放下肩上的家伙什儿,摘下头上的草帽,钻到大伞底下,使劲地用草帽扇着身子,嘴里咒骂着天气的热,从口袋里掏出几枚硬币,一边喊道"老板,两杯大麦茶",一边往卖茶人手里放上四枚一分的硬币,两杯凉凉的茶水喝下去,似乎安逸了好多。抽出腰里的烟袋锅儿,与主人讨来小板凳,在伞下吞云吐雾起来。完后,抬起腿在脚板上搕去烟灰,往腰里收好家伙,起身谢过主人,戴上草帽,挑起担子,重新闪进骄阳。

　　挎着篮子的女人,架不住身后拖着衣角孩子的央求,有些不情愿地来到摊前,嘴里数落着孩子的不是。从腰间的布袋里摸出包钱的手绢，一层层剥开，从里面抽出张两分的纸票，厉声问着身边的孩子要哪种口味？而孩子的目光总在红红绿绿的杯上来回扫过几遍，最后下了决心，用手一指，就这杯红的。卖茶人收了钱，拿去玻璃片的盖子，细心地放好，并嘱咐孩子，抓紧杯子。孩子端来，细细地啜吸着，不时停下，把杯子举在眼前，欣赏着，满足着……在女人的催促声里，把红色甜甜的美味喝完，不舍地放下杯子，跟在女人后面，三步一回头地离去。

　　我也是茶摊的常客，拿一个带着软塞的大玻璃瓶子，用向母亲讨要的几分钱去买，可以装满一大瓶。犹喜清凉的薄荷味道，用一根空心塑料小管，插进甜美的液体里，慢慢啜吸品尝。

4. 家在茅山

周丽华

1984年,我被周庄中学高中部录取。兴化古镇周庄,离我们边城足有四十里路。在那个交通不便的年代,去周庄上学公路不通、轮船又不直达,大多数时候,只能选择步行。于是母亲几经周折,终于把我的学籍转到了离家仅有十几里的茅山中学。

那一年的国庆节,茅山中学在茅山电影院里举办了一场隆重又热烈的学生联谊会,我们高一甲班一马当先,全班同学高歌一曲《在希望的田野上》,闪亮登场。作为领唱,我成了全场目光的焦点,格外引人注目。也就是在那天,在现场,一位家在茅山的男同学对我一见钟情,从此缘定茅山。经过八年的爱情长跑,历经风雨,我们最终修成正果,走到了一起,我也成了真正的茅山人。

家在茅山,我想说说茅山的美食。记得我在茅山上学时,馄饨只要两毛钱一碗。在一个下午自习课时间,跟着同学溜到红旗大桥南堍一家馄饨店,第一次吃茅山馄饨。秀气的老板娘端上来一碗香气扑鼻、油亮油亮、漂着翠绿葱花的馄饨,加一点儿赤红的酱油,挖一点儿老板娘亲手熬制的雪白如玉的脂油,再撒一点儿茅山特色小胡椒,我们几个瞬间食欲爆棚,三下五除二,连汤带水吃了个碗底朝天。回家后,我把茅山馄饨夸得天上有地下无、世界第一美味。母亲只笑笑不作声,知道我是个"小馋猫"。从那天起,每个星期给我的零花钱里,母亲必然多加一碗馄饨钱。

在茅山供销社上班时,同事们经常会在早晨轮流请吃烧饼。那时候最好吃的烧饼,是用猪油渣拌上葱花夹在烧饼中间,我们习惯叫"插酥"烧饼。茅山烧饼那个酥,那个香,真的是打嘴巴子都舍不得丢。茅山的盐水鹅皮薄肉嫩,味道鲜美,食后口齿留香。茅山烧腊、卤豆腐干、五香蚕豆等等,都是让人回味无穷的特色美食,久负盛名。

　　迫于生计，多年前我们就远离家乡到陕西谋生。从此以后，茅山的家和茅山的美食一起成了梦中的乡愁。身在异乡，漂泊打拼至今已有二十多载，随着年龄越来越大，思乡情越来越浓烈。虽然偶尔回家，也是来去匆匆。

　　家在茅山，对家乡这二十多年来的变化，我们是心心念念，时刻关注的。前几年，茅山重建了景德禅寺，寺庙里那一尊尊大佛神态各异、千姿百态、灵光四溢。偶尔回老家，清晨能听到寺庙里传来一阵阵古朴悠扬的钟声，有如天籁之音回荡。茅山一年一度的会船节、曾经唱响中南海的茅山号子，双双被列为国家级非物质文化遗产。农历三月十八的茅山庙会也被列入了江苏省非物质文化遗产。

　　家在茅山，今年好事连连。三月八日，我被好友邀请参加了茅山"三八女王节"盛大晚会。那一晚，我惊喜地看到了家乡文化事业的蓬勃发展，万分开心。以群主王春香为首的美女健身舞蹈队，为全场众多女嘉宾表演了各种精彩绝伦的节目，她们亭亭玉立、娇艳动人，她们青春洋溢、活力四射。最激情的时刻，台上台下不同年龄段的美女一起互动，载歌载舞，欢聚一堂。

　　侄子的婚礼定在五月一日在扬州举行。我们早就决定要回老家。就在回家前夕，又听说文学群里在组织一场茅山文化研讨会，活动时间定在四月二十九日。这一天恰逢一年一度的农历三月十八盛大的茅山庙会。我作为茅山人，家在茅山却多年没有看过茅山庙会，激动的心情无以言表，立即报名，提前回家参加活动。

　　四月二十九日，阳光明媚。早上文友们相聚，我作为东道主的一员，带他们品尝了原汁原味的茅山馄饨。中午，十几位老师结伴来到我家小憩，平时寂静的家里顿时欢声笑语，恰似一个个"文曲星"下凡。随后我们移步茅山老街，欣赏了盛大的茅山庙会。庙会是集祭祀、娱乐、社交功能于一体，凝聚着宗教、文学、艺术等多种文化形态的民间盛会。舞龙、挑花担、打腰鼓，各种民间艺术表演层出不穷，热闹非凡。

　　下午，茅山文化研讨会在茅山景德禅寺的会议室里隆重召开。

寺院住持、地方领导，《泰州晚报》《兴化日报》的总编辑、记者，以及社会各界人士踊跃发言，讲述了茅山从古到今的变化发展，肯定了茅山两千多年的文明史，倡议弘扬茅山传统文化。印象深刻的是泰州晚报翟总编辑说："在座有很多爱好写作的朋友，大家要多写茅山故事，多发扬光大茅山文化。"参会人员纷纷献计献策，为推广茅山文化尽心尽力。现场气氛热烈，活动取得了圆满成功。

　　前不久，我们茅山和张郭、戴南三镇合并，这将意味着茅山又要更上一层楼。身为茅山人，家在茅山，我感到很骄傲，很自豪。"他乡纵有当头月，不抵家乡一盏灯。"接下来，我们又要开始异乡打拼的生活了。难舍故乡人，难舍故乡情。纵然远隔千里，我的心里总会念念不忘：家在茅山！

5. 我的戏曲缘

费爱萍

　　每个人的生活兴趣都跟童年有着必不可少的联系！

　　每当想起那个生我养我的村庄，心里总是格外想念，那里不仅有我的父母亲朋，还有我童年的小伙伴，更有给我启蒙的戏曲缘。

　　那年月人们生活简单，日出而作，日落而息。入冬农忙一过，我们村便随着戏班的排练热闹了起来。那时我小并不太懂大人们忙什么，只喜欢跟着去村里的大会堂，看演员们舞枪弄棍觉得好玩。那年月人们的文化娱乐相当缺乏，连电都没有，电视机就不用提了，听都没听过。电影一年到头也看不到几场，其他的就更不用说了。春节看戏就跟春晚初出现似的，早就吊足人们的胃口。从大年初一唱到初六，每天的节目都不相同，使得每天每家都是"倾巢出动"。

　　我爸是戏班里的核心人物，他当兵时就是文工团的，听他说过，他在部队时，还有一位名演员给他们上过一星期的音乐课。仅此一项就算是"科班出身""黄埔军校"出来的了。他二胡拉得特别好，那年月农村识谱的人几乎没有，因此，他在戏班里就是绝对的"权威"，理所当然的唱词唱腔都得由他指导安排。

　　村里有个名叫费冬红的姐姐，是戏班里的顶梁柱，名闻四方。那时候她还是个二十多岁的女孩，真的演什么人物像什么人物。印象最深的就是她演的《包公铡美案》里的秦香莲这一角色，只见她带着一双儿女，跪着向包公哭诉陈世美忘恩负义、抛妻弃子，以及自己和孩子们的各种遭遇。那唱腔、那表情、那动作，无不令人动容，总能让台下的观众泪流满面，边看边骂陈世美。她所到之处，莫不夸赞一片，比现在的明星还耀眼，自然就是我们的偶像了。还有两位专演正反面人物的伯伯也是演得非常精彩，深受大家喜爱。我从小就是在这样一个充满戏曲文艺的环境中长大的，因此也就在不知不觉中爱上了戏曲。

　　但戏曲不是我的全部，"为了生活人们四处奔波"，这歌仿佛唱的就是我。离开家乡远嫁福建，光阴似箭，一转眼几十年过去了。前些年我又回到了老家江苏，在苏州定居。回顾这些年来的坎坎坷坷，有过成功也有过失败，酸甜苦辣尝遍，生死离别看尽。实在是一言难尽，但无论我在哪，我一直不变地还是爱听、爱唱戏曲，哼上两句，再多的忧烦也会随着歌声烟消云散。

　　一次无意中我听了一段京剧，程派继承人张火丁的一段唱腔，觉得那唱腔用美妙绝伦形容都不够，这让本就喜欢地方戏曲的我一下子就对京剧产生了热爱，从此车上只有张火丁专辑，上下班来回听，边听边学，一直到会唱为止。

　　正当我为自己学会两段沾沾自喜时，偶然一次我正唱着，有一位戏曲爱好者，确切地说是一位票友朋友听了我的唱，就主动带我去了一个戏曲群，那里有北京来的一位专教京剧的老师。老师很亲切，一进群便让我唱了一段，我当时不知高低就唱了，老师听完了说："你嗓音条件不错，但你不是唱戏，你唱出来的是白话，咬字没有一个是对的，更谈不上什么韵味了。"此时我才知道戏曲不是那么容易唱的，喜欢听戏不一定懂戏，会唱戏的不一定唱得好戏，会唱戏懂戏才是唱好戏的基础。打那以后我便天天进群再也不敢造次开声，只是听老师点评票友们的不足之处，以及对戏文的讲解，就这样在群里一待三月有余。

　　一日进群早，看群里只有老师在，斗胆和老师说我想唱一段，唱毕老师吃惊，说我悟性不错，和开始进群那段唱有天壤之别，那天老师耐心帮我纠正咬字、音准，我这才算真正认识京剧了！

　　如今学唱京戏已有两年，感觉越唱越像那么回事了。有时忙得没工夫唱，就会有好友在群里"敲击"我，"快点儿回来，想听你唱两段了。"朋友们还戏说我想抢张火丁老师饭碗——虽说是戏言笑话，但能听出来朋友们是真心喜欢听我唱。

　　京剧《锁麟囊》是我的最爱，每当我唱道：

　　"一霎时把七情俱已昧尽，参透了酸辛处泪湿衣襟。我只道铁富贵一生注定,又谁知人生数顷刻分明,想当年我也曾撒娇使性,到今朝哪怕我不信前尘。这也是老天爷一番教训:他教我,收余恨、免娇嗔、且自新、改性情、休恋逝水、苦海回身、早悟兰因。可怜我平地里遭此贫困,遭此贫困!我的儿啊!把麟儿误作了自己的宁馨。"

唱完这段,感慨万千,对人生有了更深的理解,人也变得更豁达开朗了。

戏曲不仅融入了我的生活,给我的生活增添了光彩,更给我带来自信和阳光。我深知,我跟戏曲的缘分一辈子也割不断了。

6. 有个小院

费爱萍

从农村到城里生活的人群里，都有个共同点：希望退休后能拥有一个跟老家一样的小院。可种花草静心怡情，也可种些简单的蔬菜天然无公害，还可以锻炼身体。想想这样的老年生活是多么美好……

小时候印象深刻，我家院子不算小，四周用芦苇秆围着。夏季，围栏上牵满了藤，藤上吊满了圆圆的黄灿灿的赖葡萄（外形像小苦瓜），里面有一个个鲜红的果肉，吃起来又酸又甜，吃得满嘴满手通红。菜园里绿油油各种不同的蔬菜一年四季随时采摘，围栏根部四周密密麻麻长满了近一尺高肥壮的香菜，随时采摘随时下锅，真正是新鲜"零距离"。园子中间有大棵月月红（月季花），花季很长，开满红花很是好看……

弹指间，离开家乡已经几十个春秋了，我可以用中老年一词来形容自己了。所幸的是在外拼搏多年后，已经把异乡的城市当成了家乡的我拥有了属于我自己的一方小天地（住房），特别是还有个我梦寐以求的小小的院子……

自从搬进新家后，我的生活变得更加忙碌。除了迟到早退的上下班（自家公司），每天总会在院子里"流连忘返"，东添一盆花西添一盆草，短短几个月小小院子里已是"满园春色"。植物们该发芽的发芽，该开花的开花，该结果的结果，各尽其责。就连院墙角那两团翠竹也带着它独有的清高悄悄地抽出了新枝，且不失风度如绅士般迎着风频频朝着路口处不断点头。

有了小院后，觉得人也变得佛系了，对于花草植物也能感觉到"缘分"二字，在我装修房子期间就遇到一件特别"有缘"的事。

那时候我正在装修新居，同行里有位老板打电话问我家要不要太湖石，由于某些原因他的房子要被法院封了。知道情况后，老公和我带上钱、叫了车和工人前往他家。同行老板说什么也不肯收钱，说只要我家能用得着就好。看着他满面悲伤的老母亲，想想他事业的坎坷，前方的路还不知道咋走，我心里非常难受，边安慰老人边把钱塞进老人的手里。

老人家带我在马上就不属于她的院子里转了一圈，院子四周栽满了各种植物，都打理得很好。老人家走到一棵月季花前停下来告诉我，这是她当初从四川某地背回来的。看得出老人家对这棵月季充满了不舍，对她的家她的院子满怀留念。这时邻居有个女人拿着铁锹过来要挖走，老人不让，她对我说我若有心要就让我带走。要知道当时是六月份，种花草肯定难活，见老人家如此信任我，我不知道哪里来的底气，立即向她保证："肯定能活下来，我一定会好好待它。"

带着石头和那棵月季花回到家已是下午四点左右，我赶紧弄土把月季先种下去，虽说路上开车一个小时左右，但骄阳似火，月季花已经蔫了。好姐妹见状说："哪有夏天种花草的？到时候要是需要花卉市场上多得是，转一圈啥都有了。"

她哪知道这盆花的来历，她更没看到老人泪水婆娑的双眼。我边解释边种下花，给它浇好水放在树荫下等它醒来。可巧的是当晚和第二天都下雨了，我知道这棵月季花有救了。我把长枝全剪了，两天后我再看到它，惊喜地发现叶子全立起来了。就这样，带着老人的念想，两年来我把这棵月季当宝一样养着，当然，这棵月季也一直花繁叶茂。

要说种花草我确实不怎么样，但奇怪的是在院子里我随便种它们随便活，总能让我成就感满满，惊喜万分。什么樱桃树、李子树、橘子树、玉兰花、杜鹃花等等，只要我看中的，无论地摊上还是网上买的。买来时多数就是一根小棍，除了根须其他光秃秃没有一片叶子。看着它们从苗栽下去到成活抽芽再到长成枝叶茂盛，那种开心无以言表，我能感觉到自己笑开了颜。

如今，我不但学种花草，还学种菜。院子西边靠墙处有长十几米，分三段分别砌砖高八十至九十厘米，宽一米左右的花台，此处不种别的只种蔬菜。种菜对我来说更是门外汉，先种些最简单的四季小青菜，后学着邻里们种上辣椒、茄子。虽说没有别人家的长势好，倒也给院子里增添了一片绿色，也为我家餐桌上增添了一道风景，当然更增添了我的成就感。

　　院子虽小，足够我折腾每一个春夏秋冬。余生因有小院再无闲时，养花草，种菜苗，倒也乐在其中。

7. 我爱吃肉圆

谢友华

奶奶生了五个姑娘，父亲是唯一的儿子。我有三个姑妈，两个姑。我家三代单传，我是家里唯一的男娃，是个"惯宝儿"。姑妈和姑个个疼我，奶奶更是疼上加疼。儿时的我多病多灾，不爱吃饭，也不爱吃零食。奶奶成天捧着饭碗追在后面喂我，一顿饭常常喂个把小时。有一次喂了太多，以致把我喂伤了，看了很长时间的病。奶奶遭了不少埋怨，尤其自责难过。

奶奶的娘家是顾庄乡北季的，二姑妈也嫁在这个村，俗称"还娘家亲"。奶奶还有一个妹子也在这村，我们喊她姨奶奶。一到夏天，奶奶就带上我到二姑妈家歇伏，兼回娘家走走，一待就是个把月。所以我的童年，很多时间是在那儿度过的。

二姑妈连续生了四个姑娘，第五个才生了个儿子，取名庄宝。姨奶奶也是连续生了三个姑娘，第四个才生了个儿子，取名扣九。庄宝大我两岁，扣九大我三岁。按辈分，我跟庄宝应该喊扣九叔、舅。但我们全然不顾，直呼其名。我们仨经常一起玩。

二十世纪八十年代的农村，生活简朴，平常都是吃一到两个蔬菜，十天能见一次荤就不错了。只有过年过节，办大事，方可以大吃。每年夏天跟奶奶到北季，是最快乐的时光，不单有得玩，还有得吃。在姑妈家，几乎天天有荤，隔三岔五，舅爷爷、姨奶奶还请客。

以前家里来客，红烧肉、鸡鸭鹅烧熟起锅的时候，奶奶和姑妈们会用小碗先盛一点儿给我，尽挑瘦肉、鸡心、鸭腿之类的精华，戏称"开小灶"。我却很挑嘴，肥肉一丁点儿不吃，即便是精华，也只吃几口，吃一半留一半。有次姑妈家做肉圆，奶奶亲自上灶，二姑妈负责烧火。油烧热了，锅边冒烟，奶奶就拿汤匙挖一大块肉糜，做成圆状，放入油锅。只听滋滋着响，肉糜在油锅内很快炸成金黄色，用筷子翻动几下，就可以攦上来。因为做得大，这时的肉圆半熟，等到吃的时候回锅再煮。奶奶看到我跟庄宝在附近，就做了两个小的，放在油锅内炸熟。二姑妈招手喊我俩，我们知道有小灶，赶紧溜过来。奶奶给我们一人攦一个放入嘴里，说："小心烫！"我只觉得满口酥香、焦脆，烫烫的，好吃极了。二姑妈问："好吃不好吃？"我俩连连点头，说好吃。奶奶接着又炸了几个，我胃口大增，连吃了三个。到吃饭的时候，红烧大肉圆上桌，又猛吃了两个。从此奶奶和姑妈就晓得我爱吃肉圆了。

夏天是好玩的季节。上午凉爽，我们挖蚯蚓、钓鱼。吃过午饭，去粘知了，或者逮麻雀。傍晚时分下河游澡。北季西边一条南北大河，南边绕庄一条东西小河。大孩子们一般在西边大河游泳，我们小孩去南边小河。一到傍晚，小河里人头攒动，热闹非凡。初学游泳的多，大多在河边嬉戏。那时很少有泳衣或泳圈，我们就用五升的塑料油壶代替，手抓油壶，两腿扑打水面，练习泳技。那年我八岁，庄宝跟扣九已是游水高手，我却刚处于手抓油壶练习的阶段。他们不去西边大河，坚持留在南边小河陪我。

这天傍晚，我们从田间偷瓜回来，又来到南边小河。庄宝、扣九脱掉衣裳直接从数米高的桥上跳下水。突然我想起忘了拿油壶，便独自溜回家中。家里没人，我打开家神柜柜门，找到油壶，却发现柜里赫然一碗肉圆，黄澄澄的，一下勾起了我的食欲。肚子早唱"空城计"了，我垂涎欲滴，毫不犹豫拿起一个，一口吞掉半个。入口即觉不对劲，这些是半熟的大肉圆，冰冷油腻，全没有炸熟刚出锅的酥脆。一时又舍不得吐，勉强咽了下去。手中拿着半只，犹豫半天，重新放回碗里又不妥，索性一不做二不休，硬着头皮塞进嘴里，囫囵吞下。嗓子立马像被肉圆堵住了，油腻难耐。看到桌上有凉开水，便猛喝几口。拿起油壶，飞奔到河边，跳下水嬉戏。虽然玩得很欢，嗓子却不时提出反抗，难受异常。

待到晚饭时，二姑父盛好饭，二姑妈笑吟吟端了一碗肉圆上桌。我闻到肉圆的味道，就一阵反胃。二姑父要往我碗里攦，我一边捂嘴，一边拿手推，皱眉说道："我不喜欢吃！"奶奶和一桌人都很诧异，不知原委。庄宝愉快地大嚼肉圆。我只搛了点儿青菜，吃了半碗饭，嗓子还是油腻得慌。二姑父第二天就改了伙食，换成鲫鱼汤。整个暑假以吃鱼为主，肉圆一次也没做。

后来我看到肉圆就反胃。每到过年过节红白喜事，喷香的肉圆上桌，一桌人争着吃的时候，我岿然不动，相当另类，保持了好多年。别人问起，只有一个理由：我不喜欢吃！到底什么时候开戒，也记不清了，大概是上了初中以后。初中开始寄宿，吃睡全在学校，食堂不是冬瓜汤就是萝卜汤抑或咸菜豆腐汤，上面漂几滴油花历历可数。好在每周一次荤，偶尔也有红烧肉，但分不了几块，肥肉居多。那时正是长身体的时候，相当缺油水，总是感觉饿，哪管什么肥肉瘦肉，有肉下肚就不错了。所以想来，恢复吃肉圆应该是那个时候。

再后来到茅山中学读高中，靠近大姑妈的家。大姑妈务农，家境不是太好。她做了一大碗水煮肉圆，跑到学校，喊我到她家来吃。她也是给我开小灶，让我一人独吃，并坐在一旁不停地给我搛，恨不得我把一大碗肉圆全吃掉。水煮跟油炸红烧的味道不同，鲜美柔嫩，口感滑溜，我能一口气吃下五六个。大姑妈过段时间就喊我来吃一回。那时我却不知道，每来一回，就吃掉了大姑妈一周的生活费。

奶奶晚年患老年痴呆，渐渐认不出家人，唯记得父亲和我的小名。她故于 2001 年，临终时回光返照，突然认出了我，拉住我的手，有分把钟，但已不能言语。

二姑妈患帕金森病，手臂颤抖，全身无力，故于 2014 年。我看望她的次数不多，仅有一次深谈。她的骨灰盒安葬于四方的大理石椁。按风俗，侄子"执钉"。我不知什么意思，一问，才知以前棺椁土葬，盖上棺木，钉第一个钉子叫作"执钉"。现在改成在石椁四周钉上一尺来长的树枝，代替钉子。二姑妈安葬，第一个树枝是我钉的，因为我是她侄子，代表她娘家人。我才懂得我对二姑妈还有这一层责任。

大姑住我们隔壁村，她做肉圆也得了奶奶的真传，能做出儿时的味道。知道我喜欢吃她做的肉圆，她就经常做好送过来。得知大姑妈卧病在床，大姑做了一大包肉圆，我带上一箱白酒，我们一起去茅山看望。大姑妈最近几年也是患帕金森病，手抖得厉害，兼之腰有老患，长期卧床，看到我们过来，很高兴。她一辈子没喝过酒，老了发现喝酒有助缓解脑梗症状，每天喝上几口。

　　二姑父是肺上的毛病，病故于2018年，亲朋好友都来悼别。下红酒是在本村办的，人挺多，菜很丰盛，应该符合他一生好客、爱热闹的性情。喝酒的时候，大家已经毫无悲色，谈笑风生。中途上来一道菜，却是刚出锅的油炸小肉圆，热气腾腾，焦香四溢。我搛一个放入口中，慢慢咀嚼，久久品味，不觉间潸然泪下。

8. 老爸荣获纪念章

李 琳

"光荣在党50年"纪念章将首次颁发给健在的截至2021年7月1日党龄达到50周年、一贯表现良好的党员。我把好消息告诉老爸,问他是不是符合条件?老爸昂起头脱口而出:"我是1965年12月1日入党的。"我正诧异老爸记性什么时候变好了,他自豪地说:"一朝入党,一生为党,政治生日刻骨铭心啊!"又不放心地问我消息是真是假,说没为党做啥特殊贡献,老了还享受这份沉甸甸的荣誉,惊喜、激动的心情溢于言表!

老爸刚过完七十九岁生日,身体还算硬朗,可终究一点点变老,头发全白自不必说,爬楼开始要拉扶手,挽他胳膊散步也走慢了些,耳朵更背,几日不见,他来电问:"你妈烧了红烧小鲫鱼,中午可回来吃饭?""爸,我忙,不回。""啥?晚上回啊。"电话里传来他的大嗓门,"丫头晚上来吃饭。"他的记性也大不如从前,清明回乡扫墓,对着墓碑喃喃自语:"怎么就忘了!"嘴里嘟囔着爷爷奶奶的生辰,看来老爸过滤铭记的,只有自己的政治生日,还有参军入党的青葱岁月。

六十多年前,老爸从乡下考入城里念高中,一向成绩优异,笃定是能进大学的,听说高中生可以提前入伍进军事院校,他一心想着减轻家庭负担,瞒着家人偷偷报了名,最终通过部队审核参了军。哪知1961年入伍之时,国家正面临"三年困难时期";1962年蒋介石欲反攻大陆,全军进入规模最大的一次紧急战备,战争一触即发,他未能如愿进入军校,被分配到某海边部队,成了备战的亲历者。

海边食物匮乏,淡水不足,一日老爸和几名战友捡到肉嘟嘟的海蜇当个宝,正要凉拌改善伙食,哪知鲜海蜇要明矾腌制才能去毒性,幸亏被渔民发现阻止才免于中毒。部队在一次执行任务时,白天怕被发现，夜间急行军，整整跑了十四晚，老爸脚上起泡渗血，班长用消过毒的马尾帮他穿刺，引脓才得以治愈。他清晰地记得班长姓殷，是无锡人，一直关心自己这个新兵蛋子，还成了他的入党介绍人，可惜退伍后就失去了联系。

老爸家庭成分较高，加入党组织是经受过多次考验的。好在他是部队里为数不多的高中生，又能写一手行如流水的行草书，入伍不久就被调到连部当了文书，计划编得有序清晰，通讯信息报道翔实，书写又极其工整如铅印，年年获得"五好战士"称号。他苦练基本功，是部队的投弹能手，战友们口中的"小钢炮"。功夫不负有"辛"人，七年汗水浸染的青春里，老爸在绿色军营得过三等功、团军械拆装第一、学习标兵等荣誉，最终如愿入党。年轻时的老爸头戴五角星军帽，眼中透着果敢与坚毅，胸前金光闪闪的军功章，尽显戎马生涯的青春荣光。

从部队退伍回到家乡，在为党工作的四十多年间，老爸主要从事组织人事工作，他早已记不清曾为多少知识分子解决两地分居的后顾之忧，引进过多少大学生投身家乡建设，在他的人生信条中，没有"有权不用、过期作废"，唯有不辜负组织的信任，入党宣誓时的赤诚初心。

建党百年的纪念日，老爸把心爱的纪念章挂在胸前，捋顺领口的红丝带，又一个劲地问我党徽戴得正不正，"老伴，别忙啦，来拍张照，军功章里也有你的功劳。""好啊，今儿是个好日子，丫头过会儿帮我包圆子，咱全家晚上吃糖炒圆子，五十个，甜甜蜜蜜！"老爸一把搂紧老妈，满头银发的老两口开怀大笑，喜悦的神情像个孩子。

"光荣在党50年"的纪念章是金红色的，熠熠生辉！老爸一遍遍地凝视摩挲，这份无上的光荣温暖着老党员的心！

9. 一条特别的毛毯

周丽华

我有一条特别的毛毯，它已经陪伴我在异乡漂泊了二十多年。

这条毛毯，是用母亲生前穿过的毛衣毛裤，又配了些金黄色毛线，让织毛毯的师傅按我的精心设计织成的，上面是油菜花盛开的图案。灰色天空部分，用的是母亲的灰色毛线裤；下面那片黑土，用的是母亲那件黑色开襟毛线上衣；毛毯正中间，是一片黄灿灿的油菜花。就是这条不寻常的毛毯，寄托着我对母亲无尽的怀念！

我的母亲是兴化城里人，外公早年在兴化城里开了一家布店。母亲年轻时也算是小家碧玉，就读于苏州女子高中，毕业后回兴化城里做了一名老师。1967年，四十岁的母亲生我时难产血崩，刚出生的我也一度没有了呼吸，在医生的全力抢救下，总算母女平安。我还有一个姐姐和两个哥哥。

也许因为兄弟姐妹我最小，又是从阎王爷那里救下的孩子，母亲对我总是格外偏爱，一直喊我"宝宝"。记得小时候，母亲虽然身体不好抱不动我，但她总是让我站在床上，她坐在床边，让我双手扒在她的肩上，就这样坐着"背"起了我，嘴里开心地喊着："背宝宝上学啦！""背宝宝上街买糖糖啦！"我沉浸在母亲的慈爱里，咯咯咯笑个不停。记忆中，我似乎就是在母亲背上长大的。

虽然娇惯，母亲在教育方面对我却十分严厉。上小学时，有一次早上我在路上捡到一块钱，那时候的一块钱对我来说就是巨款了，我当时脑海里一直在斗争，一边是母亲那严厉的面孔，一边是街上小店里，那些不停向我招手的糖果。终究，我还是没能经得住糖果的诱惑，一路小跑，用这一块钱解了馋。

兴许因为母亲和店主熟悉的关系，才半天时间，就走漏了风声。下午上课前，母亲把我喊到她办公桌前，问我买糖的钱是不是偷的她办公桌里的钱，我哭着说不是，可她不信，冲动地打了我。这时，和妈妈邻桌的尤老师提醒妈妈，让她打开办公桌抽屉看看钱有没有少，在确定没有少钱的那一刻，我心里特别恨母亲冤枉了我。那也是母亲唯一的一次动手打我。然而正是母亲这一次的"冤枉教育"，使我树立了正确的价值观，不属于我的东西，从不为之所动。

每年的冬天，是犯肺气肿病的母亲最痛苦的时候。那时候，学校早读课我经常缺席，因为要陪母亲去医院。记得母亲总是戴着毛线帽子抵挡寒风，一只手用手帕捂着嘴，另一只手搭在我的肩上，我搂着她的腰，走几步，歇几步，艰难地走去医院。由于经常请假甚至停学服侍母亲，我没能考上高中，母亲自责不已，说是她拖累了我。

为了安慰母亲，我决定再复读一年，次年终于如愿以偿地考上了茅山高中。开学那天，妈妈一定要亲自送我去茅山高中报到。那一天，晴朗的天空下，妈妈的精神特别好，脸上一直挂着笑容，那一刻，我看着母亲竟然是那么的漂亮，就连母亲头上的白发也在太阳的照耀下闪闪发光。高中三年，母亲经常在家烧好我喜欢吃的菜，用一个白瓷缸装满，托人给我带到学校，给我增加营养。即便是我结婚成家后，母亲依然把我当个孩子，每次一回到家，母亲就把藏着的各种好吃的拿出来堆到我面前。

1997年，是我人生中悲伤的一年。先是公公去世，我们悲痛万分。料理完公公的后事，考虑到经济状况，我决定留职停薪跟老公去西安做装修活挣钱。临行前，我们一家三口回娘家跟母亲告别，我照例给她洗头洗脚，到了要走的时候，母亲坚持要送送我们。那天路上风比较大，想到母亲有肺气肿，不能吹风，我不让她送，可又拗不过她。母亲一只手用手帕捂着鼻子和嘴，另一只手搭在我的肩上，我搂着她那瘦削的腰，走走停停。病中的母亲艰难地嘱咐我，出去了要好好照顾家庭，安心挣钱，不要牵挂她。等我们上了船，船要开了，我回过头去使劲挥手跟母亲道别，母亲也伸出一只胳膊吃力地挥舞，直到再也看不见。没想到这一别，竟成永别。时光永远定格在那一瞬间，妈妈那依依不舍的面容，永远烙印在我的脑海里。

到了西安才二十天的那个晚上,老公的传呼机上传来家里的电话号码,噩耗传来,我最亲爱的母亲走了,那一刻,我瘫坐在地上失声痛哭,悲痛欲绝,全然不顾路人诧异的目光。那晚我不知道是怎么回到家的,那一夜,我哭到喉咙嘶哑,恨天不能亮。

终于从火车上浑浑噩噩地下了车,终于跟跟跄跄回到家,看到母亲躺在客厅中间,脸上蒙着白布,我扑上去抱着她大哭起来,撕心裂肺。这真是:世上悲伤有无数,最是娘死最伤心!

痛哭流涕地送走了母亲,整理母亲遗物时,我把我给母亲织的、她冬天穿在身上的毛衣毛裤带回了家。回想当年织那条灰色毛线裤时我手艺不好,裤脚收口有点儿紧,母亲穿上后我给她洗脚时挽不上去,我当场让她脱下来,把毛裤腿拆了,以最快的速度把两只裤脚又织宽松了些,她坐在床上,慈爱地看着我说:"没想到,我还能活到穿着我家华华织的衣服!你多大,妈妈就多活了多少年!"

我明白母亲说的话:从我出生时母亲难产差点儿失去生命,她是用我的年龄来计算她重生的时间。那一年,我三十一岁,母亲在这世上就多活了三十一年。如今我却用母亲走后的时光来算着这条毛毯的年龄,今年是 2021 年,这条载满母爱的毛毯已经二十四岁了,它陪伴着我在异乡的每一天,它见证了我在异乡的辛酸历程,它也记载着我远离家乡的每一分拼搏努力,并始终温暖着我。这条特别的毛毯,一定会继续陪伴我直到永远。

清明前夕,我和老公带上祭品去边城拜祭父母双亲。在坟前给父亲点上一支烟,给母亲摆上她最爱吃的水果,给二老焚化他们在"那个世界"里用的纸钱。拜祭完,我们一步三回头地离开了墓地。"母思儿时如细雨,儿思母时如清风,清风细雨再聚首,再待明年又清明"。

回家的路上,路两边开满了油菜花。一阵春风拂面而来,香气扑鼻,我不禁停下了脚步。只见那金灿灿的油菜花,扭动着苗条精致的身材起舞。它们正在这暖灰色的天空下,黑黝黝的沃土上茁壮成长。眼前的画面,不正是我那条温暖又漂亮的毛毯吗!念及此,我的眼前一片模糊,我的眼泪再也忍不住,肆意流淌。

10. 我的名字是香烟牌子

周丽华

我姓周,名丽华。也许是联想到美丽、华丽等字眼,经常被人夸赞名字起得好,有着美好的寓意。其实这两个字除了用作人名,大街上各行各业叫丽华的店名也比比皆是。

实际上我的名字和那些美好的寓意毫无关联,它曾经只是一种香烟品牌的名字,在我们家,我名字的由来是一段刻骨铭心永生难忘的历史。

据我母亲回忆,我出生那年的那个冬夜,外面飘着雪,天气特别冷。在兴化城一个医院里,母亲因为生我时难产血崩,不省人事,医生们竭力抢救我们母女,见刚出生的我几乎没了呼吸,一位医生赶紧用大人打点滴剩下的青霉素药水给我打了一针,父亲拿了个空盐水瓶装满热水放在我身边,用被子捂着我,听天由命地等待着命运对我的安排。

几个小时过后,我终于奇迹般地活过来了。我真正来到了这个当时既苦难又充满爱的家庭,我是家里最小的孩子。

那一年,正是"文化大革命"开始的第二年,父母亲在这一年里双双被打成"右派"和"特务",父亲的校长职务也因此被开除。从那时起,我们家的日子就开始艰难了。

因为没有了工作,也就没有了工资,加上我母亲还在医院里抢救,家里连刚出生的我共四个孩子要抚养,经济自然捉襟见肘。烟瘾大的父亲只能抽当时最便宜的丽华牌香烟,于是,父亲索性给我取名叫丽华。

父亲后来曾说,他当时心想,既然老天爷让我活了下来,他希望我长大后挣了钱买烟给他抽,所以给我起了这个名。从此,我似乎与香烟结上了缘。

在我的童年时期，做苦力的父亲经常没钱买烟抽，我就跟其他穷人家的孩子一起，去电影院、医院、粮站等人多的地方，捡地上人人扔掉的烟头。那时候的香烟不像现在有过滤嘴，扔掉的一小截烟头里有烟丝。我把一个个烟头捡回家，手巧的母亲找来我们上学用过的旧本子纸，在桌子上裁成一小块一小块，把烟头拆开，烟丝倒在纸上，再卷成细长形，变魔术一般变成一根根改装过的"杂牌"香烟。

那时的我，静静地坐着看母亲做卷烟，心里就在想，明天再去多捡点儿烟头回来，好让辛劳的父亲能抽上香烟解解乏。

时间就这样不紧不慢地流逝着，转眼间我也长大，家里条件也慢慢变好，再也不用去捡烟头了。

成家后，我每次回家什么都可以不带，但是给父亲买的香烟绝对少不了。1997年，我那好不容易过上了好日子的苦命母亲，因为罹患重病，医治无效，永远离开了我们。

母亲走后，大哥担心父亲由于失去陪伴他一辈子的母亲太孤独，出于孝心，跟我们姐妹商量好后，把父亲接到了西安共同生活。没想到三年后，父亲又不幸被查出淋巴癌晚期，住院治疗期间，医生关照绝对不能抽烟。当时我姐姐和姐夫特地赶去西安服侍父亲，每天给父亲熬红枣汤，准备各种水果，父亲想吃什么就买什么。

可是父亲却坚持不要姐夫服侍，强烈要求当时在咸阳打工的我和老公替换他们，其实我知道父亲的心思，姐夫不会抽烟，当然身上也就没香烟，父亲不是嫌他照顾不周，是为了抽烟找借口呢。

于是我们俩推掉所有的活计，天天在医院服侍他。那段时间父亲已经是骨瘦如柴，脸却肿得像个盆，病痛折磨之下，烟瘾更容易犯。

因为知道医生和哥哥姐姐不让他抽烟，爸爸每次跟我们要烟都不直说，先侧面问问我们生意怎么样，孩子学习成绩怎么样，接着突然就可怜地来一句："能不能给我抽口烟啊？"

记得有一次，父亲哭着对我说："丽华啊，你的名字是我用香烟牌子给你起的，就是希望你长大了孝顺，买烟给我抽，我都抽了五十多年了，现在叫我戒烟，我戒不掉啊！"

父亲这一哭，我顿时再也忍不住，瞬间泪如雨下，我哭着说："爸！你别哭！你别哭！我这就去拿烟给你抽！"

当时的我，突然心里想，父亲的病已经看不好了，为什么我们还这么残忍，不能在他生命的最后日子里，满足一下他那可怜的要求呢，万一哪天父亲跟我要烟我没给，然后他就没挺过去，我该多懊悔多自责啊！就这样，我瞒着哥哥姐姐，每次偷偷给父亲抽一两口，让他过过瘾，然后就藏起来。

再后来，父亲连一两口烟也抽不动了，过完那年的春节，在一个阴冷灰暗的早晨，父亲永远地离开了我们。他走得很安详，去了另一个世界，和母亲重聚去了。

多年来，我每次回老家边城祭奠父母时，一定会带一包香烟给父亲，然后给他点上一根，因为我的名字是父亲起的，我的名字当初是个香烟牌子。

11. 大哥的高考故事

周丽华

国家恢复高考后的第二年，大哥报名参加高考。巧合的是，那一年二哥参加中考，我参加小升初考试，真是"一门三考生，兄妹齐上阵"。

大哥性格内向腼腆，平时话语不多。在兄弟姐妹中，他学习最用功，成绩最出色。我们全家都期望他能考上大学。然而事与愿违，大哥第一年在边城学校的高考就以落榜而告终。

紧接着爸妈果断做出决定，让大哥奔赴戴南高中复读。大哥在戴南高中复读期间，姐姐恰好在邻近的顾庄上班，经常带着好吃的去学校看他，而大哥总要省点儿脆饼啊什么的，留着星期天回家带给我这个妹妹吃，至今回忆起，还是甜蜜蜜的。

那时常听姐姐说，大哥学习特别刻苦用功，有一次大哥后背上长了好多痤疮，坐在学校宿舍的床上，姐姐用药水给他涂抹时，他都手捧英语课本背诵单词，一时一刻都不丢。

经过紧张刻苦的复读，时间一晃又一年，大哥重又回到边城参加了第二年的高考。考完后等待通知书的那段日子，是最漫长又难熬的时候。大哥在家坐立难安，有时一个人在房间里对着某一个地方发呆，偶尔有同学来玩也总是心不在焉的。

眼看着和他要好的几个学习好的同学，陆续拿到了录取通知书，他的还没消息，大哥更是精神萎靡，茶饭不思，沉默寡言。

我们全家看着他这个样子都很心疼，那段时间二哥每天都去邮局蹲守，等待着邮局每天一次的信件。就这样，在全家人翘首以盼的期待中，终于有一天，巷子里传来一阵咚咚咚的奔跑声，二哥气喘吁吁欣喜若狂地喊道："通知书！通知书！录取通知书收到啦！"

大哥终于被当年的南京华东工程学院（现南京理工大学）录取

了。那一刻，全家人脸上洋溢着幸福的喜悦，开心指数瞬间爆棚。我偷偷瞄了大哥一眼，只见他眼里含着泪，脸上却挂着情不自禁的笑容。

虽然那时候家里条件还不算好，但在接下来的日子里，爸妈还是兴高采烈地尽力给大哥准备了上大学的各种生活用品，姐姐还给大哥买了一块当时很值钱的钟山牌手表。看着我用羡慕的眼光看着他，大哥对我说："小妹你也要好好学习，将来考上大学，大哥给你买手表！"

大哥上大学后，经常写信给爸妈汇报在学校的学习情况，也关心我和二哥的学业。大哥大学毕业后分配到西安工作，两年后，给我找了一个又文静又漂亮的嫂子，是一位知书达礼的老师。一年后，聪明可爱的侄儿出生了，日子过得很温馨。

2010年，侄儿以优异的成绩考入了中国人民大学社会学系，毕业后留在了北京工作，并在北京买了房，谈了一个志同道合的女同学，马上就要结婚了。

大哥一家两代高考人，都是通过高考这个公平公正的平台，实现了自己的梦想和价值。现在他们一家都在各自的领域为国家做贡献，为自己的小家庭创造美好的明天，幸福快乐地生活着。

12. 蒸饭逸事

赵 桥

1978 年 7 月，我初中毕业，考上了公社的高中。

高中的学校，紧挨着沪宁铁路，离家有十里左右的路程，需走读，早出晚归，中午带米去学校的食堂蒸饭。家里为我准备了一个铝制的饭盒。这个饭盒是父亲以往到外地出河工时用的，上面用铁钉歪歪扭扭地刻着他的名字。

每天早晨上学，土布书包里除了放几本当天上课要用的书、作业本，就是这个饭盒。那时，除了课本等，没有任何参考书，书包里放一个饭盒，并不显得鼓鼓囊囊。

到学校的第一件事，就是赶紧淘米，放上适量的水，盖好后放在食堂前一个长长的水泥台上，食堂的师傅会帮我们拿进去蒸。当时，整个镇上都没自来水，离水泥台不远处，靠近操场跑道边，有一口深井，我们用这井水淘米蒸饭。如果来得不巧，井口四周人头攒动，挤在一块抢着唯一的一个吊桶。这个场合，自然力大为王，生性胆小的、羸弱的，只能躲在后面，等别人全部忙好了，才急呼呼地打水、淘米。有几回遇到"促狭鬼"，他们用完吊桶后，假装不小心，吊桶"掉"进深深的井里了，我们敢怒不敢言，找来长竹竿，七手八脚地把吊桶捞上来，不免又耽搁了一段时间。

我的家在长江边，门前屋后都是小河、池塘，河水清澈，家家都是吃着长江水，没有哪家有水井。开始用吊桶在深井里打水，连半桶水都打不上。自己急躁，别人催促，越是这样越心慌。过了好几周，才悟出点儿井中打水的窍门：吊桶刚接触到水面，将吊桶上的绳子稍稍绷直，手腕轻轻一抖，吊桶随即倾斜大约 45 度，没几秒钟，就会灌满一桶水。

井中取水麻烦，但井水冬暖夏凉，至今还不忘双手放进水里的

感觉。

蒸饭与煮饭同理：水少了，会夹生；多了，就稀烂。我也是经过好几次试验后，才做到水量刚好，软硬适中。

家境较好的，会带上腊月里家里腌制的咸肉等，与米饭同蒸。三四片薄薄的、肥瘦相间的五花肉覆盖在米饭上，蒸熟后揭开饭盒盖，肉片油汪汪，米粒亮晶晶，香气四溢，远远就能闻到。有的同学很"自觉"地端到一个僻静的地方吃，怕这香喷喷、油汪汪的米饭勾引了其他同学。大方的，要好的，会让有些同学分享一点儿。

其实，咸肉蒸饭很多时候自己享用不到。那时，"文革"结束时间不长，尽管我就读的这所高中，是全县仅次于县中的名校，但校园里学风还不算浓厚，有少数不肯读书、游手好闲的"校霸"，惹是生非，欺负同学，把吊桶丢进井里，往往就是他们所为。这些人时常在第四节课还没下课的时候，就溜出教室，到食堂前的水泥台子上"找饭吃"。一旦发现咸肉蒸饭，往往就被他们美餐一顿。要是咸鹅、咸鸭蒸饭，更无法逃过这些人异常灵敏的鼻子。咸鹅、咸鸭这两种腌制品，与米饭同蒸，即便是饭盒盖得严严实实，那个诱人的香气还是扑鼻而来，那几个多数同学惹不起的，就会"闻香识饭盒"。有个同班同学，来自一河之隔的临县，家境似乎还不错，寒假后开学，经常带咸鹅、咸鸭蒸饭，每每吃不到。有时，连饭盒都不见踪影（所谓"盗亦有道"，那些"校霸"吃霸王餐的时候，一般会把空饭盒丢在水泥台上）。这种时候，都是三五个同学从自己的饭盒里拨拉一点儿给他吃。

只要能吃到嘴，咸货蒸饭绝对是"一绝"，能让下午半天学习劲头倍增。我至今还认为这是无上的美味。

过了五月份，天气渐渐热起来，估计连"地主"家都没有余粮了。有，那季节的咸货开始有哈喇味，不好吃了。这时候，我们只蒸饭，中午在食堂买菜：不是一分钱的青菜汤，就是两分钱的冬瓜海带汤。其实，这才是我们所有走读生午餐的"标配"，咸货蒸饭毕竟是少数同学、少数时候。

初夏时节，上学路上，河堤两边农民种的蚕豆，已经有了鲜嫩饱满的豆荚。有同学边走边采边剥，与米同蒸，可以省下一点儿菜钱。不知为什么，我素来不喜食蚕豆，一次也没偷摘过。

和走读、蒸饭有关的，偶尔还有点儿小故事。从家到学校这十里左右的土路，我们都是靠两条腿走，几乎没有谁家能买得起自行车。上学路上，如果能遇到一挂同向而行的拖拉机，自然喜出望外，追着爬上去，也不管开拖拉机的人是否认识。遇到熟人，心肠好的，不仅不会呵斥我们，还会有意降速，方便我们爬上去。争先恐后追赶、攀爬过程中，有人一不小心，饭盒从破书包里掉出来，不仅米撒了一地，甚至饭盒不巧被轮子压扁。铝制的饭盒成为"阿扁"，问题不大，用手拉拉，大致能恢复原状，只是撒了一地的米没用了。这时，同行的同学只好每人匀一点儿给他。这样的意外不算多，高中阶段遇到三四回吧。

走读很辛苦，蒸饭很清苦，但也是一种历练。后来知道，蒸饭是一种很古老的烹饪方式，《诗经·大雅·生民》里说："释之叟叟，烝之浮浮。""释"是淘米，"叟叟"是淘米的声音；"烝"就是"蒸"，"浮浮"形象地写出了蒸气上升的样子。先民蒸饭时的神情、动作及欢快心情，跃然纸上。如此说来，我们曾经做了和先民一样的事情。

高中之后，再没有这样蒸饭的经历了。相信现在，这样上学需要自己蒸饭的情况，也鲜见了。

13. 热乎乎的汤圆

李 琳

　　元宵节将至，母亲对我念叨："快过节了，别忘了买汤圆。"超市的汤圆我其实是不喜欢的，没嚼头，不瓷实，从冰柜里取出寒气逼人，哪有自家包的汤圆热乎！可我极少吃到母亲包的汤圆，结婚迎亲时吃过一回，正值秋季不算冷，捧着热气腾腾的汤圆，她一个劲儿地问我甜不甜，我才知道母亲是会包汤圆的。

　　每逢农历冬至、正月初一、正月十三上灯和正月十五元宵节这几天，依本地的风俗，家家户户是要吃汤圆的，母亲一定也很想把汤圆搓得很圆很圆。叵寒冷的冬季里，她冻疮溃烂的十指哪和得了面，包得了汤圆。难怪母亲让我学会了包汤圆，却未曾让我包过粽子。

　　都说手是女人的第二张面孔，可一入冬，母亲的双手就生冻疮，满是紫红斑块，关节红肿开裂后，直露出刺目的肉色。腊月是家庭主妇的大忙季，母亲溃烂的双手往往刚结痂，又被扯破渗水，她出门总将手拢在衣袖中，生怕被人瞧见。打小起，母亲就很怜爱我的手，一到数九天，每晚睡前用热水给我泡，把自个儿掌心搓热乎给我按摩，再涂点儿蛤蜊油，"我家姑娘的手真滑溜，细皮嫩肉的，这小手可别像妈一样遭罪啊！"她喃喃自语，也是在祷告。

　　如今，母亲夏天用红外线理疗，冬天不碰冷水，用生姜擦，涂各类膏药，双手只是稍有好转。每每想起，我的后背如遭人一击，眼鼻瞬间潮湿，而我的这张"脸"被母亲呵护得纤细光滑，从不知肿胀、瘙痒、疼痛的滋味。

　　包汤圆我是有童子功的，儿时的除夕下午，母亲叮嘱我包十个豆沙馅的大圆子，十个实心的小汤圆，圆嘟嘟的汤圆放进笸箩，盖上干净的毛巾，这将是全家新年的第一顿早餐，也融入母亲十全十美的愿景。接着包的小小汤圆，是为年夜饭准备的，我把糯米团搓成细长条，切成小丁，手心放上两粒，搓成花生米大小即可。搓着搓着，屋外响起零星的鞭炮声，我很想早点儿结束，抓把花生瓜子出门找小伙伴，小手中又添上俩，满以为能加快速度，哪知全粘成了团。母亲心疼我这小童工，赶紧取出竹匾，来回翻转间，糯米丁很快没了棱角，一个个滚圆滚圆的，它们会和苹果丁、橘子瓣甜蜜相遇，加上红烧鲢鱼、芋头烧肉，都是我家讨好彩头的吉祥菜。餐桌上陆续摆盘的香肠、口条极具诱惑力，母亲见我眼馋，捏上片香肠塞我嘴里，笑着说："黏吧黏吧，年年发财！"

初六观影《你好，李焕英》，随着剧情跌宕，我在哭笑与共中感受亲情，更庆幸父母犹在，快乐未缺失，半百之人仍能像个宝，陪他们坐着聊聊天，听着所谓的唠叨，"让母亲更高兴"的念头开始萦绕心间。临近元宵节，我打算包汤圆给母亲尝，浸泡一夜的赤小豆，高压炖煮后更酥烂膨胀，搅拌机打成泥，铁锅中倒入油和冰糖，小火慢炒，再撒少许桂花，无添加剂的豆沙馅就大功告成。十个豆沙馅的大圆子，十个实心的小汤圆，简简单单的。

元宵节到了，母亲早早起床下汤圆，小小的汤圆在锅中翻转，白白胖胖的。透过热气，一眼瞧见母亲满头银发，皱纹纵横的面庞。打我记事起，母亲就是一副中年妇女的模样，终日操劳忙碌。此刻，我仿佛又见母亲珍藏的老照片，她梳着麻花辫子，青春无限，娇羞的脸庞映红了照相馆的橱窗。

母亲下午去公园散步，告诉老友今年没买汤圆，吃的姑娘包的，很甜很黏。

妈，明年，明年的明年……我还包热乎的汤圆给您尝。

14. 我最爱的一双鞋

周春根

如今的鞋子，各式各样，种类繁多。无论哪种款式哪种材质，夏天穿的冬天穿的，居家穿的户外穿的，工作穿的旅行穿的，琳琅满目，应有尽有。虽然平时穿惯了皮鞋运动鞋，但是最让我难忘的，还是现在不多见、难得有人穿的布鞋。我们小时候，基本上只有布鞋穿。那时候的布鞋也不是买来的，想买也买不到，都是母亲一针一线、千针万线亲手做的，真正的千层底，爱心牌。

在我的记忆中，母亲做布鞋，非常不容易。夏季过后秋收未到，农事稍闲，母亲就得为来年一家老小的布鞋做准备工作。早晨起来煮的一大盆稀薄的面糊已经凉透，呈黏稠状。父亲卸下了堂屋的两块门板，搁在院子里的两张长凳上，怕不够用，又搬来一张吃饭用的小桌子。母亲翻出平时积攒的碎布块乱布条，以及新老大旧老二、缝缝补补给老三，穿到我们姐弟三个都穿不上的旧衣服拆成的碎布片，开始第一道工序——糊鞋骨子（布鞋底的主要材料）。

破旧但还算平整的门板上，母亲先用丝瓜筋沾面糊刷一遍，再把布条布片贴上去，紧接着再刷一层面糊，再贴一层布条布片，如此反复数次。此时，母亲俨然是个艺术家，她总是能把那些五颜六色、杂乱无章、大小不一形状各异的布条布块一层层地排满整个门板，厚薄均匀、布局合理、边角整齐。我很喜欢在一旁看母亲做这项工作，有时也会"出谋划策"，找个合适的碎布条填进空隙里。

糊好的鞋骨子需经过晾晒成型，然后从门板上桌面上揭下来。再按照家里每个人的鞋码大小，剪成一个个鞋底的样子。做鞋底的时候，每一张鞋底形状的鞋骨子先用白色的布条缝制一圈包边，然后几张鞋骨子叠起来,用专门的鞋底针和棉线,密密麻麻地钉起来,这个过程耗费大量时间和体力,需要很多时日甚至长达数月之久。完工后,废旧的布条布块摇身一变,成了一双双结实又美观的"千层底"。鞋面也叫鞋帮子,是用稍薄些的一层鞋骨子和好看的鞋面布粘合制作而成,裁剪时,根据每双鞋的尺码款式,需要有专门的纸质鞋样。母亲手巧心细,保存有很多各种大小各种款式的鞋样,除了自己派上用场,每年,都会有邻居大妈大婶们来跟她借鞋样。

鞋面也需要白布条进行包边。把鞋面缝制到鞋底上,是做布鞋的关键工序,是个精细活。一双布鞋是否好看精致,是不是合脚舒适,全在这道工序上。我母亲做的鞋,每一双都是最完美的,最漂亮的,最能让我们姐弟三个穿出去引以为豪的。当然,代价就是春节前的无数个夜晚,母亲在昏暗的煤油灯下,每每辛苦忙碌到深夜。那时候,一家五口,所有的鞋都是她做,勤劳却多病的母亲有时还要做些库存,生怕来年身体吃不消时来不及做。自家穿的不算,心地善良的母亲有时还要义务帮别人家的忙。

做布鞋除了做单鞋,母亲还要做冬天穿的棉鞋。相比之下,棉鞋的工序更为复杂,更为考究,不但鞋底更厚,钉鞋底更困难,棉鞋底衬和鞋面布里头,都要均匀地絮上棉花。母亲做的棉鞋,既好看又暖和,结实耐穿,毫不夸张地说,母亲做的棉鞋是如今任何皮鞋、保暖鞋也比不了的。

母亲在世时,常常念叨,以后她不在了,我们怕是没得鞋穿了,得多做些,给我们留着。就在她去世前一年的冬天,病魔缠身的母亲还专门给我做了一双新棉鞋。也许是知道现在的人大多穿皮鞋,怕我爱面子不愿意穿,特地关照我:"棉鞋你先收着,你那脚冬天容易脚跟开裂,以后哪年冬天特别冷的话,万一穿皮鞋脚疼,这双棉鞋说不定就用得着呢!"

一语成谶。次年清明前夕,母亲永远地离开了我们,和父亲团聚去了。留给我的，唯有这一双母亲纯手工做的、崭新的棉鞋。此后的每个冬天，我都会穿着它，在家里穿，上班也穿。穿上它，脚特别暖和，心里特别踏实。大雪纷飞的冬天，我穿着棉鞋，每当有单位里的同事投来羡慕的目光，我就会想起小时候我睡了一觉醒来，看见母亲在煤油灯下给我们做布鞋的样子。

　　母亲走后，五个冬天过去了，尽管我非常爱惜，可是我不知道这双棉鞋还能穿几个寒冷的冬天，还能陪我多少个年头。但是我知道，这双棉鞋一定会像母亲的爱一样，永远温暖着我，一直陪伴着我。母亲留给我的这双棉鞋，是我最爱的一双鞋。

15. 出门琐忆

李德珊

以前我们垛上,"出门"有特定含义的,专指行船外出卖青货。我上有两个姐姐,弟妹更小,爸爸抽不开身时,出门的大事过早落在我肩上。

我那年刚满十二岁,腊月二十四,第一次出门,跟着大人卖自留地青菜。

我和堂姐夫一条船,我只能划前桨,后桨要掌舵的。欸乃欸乃,划着划着,堂姐夫斜视着对我说:"怎么没得圈儿?"划桨用力越大,桨后泛起的圆圈越大。起初还是有劲的,后来圈儿渐渐小了。

因为是第一次出门,妈妈煮了早中饭,是硬真货——菜粥里有面疙瘩,让我吃得饱饱的。离庄不久,有了便意。难为情,熬熬吧。中饭轮流吃,船不停。有点憋不住。满舱的货,船帮没法坐,解下裤子,蹲到船沿,手扶货物,寒风刺骨,船行晃动,又怕遇到擦船而过的……

能在光天化日之下行驶的船上,轻松自如地如厕,大概也是以前垛上人生存的基本功了。

两条船打帮,卖了个"大烂洞"——价格低还难卖。"打帮"是船与船同行做伴。口袋里米像下潮,一天比一天少,每天只敢吃两顿。

大年初一上午"歇业",大人们要我守船,他们上盐城街上乞讨。

岸边走来走去的人们,个个穿着崭新时髦的衣裳,玩玩鞭炮,跳跳蹦蹦,有说有笑,嘴里还不住地吃着什么。

我将身上的灰尘掸掸,泥点子扒扒,扣子扭扭,心里说不出的滋味。

太阳花

大人们讨要到花生、葵花籽、糖果上了船，下午用青菜换来的山芋干煮粥，真是香甜。

青菜只有一二分钱一斤，卖完赶到家，已是正月初七，见到了妈妈怜悯的眼神。

从腊月二十八，望穿秋水的妈妈，天天数次往河边跑，踮脚远眺。迟迟的年夜饭，为我放了双筷子，一家人都没有过好年。

第二次出门，我已经上高一了。我们初中、高中都是两年制，小学是五年。少年的我不高不矮，不胖不瘦，白里透红。这次是卖芋头，芋头根一角五分一斤。好像是茅山红旗大桥北桥头，我腼腆地站在东侧，前面放着两只筐子，分别装着芋头根和芋头子，带戥子的秤搁在筐子上。"英俊少年"的我，既怕寒风老吹着，又有害羞之心，戴上了口罩。一位七八岁小学生模样的小姑娘路过，驻足盯住我瞧瞧，像看西洋景似的，还没转身就脱口而出："叔叔口臭。"

出门总是带上老咸菜、腌制的瓜子萝卜、苋菜馉之类。在船头垒个泥锅腔，或带瓦锅腔。遇上淫雨，不知要划多少根火柴，哪顾得上饭半生不熟，有煳味也咽。

这次是跟大伯大妈出门。已是冬季，清晨刚从水泥船胖鼓洞（船艄洞）躬出来，哪有遮拦，寒风刮脸，浑身打战。大妈买回两只包子，笑容可掬："今呃子是我呃珊伙生日（今天是德姗的生日）。"如今四十好几了，只要提到出门，我眼前就浮现出两只热腾腾的肉包子。

退伍的那一年，与大伢伢出门卖承包地芋头、生姜，这是我最后一次出门。在我们家，称比爸爸年龄小的父辈为"伢伢"。

晚上打烊，船上乌漆墨黑，很是无聊。数着吃的烟没了，大伢伢要我到镇上买。这次货买得顺利，有望"六只眼"敬菩萨（我们出门如果很快地空舱而归，又有个好价钱，到家要用"六只眼"敬菩萨的）。我高兴地买回两包烟，眼睛近视的大伢伢，看出绿底色的雪山图案上的"雪峰"二字，表情严肃，眉头不展，惊讶地怪我："没得命啊，买这么好啊？四斤米没得啊。"当时的雪峰香烟四角四分一包，米是二角三分一斤。

与大伢伢出门，空仓而归。叔侄两个摇着橹有说有笑，在宽阔的姜堰河段，蓦然，两篙远处，两人眉开眼笑地发现有一条可能昏了头的大花鱼。"别动！"大伢伢惊喜得让我右手停止摇橹，情不自禁出声。那时才三四十岁的他，娴熟地跨过船帮到船头，顺手拿起大篮子，匍匐右侧，凝视大鱼，身往下挪，右手提篮，左手高举，口里直喊："船不能晃！"一会儿要我"板艄"，一会儿指挥我"推艄"。我将双脚前后叉开稳住，左手带橹绳，右手握橹柄，一会儿向前倾，一会儿往后仰，瞄准大花鱼方向，生怕偏离够不着，小心翼翼，快了怕鱼惊醒，慢了怕鱼苏醒。真是天上掉下馅饼，一顿美餐快到嘴边……

大伢伢摇头又摇头，咂嘴又咂嘴，爬起来啼笑皆非，那是一块白塑料纸。

大伢伢高度近视，我也是近视眼。

16. "浮光掠影"说茅山

顾怀满

说实话,我对茅山是很神往的,充满了好奇。这种好奇来自儿时,茅山在哪里?茅山它有山吗?从字面上看来,茅山想必是有山的。茅山在我的心里一直是个谜,这个谜困扰了我许多年。原以为茅山位于江南,是我国的一座道教名山,是道教的一个"宗派"发源地。哪承想,茅山它就在离我们身旁不远的地方,它就存在于我们的眼皮子底下,一个相距兴化三十公里左右的地方。于是,近几年我数次寻访茅山,寻找山的踪迹。无果,但我知道了一点:此茅山非彼茅山。然而出乎我意料的是它们竟然是一脉相承的山,一座在江之南,一座在江之北,故有"南茅山、北茅山"之说,山的主人又同出自"三仙"即"三茅真人"。据说,当年的"茅山"绵延数十里长,宽约三千米,高四十多米,"茅山"的结构不仅仅是黄土,还有岩石成分,应该是土与石相融的山。如是,当年的"茅山"无疑是一座真正的大山了。山有仙则灵,茅山因"三茅真君"的降临而扬名天下,香火不绝。

农历三月十八,我有幸参加了茅山文化研讨座谈会,会上聆听了诸位文史专家及学者的讲解,关于茅山,关于景德禅寺,关于茅山号子,关于茅山会船,关于茅山庙会,关于茅山众多传说故事……通过专家、学者的解读,精彩纷呈,使我对茅山的历史和全貌有了大致的了解。如果说"一山一庙一口井"是茅山文化的核心,那么茅山号子、茅山会船、茅山庙会、茅山景德禅寺的佛教音乐则是茅山文化的精髓。茅山本是兴化市的一个小乡镇,人口只有三万多人,想不到文化底蕴如此深厚,竟拥有各级非物质文化遗产九项:国家级非遗两项——茅山号子、茅山会船;省级非遗两项——茅山庙会、茅山邱氏烫伤膏;地市级非遗一项——茅山佛教音乐;县市级非遗四项——茅山石刻、茅山竹筷、茅山馄饨、茅山民歌"唱凤凰"。

　　茅山是个钟灵毓秀的地方，人杰地灵。站在景德禅寺的台阶上，仰望着大雄宝殿、卧佛殿、藏经楼等处，耳畔传来阵阵诵经的佛音，不由令人肃然起敬，恍若穿越到北宋真宗景德年间。战火的硝烟在历代都未能对景德禅寺格外开恩，实施大赦。几度毁损，几度修复，恕这里不赘！

　　信步走在茅山的大街小巷，如今的茅山早已焕然一新，东西一条大街宽阔整洁，街道两旁超市、各种店面琳琅满目，茅山小吃店里馄饨的香味扑鼻而来；茅山工业园区，各行各业的大小私营企业应运而生，繁荣富饶了一方百姓的经济生活；一座座洋房别墅映入眼帘。在茅山旧址的广场上，赫然醒目地耸立着几块大石碑，印证着茅山悠久的历史文化积淀，茅山非遗文化主题园的长幅广告墙上彰显着茅山文化特色内涵。

　　茅山是一幅幅风情画，茅山是一曲曲民歌小调；歌从茅山来，歌从远古的秦代走来；歌从茅山民歌第二代传人陆爱琴女士的嗓子眼儿里蹦出来。听！当我们返身来到茅山河畔的红旗大桥上，远处传来了悠扬、清脆、嘹亮动听的茅山民歌：

　　　　茅山那个号子啊，
　　　　曾经那个风光哟，
　　　　妹打那个号子哥搭腔
　　　　妹打那个号子哥搭腔
　　　　…………
　　　　哼啊号啊，号啊、号啊、小妹妹啊来啊
　　　　哥哥妹妹情意长，
　　　　哼啊号啊，号啊、号啊、小妹妹啊来啊
　　　　茅山人民真荣光，
　　　　哼啊号啊，号啊、号啊、小妹妹啊来啊
　　　　和谐社会万年长，
　　　　和谐社会万年长
　　　　…………

17. 血战顾庄

王玉兰

1948年农历十月初六，公历11月6号，中原大地上，共产党和国民党的一场生死决战拉开了序幕。为期两个月左右的淮海战役，国民党称为"徐蚌会战"，就在那一天打响。

顾庄周边的国共斗争形势，依然很严峻。

当时顾庄属于双港区顾姜乡，游击队大本营在陶庄一带，活动范围往南延伸到顾庄、边城。溱潼县双港区政委顾德崇，带领一个区队，二三十个人，除了人手一支长枪，还有一挺机枪。经常在顾庄活动。边城驻扎着一支共产党武工队，大约一个连的兵力，大多是短枪，每个班一条小划船，每人一支划棹，在水上来去如飞，战斗力比较强。

顾庄周围，东台驻扎着国民党还乡团一个治安团，戴南、溱潼、沈伦都是还乡团的据点。他们如同秋后的蚂蚱，不知死之将至，还撒着欢地蹦跶，经常到顾庄扫荡，杀人抓夫，无恶不作。

游击队在顾庄，建立了基层组织和民兵。老百姓在顾姜乡乡长丁月亭的带领下，把顾庄村所有通往村外的巷口，都修起了高大的门楼，有坚固的大门可以关锁，平常村里没有新四军时，十二个门楼晚上可以不关上。一旦有部队进村，十二个门楼立即有人把守，即使是夜里，也有人站岗。

顾庄东南角，有一座大庙，唯一通往村外的小木桥，把大庙和村外连通起来。大庙门口一条路向西，三十多米，两堵错开的高墙，把路断开，人走到这里，要停下来，从两堵墙之间转过去，才可以进入庄内。

1948年农历十月初六，双港区队的二十多个战士，在区队政委顾德崇带领下，到顾庄开展工作，晚上就住宿在顾庄。顾姜乡乡长丁月亭，是顾庄人，家住在汤家桥北边。丁乡长安排好十二个巷口门楼的岗哨，才回家睡觉。

农历十月初六，顾庄的夜晚已经凉意袭人。村庄渐渐没了灯火，没了人声，没了鸡鸣狗吠，一切仿佛都沉睡了。村子周围，收割后的农田，散发着泥土的气息，连夜风也没有一丝，顾庄的夜，静逸、安宁。

凌晨两三点钟，一团团浓雾，像铺天盖地的网，把沉睡中的顾庄裹得对面看不见人。庄外乱坟岗上的树林里，惊起几只乌鸦，哇哇惨叫着，飞到别处，很快又在浓雾中销声匿迹。

从顾庄的东南角，迷雾中人影幢幢，很快，悄无声息地散开，把顾庄东南西北，围了一个水泄不通。一伙黑影穿过小木桥，来到大庙门口，在错开的两堵墙东边停下来。

原来，是走漏了消息，驻扎在东台的一个还乡团治安团，得知双港区区队今夜住宿在顾庄，就纠集了戴南和溱潼据点的还乡团，二三百人，偷袭顾庄。

还乡团摸到庄子边，在十二个巷口门楼前，被站岗的发现了。一霎时，枪声像爆豆一样响了起来。

丁月亭乡长一骨碌爬起来，集合了区队战士和民兵。"不要慌！外面雾大，还乡团不敢贸然进攻。每个巷口门楼增加几个人，民兵传递信息，机枪手随时增援！"

大家有了主心骨，飞奔到各个岗位。大雾弥漫中，区队战士和民兵据守十二个巷口门楼，向外开枪。还乡团在门楼外朝里放枪，一时也攻不进庄里。

机枪手袁万新是顾庄人，抱着机枪站在丁乡长身边待命。丁乡长命令他："你地形熟，听见哪边枪声紧，就跑到哪个门楼上扫一梭子。"袁万新领命而去。十二个门楼轮流翻，都有机枪声。

号手翁春山，也是顾庄人，村里地形熟，于是，通庄都有军号声。敌人摸不清情况，大雾越来越浓，对面看不见人，不知道虚实，也不敢往庄里冲。

就这样里外放枪，一直僵持不下。战斗进行到六七点钟，双方都没有大的伤亡。

天渐渐亮了，可大雾没有一点儿要散去的迹象。这样打下去，对还乡团来说，不是个好事。如果边城的武工队听到消息，赶来增援，和双港区队里外夹攻，还乡团吃不了兜着走。

戴南据点的还乡团头目南某某，找来伪乡长汤某某，也是顾庄人，他想了个主意，让所有人停火。找来庄上一个还乡团的坐地情报，如此这番教了一遍……

这个坐地情报跑到汤家巷，站在汤家桥上，隔着汤家巷口的门楼，对着丁乡长家喊起来："丁乡长——还乡团撤退啦！还乡团撤退啦——"

丁月亭乡长一听，是庄上人的声音，他哪里知道，这个人是还乡团的坐地情报呢！

丁乡长不疑有诈，一撩长袍，拎着一杆长枪，就走出了汤家巷门楼。他转弯向东，来到大庙西边错开的两堵墙前面，一看，除了大雾弥漫，果然没有一点儿动静。丁乡长松了一口气，点起烟，想抽一口，火红的烟头，在大雾中，成了埋伏在暗处还乡团瞄准的目标。

几声枪响，丁乡长中弹倒地。

跟在丁乡长后面一起出来的民兵中队长汤金国，一看丁乡长中弹倒地，知道中了敌人的诡计，连忙举枪还击，一边把丁乡长抢回了汤家巷口门楼里。一看，丁乡长已经壮烈牺牲，肠子从肚子上的伤口流了出来，还死死握着手里的枪。

汤金国把丁乡长抱到他家屋后，藏到了草堆里，回身参加战斗。

太阳出来了，大雾渐渐散去，还乡团人多势众，再加上丁乡长牺牲了，失去了统一指挥，区队战士和民兵，坚持到大约九点钟，决定从北大街向西突围。民兵中队长汤金国坚守在汤家巷口门楼，掩护区队突围，在退往袁家巷时，中弹牺牲。

机枪手袁万新，掩护十几个区队战士，跟着政委顾德崇，从庄西一个门楼突围出去。还乡团跟在后面疯狂追赶，眼看着区队战士们游过河，从网场沟上岸突围出去，敌人子弹像飞蝗一样射去。撤退在最后的顾德崇,刚刚爬上河坎,被敌人打中,壮烈牺牲。

这时候,顾庄被还乡团占领,敌人开始了疯狂的搜捕。

没有来得及撤退的一个区队战士,跑到翁宝年家,翁宝年把他藏到了床底下,自己睡在床上。还乡团冲进来,问他:"新四军在哪里?"

"我在家里睡觉,没有看见……"

没等翁宝年说完,还乡团"啪"的一枪,把这个老实巴交的农民,打死在床上。一窝蜂又到别处搜查去了。这个战士被翁宝年用自己的命救了下来。

顾庄老百姓肖恒普,看见还乡团放火烧了他家的草堆,他跑出来救火,还没有跑到草堆跟前,就被还乡团开枪打死了。

还乡团挨家挨户砸门,肖洪国老婆开门慢了一点儿,被还乡团当胸两枪,打死在了自家门口。

顾四顾鹏程老婆,听见砸门声来开门,被还乡团打死在自家门口。

一霎时,顾庄成了还乡团的杀人场。

北大街向北的巷子里,有一个三先生商店。三先生在顾庄,是个有点儿面子的人,游击队和还乡团都不惹他。袁万新掩护了区队突围,拆毁机枪,回头躲到了三先生家灶台后的稻草里。还乡团搜查到三先生家,仿佛知道袁万新藏在那儿,挑开稻草,找到了他,袁万新赤手空拳和敌人搏斗,寡不敌众,啪啪两枪,袁万新壮烈牺牲。

号手翁春山被俘,还乡团恨他通庄吹洋号,给他们摆下"迷魂阵",就丧心病狂地在他头顶捅了一刺刀,然后逼着他吹军号。翁春山视死如归,举起手里的军号,"滴滴答滴滴——滴滴答——"军号每响一声,鲜血便从他头顶的刀口往外冒一次,军号越响,血冒得越高……敌人挫败不了他的革命斗志。后来,把他掳去戴南,挖塘活埋,只留脑袋在地面上,见他还不投降,就拿锹把头铲掉了。

还乡团到处搜寻丁乡长的尸体,准备找到后,把头剁下,带去戴南溱潼,游街示众。他们找不到丁乡长,就在顾庄烧杀抢掠。

悲惨的十月初六，这一天，游击队、民兵和老百姓，一共牺牲了十三人，鲜血染红了顾庄的片片土地。

将近十点钟，杀人放火的还乡团突然向戴南撤退。原来是驻扎在边城的武工队，得到消息，赶来救援。

英勇的顾庄民兵和双港区队战士，汇合边城武工队，追到姜圩附近，截住了逃跑的还乡团的尾巴，狠狠出了一口气。战斗结束后，抓回了几十个俘虏，这些凶神恶煞的还乡团，一个个赤膊着上身，在秋风中瑟瑟发抖。等待他们的，是人民的审判。

1948年的农历十月初六，永远留在顾庄人民的记忆中。为新中国而牺牲的烈士们，永垂不朽！

史料提供者：顾庄村民　汤美才，83岁
　　　　　　顾庄村民　翁振璜，89岁

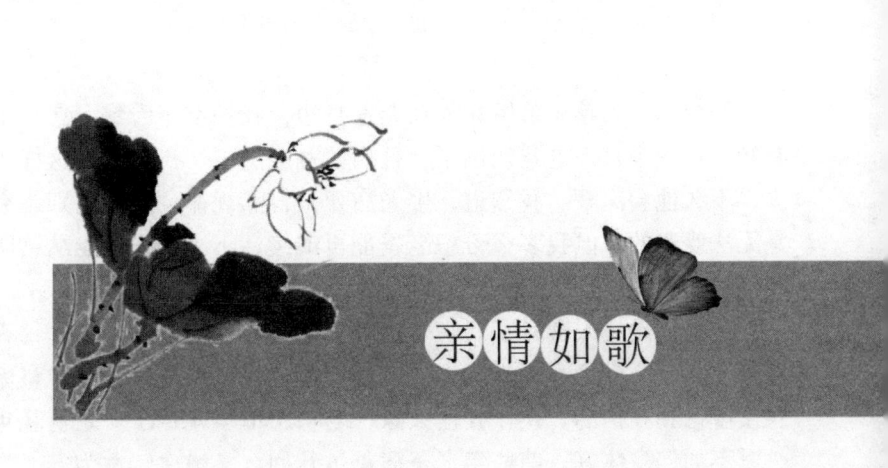

亲情如歌

1. 致母亲

陈 铭

妈妈，今天趁兄弟姐妹都在老爸身边，我抽空来看您。您泉下有知，这一个月来老爸病倒了，且病情每况愈下。我真的怕这样下去，不久他会离开。我知道，生老病死，自然规律，生死离别终究是无法躲避的。但我多么希望老爸能再继续活下去，我还能继续陪伴他，让他再多享受一些人间的天伦之乐！

老爸这次病入膏肓了。医生也说，顺其自然吧。连日来，每天众亲友和乡亲都来家中探望老爸。他们都说，没见过我们这样整天整夜服侍和守护的。换作其他人家，老爸恐怕早就走了。老爸晚年一直不如您身体好。前些年老爸病重过几回，又屡次转危为安。您也曾设想老爸会走在前头，您还拥有老爸一笔善后费用，还有遗属金、田亩钱和老人钱，无须儿女们负担。谁料人算不如天算，您却抢在老爸前头走了。老爸心灵上留下了重创。好在一直有我陪伴并精心伺候，老爸很快摆脱了心理上的阴影。

这几年来，我几乎每天陪伴老爸散步，每次都在村东大圩溜达个把时辰。圩堤西边有一片"绿化地"（坟堆），您安息其中。每次走过圩堤路，他都会默默地朝西望上几眼。近段日子，老爸病情很不稳定，日轻夜重，时常胡言乱语，眼角流泪，下肢胀肿，不时手指天空，呼喊着先人的名字……这些都是不好的征兆。才没几日，老爸明显瘦了一圈，我不忍和他对视；我束手无策，有心无力，只能眼睁睁地瞅着他一天天朝着死亡而去。他每天都有清醒时，还认识人并记些事。不知怎的，他昨夜突然提到了我几天后的生日。您走后这几年，每次老爸都能想起我的生日。去年生日这天早晨，老爸还悄悄起床做了油旺蛋，端至我的床头。他说，我退休后便在身边服侍，很辛苦。现在妈妈不在了，赶上我过生日，他就做次我小时候特别喜爱吃的您做的油旺蛋。老爸这么一说，我就想到妈妈您了。我噙着泪水，怀着一种特别的心情，慢慢地吃下了一碗油旺蛋。

我的生日，您比谁都清楚，农历九月十五。五十七年前的这一天，是您的苦难日！从这一天起，您喂养并抚育我一天天长大。当我羽翼渐丰，可报答恩情时，您却认为儿大不中留。

我十六岁那年，您和爸爸狠着心把我送到了部队。这一晃就过去三四十年了。当我退休后重新踏上熟悉又亲切的故土时，您和老爸皆已古稀之年了。的确，您赚到了一趟好儿女。可是，您也吃尽了苦。您刚嫁到我们庄上时，是个村妇女主任，经常抛头露面。您喜欢热闹，开会、唱戏、抓革命促生产、教扫盲班、做红娘，您是被乡亲们认可的。但后来，因为奶奶富农成分，您辞去了村干部。几十年来，爸爸一直在外工作，我们家里里外外几乎都是您独自操持着。大集体时期，全家多口人，您一个人挣工分，我们家连年超支。平常罱泥、挖墒等男劳力做的事，您做起来比男人好，一心想着多挣工分多挣口粮。

妈妈，当兵以后，我逐渐忘记自己的生日。但您每年在我生日前都会让爸爸写信提醒我，说是快到我生日了，嘱咐我不要忘记吃生日面。记得1983年二十岁生日这一天，我收到了爸爸寄来的二十元汇款单。二十元钱是老爸近半个月的工资。我请了几个同乡战友下了趟饺子馆，挥霍了九元钱。老家装了电话后，您总要在前一晚提醒我，然后在我生日当晚告诉我，今天和爸爸早上下了面条，还点了蜡烛烧了香，盛出了头碗面。妈妈，还有几天，我又要过生日了，现在老爸病危，我哪有心情啊。现在最要紧的就是服侍好老爸，哪怕多挽留他一天！祈愿老爸再一次转危为安，创造他生命中的又一个奇迹！老爸在，家还在。愿您在天之灵，保佑老爸渡过此劫！

2. 不让你孤单

舒 眉

母亲这么些年，心里一直藏着一桩未了的心愿。

清明节前几天，接到母亲的电话。母亲告诉我，四月二日要给父亲迁坟。已经请阴阳先生看过时辰，当天上午十点钟和下午一点钟是吉时，宜动土，宜安葬。

母亲给父亲迁坟，是完成她与父亲的约定。

父亲在病入膏肓时，曾一再对母亲说："无论日后你们去哪里，都要带上我。我不想一个人孤单单地离你们很远，我要一直陪伴在你们身边，保护你们。"

接到母亲的电话，我和先生着手忙了起来，先是向单位请假，然后置办一些带回去的物件。当天我们全家起了个大早，凌晨三四点起床，天没亮就出发了。趁着清晨路上空荡，我和先生各开一辆车，他的车在前面领路，我紧随其后。

高速上起了雾，能见度不高，只隐约见到对面车道上零星的车灯像萤火一样忽闪忽闪的。儿子怕我开车犯困，一直在陪着我聊着有趣的话题，谈笑间不知不觉已经到了姜堰路段。突然，车后发出了一记沉闷的碰撞声，我的车被震得往前猛地一窜。我意识到车被撞了，慌乱中双手紧握方向盘，快速打开安全双闪灯，东张西望地将车子慢慢地变道至应急车道，车子停稳了，我才略微松了口气，赶紧给先生打电话。

我按照先生的关照，赶紧把路障标识放出来，然后人站到应急车道护栏外，等他过来。

没一会儿，先生跟处理事故的交警车一起赶到了。

肇事车的车头已经面目全非，卧趴在高速公路中央隔离带的路牙上。车门打开，从车上下来一个惊魂未定的中年男人和一个一脸睡意的小女孩。女孩六七岁的样子，瞪着大眼睛，懵懂又胆怯地看着我们。

母亲的电话一直在催，吉时快到了，问我们还有多久到家。我跟母亲说路上发生了点儿小状况，人没事，处理完了就回。并让母亲改用下午的那个吉时。

母亲听说人没事，在电话里一个劲地说："一定是你爸在保护着你们！一定是你爸在保护着你们！"但凡我们发生了逢凶化吉的事，母亲一直坚信是因为父亲的保佑，我们才得以平安顺遂。因为父亲承诺过，他会在天上时刻保护着我们的周全。

到家匆匆吃完中饭，我们一行人坐着灵车赶往父亲的坟地。

一缕思念入尘土，万般愁绪涌心头。

父亲一直沉睡在这荒郊野外，陪伴着他的是一年又一年的花开花落，和一条日夜奔流的河流。我和弟弟已经成家立业，万物都在变化，唯一不变的是父亲，他三十年沉睡不醒。

当我伸手将父亲的遗骨从泥土里捡拾在手掌心时，就像是握住了他的手，忍不住泪如雨下。泪珠将我膝下的泥土打湿了，三十年了，多么漫长的岁月啊！爸爸，我要将对您所有的思念和这些年的苦乐，全都向您诉说……

弟弟怀着无比沉重的心情捧着给父亲新换的骨灰盒。车轮在高亢凄切的唢呐声中，将父亲迎进了新家。

一串串鞭炮在天空中炸响，爸爸，您回到我们身边了，您再也不会孤单了。

2016 年清明节　常州

3. 我的爸爸妈妈

周丽华

"一支粉笔养全家六口,三尺讲台教学子无数。"这是二十多年前我妈妈去世时,学校献给她花圈上的挽联。

我的爸爸妈妈都是教师。"文革"前爸爸和妈妈在兴化同一所学校任教,"文革"中,时任校长职务的爸爸和任少先队大队辅导员的妈妈均受到波及。

从那时候开始,我们就跟着爸爸妈妈一起来到了我们的第二故乡边城。记忆中,爸爸妈妈经常带着我们搬家,在边城镇的城东、城南、城西、城北四个大队相继租过房子。

那时候爸爸被学校开除了,没有工作,只能靠妈妈一个人的工资养活全家,因此日子过得特别艰难。爸爸身体清瘦,从小一直读书,基本上没干过体力活,为了养家糊口,怀才不遇的爸爸曾经在边城粮站扛过米袋、当过搬运工、在塑料厂做过临时工、在边城小学和周边乡村学校做过代课老师。学校的期中期末考试卷,都是爸爸刻钢板印出来的。"君子君子,饿得要死,满腹文章,不能充饥。"这大概就是爸爸在那个时期的真实写照。

妈妈刚强善良,不仅教学能力强,而且写得一手隽秀有力的好字,对学生也特别好。那时候家家都很困难,有的贫家孩子上不起学,妈妈都是挨家挨户上门,去劝家长让孩子上学。妈妈经常自己拿钱给学生买本子和铅笔之类的学习用品。尽管我们生活也很艰难,妈妈还总是经常把那些饿着肚子的学生带回家吃饭。在边城,只要提到许老师,那绝对是有口皆碑。

在那个艰苦的年代，爸爸妈妈练就了许多生活技能。我们兄弟姐妹四人，身上穿的衣服都是爸爸裁剪妈妈缝做的。爸爸妈妈很讲究整洁干净，印象中他俩都有一件专门用于上课时穿的衣服。衣服虽然旧，但总是洗得干干净净。下班回家后再脱下来，平时在家干活是舍不得穿的。他们常说衣服不在好坏，但是要干净，这样对自己对别人都是一种尊重。

爸爸妈妈对我们的教育特别严。爸爸妈妈要求我们每天一放学回家就得做作业，晚上也难得允许我们出去玩，听到外面同龄小朋友玩耍的快乐声音，我真的好羡慕他们。我的早睡早起和出门穿戴得体的习惯，就是源于爸爸妈妈的言传身教。

爸爸妈妈还教育我们做人做事要问心无愧，受人滴水之恩，当涌泉相报。借人一分钱，要还人两分钱：一分是人情；一分是欠钱。到现在我都一直遵循他们的教诲，尽力做好每件事，善良对待每个人，积极参与身边的公益活动。

后来国家平反冤假错案，爸爸妈妈终于被摘掉了"帽子"，可是爸爸在倪官庄代课时得了膀胱癌，妈妈患气管炎、肺气肿、心脏病等等。记得有一年爸爸在南京住院，妈妈在兴化住院，那时候家里的状况，真的就像瞎子阿炳拉的《二泉映月》一样凄凉。

再后来国家关爱教师的一系列好政策出台，我们也渐渐长大，妈妈也退休了，家里条件大有好转，虽然条件好了，可是爸爸妈妈一直还是很节俭。他们把一部分钱用来订报纸和各种杂志，看书读报是他们每天必不可少的日程安排，我也在他们的熏陶下，养成了阅读的习惯，喜欢文学成了我生活中的一部分。

1997年，妈妈在边城这个她工作了一辈子，桃李芬芳的地方去世了，三年后，爸爸也因淋巴癌医治无效永远地离开了我们。万爱千恩百苦，疼我孰知父母！

不过值得庆幸的是，爸爸妈妈教育出来的后辈，我们兄弟姐妹的孩子都非常优秀。南京航空航天大学、中国人民大学、复旦大学，都留有他们的足迹。

现在国家对教师赋予了更崇高的敬意，给予了很高的待遇，每年的9月10日，还被定为全国教师节。我那在天堂的爸爸妈妈，应该感到很欣慰了。行文至此，不禁泪目，亲爱的爸爸妈妈，女儿想你们了！

4. 外婆的传奇

费桂兰

我六岁那年的腊月二十四傍晚，病了多日的外婆在痛苦挣扎中咽了气。

瘦小的外婆穿着寿衣，躺在舅舅家堂屋中间的寿材盖上，好像睡着了一样。按风俗在家里停灵三天后安葬。

夜里，天寒地冻，屋檐下挂着一尺多长的冰凌，西北风像刀子一样"呼呼"地刮着，院外不时传来树枝断裂的声音。守灵的亲友，一个个冻得脸色发紫，浑身哆嗦。孝子孝孙们冻得哭都哭不出声，在旁人劝说下，先回去休息了。多亏了表嫂，一会儿进去送开水，一会儿去送吃的，几个守夜的人才坚持了下来。

天蒙蒙亮，勤劳的庄户人家已经有人起床了，表嫂又一次去送开水，想让守夜的人再坚持一会儿，天亮就有人来替换了。刚走到灵堂门口，几个守夜人像有鬼赶似的，跌跌撞撞地冲了出来，"诈尸啦！诈尸啦！"几个人把大嫂重重撞倒在一边，两只暖水瓶也摔了个粉碎。

"诈尸"的消息像一颗原子弹一样，在村庄里"炸"开了。人们从四面八方赶来，把几个守夜的人围在了中间打听。守夜的人吓坏了，有的谁也不理，有的直翻白眼，有个胆大的惊魂未定地伸手向灵堂里一指："死人！死人！有声音，有声音啊！"

嘈杂声引来了越来越多的人围观，大伙挤在远处，没有一个人敢进去。爷爷拨开人群，在灵堂门口先扶起大嫂，再走进空无一人的灵堂。

屋里的灯朦胧着，烧纸缸里的灰时明时暗，透着一股莫名的阴森恐怖。爷爷果然听到从棺材盖上传出了一声尖细的哨音，隔一会儿又有一声，爷爷的汗毛立起来了。

这时陆续进来了几个胆大的邻居,大伙壮着胆子听了一会儿,和喜欢开玩笑的爷爷说:"堂嗲,西北风吼了一夜,你亲家母怕是死得不愿,又转回来了。"

不知道什么时候开始,外面下雪了,先是细细柔柔地飘洒,慢慢地,雪像鹅毛一样随风飞舞着,房屋上、树枝上、院子里很快披上洁白的外衣,到处明亮起来。也不知什么时候,舅舅家屋里屋外站满了人,大伙都听见了从外婆喉咙里发出来的哨声。有人把手放在老太太鼻子下,却又没有一点儿气息。

"这冻死人的天,好好个大活人被窝里一夜都没点儿暖气,太太这么瘦小,寿衣又单,睡在冰冷的木板上,冻也冻死了。"

"还有声音呢,人还没死。来,我们几个人把太太扶坐起来看看。"几个胆大的人合力轻轻一提,外婆娇小的身躯就离开寿材盖,可不是坐着,而是笔直的,像一根锄头柄一样,僵硬地竖了起来。

外面看热闹的人浪头一样,向前挤着,踮起脚尖,脖子伸得像长颈鹿。

"快让下,请让下啊!"外面嘈杂的人声安静下来,闪出一条路,姨父赶来了。

姨父是一名老中医,刚刚下夜班。他从里到外又是拿听筒听,又是抓住手摸脉跳。姨父用棉花丝放在外婆鼻子底下,半天才看见有一丝微动。检查完,姨夫这才坐下来,静静地摸着外婆僵硬手腕上的脉搏,一直到下午还是没动静,只是间歇地从喉咙里发出一声短短尖细的声音。

赤脚医生来了,医院也来了医生,可都摇摇头走了。

夜里自告奋勇守灵的不少,个个精神抖擞,仿佛探宝一样。雪也不知啥时悄悄地停了下来,外面看稀奇的人,"咯吱咯吱"踩在雪地上脚步声不断,外村有个看热闹的人,好心地把他们村的汽油灯也带来借用,院里院外如白昼一样。

下半夜,寿材盖上的外婆发出声音的间隙缩短了好多,声音也加长加大了一点儿,棉花丝起伏度也明显一些,但身体还是僵硬如锄头柄一样。姨妈悄悄地帮外婆加了一床厚厚的被子。

早上,看稀奇的人络绎不绝,七嘴八舌争论不止。土工建议下葬,姨夫起身打开药箱,拿出针管和药说:"试试看,行就行,不行随你们吧!"

一针下去,慢慢地,鼻子下明显有了气息,身体也慢慢不那么僵硬了,声音由细小单一的"嗯"变成了悠悠的长调,像个孩子闭住气的哭声。

忽然,外婆长长地出了一口大气,在众人吃惊的眼光下,急切地说道:"饿死我了,我要吃啊!要小便来不及了。"姨夫连忙嘱咐大嫂:"只能喝米汤。"大嫂急忙去煮,外婆来不及地坐在小木桶里拉了好久的尿。

米汤是用大碗装的,吃了一碗,稍缓又吃了一碗,外婆这才缓过来。

重新活过来的外婆,不等完全康复,就在家里叠元宝、搭纸房子,选好吉日吉时,请人帮忙搬到宽敞的空旷地上,五颜六色地堆放得满满的,外婆口中念念有词后,点火一下子化为灰烬。

外婆又活了十一年,安安静静地走了。

5. 没有母亲的年

马雨保

　　我是一定要回家过年的,尽管所在城市的疫情因点状爆发而管理得严格,但我一直坚信情况会有好转。

　　腊月二十四,我带着一身的"码"和核检报告,并承诺遵守关于所有的防控措施后,坐高铁从城市回到千余公里外的家乡。

　　儿子开车接我,回到离高铁站二十余公里外的老宅时,已是晚上八点多了。开了车门,门外却少了母亲的等候。往年这个时刻,不管什么天气,或寒风或雨雪,也或春光或烈日,还有夜深人静的昏黄路灯下……定会远远地见母亲拉着父亲在静静等候。在母亲的一句"回家来啦"的问候声里相互打量,知道母亲下一句大概会讲:"你今年养得不好呀,脸上皮瓜皮瓜的。"这绝大部分被我猜中。其实,我比往年重了几斤,而她的身体却是越发的苍老佝偻起来。但此刻,路灯还是那样昏黄,却少了等候的母亲,心里告诉自己,这种等候已成终曲,今生不再。母亲已于两月前离我而去,相见只能在梦中了。

　　一切熟悉的场景,似乎总有母亲的影子。她与父亲生活的老人屋陈设依旧,怕孤独的父亲触景生情而时常悲伤,让他搬进我老宅的西厢。妹妹把老人屋打扫拾掇妥当,按原有样子未动,父亲关门上锁。平常少有外人前去,父亲是常去的,擦扫一番,或在里面静待,我知道他在想念母亲。

　　忙活过年的事,处理些家务,我也常跟父亲拿了钥匙,去老人屋看看。竹榻上的靠垫还在,我似乎看到病中的母亲安静地躺在上面,阳光暖暖地照着她。或者在小方桌边的板凳上她正手捧着碗,香甜地吃着饭,嘴里的假牙磕碰着,发出很响的声音。条台上的香篮还在,满篮香纸依旧,一条红色毛巾覆盖其上。我又看到她佝偻着身躯晨起去寺中敬香的样子，那样的虔诚庄重。灶间的锅膛前，她正一把一把地添加柴火，闪闪的火光映红她的脸庞……小屋处处是她的影子，耳边有她声声呼唤。我泪眼朦胧，但我知道一切皆成过往，锁门哀伤离去。

腊月二十八，依风俗这天是与先人的辞年日。父亲告知我，今年烧了母亲的纸钱包，由原来的六个改为七个。先燃了纸钱，我祷告着母亲回家吃饭拿钱。父亲在一旁流泪，我最后一个叩头，长跪未起，直至纸钱燃完。袅袅烟尘中，我泪流满面。

热热闹闹的年夜饭，一家举杯共庆。我似乎看到了母亲就在一旁看着，为大家庭守护着，为我新添的家族成员欣慰着。她又似乎是满足的，她应该在天堂微笑。

正月里我没有走动拜年，跟长辈亲友都打了招呼。一是有孝在身，二是疫情管控部门对我的要求。宅家做饭带孙女，连镇上都没去一次。垂钓成为闲暇时的主要娱乐活动，一人一钓竿，在旷野与河流蓝天做伴，独处静思，渔获次要，养性为主，倒也有了"孤舟蓑笠翁，独钓寒江雪"的意境，想来，这或许是我最终的归宿吧。

初九是母亲百日的忌日，与父亲及弟弟妹妹商议，决定给母亲上个坟。妹妹备了供品，于母亲墓前供奉，我带领全家祭拜，妹妹又恸哭一番，父亲暗自啜泣，我擦扫干净墓碑。母亲的瓷像依旧那样慈祥，我燃香点纸，泪如泉涌。

我又将踏上北漂的路，为了一身的背负，为了母亲的愿望努力打拼。我还能带上母亲最后收获的米油，亲自腌制的咸菜，冷藏保存的豆儿，种下的最后一茬越冬的菜蔬……却少了她送我出门时的千嘱万咛与恋恋不舍。天堂的母亲，您留下的东西会越来越少，时光也将渐行渐远，但对您的思念吾将永生不变。

我想起宇宙科学界关于生命在折叠时空里的理论假说，逝去的生命将会在另一个时空里得以重现，也就是生命无限之说。如若成立，或许我与母亲能有再见的那天。

6. 最后的日子

王 兰

过了六十五岁后，父亲可能觉得人生满足了，一不高兴或者和母亲怄气就常说自己要"翘辫子"了。那时姨侄女还小，老听外公说"翘辫子"，小孩不懂，就问外婆："外婆外婆，外公老说'翘辫子'，什么是'翘辫子'？"母亲说："'翘辫子'就是死，颖宝别理睬他，他呀，没正文，卖死呢！"

这一说过了十几年，2009年底父亲查出患有贲门癌，在北京协和医院做了手术后恢复得不错，三年后在去庄上打麻将的路上，又被人家摩托车撞断了股骨，做了手术，卧床几个月又能下床走动，时不时还去庄上打打麻将。

到了2014年的春节后，父亲查出患了肝癌，自己感觉不好，自我调侃地跟我们说："这次是真要'翘辫子'了，逃不过今年了。"九月做了第二次介入治疗后，父亲的体力和精力明显不如以往，恢复得慢，经常昏昏沉沉地睡，也不怎么想吃，我们看了很是担忧。国庆期间，哥嫂从北京回来了，陪他说话，劝慰他。父亲又充满了信心，精神好了，吃得也多一些了，也许这就是精神的力量吧。过了国庆节后，父亲的体重就剩下了七十斤多一点了。腮帮子干瘪，身上皮包骨，感觉风一吹就能倒。

有一天我发现父亲头发长了，就带他去小区门口理发，去的时候我搀扶着他走，没有觉得他走得有多费力；理完发，又搀扶着他回来，从理发小店到我家就三栋楼的距离，平时我走一趟，就三分钟，那次我搀扶着他走了有二十分钟，走得颤颤巍巍，还不停地喘气，那时我才真正体会到什么是举步维艰，寸步难行，那次也是他此生最后一次理发。父亲人还在，就想着他的后事如何操办。我们总是安慰他，不要想那么远，保养身体重要。

可他不以为然，一本正经地说："反正是要走的，早晚有那么一天。"他嘱咐我们，在他走后，回礼的毛巾要买全棉的，长寿碗也要备好，糖和糕也要买好的。甚至想到了在为他守灵时，家里的凳子可能不够坐，再去温泰市场买些塑料凳子，给守灵的人，喝茶打牌。

他又特地关照我们，到了老家办后事有困难，有三个人可以请他们帮忙。他们是小俊、德祥和国民，我们一一记在心里。他一再关照我们，他走后，不要难过，要把后事办得热热闹闹、风风光光。叮嘱我们这些事时，父亲没有一丝难过的表情，像拉家常一样，讲的是将来可能发生的事一样，是那么平静和坦然。他常跟我们说："我今年八十四岁，毛主席也就活了八十三岁，我是 84 消毒液，够长寿的了。"

到后来，父亲就吃不下去了，喝点儿水，喝一点点粥或汤。我们把他再次送进了医院住院，医生说建议挂蛋白，但是他死活不肯挂，好说歹说，才挂下两瓶。第五天，父亲就吵着出院，要回老家，任我们怎样劝，就是不听，再劝，他竟然流泪了，反正是拗不过他了。

2015 年 2 月 2 日，我们带他回老家陈堡，车过了东转盘，我说："爸，我们离开泰州了。"坐在后座的母亲和姐姐看见他的眼角有泪水往下流。

离开了泰州，到了老家就直奔老家镇医院，在老家医院里，把他从车上抱到医院病房的就是小俊。父亲这次回来，自己是有预见的，他预见自己的时间不多了，准备落叶归根了。回来后，已经不吃了，喝水也很少，全靠挂水维持生命，看着他每况愈下，我们心里都很难受，但无力回天。

在住院的第二天，他对院长说能不能给他一针，让他不再难受，好痛快地上路，他不想再痛苦下去了。医院院长对他说："老人家，不要瞎想了！一是你的子女不同意，二是法律也不允许这样做。"以后，他再也不提打一针之类的话了，但是更加沉默了，我感觉他就是在等那一天了。我每问他哪里疼不疼？他都说不难受，就是没胃口，不想吃。我生怕他随时会离开我们，每天帮他把胡子刮得干干净净，修修指甲，梳理梳理头发。那些天我和姐一直在医院与家里来来回回地奔，心里怕他走，又怕他走时我们手足无措，所以忙着做后事准备；快到春节了，不做好准备，万一他走了，我们会措手不及的。

  日子日复一日，离春节愈来愈近了，转眼间就到了腊月二十八，父亲所盼望的哥嫂一家也从北京回来了。

  哥嫂一回来，我和姐姐好像也放下了一大半的担子，有了依靠，有了主心骨，当然最高兴的是父亲。他们一回来没吃饭就到医院看望他，他是很高兴的，但是他还是担心他们没吃饭，叫他们赶紧回去吃饭，父亲说话清楚，思维清晰。

  腊月二十九，顾鼎竞和卫东大哥过来看望父亲，父亲很开心，因为两位大哥都是父亲最欣赏的人。

  往年春节之前，只要哥嫂他们一回来，家里就等于过年了，今年更是！因为怕父亲随时会离开我们，我们所有的子女都一直在老家。家里一下子就有了十来个人，人多力量大，帮忙的多，吃饭的也多，所以做饭就要一个人，甚至一个人还不够。那段时间，又要忙家里，又要忙医院，我主要负责烧饭，还要帮忙家里打扫卫生，最让人纠心的是母亲又受了风寒，在父亲的病房里输了五天液，让我们又焦虑又担心。还好孩子们都大了，也都懂事了，基本上我们忙家里，在医院陪伴父亲的都是孩子们，他们来来回回，家里医院轮流照应，并及时汇报爷爷的最新情况。

  这时候，父亲的脚和肚子已经肿得很高了，帮他洗脚时，手一按就是一陷一个深窝，后来一按都有水渗出；以前肚皮瘪瘪的，现在肚子也肿得亮光光的，他不肯我们摸他的脚和肚子，怕我们难受；他应该是很难受的，不肯说而已。大年三十，家家户户忙过年，为了一个好兆头，哥哥在家写了若干副春联。还特地书写了毛主席的一首词《卜算子·咏梅》在一小整幅红纸上作为春联，红彤彤地贴在父亲病房的门后面。贴好后，读了一遍给他听，哥笑着对他说："我现在的字可值钱了，你好了之后要收藏好！"父亲也笑起来说："你的字现在超过了你的文章，虽然你是写文章的，但是现在字比文章写得好。"

就这样，在千家万户此起彼伏的鞭炮声中，在忐忑不安中，我们迎来了2015年的春节。

到了大年初二，家里的电总是过一会儿就跳闸，不知是一种不祥之兆，还是电路的问题。因为父亲随时会走，我们就赶紧请电工来看电路。时值春节，师傅们都放假了，到哪里找人？首先想到的是德祥大哥，他虽不是电工，但懂一些。于是我们请来了德祥大哥，请他看看。他来看了看，说是三联箱里的空气开关坏了，需要换，到哪里买呢？人家卖电器的都没有开门，只能去超市，到处找，要么没有卖，要么超市没有人。我和姐姐跑了多家，总算买到了空气开关，德祥大哥帮忙换好了。

大年初三中午，父亲手臂上还有没有挂完的水，就这样离开了我们，八十五岁，这一年是他的本命年。一个人倒下了，身后事还真的多，要找吹打的、要找记账的、要给亲友报信，招待吃饭，远处的亲友还要安排住宿，前来吊唁的多，要接待，要回礼，要送客。我想到去派出所给父亲打死亡证明，火化时要用，国民来吊唁后，去派出所帮我们把证明打好了。

时值寒冬，雨雪交加，家里灯火通明，接香续油灯，全家轮流守灵。

守在父亲的灵柩旁，我默默地注视着父亲的遗容，安详而平和，一切都在他的预料之中。

7. 爷爷，抱

李德珊

爷爷喜欢讨好孙辈的。外孙女在泰州刚上幼儿园的时候，怎么说我也要接送一次。这是凉风习习的中秋时节，我排在长长的爷爷奶奶队伍中，等待幼儿园大门敞开时间的到来。门终于开了，我直奔老伴告诉我的教室位置。站到门口还未定神，随着老师温柔的"孙悠扬"声音传进我耳朵，外孙女张着双臂"飞"过来，抬手抱住我的大肚子。出教室有两道门，小甬道三米多长，外孙女早就目不转睛地紧盯我。老师喊她名字，她答"到"的同时立马起立，急忙将小椅子推到桌下，背起收拾好的小书包，快速转身疾走而至。这一连串的动作，一气呵成。我还在满教室四处张望寻找，都没有看见她。我轻松地抱起小乖乖。

隔代惯！

她进入中班以后，在幼儿园内说什么也不让抱，小丫头懂得害羞了。我接过书包，挽着她远离大门，她才会张开"小翅膀"。

前年到南京上大班，她像小大人似的，喜悦地领我去看他们一里外的幼儿园。一路上雀跃不已，回头快到小区门口，说个不停的嘴巴刚闭上，冷不防地将双手伸到我面前："爷爷，抱！"走这么远的路，腿也累了，我弯腰要抱她，她"哧哧"笑出声，推我，原来是与"老头儿"耍笑。

"爷爷，抱！"已经成了爷儿俩的戏谑语。外孙女有记忆了。

在她上小班的时候，我们战友要在青岛聚会。我想带她跟我去玩，以后三天两头拿着挖沙的小工具，对我念叨："大海，沙滩，栈桥，海鸥——青岛！""青岛"的音，有意变味，口型滑稽。

在青岛八大关悠闲地漫步，小不点要么搀着，要么拽住我衣角。小腿跑了好长时间，确实吃不消了，她双手抱住我大腿："爷爷，抱！"

我逗她:"去！找你奶奶抱。"

她听出外公是打趣，仍然娇滴滴地、仰着头对着摇不动的我："不嘛，我要爷爷抱！"

....

一晃就要上小学二年级了，现在只有在家里让我抱抱，抱起来脚已伸过我膝盖。

今年春节后，女儿带我们到她单位旁边的南京绿博园游玩。初春的公园，游客寥寥可数，满眼的花朵争奇斗艳，向我们露出笑容。按捺不住的外孙女，一会儿让我们搀着，一会儿撒手溜走，在我们视线里跳跳蹦蹦自己玩耍。踌躇于郁金香花圃前，我问外孙女："悠悠，累不累？要不要抱？"她白嫩嫩的小手直摇："不累，不累。不要，不要。"一会儿，又对我说："爷爷，做个公主抱，要奶奶照相。"她窜到我怀里，按她的"口令"，有点儿费劲地右手抱住她后背，左手托起双腿，她搂着我的脖子"咯咯"笑，露出了豁耙齿。外婆顺从地用手机"咔嚓咔嚓"后，她身子立即往下坠，定要下来。

....

银发一年一年增添，"爷爷，抱"越来越成为回忆。

8. 外婆的绝活

舒 眉

漆黑的夜晚,刺骨的寒风吹着口哨,在寂静的夜空里肆虐。一阵风钻进了门缝,我不由得打了个冷战。外婆将烧开的水灌在铜汤婆子里,包扎好放在了床上我睡的位置,然后一番收拾,让我先上床睡觉。

钻在暖和的被窝里,我一会儿就睡着了。至于外公外婆什么时候上床睡觉的,我一点儿不知道。

睡梦中,我被一阵急促的敲门声惊醒。随即被子里一阵凉气袭来,我伸手一摸,外婆的衣服凉飕飕的,我惺忪着眼睛看见外婆已经披上了外衣,正用脚踢着睡在另一头的外公,让他赶紧起床开门。

门开了,两个人带着一身寒气冲了进来。男人的怀里抱着一个用棉大衣裹着的孩子,女人带着哭腔喊着:"菩萨奶奶,快救救我家小的……"

我迷迷糊糊地坐了起来,外公给我披了件棉袄。我顾不得寒凉,眼睛一直看着那个在大人怀里的孩子。只见他小脸煞白、双目圆睁,小小的身子绷得像一张拉满的弓,夸张地扭动着,嘴里泛着带泡泡的口水,一个劲地哭着,却没有一滴眼泪。

"又是一个光打雷不下雨的。"我嘟哝着。我听外婆说过,通常抽筋的孩子怎么哭叫都不会有眼泪掉出来。

外婆翻了翻那小孩的眼皮,又掐了下他的手指甲盖,说了句:"是抽筋!"

外婆麻利地拿出她的"救命道具"——针线盒,从里面抽出一根缝衣针。外公迅速把煤油灯凑近了外婆的手。外婆把针头在煤油灯火上来回过了几下。然后,对准那小孩的人中穴扎了下去。外婆一只手掐揉着穴位,一只手不停地按摩孩子的身体。经过外婆的一番"抚摸",那孩子紧绷着的身体渐渐松软了下来,眼神也渐渐活泛了起来,两行清澈的泪水顺着眼角滚了出来。

那对夫妇看到孩子的脸色有了红晕,紧绷着的脸上露出了放心的笑容。松了口气的孩子父母,对着外婆不停地作揖,嘴里千恩万谢。待把孩子重新用大衣裹好,那女人把手伸进了口袋,外婆像是明白了什么,忙不迭地打开门,推着他们离开:"赶紧回家照顾孩子,别再着凉了。"

类似这样的场景,我小时候见过太多太多了。外婆用她的双手救下太多的孩子。太多的家庭因为外婆的这双"妙手",重新充满了欢声笑语。不管多忙,也不管多晚,只要有人来找,外婆总是第一时间救人。从来没有显露出不耐烦之意,也从未收过一分钱的报酬。外婆常说,"救人一命,胜造七级浮屠",比上庙宇烧再多的香都管用。因此,外婆在当地很受人尊重,大家都亲切地称她"菩萨奶奶"。

外婆虽然已经离开人世很久了,但每每想到她,往事就像电影一样浮现出来,历历在目。

可惜的是,外婆子女晚辈很多,却没有一个人能将她的"手艺"传承下来。外婆的手艺,成了大家记忆中永远的"绝"活。

9. 落脚猪

唐金秀

妈妈怀上我的时候，真的没想要我。那时，没有计划生育措施，爸妈已有两儿两女，不想再要了。

妈妈特地去了一趟东台沙河湾，从一位老中医那求药方。老中医给了母亲一副"冬虫夏草"，说拿回去煎着喝，准管用。

妈妈使尽浑身解数，听说伏在猪草缸上压我，搬重水桶，甚至踮起脚尖往高处跳，但我还是在妈妈的腹中一天天长大。

我六个多月时，母亲听说镇医院已有引产术，于是，赶到了大垛医院。

医生说我已成形，不能引产，否则对妈妈的身体不利。

妈妈是流着眼泪回家的。回去后，她对我父亲说："这个'落脚猪'，怎就这么结实？"妈妈似乎恨透了肚子里的我。

妈妈无可奈何地说："既然上天要留她，那就留着吧。"

我感谢那位大垛医生，是她让我有了活下来的希望。更感谢妈妈，虽然她嫌弃我的到来，但还是把我带到了这个美丽的人间。

我大姐说："你刚生下来时，像个黑猫，只有两个眼珠在转。"

我从小像猫一样乖，凡事听妈妈的话，喜欢在爸爸怀里撒娇，爸爸从不打我，由着我玩他的毛笔和算盘。读书时，我比二姐声音大，唱歌也抢着唱，我总是想法子让妈妈开心。

妈妈身体一直不好，四十三岁那年遭遇意外，瘫痪在床。我感谢妈妈，虽然当初不情愿要我，但上天还是执意把我送到了她的身边。我是来报恩的。我十一二岁就学会了照顾妈妈，端屎端尿从不嫌弃，妈妈有求，我必有应。

妈妈对我说："好在我把你生了下来，不然我这样子，哪有人服侍啊？"

如今妈妈离开我快二十年了，好多事情已经很模糊，但是有些事，我仍记忆犹新。

有一年端午节包粽子。妈妈要我学着包，可我手拙就是包不起来。妈妈说了，包不好也别吃别人包的粽子，不然，你将来有小孩了，要吃粽子，孩子哪有吃的？我一边流泪一边包，妈妈一直在旁边指导。那天，我终于学会了包粽子。

我是老来子。我一直不知道，母亲为什么说我是"落脚猪"。直到前几天，我看到阿布尔写的《夏洛的网》一书，上面有"落脚猪"一词。

阿布尔先生家的猪妈妈下小猪了。跟往常一样，阿布尔拿着斧子准备去砍死最小最弱的那只落脚猪。

但这一次，八岁的弗恩却一把抓住斧子，打算把它从爸爸手里抢下来。

阿布尔先生说："养小猪的事我比你懂。落脚猪麻烦大着呢。现在让开吧！"

"可这不公平，"弗恩叫道，"生下来小，小猪它自己也没办法。要是我生下来很小很小，你会把我也杀了吗？"

弗恩拼了命保护小猪的生命，最终不顾一切抢下了爸爸手中的斧子。

"要是我生下来很小很小，你会把我也杀了吗？"弗恩的这个问题真好。

这本书的最后写道："弗恩坐在那里看着窗外，一个劲想，这是一个多么快乐的世界啊。她一个人拥有一只小猪，又是多么福气啊。等校车来到学校时，弗恩已经给她的宝贝猪取好了名字：一个想得出来的最漂亮的名字。"

妈妈，我真的好想你。

10. 母亲的蒲扇

翁学社

知了停止了歌唱,蟋蟀又悄然而至,秋风也一天凉似一天。我把用了好多年,母亲留下的蒲扇,洗净、晒干,悄悄地收藏。收藏了蒲扇,也封存了许多记忆,可记忆的闸门一旦被打开,思念如潮水般涌来。

看见这把蒲扇(它是用蓝布条包的边、黑线的针脚密密的,煞是好看),就会想起小时候,夏天的晚上,坐在天井里小长桌子上面,母亲用蒲扇为我们扇凉风、掸蚊子、讲"牛郎织女"的故事。

常听大姐说,我两三岁时,闹人得不得了,非要母亲哄着才肯睡。夏天,吃过晚饭,蚊子"嗡嗡"地叫,屋里又闷又热。那时,又没空调,又没电风扇,母亲先把帐子里的蚊子掸干净。有时候,还逮几只萤火虫放到帐子里。然后,抱我到天井里乘会儿凉,等屋里稍微凉下来了,就把我抱上了床,坐在蚊帐里,一只手拍打着我的小肚皮,一只手拿着蒲扇,轻轻地为我扇风,嘴里哼着歌谣:"月亮巴巴,照进家家,家家驴子,吃我家芝麻,拿棒打它,叫我姐姐……"在这轻声细语的歌谣声中,看着帐子里的萤火虫一明一暗的,我慢慢进入了梦乡。

上学后,每年夏天,总离不开蒲扇。没有蒲扇,炎热的夏天还真是难熬。

放了暑假,我们一群年龄差不多大的孩子一块玩泥巴、扑火柴壳、打玻璃球、滚铁环……玩得不亦乐乎,总是忘记了时间。每到傍晚,都有几个同伴被大人们拧着耳朵,才依依不舍地回家。这时候,蚊子也出窝了,我们都匆匆忙忙往家赶。吃过晚饭,洗完澡后,我和三姐就把小长桌子抬到天井中。有时候,邻居大伯、大婶、叔叔、阿姨,也来串串门。天空繁星点点,树上知了声声。我们手拿蒲扇,一边扇风,一边驱赶蚊子。天井旁边,那棵高大的苦楝树树叶一动不动,一丝儿风也没有。坐在长桌上,我们听妈妈讲些神神鬼鬼、家长里短的故事。听着,听着,时间一长,我和三姐都睡意蒙眬,打着哈欠。母亲这时就会拿着蒲扇进了房,用帐钩子把帐门往两边一钩,把蚊子掸出去。然后很快放下帐门,防止蚊子再飞进去。我就很快地上了床,舒舒服服地睡到凉席上。有时候,睡得迷迷糊糊的,母亲还不放心,怕帐子里遗漏了个把蚊子,遂拿了罩灯,再仔细检查一下,发现有蚊子,就用罩灯很快地对准蚊子,往上一抬,蚊子就掉进灯罩里被烫死了。

　　春去秋来,一年又一年,你陪我慢慢长大,我陪你慢慢到老。转眼间,母亲已白发苍苍,她的身体一天不如一天,腿脚也不怎么好使。六七年前吧,一个初夏的傍晚,她不小心摔了一跤。当时问她哪里疼,她说没什么事。哪晓得,第二天上午我们把她弄到医院一检查,医生说她的腰椎裂了一点儿缝,这么大年纪是很难长好的,建议我们打骨水泥胶,这样几天就能好。

　　我们听从医生的建议,给她用了骨水泥胶,住了几天院,把她接回家了。然后,我们给她买了个轮椅。到夏天了,早晨,我让母亲坐在轮椅上,推着她沿河边风景区走一圈,听鸟儿鸣叫,看杨柳依依。晚上,吃过晚饭,早早地为她洗完澡,拿上她喜欢的蒲扇,帮她扇扇风,掸掸蚊子,推着她逛逛超市,到公园里看大妈们跳广场舞。等到公路两边的路灯亮起来了,我也慢慢地再把她推回家,为她掸清了帐子里的蚊子,把她扶上床睡觉,轻轻地给她扇扇风,一直到她睡着了为止。

　　时间如白驹过隙,一晃四十多年过去了,可小时候的情景还历历在目。为子女操心了一辈子的母亲,在2018年那个细雨蒙蒙的清明节下午,离开了她眷恋的亲人们,去了那遥远的天国。从此,阴阳两隔,永不能见,唯有这把蒲扇,留给我无尽的思念!

11. 愿你此生比我强

王有勤

吾儿云天:

  见信如面!

  十四岁的你初长成略高于我的个头,让我感到欣喜,也为你最近的独立成长而欣慰!在这个青春期的年龄,有许多的诱惑和好奇,也有许多的渴望,人生有方向,青春不迷茫。人生如同射箭,梦想就像箭靶子,如果连箭靶子也找不到的话,把弓拉得再响,能有什么意义?水往低处流,人向高处走,只有站在山顶,才能看到远方璀璨的灯火和最美的风景!我们努力工作供你上学,希望你能有一个好的未来!

  人生是一段旅程,从选定方向开始,志不立,则天下无可成之事。如果你不知道要去哪里,那通常你哪儿也去不了,没有方向的帆永远是逆风行驶,没有方向的人只不过是在绕圈子。我们遇到了这个好时代,只要用心生活就能得到幸福,个人的幸福生活离不开方向的指引,确立人生的方向是人一辈子最值得认真去做的事情,掌握了人生的方向,才可能最大化地实现自己的价值,才能让生命更有意义。人生要有目标,一辈子的目标,一个阶段的目标,一个年度的目标,一个星期的目标,你都要认真地思考和规划。如果一个人有了崇高的人生目标,只要有坚韧不拔的毅力和矢志不渝的努力,就会成为壮举。每个人的成熟与成长都不是与生俱来的,为了知识,为了未来,沉下心来,不浮躁不急躁,有计划地为了你自己的明天努力耕耘。

  人生之路不总是平坦、充满阳光和鲜花,人这一生注定了要一半风雨一半兼程。不经历风雨,怎能见彩虹?天下没有白吃的午餐,没有人能够随随便便地走向成功。世界上唯一不劳而获的就是贫穷,唯一不用奋斗得到的只有梦想。风吹雨打让树根扎向更深的大地，不经历风吹雨打没有哪棵树能根深蒂固。求木之长者，必固其根本。人生吃苦不如早吃苦。吃得苦中苦，方为人上人，不经一番寒彻骨，哪得梅花扑鼻香！我希望你将来会拥有更多选择的权利，选择有意义有时间的工作，而不是被迫谋生，甚至流落街头。

"书山有路勤为径，学海无涯苦作舟。"读书是人生最轻的苦。读书点亮生活，最是书香能致远，书可医愚可雕心，大器之成必经雕琢，书中有方法，书中有力量，知识改变命运，努力成就未来。一个有梦想的人是打不倒的，这个世界上能够战胜自己弱点的人一定会赢得人生的成功，在你困倦的时候，在你气馁的时候，要对自己说："我是一个有梦想的人，我不是一个甘于平凡、平淡、平庸的人，我要主宰自己的人生。"学习要沉下心来，一心一意。找准聚焦点和发力点，找对方法方能事半功倍。而心存杂念如负重前行，又怎能跑过别人？人在清风来往处，平生最重是自强！男子汉当顶天立地，不怕流血、流汗、流泪，志不强者智不达，超强的自控力可以战胜一切。学会管理时间，学会自律，学会自无人撑伞的雨中奔跑，拼死追求那个最好的自己，用自己亲手打造的"金汤匙"，喝到人间至美的"羹汤"。也才能于美到极致的风景中，细品人生路上的诗和远方。

一个男人的人生格局是要大的，眼光是要远大的，胸怀是要宽广的。我们要学会感恩生活，感恩所有的遇见，"吃水不忘挖井人"，不忘根本，做一个知恩图报的阳光男孩。心中有爱，眼中有光，一路芬芳！勤奋，让生活出彩；与祖国和人民站在一起，你会更容易出彩。把个人的理想追求融入党和国家的事业之中，为党为祖国为人民多做贡献。山水辽阔，宁静致远，岁月悠长，挺拔向上，向着理想，扬帆搏浪。生活的初心，永远都不会改变。千叮咛，万嘱咐，父母心放不住。小雏鹰即将展翅翱翔，风雨挡不住它的翅膀。

愿你此生比我强大！青出于蓝胜于蓝，为人父母共同的心愿！

永远牵挂你的爸爸
2020 年 12 月 20 日

12. 把父亲留给我

陈 铭

年轻时"一杆笔",写过若干人若干事,从没有写过自己的亲人。退休后用笔在心,之所以浓墨重彩写父亲,是因为我并不真正了解父亲,抑或知其甚浅。于是,每天陪伴父亲,用心走近父亲,就是想把父亲留给我们,也留给我自己。

我十六岁时参军,几十年来,回家不多,来去匆匆。工作留不住人,但能把心情留下。每次临别时,都会嘱咐父母保重身体,倒也没有多在意什么。然而,父母到了晚年,嘱咐的话照常说,心情却已忧虑和不安。父亲不善言辞,但母亲总会叨几句:"哪天我们一口气上不来,可能就你不在身边了。"这自然不是临别赠言,就像遗嘱留言似的,听得我心里酸酸的。有时禁不住脸上挂出相来,眼泪止不住滴落下来。

可谁会想到,我提前退了休,又很快回到兴化乡下老家。对此,有亲朋嘀咕,好好的官不做,北京不待,偏要回乡下来。甚至乡亲中传闻,不是得了神经病,就是犯什么错误了。我能说啥?其实,我都挺好。选择沉默,兴许更好。

乡亲们以为,我是小村里走出来的第一个大官,又居家北京。的确,这曾经令父母骄傲,也让乡亲夸赞。然而,"少小离家老大回",此后,天地小了,曾经围在身边的人,渐也散去。我甚至犹如一棵稻草,随行就市,似丢在街巷上,终究将被划拉到垃圾筒里。但又有何妨?当下做回自己,做好自己想做的事。何况为人儿女,尽孝乃本分。听多了,也看多了相关赡养老人尽孝的事,于是说:只说不做,是胡扯;少说多做,不扯淡。

日子一长,父母和亲朋慢慢理解了我。尤其是母亲前年去世后,我每天会陪伴父亲,就着村里溜达几圈。有时会陪着他钓会儿鱼,有时会开电动车驮着他到镇上或他工作过的单位走走,有时会带他到弟弟家的蟹塘上看油菜花开,瞧秋蟹收获。但凡遇到乡亲时,总会有人说,瞧这父子俩形影不离,悠闲自在得很呢。也有人说,要不是有个儿子细心照料,老头子早就交代了。

父亲老年基础疾病多,近年来做过手术,住过几次院。每次他住院,我都会想起母亲。我在母亲的病床前,却没能守住她,时常隐约会有一种愧疚感,觉得对不起母亲,更对不起父亲。母亲是父亲的老伴儿,是我做儿子的无法替代的。但我只能接受现实。我一刻不敢大意,寸步不离父亲,独自守着父亲。白天,我会让家里留一个人,我要在陪床上补个觉。等我醒时,便让他们回家,大家都挺忙的。

陪伴父亲的日子,一日三餐,冷暖换季,是最为平常的事情。我爱下厨,每次做菜,父亲总会站在一旁。有时会喂他一口,先让他尝个鲜,也会逗他一句,"馋猫,啊——张嘴。"日常加餐,点心、水果,少吃多餐。平常老人身上的味儿多,走到人前,别人不说,多少会嫌。每次洗澡,淋父亲一身水,我出着一身汗。挠他痒痒时,他裹着胳膊抽回脚的样子,总会逗得我们直笑。但凡年节或换季,总要买几件新衣裳,就图个喜庆。父亲就像我小时候过年似的,有了就穿。我常笑他,不吃白不吃,不穿白不穿。

父亲爱看电视,但他坐不安稳。这会儿看得好好的,不一会儿开着电视人已溜达出去了。我瞅空儿换个台,他像个侦探似的,又尾随而来。瞅见不是他喜欢的,遂又转身往外溜。我知道,他想看战争片子,再就是看看新闻。但父亲坐不久,要躺会儿藤椅。此时,趁着父子俩拉家常的契机,就听父亲讲祖辈讲母亲讲儿孙,也讲他自己。其时,我也会侧重讲自己当兵的故事。父子两代兵,他不倚老,我不卖小。听到动人处,遂先是一个标准的举手礼,迎回一个不规范的抬手动作,父子俩整天乐呵着。

如今,父亲又老了。趁着他离开轮椅又能行走的日子,我每天会陪他漫步,夜晚会陪他睡到天明。但望着他佝偻的身子,瞧着他白发苍苍下的一副坚韧的老脸,听到他蹭着地面发出"咔嚓嚓"的碎步声响，瞅着他不停地微颤着帕金森病的双手，拄着发不了力的拐棍，显然，已经老态得让人总会多想。此时，抬头望一眼天空，瞅见飞过的鸟儿，鸣叫几声后，已飞向更远的地方。然或大或小的风，总会在身边掠过，也会卷起尘埃，随风而去。于此，我便会心生"人生不过如此"的喟叹，活好当下，活好每一天，才真的好。

现在，我似乎明白自己写作的初衷了。我之所以写来写去，写我的父亲，多想把他留给我们呀，更想把父亲留给我自己。每次写完作品，父亲总是我的首席听众，我会大声地念给他听。我多么希望，一个走向生命尾声的老人，哪怕能多留下一点一滴，心愿足矣。

13. 奶奶教我裹粽子

姜诗兰

五月，又到了粽子飘香的时候，它不仅是舌尖上的美味，更是端午节的象征！

每当端午节临近的时候，不怎么会裹粽子的我，总会想起逝去多年的奶奶！

小时候，每逢端午节之前，奶奶都会带上我，一起到田间的小河边打粽叶。我们兴化水乡粽叶资源丰富，端午节前的粽叶又长又软，此时正是打粽叶的最佳时期。

每当粽叶打下来后，我和奶奶一起坐在田埂上，细细地把粽叶摞成一小串一小串的，再用稻草把它扎好拿回家去。然后用一根细细长长的钢芦柴穿好，把扎好的，一把把翠绿的粽叶挑回去，挂在屋檐下晾晒干。

端午节的前一天，早上，奶奶就会从屋檐下拿下来几串已经晒干的粽叶，把它们泡在装满水的长桶里。

中午，奶奶烧好满满一大锅开水，只见她把泡软的粽叶拎到烧开的铁锅里，用筷子不停地翻烫着粽叶。

一会儿工夫，厨房里，院子里，甚至巷子里，到处弥漫着粽叶的清香，我闻着粽叶的香气，肚子里仿佛有馋虫一样，心里恨不得马上就能吃上粽子！

奶奶把粽叶烫好后，泡在凉水里待用，再把雪白的糯米淘好，然后，让我把家神柜上面的罐头瓶子拿给她，里头装的红豆、花生，是去年秋后就攒着的，奶奶一直舍不得吃，说是等端午节到了裹粽子用，因为父亲最喜欢吃红豆粽子。

奶奶的手很巧，裹出来的粽子小巧玲珑，有棱有角。我在奶奶边上跟着学，裹好又拆，拆好了又裹，来来去去，粽叶都给我揉碎了,也裹不出一个像样的粽子来。

奶奶手把手教我,不厌其烦,耐心告诉我裹粽子的诀窍。在奶奶的指导下,我总算学会了裹粽子。可是,跟奶奶有棱有角的粽子比起来,我裹的粽子就显得笨拙许多。

每次裹粽子,差不多都要裹满满两大锅,我问奶奶:"每次裹上这么多,吃得完吗?看把你累的!"

奶奶笑笑说:"傻丫头,你算算,我们家八口人,一人一个就得八个,你爸爸天天下地干活肚子容易饿,我多裹一些,让他干活带去饿了垫垫饥,才干得动活啊!"

两大锅粽子,用木柴大火烧上个把小时才能烧熟,奶奶锅上锅下,不时地从灶膛门口站起来,打开锅盖,看看锅里的水有没有被烧干。在奶奶来来去去忙碌的身影中,粽子的清香味缓缓地从锅中溢了出来。

在我觉得漫长的等待中,奶奶从锅中拎出了一个热气腾腾的粽子来。

"小馋猫,尝尝看熟了没有!"我嘴一咧,接过奶奶手中的粽子,轻轻剥开翠绿色的外衣,一股粽香味扑鼻而来,雪白的身子早已伸腰搂抱,跟红豆缠绵在一起!

那时候条件差,粽子的口味种类很少,除了偶尔放些自产的红豆、花生、蚕豆瓣之类,大多时候就是纯糯米的白粽子。现在条件好了,人也讲究了,粽子的口味也多了,蛋黄、腌猪肉、蜜枣之类,各式各样的粽子都能品尝到。

如今,奶奶不在了,当年的我,也成了妈妈,虽然还是不怎么会裹粽子,但是每年的端午节前,我也会跑到田间的小河边,打上几串粽叶,回忆奶奶的言传身教,给家人裹上一些粽子,虽然没什么颜值,但是看到家人吃得津津有味的样子,心里油然而生一种幸福感!

眼看马上端午节又要到了,借着这浓浓的端午气氛,我把对奶奶的怀念,对家人的关爱,都包裹进粽子里,希望家人吃到我裹的粽子,一家人的心像糯米一样黏贴!

14. 树高千尺不忘根

杨桂涛

一天中午，在单元门口的树荫下，我坐在椅子上闭目养神。

"三弟，怎么睡啦，又喝酒啦？"随着耳边那陌生又熟悉的喊声，我睁开眼睛一看："永祥哥，你回来啦！"

王永祥是美籍华人，博士，专门研究微生物制药。近年来被我省某公司高薪聘请，一年要回国几次。"三弟，我今天来是学你父亲，你父亲当年检查农业生产，发现偷懒减工的都会以一罚十。今天看你喝酒了，说明你平时不守诺言，随欲贪杯。"

看着永祥哥严肃的样子，我不好意思地笑了。永祥和我是一个庄上的，他是我老家合塔镇第一代电影放映员。后来，被推荐到中国科技大学。大学毕业后，到中国科学院微生物研究所工作。后去日本进修学习，在日本遇到赏识他的科学家，邀请他去美国工作，攻读博士。他便在异国他乡生活、求学、创业。现任美国华人生物医药科技协会理事、副会长。带着对祖国母亲的挚爱，带着对故乡热土的思念，带着对家乡父老的眷恋，带着对往昔故里的追思，阔别家乡多年的王永祥，终于从大洋彼岸回到生他养他的故乡——卜家寨，探亲访友。

他在回来之前，便打了越洋电话给他的胞兄王永征，称这次回家乡要了却他多年的一个心愿，要求兄长帮助召集由他主演郭建光的现代京剧《沙家浜》剧组成员。在样板戏年代，卜寨大队演出的《沙家浜》曾红遍乡里、县城。

经过永征兄长的紧急联络，在永祥回到家乡那天，能聚会的《沙家浜》的演职员都聚在一起。四十年的沧桑岁月，他们聚在一起话当年、说今天、谈未来。难能可贵的亲情、乡情交融在一起。

上次我回老家，从陈旧难得开启的一个柜子里，我又发现了一封三十年前，永祥兄在日本留学期间，写给我父亲的一封信。

杨支书：您好。

离开祖国转眼四个月了，很思念家乡，也很想念你们，今年我要在日本写信向你们拜年了。

简单汇报一下我在这里的情况，在日本教授指导下进行研究，学习别人的长处，为的是建设好我们自己的祖国，目前所开展的有关研究项目进展还比较顺利，取得一定的成果，争取多学一点儿，多做一点儿，回国后有用，这也是人民对我的要求，我一定努力干出成绩向组织上，向您汇报。

春节又要来了，自然想到要向家乡父老拜年。家乡形势一定一年比一年好，今年农村人民生活、经济、精神面貌都非常好吗？大队困难户多不多？对少数确有困难的乡亲，春节期间您一定要帮助安排一下。我祝愿家乡人人都幸福，要是过年还敲锣拜年，也请代我向有关老人拜年。

好几年不见面了，近年来您身体还那样，很好吗？年纪渐大，工作上也应多注意劳逸结合。

大队生产责任制建立后，领导班子有什么变动？农、副业、社办企业还都同时并举吗？几个厂今年收入怎样？顺便想到，我陈俊哥哥在大队还望您各方面多多帮助，几次在北京遇到他，问到您一些情况，都说您对他很好，谢谢。

家里几个小孩都好吧？桂存也有孩子了吗？老三结婚了没有？老三的准岳父是我的老校长，几十年从事教育，是个可尊敬的人！

久不见面，很是想念，要说的话很多，今天先到此搁笔，春节将到，您一定很忙，有空春节期间和我爸爸、妈妈好好聊聊，他们想我，我也很想念父母亲。再见！

祝春节愉快！

永 祥
1982年1月24日于东京

多次看过永祥兄从日本寄给父亲的信，我进一步了解永祥兄三十多年前的精神风貌，字里行间透露着永祥兄对家乡父老的关爱，信中也表达了对我家人的关心之情。

今天永祥兄在回国考察探亲之际，抽空特地来看我，短暂的会聚，我们回忆过去，感叹现在，展望未来。永祥兄仍是牵挂故里，特别是关心着我的家庭、生活和身体。并以自己在外游闯多年怎样保健的亲身经历，鼓励我要笑对人生，与生活抗争。多次嘱咐我改掉生活中的不良习惯，要树立信念而强身健体。

临别前，永祥兄推着我坐的轮椅，和我并肩坐在客厅的桌前，我拿出手机摄影留念。

"三弟！多保重！"永祥兄匆匆告别，看着他依依不舍的神情，我眼里蒙上了泪花：树高千尺离不了根啊！

15. 母亲的侧影

姜广泰

那年我高考落第,父亲又丢了工作,靠在蚌蜓河上摆渡来维持生计。这对清贫的我家来说,真是雪上加霜。

那年我十八岁。

擦干青春的眼泪,只能接受面朝黄土背朝天的人生。

一天,我跟大哥和大嫂到村后的田里治虫。因为是大田,不需要背着喷雾器,是用那种压缩泵进行喷射的。

我负责摇压缩泵,大哥拿着皮管喷射。

那一天,母亲仿佛从天而降。她站在田头,向着远处的我们呼唤。我跟她恰好有一个角度,只看到她的侧影。母亲被下午灿烂的阳光镀上了一层金红的光。

那个阳光灿烂的下午,母亲的侧影显得特别好看。何况,天下的儿女都认为自己的母亲最好看。所以,这一来,那一天的母亲,那一天母亲的侧影,就这样镌刻在了我的心里。

母亲是城里人,嫁给父亲时,父亲还在从军。母亲身材很好,她是我们这个村难得一见的美丽女子。

当然,母亲赶到田里,不是来展示她美丽的侧影的。

母亲给我带来了激动的消息:让我赶紧到村小学参加代课教师选拔考试!

我读高中时偏科,数学不好。这也是我高考落第的原因。我不大想去参加代课老师招考。去了也是白搭。

母亲急了,她说:"你不去,怎么知道不行呢?"又说,"我的三儿子肯定行!"

母亲让大哥大嫂连拖带拉,差不多把我抬到了田岸上。她不由分说地拽着我到了村小学,参加了我离开高考考场后的第一场考试。

矮子里边选将军。步入社会的第一场考试,我竟然独占鳌头,一举夺魁了。

母亲好高兴。她把父亲摆渡时积攒下的几个钱,全部拿出来给我买了的确良和的卡布料。她要给我做一套上得了台面的衣服。

我说家里钱这么紧,不要太浪费,穿家常的衣裳,也能走上讲台。母亲眼含晶莹的泪花,笑着说:"佛要金装,马要鞍装,人靠衣装,做老师就得有个老师的样儿。"

多少年过去了,想起母亲的话,我就不禁热泪盈眶。

那晚母亲坐在堂屋靠墙壁的我的床前,一边叫我安心睡觉,一边穿针引线给我缝制崭新的衣服。

我半夜醒来,母亲还在灯下劳作。昏黄的煤油灯光下,母亲抽针拉线的侧影,投在石灰粉刷的土墙墙壁上,是那样好看。

现在想起来,那时母亲不到五十岁,由于常年患病,弱不禁风。但是,那一夜,她却显得分外有精神。她一会儿就把手举起来,线儿拉得好长。不肯稍歇一下。她要赶在翌日清晨朝阳升起前,给她的三儿子做出一套体面的衣服,然后,亲眼看着她的儿子到学校上好他的第一节课。

我第二次醒来时,堂屋窗户上已经映上熹微的曙光。母亲终于缝完了最后一针,她低下头用牙齿咬断了线。她是满面微笑咬断那根线的,像完成了一件杰作。

母亲坐在床前为我缝制衣服的侧影,从此刻在了我的心上。

凡人逸事

1. 故里人物

李明官

麻老队长

一

霜降虽至,秋阳尚煦。麻老队长国伦于庭院向阳处晒雀笼,一只八哥奄奄一息。

我移步近前,老人满面忧戚。在他的絮叨中,我渐渐知晓,此前,他所笼囚的四只鸟雀,一对鹦鹉,一对八哥,已缺其三,原因却不得而知,故而他很沮丧。秋气日肃,霜冷露寒,仅存的这只八哥亦显露出不祥之兆。先是蔫头蔫脑,继而浑身窸窣,终于身体渐僵,气若游丝。眼见悲剧重演,麻老队长重重地叹口气:"死生有命,它们终究就是这个落场。"虽则言慢语轻,在我脑际却电光火石般一闪。王羲之《兰亭集序》云:"向之所欣,俯仰之间,已为陈迹。"物我皆同,此乃至理。

麻老队长所黯然神伤者,非独鸟翅之折,尚有游鳞之散也。他们家天井的遮阳棚下,一口玻璃大缸里,曾经蓄养过十数尾金鱼,红黄黑白俱全,鳞动搅水,如霞如霓,如墨如雪,令人眼花缭乱。因为配有增氧管,夏秋时节,在南京经商的子孙甩竿所钓鲫鱼,亦同缸而游。加之近旁的各色盆栽:月季、淡菊、麦瓶草、牵牛,真是风光无限。然而,曲终人散,鱼儿亦陆续翻翘肚皮。寒露初交,一口偌大的鱼缸已空空如也。

暮秋的天宇下,麻老队长坐于门槛,一脸肃穆。他的身后,旋复花初萎,一年蓬正盛。

二

自去年腊月卧榻不起,斜对门的麻老队长于今晨卯时西去,得龄九十又二,亦为寿永。除父亲而外,麻老队长乃我着墨最多之人物,他的许多逸闻趣事,于我笔下每有体现。

我们不仅比邻而居,亦是地邻,之前于老河西的田亩仅一塍之隔。他们家田地于夹沟里身,夏季水枯,抽水机船难以撑入,灌溉殊为不便,只能从处于外口的我们家畦畈上漫水而过。如此循环往复,对我们家的地力颇有削减。农人实诚,每至麦秋或禾稻登场,老人总是送来一二捆稻麦把,权作贴补我家。父亲宽厚地一摆大手掌,"不要不要,都是隔壁邻居,弄得这么生分做啥杲昃。"母亲有时候推却不了,勉为其难地收下,却招致父亲一顿埋怨。我们两家于九顷三的大田,相隔稍远,中间有几户人家的田块相间,而且,有一条清亮的水渠横亘,做起农活,自然不像在老河西那样,壅土薅草,挑水施肥,贴近着说话,家长里短,异闻奇趣,一路话匣子滔滔不绝,浑忘劳累。

有时候,一干地邻坐于我家缀满杂草的田塍,这条东西走向的小径,临近渠道,且有一棵枝叶繁茂的桑树荫蔽,偶有小南风漾过,那种惬意自不待言。父亲常常邀约一众地邻于此歇工,老大队长荣盛、机工组长国庞、麻老队长,另有三三两两妇孺,亦从远处赶来凑热闹。这些人在村中都是经过世面的,天文地理无所不谈,间或说三国,云水浒,话聊斋,更是勾得人耳朵竖竖的。天热人傕,大家可劲地灌润喉咙,母亲带来的一罐大麦麸茶很快见底,喝得慢的,唯有去小沟头掬水解渴,好在那时,河水清澈甘甜。母亲灌茶之器,实则名"韩瓶",釉色油亮,四耳贯绳,便于提携。或为南宋韩世忠驻军所用,故得名。后村人于窦家荡夹河清淤,曾掘出韩瓶一,土黄色高足宋碗一,惜乎不识,损毁。

荣盛、国庞已逝经年,俱于我在村任之时。父亲亦于前年立夏节气撒手而去,曾经的地邻,麻老队长硕果仅存。他于耄耋高齿,尚能脚踏三轮车,飞旋于村落之间,贩羊肉牛筋,新鲜蔬菜。大块吃肉,大碗喝酒。而今,立春之际,春阳渐暖,春草渐发,眼见得生机无限的季节来临，老人却于东厢安静地睡去，从此，村巷再不闻轮轴轧轧，再不见矍铄老人灿若秋阳的笑容。不知他和那些远逝的地邻，是否仍会一如往昔地挑着渣担，在辽旷的田畴上挥汗如雨，疾步奔走，把那些熟悉的上工号子，打得山响。

窑工国璋

  家居小河南桥北的麻国璋倏逝，自此，村东扶柩之班子消失殆尽。起初，这个班子也是陆续有人增补递进，年老体弱或先逝者留下的空缺，总有他人顶岗。比较固定者，凡四人：正府、小国能、七寿、麻国璋。前二人分别于大集体时做过生产队长，尤其是小国能，一直做至联产承包责任制后，与我同事了很久。故而，但凡村里有白丧，俱由前二人打头阵组织，后二者应声而动，倒也把事情办得有板有眼，主客俱欢。然而，天下没有不散的宴席，先是五保户七寿故去，继而小国能身患戊肝不治。接着，正府归西。而今，麻国璋的入土，彻底宣告了这个扶柩班子的烟消云散。

  我常常想，替国璋取名的这个人，定然胸有学问，起码是知书识礼者，明辨弄璋弄瓦之典出。惜乎国璋髫年出天花生水痘，而其时医学尚不发达，致面容略有毁损，所谓璧有瑕矣。

  多年之前，国璋家天井的西南临河处，有一棵硕大的皂角树，乃全村之唯一。因为稀罕，我们总在夏季，于浓荫里捡拾为风鼓荡而下的皂角。那些可以浣衣的皂角，在季节的交替中由嫩绿而青黄，渐次翻转为黑褐色，颤颤悠悠于枝丫间，嘎嘎有声。

  光阴倏忽，如今，树锯了，河填了，人殁了。溶溶春夜，站于国璋家墙角，凝神而望，遥远的天幕深处，一豆微寒的星光，凛然入目。只是，它还是昔年的那一抹冷凛吗？

说书人绍文

  村庄即社会，奇人异士多矣，所谓高手在民间，斯言不虚。联产承包之初,余甫辍学,村居度日,躬事稼穑。暑日,一干邻人于巷尾纳凉,三舅母每每热心张罗,请来村东窑墩上的王绍文,烧水泡茶,擦凳递烟。众人圈围着他,如众星拱月,极尽恭维。盖因他目眇心明,十指灵巧,一手二胡拉得精妙。

彼时,电视尚不普及,全村鲜见,故而纳凉聚会成了村人消暑的首选。我们几条巷子的邻居,惯常都在后坝,板凳杌子随手携带,一把蒲葵扇别于腰间。河风裹挟着水汽,拂面生凉,扇子倒是不常用,偶尔拍驱蚊蚋而已。但王绍文大驾既到,大家便不再去坝上,都涌到巷口听说唱来了。绍文颇有几样拿手戏,也不见师承,或是无师自通。他拉的《良宵》《月夜》这些二胡名曲,与广播里中央民族乐团的演奏几可乱真。当然,最拿手的还是《二泉映月》。或是遭际相似,同病相怜,心有灵犀,王绍文每每到此时,正襟危坐,神情肃穆。近者不敢怠慢,忙往他的茶壶里续水,绍文摸起壶,吸溜几口,手背揩嘴,提弓拉弦。一阵凄清之音如水漫堤坝,风拂林梢,霜袭阶砌,露凝草尖,绍文的指肚微微颤动,随着旋律,身体不断变换姿势,前倾、后仰、左侧、右旋、正坐,一群人跟着微动身形,啧啧惊叹。有顷,一串颤音悠过,曲终而余韵不绝。绍文正身挺胸,矜持地伸出右掌,翘起食指、中指,翕张几次,早有人心领神会,忙点燃一根烟,递过去替他夹上。绍文将二胡拢入怀里,惬意地吞云吐雾。

逢上高兴,他也来几曲无伤大雅的调笑段子,也不知道他从哪里学来的。在王绍文绘声绘色地拉唱中,大人们笑得前仰后合,孩童们不明就里,懵懵懂懂地看着这一切出神。

唐木匠

木匠云余于北巷踽步,低首蹙眉,满腹心事。邻人相询,则摇头摆手,不着一语。余往王家尖园地为山芋苗雍根浇水,与云余擦肩,见其面色蜡黄,倦态十足,颇不类从前之劲捷。因以问之,答曰旧疾复发,心力疲竭。

云余乃木匠世家，其父唐老木匠授徒无数，门生遍及方圆十数里，手艺冠群。尤以打制八扇槅门和凑榫方桌为佳。槅门每每雕凿琴棋书画、梅兰菊竹，图案既精，雕工亦绝。

昔年，老木匠尚在，曾与其谈及木工之艺。言，乡野村居，高门大户既少，明贤俊达亦稀，居家装饰，不过草草而已。木雕中之极品，非鸟兽木石，当是屋宇人物，内涵深远，可资教化者，若"苏才郭福，姬子彭年""囊萤映雪""凿壁、编蒲"类。老木匠青壮之时，在古镇时堰一进士门第曾一饱眼福。其雕技可谓鬼斧神工，为屋宇，则鳞瓦可数，梁柱横陈；为器皿，则古朴精细，木质清芬；为人物，则神态各异，纹饰历历。惜乎学识才情所囿，终不能心追手摹，至为痛惜。

那是一个夏至的早晨，老木匠言犹在耳，人已不知所踪。而今，在同样的节气里，又遇见云余，亦是巧合吧。

云余传承了乃父制作桌子的技艺，所作八仙桌沉稳大气，榫头牢实，刻凿亦颇用心。村中多数人家堂屋里，都摆放着他的手艺。说不上精湛，看着倒也顺眼。只是总感觉和老一辈手艺人相较，似乎缺失了一些内涵。

"人心不古"，非为妄语，谓予不信，试看二王书法，北宋画作，其为泰山北斗，尊隆至极，今人得以逾之乎。如此，"青出于蓝而胜于蓝"，更多的时候，只是一种美好的愿望，未必尽如人意。先辈们的口授心传，固其宜矣，而晚生之禀赋资质、慧根悟性尤为成就之根本。因此，取法其上，得乎其中，似乎更为靠谱。

大正义

早先，农耕十分考究，村人每每信奉"种田如绣花"之古谚，一力精耕细作，不使一寸田地荒芜。大集体年代，更是无所不用其极，一块田垄，犁翻耙斫，旋耕碎土，几圈下来，即便一捏拳大小的泥块俱鲜见。西汉·桓宽《盐铁论》所谓"茂木之下无丰草，大块之间无美苗"，足见稼穑之人深谙其道。

不仅仅耕种，即是薅草这样的软活计，亦丝毫不敢懈怠，使的同样是抻脸拔眉的细工。有好事者总结：河坎像额头，岸埂像枕头，坟茔像馒头，皆言刀锋过处，平整光滑，寸草无存。虽则令人忍俊不禁，描摹却颇传神。

地邻正义乃种田之行家里手，老练如麻老队长者，亦稍逊一筹。因村中有两人同名同姓，故按齿岁，以大小称之。于农事而言，正义颇自负。联产承包后，他更是使出浑身解数，晨昏劳作不辍，畈平塍直，种苗匀称，把自家的三五亩责任田盘摸成样板，供全村观瞻。一个遥远的谷雨之晨，我踏着浓浓的凉露，去往老河西麦地铲塴。路过水渠，见正义高挽裤腿，一袭薄衫，双手如钳，攥紧"东风12"型手扶拖拉机，神情专注，在一片低洼的黄花苜蓿地里翻耕着。

那是几户地邻的秧亩，于去年寒露季节，稻谷开始登场时便告闲置。亦有精打细算的人家，见缝插针地补种越冬蔬菜，若菠菜、芫荽、青蒜、萝卜类。但大田距家颇远，且一河横亘，孤舟野渡，于风雪载途之季求蔬，实非明智之举。而况菜蔬之长，剥削地力，令田瘦瘠，本末倒置，故，人多不为。村人谙知将欲取之，必先予之的道理，宁可空闲一季，借以养地，或播种苜蓿，或任杂草疯长，清明过后，则深耕水沤，亦以肥田，便于落谷。苜蓿繁茂，根系缠杂，到底不敌机械，锃亮的犁铧翻卷着泥浪，几圈下来，灰褐的泥土早已覆盖住曾经绵延铺展的绿茵。等到几次炎势渐起的阳光照晒，几缕力道渐硬的南风拂拭，泥土酥松，草芥委顿，引渠水而灌，则一畦畦肥沃泥渣指日可待。

正义沉稳耐心地剖耕着这片田塍纵横、坑洼不平的秧亩，毫无怨言。拐角贴岸处，他的犁尖依然走得一丝不苟，不颤跳，不间漏，"刺绣之功"实非虚言。

正义已逝二十余载，行年尚不逮天命之知。他的稳健的步履，坚毅的眼神，平静的面容，无不显现出农人特有的坚柔韧性和忠纯质地。那个谷雨时节的凝露甘凉，草木清芬，泥味鲜涩，乃至遥遥的场头草棚之脊，一串鹁鸪的清啼，至今历历如昨。

盲人文高

辗转村巷,秋光寂寂。至一户门庭驻足,其门楣院墙之上,一丛肥茂的仙人掌静对苍穹。这种宁静之美,让人心有所动。此处原有一进丁头府,土墼碎砖垒墙,穰草乱茅覆盖,一扇狭窄小门开于西山墙。居主乃五保户文高,文高髫年患眼疾,延医不及,遂致目眇。我年幼之时,常见文高一人拄杖,踽踽独行于幽静的夹巷,天色昏黄,西风袅袅,掀动他的黛色长布袍,有一种无比的落寞凄怆。

文高颇通文墨,虽非才高八斗,学富五车,然于一隅之偏的村落中,亦为难得。其于多篇古文,可倒背如流,不遗一字,或为目盲之前塾课之功。一次,坐于大砖街人家一处卖甘蔗摊前,几个人起哄着考测文高,让他背诵文章。文高慨然应允:"《古文观止》,任由你们挑。背漏一处,我认罚;背得流流下水,你们可是要孝敬几段甘蔗我嚼嚼的。"我在人群里说一声:"就背《后赤壁赋》吧。"文高往裤裆里拢拢拐杖,应声而答:"是岁十月之望,步自雪堂,将归于临皋",文高摇头晃脑,讽诵朗畅,围观者懵里懵懂,不知所云。至"江流有声,断岸千尺;山高月小,水落石出",文高忽然站立而起,仰天长啸,仿佛那空洞的眼窝里,有一双隐藏着的明眸,能够洞悉穹宇和炎凉世态。

结果,自然是我们几个挑事者败北,文高面露骄矜,有滋有味地嚼着甘蔗,汁水横流,一边还不忘调侃我们:"开卷有益,《幼学琼林》有载,倒啖蔗,渐入佳境。吃甘蔗是要从尾梢往根部的,反之,就变成王小二过年———一年不如一年了,切记,切记。"

文高谐谑,尝于巷头村人聚拢纳凉时,讲述俚艳旧事。昔有一老丈,年届花甲,四子俱皆婚娶,坐享天伦。忽一日,老丈心血来潮,往塾学。塾师课曰:"秋色平如水,龙门日日开。家无读书子,官从何处来。"令翌日熟背,不尔,则戒尺伺候。丈归,忧心不已。因诸子外出谋生,遂使四媳各记一句。次日入塾,老丈胸有成竹,从容而背:"秋色平如水,龙门日日水。家无读书水,官从何处水。"

塾师怒执戒尺相向，问："何来如此多水。"答："皆为媳妇之水。"文高一壶于手，时时啜饮，不苟言笑，一本正经。倒是众人笑得东倒西歪，茶水喷溅。满天星斗，静悬夜空，光阴于琐碎日常中苒苒流逝。

村西有耄耋盲者名有财，一日与文高交谈于大砖街，文高故作神秘言，近时得一治疗眼疾之偏方，按此服食，效果颇佳。自言持续愈三月，双目业已有芝麻缝，举首向日，犹觉炫目；冰锋于前，可见微光。问，药引何物？答，蛤蟆乌（蝌蚪）。有财疗眼心切，信以为真，让家人于春水中舀回蝌蚪半瓢，硬着头皮喝下。俄顷，腹内翻腾，恶腥难耐，一口秽物连汤夹水喷出，几天茶饭不思。一家人前去文高门前理论，骂得他一佛出世，二佛升天。

所谓心无二用，或因眼盲，文高格外机警。大集体时，本队劳力偶尔碰头聚餐。物资极度匮乏的年代，能沾一次荤腥委实不易。文高瞽目，争食自无优势，每次只能得之淀汤落水，却又无可奈何。复一日群聚开荤，文高言于众人："肥膘瘦肉不过家常之菜，又不是青钱万选的上佳文章，何必千篇一律。这次，我们换个口味，弄两道大肠尝尝鲜。"一众人等，皆以为善。文高又自告奋勇去往厨房烧火，大家落得吃现成的，便各自忙活去了。往灶膛里添柴草的文高，听得四下一片寂静，忙于脚下捋起一撮稳子，掀开锅盖，迅疾丢入，然后，若无其事地坐下，不紧不慢地搂火漏灰。

等到一大盆浓香缭绕，热气蒸腾的猪大肠上桌，围坐者瞪大眼睛，面面相觑：荤油汤里飘散着无数细碎草屑。大家开始相互埋怨，责怪好好的两副大肠没有清理干净，致有污秽留存。正吵嚷着，讨论是否倾倒入阴沟时，一人忽然以食指压唇，指着远在厨房的文高，低声道："别浪费了，今天就便宜他吧，反正他也看不到。"屏息凝神，细察这边动静的文高，心中窃喜。酒桌上，劳力们一反常态，倍加殷勤地劝着文高品菜喝汤，文高心知肚明，开怀畅饮，直吃得嘴角流油，满面红光，才在众人的哄笑声中，乐颠颠拄杖横穿砖街而去。

盲者睿智，虽耳聪目明之人，犹不能及。

文高曾经有过一次失算。一年夏初，他的一件横罗短袖不翼而飞。文高疑邻盗斧，臆想乃自己晾晒之时，为邻人顺手牵羊。彼时，温饱有虞，一件丝绸短衫尤显金贵。愤怒至极，文高遂购鲜肉二两，捧一小砧板，游移村巷。一柄薄刀，提起剁下，笃笃有声。诅咒谩骂，不绝于耳。后来，人们帮他仔细搜寻，发现文高视若珍宝的衣服，居然静静团缩于床底。数日口舌白逞，且有反噬之虞，文高终日郁郁寡欢。此举，亦成为村巷茶余饭后笑谈，经年仍在，弥久不消。

有　发

小河西西侧夹沟业已断流，地寒水枯，荒芦萧萧，与交冬数九之季颇契合。沟东乃人家园地，春韭秋菘，时蔬不绝。曩年，有精于侍弄园圃者，整藤顺瓜，搭架牵豆，加之偶有近邻羽毛光鲜之雄鸡，于瓜棚豆架处逗留啄食，颇得任伯年《归田风趣图》之神韵。这片菜地，多为八组人家划分。

早年，有徐姓老叟名有发者，于此种植芝麻，颇令村人惊奇。盖因村庄地处里下河腹地，禾稼之属，无非水稻、三麦、棉花轮番换茬而已。即便盘园，亦是日常菜蔬。芝麻原产云贵高原，有"八谷之冠"美誉，大集体时代能够在桑梓占得一席之地，委实不易。有发此举，亦为生计所系。老人精廋，肤黄褐，双颊稍内塌，颧骨外突。眼细眯，却透露着生意人的精明。他做点儿小营生，贩卖炒米糖、芝麻糖、花生糖一类的吃食。货屉里偶尔也放置一些日用杂货，针头线脑，皮筋鞋绳什么的，并不多见。他是五保户，在村西有一逼仄矮棚，傍着本家的山墙砌就。窝棚之南有一筐之地，也被有发见缝插针地种上烟草。夏季，于那些青翠宽大的叶片之顶，簇举出淡红色漏斗状花序，空气里仿佛一下子充溢着温辛气息，让人无由地警醒起来。烟草地与矮屋隔一窄道，老火砖铺就，仅容二人错身。屋子极黑，陈设简陋，一床、一柜、一桌、一凳、一灶，锅大小两口，碗数只，竹筷数双而已。屋中立一木柱，长年烟熏火燎，柱身于黝黑中透出油亮。

有发自己坐于灶塘前，引火添柴，忙上忙下地炒芝麻、熬糖丝。屁股下的那张桑木小板凳，也是磨出包浆，油光可鉴，纹理历历。炒熟的芝麻和热糖丝搅拌混合后，拍入一只木制捧盘中，用擀面杖压紧，冷却，刀切成条块。做糖是有发的拿手绝活，他一般不怎么肯让人看，说是怕有人偷艺。

一年的"二九"之数，我去他那里买糖，门虚掩着，透过煦阳和薄薄烟雾，见老人正握着菜刀，全神贯注，一下一下切着，屋子里弥漫着一股暖暖的甜香。我嗅嗅鼻子，舌苔下汪出口水。忽然，有发横下刀，右手手背迅疾从鼻下抹过，一汪清水鼻涕划着晶亮弧线，越过光尘，甩向门楣。我下意识地一缩脖子，赶紧溜之大吉。我一雯激灵，原来，他做糖不欲示于人，还有如此隐情。

糖既成，有发则置于一精巧竹篮中，扛至大砖街，寻一闹市口，坐等生意。多年之前，他也是出村兜售的。一次过一木桥，为一帮戴红袖章的人阻拦，非得要他背诵一条最高指示方可放行。老人目不识丁，无计可施。万般无奈，随口嘟哝一句："人不离货，货不离人。"趁一干人等懵懂之际，有发拔腿而逃。后来，不敢造次，只囿于本村买卖。于此而外，有发亦喜欢和人掷骰子，小赌，货篮置于一旁，吆喝不断。有个约定俗成的规矩，有发总是庄家，吃碰头，即相同的点数，算他赢。在微薄的阳光下，在大砖街一隅，戴着褐色绒帽，帽檐下压一张练习簿纸，身着臃肿藏青棉袍围兜的有发，就这样，伸出瘦骨嶙峋的手爪，捏着三粒骰子，撒旋开来，在一只粗瓷斗碗里丁零作响。那清脆快捷的碰撞声，陪伴着村人度过了一个又一个冬闲。

有发故去好多年了，曾经栖身的茅棚早已荡然无存。只是砖缝中的那些草芥，不知人去屋空，春来犹自发花寂寂。

蛮婆

蛮婆家居牛桥之东，南临大泊。之前，她的居所乃是两间低矮的陋室，红砖脚基，土墼墙，穰草覆顶，屋脊苫一溜灰瓦，悻悻立于一片园地之侧，几近趴卧。逼仄、潮湿，和四围高檐鳞瓦、青砖山墙、门庭宽大的屋宇，显得极不协调。不仅仅是棚屋，即便是它的主人，亦与村人隔膜，深居简出，仿佛隐藏着巨大的秘密。多年前，蛮婆一如藤蔓遮掩的无底的古井，让人看不透彻。后来，本家族人替蛮婆修葺危房，隔巷临水，出脚即便，沐浴亦就近。时日既久，知情者陆续泄露了不少情况。蛮婆口音与乡邻殊异，不知源流，其故里亦云山雾罩，经久成谜。

或云其髫年即为生计窘迫之家庭插标所卖，辗转至金陵青楼卖笑为生，后为一军官所赎，成其偏室。军官所在部队败退孤岛，彼军官不知所踪。蛮婆孤苦无依，穷困潦倒，幸遇一云游僧人名苍霞者，乃苏北范家村人氏，萍水相逢，亦可交心，遂随其归返衣胞之地。

苍霞天年不允，归里旋逝。蛮婆复归孤寡，蜗居度日，于历次运动中小心翼翼，如履薄冰。蛮婆杨姓，名大红。与其张扬的尊讳不同，蛮婆行事低调，深居简出，几近隐遁。她的身材稍矮薄，脸瘦削，五官略粗。一双眼睛，瞥人如鉴。曾经霓裳羽衣，风华正茂，阅人无数的蛮婆，屈身于僻壤村野，陋巷箪瓢，不知是否有过虎落平阳之慨。空寂春宵，幽幽长夏，皓魄中庭，冰凌檐下，她的那一息流水落花的惋叹，又有谁能够听起。

蛮婆烟瘾颇大，每于村巷踽踽踱步，叼烟在嘴，吐雾吞云，寒暑不易。右手食指中指，因经年累月烟熏火燎，烤至焦黄，衣裳之上，亦布满星星点点斑洞，烟灰飞弹所致。

1991年，那场百年未遇的特大洪灾之夏，蛮婆遽尔西去。具体细节已然模糊了，或云蛮婆眼见得河水日渐上涨，行将漫越门槛，人有顿成鱼鳖之虞，一朝惊惧而亡。亦云其老患缠身，已入膏肓，加之寒潮侵袭，终于不治。更有邻人绘声绘色地描述，言其乃自缢身亡。收殓时，床头横梁上，有一截裤腰带缠绕着。

而今，烟云过往，所有的猜测俱已散荡，一切复归平静。唐诗云"世事方看木槿荣"，朝开夕谢，露消霞落，人生苦短的又何止蛮婆。

2. "六县长"

周春根

我们村里,"六县长"很有名。有人认不得村支书,没有人认不得"六县长"。"六县长"本名六扣子,一个八十几岁的老太太,学没上过一天,干部没做过一回,斗大的字识不到一筐,却得了个县长的"名头"。

"六县长"年轻的时候,会接生。那时,农村里生孩子几乎没有去医院的。孕妇临产,就去喊"六县长"。据说她胆大心细技术过关,接生无数从没有失手过。有她在,孕妇就有安全感。有一年插秧时节,村里一个"大肚子"跟着大家拔秧,兴许是蹲着用力的缘故,突然就腹痛起来,勉强起身走到河边装秧把子的水泥船上躺下,羊水就破了,胎儿的头都露了出来。孕妇惊恐万分连呼救命。不远处也在拔秧的"六县长"听到喊声,一边飞奔上船,一边把衣服脱下来垫在孕妇身下。最终有惊无险,母子平安。

我是七〇后,也是"六县长"接生的。每次看见我,她就很夸张地说:"你妈身体不好,是个病秧子!你生下来时像只小猫!要不是我,你个'细麻腿子'活不下来!"

"六县长"干农活做针线,样样拿手。替人接生,纯属义务帮忙,不收费的。只要孩子满月时,请她喝酒。"六县长"抽烟打牌、喝酒吃肉,样样来事。哪家喊她吃饭,也不说客套话,就和喊她帮忙一样,随喊随到。她抽烟时跷着二郎腿,吞云吐雾,确实很有"县长"派头。喝起酒来更爽气,主人敬她一杯,她丝毫不见扭捏,起身举杯自带音效,"滋溜"一声一杯酒就下去了,喝完还把杯底亮给你看。

"六县长"喜欢热闹,爱听戏。每年农闲时期,清明前后,村里都会有唱戏的来。不管哪里来的戏班子,船到码头,不用说,直奔

"六县长"家。那些天,她家就是村里的招待所。"六县长"主动帮忙做饭做菜,烧水铺床,忙得团团转,成天乐呵呵的。唱戏的人个个喜欢她,几天下来,"六县长"就成了演员的干妈。临走前,难舍难分,眼泪汪汪,说"明年还来"。

村里谁家红白喜事,少不了"六县长"。为什么呢?那些个祖辈传下来的风俗、规矩,没有人比她懂得多。访亲、定亲,娶媳妇嫁女儿,应当什么礼数,怎样才能面面俱到不跌份,只有问过"六县长",才能安心。这些话,都是提前到她家里悄悄问,保准事无巨细给你交代得一清二楚。等到了喜事正日子,"六县长"并不出场,用她的话说:"老太婆了,邋里邋遢地,不去丢人现眼!"

村里老人过世,也要请"六县长"。"六县长"是处理后事的权威,她怎么说,丧家就怎么做。连续几天,"六县长"忙里忙外,一刻不得闲,俨然就是家里的长辈,主心骨。按辈分,我得喊她姨奶奶,我的母亲去世时,都是她帮忙照应。处理好后事那天,按照风俗习惯,我给她一个小"红包","六县长"怎么也不肯收,说到最后,硬是拆开红包,只肯收了六块钱。

我说:"你这么做,不作兴啊!""六县长"眼睛一瞪:"什么不作兴?乖乖肉哟,我说作兴就是作兴!"

平日里,"六县长"还是调解员。邻里之间,有个小矛盾不愉快,只要"六县长"驾到,三言两语,大事化小,小事化了,烟消云散。她就是有这个气场,没有人敢不服气。可能这也是男女老少都喊她"六县长"的原因吧!

每次我回老家,都会去"六县长"家坐一坐,听她说些家长里短。有时,我递上一支烟,问她:"姨奶奶,当了这么多年的县长,什么时候升啊?"姨奶奶总会哈哈大笑:"'细麻腿子',又拿我开心!"

3. 瞎四爷爷

陈 铭

村小学路边，有个土墙盖草丁头舍子，舍子低矮，昏暗无光，里头住着个瞎四爷爷。

从记事时，都听老老少少喊他瞎四爷爷，我便也跟着唤他瞎四爷爷。稍稍长大后，听大人说，瞎四爷爷排行老四，原本有两男两女。第一个儿子幼年病死后，眼瞅着他快要把二儿子拉扯得见个大人样时，却因为一次突发急病，十四岁的儿子遂又死亡。两个儿子没能抓得住，意味着家门绝后。当年，当爹的似比做娘的还悲伤，一次次心痛，一夜夜哭泣，不久愣是把双眼哭坏了。后来，老伴先他而去，两个女儿出嫁。从此，瞎四爷爷孑然一身，孤单地过着生活。

童年时上学放学，我和小伙伴们都爱在瞎四爷爷舍子前玩耍。玩累了，便钻进舍子里头歇会儿；渴了，总会从水缸里舀瓢水喝。老师说，瞎四爷爷看不见，上码头歪歪扭扭的，同学们要学雷锋做好事。于是，拎水的、扫除的、淘米洗菜的，同学们都争相着学雷锋。有回夏天，我帮着洗锅。揭开锅时，一股馊粥味直呛鼻子，遂想当猪食倒了。但见瞎四爷爷把我拽住，说粮食千万不能浪费。他说，周围的村子，三天两天就死人，不知道多少饿死鬼！他边说边叹气："唉，人在做天在看，报应啊！"我好奇地问："你眼睛看不见，咋就知道外面的事呢？"他轻声笑道："眼睛盲了，靠着耳闻窗外事，耳朵能听到哭声啊，还有人心啊！"我似懂非懂地点过头，也不知道他能不能看得见。

可是，四十岁前就哭得双眼只有微视力的四爷爷，以后很多年，都坚持出工做活。生产队罱泥、挖墒、挑担等，但凡男劳力出力气的工，他样样不落。虽说眼睛看不见，但他能使蛮力气；工分落下了，就夜间出工拉风车篷，看护水田，总能多少找补些回来。真想象不出那些岁月，不用说瞎四爷爷上工，就是走路也是问题呀！及至快六十岁时，他才确实力不从心，歇工后，便一直守着自己的丁头舍子。

二十世纪七十年代初，瞅见讨生活要饭的，何况盲人算卦讨饭的，比比皆是。有回我家亲戚多不好睡，母亲便把我送到瞎四爷爷的丁头舍子。瞎四爷爷说多少年也没有一个孩子跟他睡过，听说我愿意给他捂脚，他特别开心。于是，趁着睡觉前，我曾冒犯着问过瞎四爷爷这类的问题。他说自己不会做算命先生，要不自己也不会过成现在这样。转而又说，人都要脸面，就是饿死，他也不会在村里要饭，更不会到村外讨吃。何况大队后来给他上了"五保户"，平常也有人家端碗饭菜去。有次，瞎四爷爷为我们家编织了猪圈草帘子，母亲让我送一大碗饭菜去。刚出舍子，碰见北边来讨饭的一对母子。我喃喃一句："讨饭的鼻子真灵。"谁知，瞎四爷爷笑哈哈地说："我与他们都一样，你没进来，我就闻到饭香了。"后来，我回家又盛了一碗饭菜。瞎四爷爷似乎心里有些过不去，忙不迭地说："孩子，难为你了，难为你妈了！"

瞎四爷爷门前有两棵大树，是他搬进舍子后栽的，就像他的两个儿子似的，虽不说话，但每天都陪着他。春季开花，夏天纳凉，秋日落叶，冬季枝干，经常看见他一个人静静地坐在树下。有一阵子，我们家做副业生产打草包，每天我都有搓草绳子的任务。我时常会围着两棵树转圈儿地搓草绳。此时，瞎四爷爷总会说："去玩吧，我来搓。"有回我把一堆稻草送到舍子里，便对瞎四爷爷说："我先玩会儿，等回来再搓绳。"不想，疯过一阵后，我却崴了脚。等我一瘸一拐地回到舍子后，瞎四爷爷忙帮我揉脚，突然又猛地一下，竟然脚好了。尔后,他遂又把帮我搓好的草绳递给我。谢过瞎四爷爷后,我立马蹦跶着回家。此时,只听瞎四爷爷说:"孩子慢点儿跑!小心再崴脚!"

  1976年我到外村上初一。这年底,瞎四爷爷在丁头舍子里过世,享年八十三岁。村上有人说他病死的,也有人说他饿死的。但我以为,瞎四爷爷,寿终正寝了!

4. 家有老王

周瑞红

老王不是隔壁的邻居,老王是我妈。喊她老王不仅是她姓王,更多的是因为她在家里的王者地位。

几年前,老王找了份工作,在小区门口的饭店做勤杂工。我和妹妹知道后一百个不同意:这么大年纪出去打工,人家还以为做子女的不孝顺呢。我们姐妹俩表明了态度,老王仍是我行我素。她说,姨侄不需要她照顾了,待在家里太无聊。

我把二老请到家里吃饭,问老爸."老周同志,你现在是不是工资不再上交给老王了?她没钱花才出去打工的?"

老周一脸的"窦娥冤":"哪敢!她是家里的'大王',平时工资全部都上交给了她,每个月给我的生活费有时还发不周全呢……"我对老周同志深表同情,要给他点儿零花钱,老王当场拒绝,拉开吃饭也不离身的小包拉链,从一沓钱里抽出好几张百元大钞,豪爽地递给了老周,很显摆地告诉我,包里的现金都是她拿的工资。老王说,打工挣点儿钱是想帮我们姐妹俩减少一点儿负担。

老王年轻时还是"大王"的那些年,一直在农村种地。老周是个教师,做了十多年小学校长,一生辗转外村好几个学校教书,一心扑在工作上,除了星期天,田里的农活他基本上帮不上什么忙,平时都是老王起早贪黑地干。

割麦、插秧这样的农活,老王不在话下,又快又好,为难的是脱粒。老周周六晚上放学才回家,挑稻把、麦把,人家男劳力前面两捆后面三捆,老周呢,一头一捆。老王说他到底是个"秀才",挑个把像"挑花担"似的,更别提抬脱粒机了。老王白天帮有男劳力

154

的人家收割，晚上再到自家地里收割，就为了关键时刻人家能帮她抬脱粒机。

那年我还小，一个周八下午，老王撑了一条水泥船带着我到了村南一个打谷场，准备等人家脱粒完了，请人家帮着把脱粒机抬到我家船上。当时另一户人家的男主人也去等脱粒机，老王和他商量能不能先给我家用，第二天周日老周在家能帮上忙。那个人不同意，他家的船也泊在河口，说："抢割抢收，哪家不要先脱粒呢？"

奉承人的事，老王总是有备而来，这种情况下她身上一般都备着好烟，趁空闲时给打谷场上的每一个男劳力发香烟，说好话，打招呼，人家都知道老王的难处，也向着她。四个人抬脱粒机，老王抢在前头，给前面抬机的两人搭个肩，那家的男主人在后面抬，见前面两个人往我家船上走，情形不对，气得把抬机的木杠一扔，前面两个人失去平衡，差点儿伤着腰。木杠掉下来正好砸在老王头上，脱粒机的惯性压力一下子把老王砸到了水里，头上流了血。我吓得大声直哭，那时特别恨爸爸，为什么要当教师而不在家里帮妈妈种地？

别看老王平日里看上去很坚强，其实不然。我生孩子的时候是剖宫产，麻醉过后的伤口，笑也疼，咳嗽也疼。看我咳嗽疼得眼泪流出来，老王也转过头流泪。我问她怎么了，她说，看我疼，心疼。还有一次我因为缺钾倒地不起，她在医院一夜没睡，红着眼给我全身按摩，第二天额前冒出了好几根白发。

前几天老两口在我家吃饭，老王开心地告诉我，她这几个月拿的都是最高工资。老王工作的饭店实行打分制度，分A、B、C三个等级，A等最佳，老王每次得到的A都最多。我开玩笑地问她："是不是拍店长的马屁了？"老周在一旁说道："别看她在家里称王，偏对外人和气，人缘好着呢。"饭店的领导也喜欢她，经常以老王为典型教育其他员工："这个阿姨很舍得吃苦，而且从不多言多语。"

每次来我家，我问老王工作是不是很辛苦，劝她辛苦就不要再干了，这么大的年纪，又不差钱，老周同志的退休工资够用了。老王告诉我说："拿人家钱怎能不吃苦呢。"每天要弯着腰洗碗几个小时，头上热得汗涔涔的……

听老王这么一说，我心有不舍，眼眶一下子湿润了，生气地说："你天天这样弯着腰，马上背就驼了，你驼背成了丑老太我就不要你了，有福不享。"

"你看，你看，我背哪驼啊，不是很好吗，我腰一点儿也不疼。"老王听我这么说赶紧放下碗筷站起来，拉扯衣服的下摆挺直了腰，像个撒娇的小姑娘，在我面前转了一圈……

5. 惹祸精哥哥

费桂兰

哪家鸡鸭没了，哪家田里的长鱼笼子丢了，队里瓜田地里瓜少了，人家找上门，哥哥一本正经回"不知道"。哥哥的表情虽然看不出，但我只要看看他那些哥们儿的表情，就知道这件事是谁策划、谁探路、谁动的手！

哥哥虽然老惹祸，但是文采很好，就是数学不开窍。

第一年参加高考，哥哥数学交了白卷，离分数线差二十七分。

第二年，在老师们的鼓励和父母的期望下，哥哥又进了考场。可他竟然没带笔。等别人考完了，才借用了那学生的笔，飞快地做完交了卷。这次，数学考了十八分，离分数线还差三分。父亲气得跺脚："讨饭还要带个棒，这三分要了我的命啊！"

"不想下田，乘着早凉就赶快读书啊！不能放假了就只顾玩。"父亲出门前照例苦口婆心地叮嘱哥哥。

哥这时总会装作很听话地捧出书本，搬凳坐在天井砖头地上，边读书边哗哗地抓着他的"香港脚"。自从上次有人到家门口告状，父亲规定哥老实地在家学习，不准跨出大门一步，不然敲断他的腿，想到父亲高举的板凳，哥读书的声音提高了一半。

刚安分没多久，门口伸头探脑地来了几个男孩。这几个都是哥哥的"铁杆"粉丝，除了睡觉，整天跟在哥屁股后面，看到大人不在家，一个个窜了进来。反正他们又不想考大学，这是他们的口头语。

起初只是各自翻看报纸月刊，慢慢地就东拉西扯，哥也读不下去了，放下书本说："今天我们来比跳高，谁跳得高谁第一。高度是我家天井晾衣服的铁丝。"

几个小哥们儿齐声叫好，这几个小哥们儿当中，哥岁数最小，

157

个头也是最小。所以跳过二轮后，他们头都可以超过铁丝了。

"这不算，要铁丝在下巴底下才算。"

铁丝上妈妈晾的衣服整齐排列着，小哥们儿七手八脚地把衣服收起，铁丝中间自然地就显出一点儿向下的弧形。这样，高度就低了好多，哥说："我先来，你们看要这样。"

哥退到大门口，再用力向前冲，然后一个弹跳，脖子正好搁在铁丝上，大家欢呼起来。谁知道，人却随着惯性被重重地摔在地上没了声音，小哥们儿都吓呆了。

哥像平时游泳比赛时憋住气一样，过了许久才大大地出了一口气。我伸头一看，哥哥下巴下面有一道深深的紫血印。我连忙把外婆叫过来，外婆说："这样玩差点儿把命玩没了，告诉你们父母去。"小哥们儿一个个吓得连忙告饶，说以后再也不敢了！

爸妈知道了是又气又急，却又毫无办法。好在经过这次教训后，哥收敛好多，背历史时声音也大了很多。

爸妈悬着的心刚放下没几天，河对岸人家找上门来："我们两家的小船让你儿子搞没了。"

"不会吧，我儿子在家好好的，没出去啊！再说小孩要船干吗？"

"你儿子带头在河里摸鱼虾打水仗，见大人要收工回家了，船没带桩就个个上岸跑了，今天风大，又是转向风，船不知漂哪里去了。"

忙碌一天的父母顾不上吃饭，连忙分头随着水流方向去找船，有一条很快找到了，有一条因为时间段风向不同，水流方向也不同，找到天黑问了好多人，才在很远的芦苇荡里找到。

当然，这次哥哥又挨打了。

第三次高考，哥终于不负众人所望，被盐城师范专科学院录取，学校老师们喜欢哥敏捷的思维，多才多艺的能力，家长们喜爱哥是"别人家的好孩子"，谁知道这个惹祸精，那时候把父母折腾得够呛啊！

6. 又见翟明老师

唐双慧

初见翟明老师,是在1985年冬天的一个夜晚。那天晚上,翟老师在戴南小学,为刚刚走上社会的文学青年,无偿讲授文学创作课。

那天听课的有二十几个人,都是来自戴南各个厂里爱好文学的小青年,就我一个女生。当时我在戴南区五金厂上班,近水楼台,何况还是免费的,当然不能错过了。在那个没有手机的年代,是怎样得知此消息的,现在也记不清了。

翟老师笑容满面地走进教室,二十三四岁的样子,高高的个子,戴副眼镜,英俊潇洒,阳光帅气。翟老师做过自我介绍,就开始给我们讲课。先是讲解了舒婷的诗《致橡树》,然后又讲解了一些诗歌的创作技巧。翟老师侃侃而谈,讲得有声有色,我们一边听一边做笔记。可能是离开校园太久的缘故,大家都听得格外认真。那节课讲了一个多小时。那时没有手机,电话也没有开始普及,所以也没有谁去要老师的联系方式,大家道了声再见就都各回各处。至今忆起,翟老师风度翩翩的形象仍历历在目。

那是个文学辉煌的时代,"文学青年",是那个时代最响亮、最时尚的称呼。我也是一名文学爱好者,也曾编织过属于自己的文学梦。可能是自己不够努力,不够执着;也许是败给了生活的柴米油盐,终究未能如愿。

一晃三十多年过去了,再次得到翟老师的消息是缘于泰州晚报坡子街公众号,如今的他已经是泰州晚报的总编辑,这不得不令我惊叹、敬佩。翟老师原本是戴南小学的一名老师,他如今能高登此"宝座"可想而知,一定付出了常人难以想象的努力和执着。凭着一腔热爱,把爱好变成职业,令多少人望尘莫及。

近期再次见到翟明老师,是在我们戴南作家王玉兰老师的朋友圈里发表的一篇《司马小萌，走哪拍哪》的文章里，其中有一插图，是三个人的合影。据作者介绍，中间那个温文儒雅，一只手扶眼镜的中年男子就是翟老师。

时光流逝，岁月虽然更改了翟老师的青春容颜，却让他在这个金秋之季收获满满。

7. 清 姐

苏 淦

  清长我三个月故为姐,清是姐的网名,清的名字由棋琴书画中两个字组成,故看得出清出身于书香门第。清的孝道,清的勤劳,完美地诠释了一位新时代女子的美德。

  古语云:"父母在,不远游,游必有方。"清的叔叔年老多病,孤寡一人生活在邻村,清为了能及时方便地照顾叔叔,多年来不得不狠心离开家人回到老家伺候叔叔,每天早晚骑车十多分钟奔波在两村的乡下小道上。清的姑过世了,本就忙碌的清又多了份工作,每天早晚给过世的姑上饭(上饭:数千年的乡下风俗,人过世了,小辈的得早晚盛饭敬供在亡人的牌位前)。忙得焦头烂额的清还得不时地去看看年纪也大了的婆婆,半年来,近几天在叔叔稍康复时才匆匆忙忙抽空奔向苏州的家看了看家人。

  清照顾叔叔时,还得起早摸黑地打理几亩农田找点儿收入,两个村两头忙,逼得清不得不常常四点就席床。缺乏机耕路的农田,大型机械有时不愿过来,清不得不在当今高科技时代挥镰收割。

  清有时也调皮,调皮得有点儿胆过度大了,二十多天前,竟然没有认认真真地做好防护就去捅马蜂窝,要命的马蜂无情地反击,导致清中招挂了几天水,这就是我的清姐。

  清很喜欢玩抖音(短视频社交软件),喜欢看有点儿忧伤有点儿凄美的视频,不知是隐隐约约地表达着清内心的情感无奈还是什么,弟不敢问更不敢懂。今晨,清在抖音预约了《来生情缘》一曲,清:"咱姐弟俩日后在奈何桥上必不喝那孟婆汤,三生石上写上你我的名字,那一世咱俩不再是姐弟,好吗?"

8. 我的公公叫老党

周丽华

我的公公是一名老革命、老党员。在我们茅山镇,男女老少都亲切地叫他"老党",就连我这个儿媳妇也不例外。

1921年,老党出生在兴化茅山茅东村的一个贫农家庭,父母以摆摊卖鱼为生。弟兄四人,老党排行老三。

1944年,老党参军入伍,因表现出色,很快光荣地加入了中国共产党。先后参加过若干战斗。在枪林弹雨里一次次立功受奖,他的退伍证上密密麻麻记载着:荣立三等功三次、四等功五次,作战二十七次。

我曾经听过老邻居们回忆老党当年退伍回来时的盛况:老党穿一身威武的军装,胸前戴一朵鲜红绚丽的大红花,县里专门派小轮船接他回来的。船到码头时,锣鼓喧天,鞭炮齐鸣。那一刻,哪个不羡慕他!

退伍后的老党,起初被组织上安排到徐州一个单位做干部,但他担心自己文化水平不高,怕影响到革命事业,就主动要求回家乡当农民,他对组织上说:"我除了会打仗,就只有种田拿手了,让我做领导,不称职!"因为老党放着现成的官不当,要回乡当农民,好多亲戚和乡邻不能理解,背地里说他是个"呆子"。这些话有时传到他的耳朵里,老党并不生气,当没听见。

我爱人是老党四十八岁那年才生的,我嫁过来之后,因为和他年龄悬殊,老党更像是我的爷爷,我们之间也没有通常公媳之间的距离感,我经常没大没小地随着别人喊他老党,他总是笑眯眯地大声答应。

记得那时的夏天,我和女儿经常在晚饭后让老党给我们讲打仗的故事,邻居们也过来边乘凉边听。那时候,我家的院子俨然就是个革命事迹汇报会现场。女儿每次都在她爷爷的故事里进入梦乡,那情景,至今难忘。也奇怪,别看老党平时寡言少语,可是讲到战争故事却从不卡壳断片。

老党讲到跟随刘邓大军打淮海战役时的一天,敌人的一发炮弹飞落在他的身旁,他本能地双手抱头卧倒,震耳欲聋的炮弹声过后,他发现世界一片寂静,周围散满了战友的残肢断臂和各种姿势的尸体,灰扑扑的浮土上浸染着殷红的鲜血,他还看到受伤的战友咧着的嘴巴,却听不到他们的喊叫,后来虽然右耳恢复了一部分听力,但左耳永久失聪了。

老党又讲到渡江战役的一场战斗,敌人的一颗子弹从背后射穿了他的肺部,被战友们抬到战地医院时,已经奄奄一息,经过医生的全力抢救,才从阎王爷那儿捡了一条命,但这场战斗也让他永远落下了肺病。

老党讲的故事里,解放兴化城的战斗最惨烈。老党对大家说道:"我的战友们死伤了多少?数不清,就我命大,还能手脚好好地回家种田。"那一刻,我发现老党望向星空的眼眸中有晶莹的东西在闪亮。

1993年冬季,有一天,一位老人经过打听来到我家。一进门,这位老人一下子抱住了还没缓过神来的老党,哭着说:"哥哥,我终于又见到你了!"原来,这位老人是一位离休老干部,老家也是茅山的,当年跟老党一个部队,年纪比老党小,老党经常照顾他,帮他扛过枪,背过被,一起挖过战壕。趁回乡探亲特地来寻访老党。那一天,老哥俩儿回忆着一起经历的枪林弹雨,感叹着死里逃生的烽火岁月,一会儿笑,一会儿哭。

1995年,老党不幸得了阿尔茨海默病。不过,和一般的病人不同,得病后的老党思维和语言能力却一改往日的状态,口齿伶俐,思维敏捷,甚至一两个人说不过他。老党一旦犯起病来,我家后面的汤奶奶就成了害他的"女特务"。他让我老公把他房间的窗户用砖头封死,每天床头放一把菜刀,一把剪刀,说这样才能阻挡特务害他。

好在邻居们都很宽容，随便他说谁是特务，人家从不生气。甚至经常配合我们两口子"演戏"。一天，老党突然说后面特务家地底下埋了两部敌台："我要让她交出来，捣毁敌台！"于是，我抢前一步先去安排，和汤奶奶对好台词。老党手里拿一根叉子，和我老公一起来到汤奶奶家，爱人一进门，"严肃"地对汤奶奶说："我爸说你家地里埋了两部敌台，你快交出来！"然后我说："汤奶奶，你不要顽抗，快点交代，敌台埋在哪？"

还没等汤奶奶把我设计好的台词说出来，老党叉子一扔，昂首挺胸地说："我知道在哪了！用这根叉子量一下，两根半距离的地方，紧挨着埋着两部敌台！"我赶紧给汤奶奶使眼色，汤奶奶说："我交代，我交代，是在这个地方，我马上挖出来！"

老党接着又说："还有，把你家藏着的往我房间打粪清的针筒交出来！"（他病情严重时，经常把大小便拉在房间里。）

不得了，这猝不及防的事我们没有做好预案啊，不交出来他不会走的，真急死人。汤奶奶大儿子聪明，赶紧找来一罐杀蚊剂，说："这就是针筒，我交出来了！"谁知道老党振振有词地说："你这是喷蚊子的药水，不是针筒，想瞒骗我共产党员，没门！"

后来我和老公还研究了这事：你说他脑子糊涂吧，他还能知道是杀蚊剂，真奇怪。诸如此类的事，我和老公那几年被老党搞得精疲力竭，焦头烂额。

斗争了一辈子的老党累了。1997年的中元节，他永远地离开了我们，去找他的战友继续战斗去了。

老党一生清贫，没有留给我们一件值钱的家私。看着那张写有他大名"纪文国"的退伍证，抚摸着那枚沉甸甸的渡江纪念章，我们分明觉得那是老党留给我们的无价之宝。

9. 我的哥们儿郑笑咏

陆享阳

郑笑咏其实是我的一个初中女同学，我们班主任是上海人，慈爱又严厉的一位大妈，像任何老师一样，她喜欢成绩好又乖巧的同学，对这样的同学特宠溺，班上几个受宠的学生在同学中间似乎都有点儿不太自在，如同多吃多占了，被别的同学各种嫉妒。

郑笑咏就是我们班主任最宠的女生，她成绩优异、长相秀气，似乎从没见她和别人笑闹过，文静得几乎让人感觉不到她的存在。这样的学生哪个老师会不喜欢呢。我们的班主任喊到她的名字时，语气都会格外地温和。

郑的个子很高，坐教室的后排，进出教室或是上黑板做题，都要走教室里最长的距离。每当她在教室里走过，总会吸引一些目光，有醋意的，有艳羡的，也有不服气带点儿挑衅的，她就在一双双目光的注视下疾步而行，尽管脊背绷得挺直，还是掩饰不住一些"逃"的慌张。还没来得及看清楚她脸上的表情，就只能看到她脑后甩动的两条长辫了，隐隐感觉她清秀的面庞上泛起的红晕。

她喜欢穿军绿色的列宁装，衬托得她的身姿特像一株挺拔的小白杨。

初中毕业时她以优异的成绩被"掐尖"录取去了县城的高中，自此留在我们记忆里的只有她白杨般挺直的背影……

一晃三年过去，经过高考后，我们却再次相逢，我和郑笑咏都被南京的同一所高校录取，只是读了不同的系，她一个女孩子居然学的是铸造专业。

开学报到的那天，感觉一切都是那么新鲜，在分配的新宿舍里很快忙好了一切，正兴奋地跟同宿舍的几个哥们儿攀谈着相互认识、套近乎，宿舍的门被敲响了。

"请问×××在吗？"门外响起一个清脆的女声。

我连忙过去打开门，我的初中同学郑笑咏正站在门口，脸上笑意盈盈。

"啊，是你！"我一下反应不过来，虽然和三年前相比她的变化不大，还能一眼认出，但是怎么感觉更"亮"眼了呢？那么好看，目光却又不敢在她身上多作停留，仿佛她也是耀眼的太阳。

我的几位舍友显然也都愣怔了，那一刻才明白"惊艳"这个词的真正内涵。

"去食堂吃饭吧！"郑一说话，我才回过神来，原来已到吃饭时间了，我们在宿舍里光顾着聊天，谁也没注意吃饭的时间到了。我和宿舍里的哥们儿招呼过之后，就拿起饭盆和郑一起下楼去食堂，下楼的时候我还是忍不住问她："你怎么知道我住这的啊？"

郑笑咏"咯咯咯"地笑起来，显得有点儿小得意："我找的宿舍管理员查的名册呀！"

然后她又兴奋地说："本来还怕到南京没有熟人，哪知道我们班（兴化中学的'农村班'）有十几个人都考到南京来了。还有你！还考到了同一个学校！"

进了食堂，郑笑咏交给我一把金闪闪的小钥匙，示意我跟着她，走到一排壁柜前，那是供学生存放餐具用的，分隔成一个个的小柜子，柜门上都用红油漆编着号。郑指着一个挂着把崭新的小铜锁的柜子："这是我占的，你以后把饭盆也放这吧，省得拿来拿去的。"

接着又对我说："我请你吃饭，算是庆祝我们的重逢！"

郑笑咏在窗口点了好几样菜，我们两个人的饭盆都已经装不下了，然后她坚决不肯我付账，拿她自己的饭票、菜票结了账。找好座位坐下来，她将菜盆尽往我面前推，嘴上说："多吃点儿！我记得你好像喜欢体育运动，肯定饭量大。"

我埋头吃着，对面的她一边吃饭，一边指点我开水到哪里灌、浴室在什么方位之类的，叽叽咯咯的话语一串串从她的嘴里小溪般流出……恍惚中我觉得对面坐着的是我姐。其实我没有姐姐，但我想就算我有姐姐，她最多也会像郑笑咏一样这么对我好吧！

新的生活就这么开始了，但我们两个之间倒不常见面，因为课时安排和上课的教室都不同，宿舍楼相距也很远。

到了大城市，郑笑咏的服饰不再那么单调，她喜欢买衣服装扮自己。面对越发光彩照人的郑笑咏，我不免怯怯地生出些许自卑。宿舍的哥们儿已经全都记住了她，经常在我面前说："今天又看到你女同学了，真漂亮！"

可是她的帅气和靓丽总让我有一种无形的压迫感，我感觉自己配不上她，在她面前我甚至都不知道怎么呼吸，她高挑的身材尤其让我压抑，原本她的个子就高，当她穿着带跟的小马靴站在我面前时，我似乎需仰视才能接上她的目光。

我知道我喜欢她，却不敢动心，认定她不可能会属于我。

寝室里熄灯后的"卧谈会"上，舍友们常常聊到郑的话题，都是一片赞美，就连她说普通话的样子也让舍友们赞不绝口。然后话题延伸下去难免就会调侃我，我表面上抗辩，其实心里是美的。

和郑笑咏相处的时光虽说有点儿压抑，却又分明很愉快。大学里活动多，他们系里有活动，她有时会邀请我，我们这边有活动，我也会邀请她。那个年代到轮滑场溜冰还很时兴，也和她一起去过；南京的山多，来自水乡平原的我们很喜欢爬山，在和她一起爬山或是溜冰的时候，她偶尔会需要我拉一把，郑笑咏个头高挑，手却纤细而柔软，握在掌心时一股怜爱之情便会油然而生，多想永远充当她的护花使者！

时光流逝着，我的心里是快乐而满足的。

然而有一天，我去她们宿舍，却看到两个大男生坐着，郑替我们相互介绍，原来也是同乡，比我俩长两级，算是学兄。

再之后，经常看到那两人找郑。再后来，就剩下一个人了，留下的那个应该是正式追求她了。

有一天晚上，我骑自行车经过校园的林荫道，看到路边的法桐树下有一对男女在拥吻，女孩的背影依稀是郑笑咏，心一下子就慌了，急急低头紧蹬几下脚踏一溜而过。想象那被吻着的女孩一定羞红了脸庞，原来却是自己的脸烧得滚烫。

那一晚之后，我的心里就像是缺了一块，虚飘飘的没着没落。

郑笑咏和那位学兄确定了恋爱关系，我们之间的接触更少了，共用的柜子里只剩下我的饭盆孤零零地缩在一角。偶尔在食堂遇到郑笑咏，她还是会眼睛一亮地招呼我："我请你吃饭！"然后还是会像以前一样买上好几份菜，她吃得很少，为了不令我尴尬，她还故意吃得很慢，当我把那么多饭菜终于吃到最后一口时，她才把碗里的最后一口也吃光。

三十多年后的今天，想想当年食堂的场景，仿佛郑笑咏又微笑地站在我面前，一边扬着手里的搪瓷饭盆，一边朗声说："我请你吃饭！"

时光总是过得很快，转眼毕业各奔东西，此后不知何时才能相逢，我向郑讨要一张纪念照。郑笑咏取出她的相册，让我在里面随便挑，我看中了一张，照片上面的郑特别妩媚，眼波里仿佛流淌着柔情蜜意，背景是扬州的某处景点。我心下恍然，一定是她去扬州探望男朋友的时候（她的男友毕业后分配去了扬州工作）拍的，她甜蜜的表情和妩媚的眼神都是给她男友的。

郑笑咏只是我的好"哥们儿"，我从未敢奢望与她发生爱情的关联，她的柔媚也从未给过我丝毫，她一定也是将我当"哥们儿"了吧。但我选走了这张照片，郑重地装进我的毕业纪念册里，而心里则刻下了我对她的祝福：哥们儿，你一定要永远幸福啊！

人生不相见，动如参与商。

再和郑笑咏见面已是毕业十三年后了，其间经常试图捕捉她的点点滴滴，或许彼此间交集太少，得到的信息量少得可怜。但大的变故还是传到了我们同学耳朵里——郑的丈夫因病早逝，留下了一个八岁的女儿。

两年后去扬州出差，我打电话给她，郑很惊喜，开口还是："×××，我请你吃饭！"

她约我在扬州的"月明轩"饭店碰面。

一见面，郑笑咏依然还是那么美丽时尚，宛如一朵清莲，雅致而不失艳美。郑的女儿那时十岁左右吧，仍是一副可爱的"婴儿肥"，胖乎乎的很是招人喜欢，小姑娘眼神灵动，很有礼貌，完全看不到有家庭变故发生的蛛丝马迹，或许她被母亲庇护得很好，就没有留下什么阴影吧。郑当时的坐骑是一辆大踏板的摩托车，庞大笨重的车身和她的身材极不相称，亭亭玉立的佳人推着这样的大踏板，看上去很吃力。

"月明轩"应该是扬州有名的饭店之一吧，但那次吃的什么都没印象了，想着郑独自照料孩子还要工作养家，只是替她心疼，心疼她的沉重和孤单。

中间隔着那些佳肴，都是郑笑咏为了招待我而精心挑选的，我却没有一点点胃口，一任心思飘忽。看着餐桌对面的"哥们儿"，我在心里一遍遍祈祷：老天爷，您如何忍心让这么好的女子承受苦痛，请一定让她尽快找到幸福！

席散分别，郑对我说："不好意思！这回就不请你到家里做客了，我正在换新房子，下次你再来扬州，请你到我的新家做客吧！"

然而再次听到郑的消息时，又是坏消息，说是她的健康也出了问题，消息模糊又没法核实真相。正好听说他们兴化中学的同学要在县城聚会的消息，我在那天也赶了过去，果然见到了郑笑咏。那个时节大家都已人到中年，男生大多膨胀得腩胸凸肚，女生则多数红颜不再，样貌都在走下坡路。但郑笑咏在聚会的同学中间有如鹤立鸡群，是那么的光鲜亮丽，优雅从容，让人怎么也不会将她与病人对上号。

但是她确实病了,而且是可怕的肺癌!

那时她女儿已经外出读大学,郑笑咏定期去南京治疗,独自抱着病体往返于宁扬两地,想去看望她,电话里却被她拒绝了。

是不愿意让我们看到她被病魔摧毁后的形象?还是不愿意让我们见到她而伤心难过?

也许都有。

最终听到噩耗的时候,郑笑咏已离世一个多月了,她临终前请知情者不要发布她的死讯,不要让她的同学朋友们知道。

已经多少年没有流过泪的我,那一刻泪如雨下,悲痛像一张网,将人没头没脑地罩得严严实实……

谨以此文悼念我的同学郑笑咏,愿天堂里的她没有伤痛只有快乐,天堂里的她依然如花一样鲜美灿烂!

10. 舅爷爷

王春芳

舅爷爷是爸爸的舅舅。

舅爷爷和我的奶奶、姨奶奶是同母异父,所以奶奶、姨奶奶姓周,他姓王。

关于他过去的事是从爸爸那里听来的,我的外太婆、外太公去世早,奶奶、姨奶奶相继出嫁后,少年的舅爷爷就孑然一身,好在乡风淳朴的乡亲邻里,东家一顿饭西家一顿饭,接济他度日。

后来本村一户人家,看舅爷爷勤劳,不嫌弃他穷,把女儿嫁给了他,舅爷爷从此有了一个家。

舅奶奶与舅爷爷养育了四男一女,个个成人成才,也都像舅爷爷一样善良、勤劳、能干。

舅爷爷不忘当年乡亲们的恩情,常常告诫做干部的表叔叔,要做好事、办实事。

二十世纪八十年代,实行了农田个人承包制,家底贫穷的爸爸下决心勤劳致富,承包了十几亩地,就他跟妈妈两个人做哪里吃得消呢!爸爸常常睡觉都不回家,累了倒在田头就睡,睡醒了继续干活。舅爷爷知道后,每到农忙季节都会从他们庄上带一帮人,来帮忙干活,干活在我家田里,吃饭却上他家去吃。他是舍不得我爸爸破费。舅爷爷就是这样一个善良的人,想事情事无巨细。

让我有印象的一件事是奶奶去世的时候,老家有一句话这样说的:爹好死,妈难死。因为妈妈有娘家人,那时候常常有女方娘家人不讲道理,在办丧事的时候找碴儿闹事,这时候做外甥的就要意思一下(给母舅家亲戚好处),以平母舅家人的愤怒。按照礼节,奶奶去世,爸爸是要亲自去舅爷爷家门上,磕头请舅舅的,怎奈爸爸就弟兄一个,家里家外一堆事走不开,就安排了本家堂叔去了。

太阳花

那天雨下得有点儿大，草房子里有些地方还漏雨，奶奶的灵铺设在堂屋靠西墙，原本逼仄的两间草屋更显得狭窄了。本家二奶奶正在忙着撕白布做孝帽子，不知道谁大声说了一声："舅舅来了！"

爸爸赶忙迎了出去喊了一声"舅舅"，声音哽咽，刚准备跪下，被舅爷爷一把拉住了，他说："快，快，快起来，虎子，别伤心啊。"说完也抹了抹眼泪。舅爷爷就是这样的一个人，一点儿也不拿舅舅的架子。

每年过年爸爸都会带着我去舅爷爷家拜年，这时候舅爷爷会泡上一壶好茶，拿出我最喜欢吃的芝麻饼来招待我们。放暑假去他家，总喜欢爬上他家院子里的那棵梨树，望着未成熟的梨子垂涎三尺。这时候舅爷爷会煮上几十个鸡蛋，管我吃个够。

一晃我们也长大了，日子一天天好过了，偶尔听到爸爸说起舅爷爷来，总是埋怨加心疼的话。

妈妈跟爸爸说："舅舅那天又来张丫子了，听说我生病了，非要给我钱，我哪能要呢！"爸爸说："我这个舅舅世上少有。"

舅爷爷就是这样的一个人，心里没有自己，只有别人。

不知道有多少年没见舅爷爷了，有一次回娘家，我问起他的消息，妈妈叹了一口气说："不在了，多好的一个人啊！"

"啊！什么时候的事啊！"我有点吃惊。

"你爸爸去吊丧的，哭得死去活来，通龙王庄哪个不说，这个外甥情深义重，哭舅舅这样伤心。"

舅爷爷也算是寿终正寝，他虽然不在了，但是他教育的子女无一不像他一样，待人接物有情有义，厚道善良。一次爸爸说起他打工的事，一天他照常跟在建筑队后面打杂做整理路面的活，忽然一个年轻人喊他表舅，他说："小伙子，我不认识你啊！"年轻人说："我叫元春，我妈妈是忙秧，外公葬礼上我见过你，你是东葛的表舅。"

原来小伙子是我表姑妈的儿子，他在兴化安装燃气管道。他说："舅舅，你干这个活辛苦啊，要不我找领导说说去，跟我做吧！"后来爸爸还跟着他做过一段时间。

舅爷爷对我们家情深义重啊！他的恩情永世不忘。

11. 三和的绝活

包　缤

　　三和在世的时候，住港南村东头。光头、圆脸、稍胖，个子并不高，平时也不多说话，为人老实厚道，通音乐。记得父亲喊他姨丈，也特别敬佩和崇拜他，敬佩的程度可以用"五体投地"来形容。

　　几十年前听父亲讲，三和有一门绝活——会求"课"，意为占卜，凡是村里头有出门经商，或做点儿小生意，定亲事说媒等，哪怕到城里逮头猪崽子，都会让三和算一下，每次都准。

　　我记忆颇深的两件事，也是对父亲影响最刻骨铭心的。在我十二岁的那年，有天晚上，父亲跟母亲说，明早要去东台买两头小猪，晚上想让三和姨丈算一下，说罢转出门。父亲约莫半个钟头就回来了，进门脸色有些不悦，母亲忙问缘由，父亲讲三和劝他过些天再去买猪崽，如明天去买的话，买回的猪可能有一只腿有问题。

　　父亲不信邪，第二天一大早就去九龙口乘帮船。

　　在东台猪市场，聚集了好些人。买猪的多，卖猪的也不少，父亲左挑右看，主要是看猪崽的身架宽窄及长度，另外最关注的是猪腿。父亲来回踱着步，看了许久，确定无误时，称了斤两，付完钱，挑起箩筐，一路小心翼翼，丝毫不敢疏忽大意，来到帮船上。人先入船舱，再抱起猪崽轻轻地放下，生怕应了三和的话。安顿好小猪，心想这回姨丈的"课"会失算了。

　　帮船自东而西，行至仲家村南桥下时（距家只有三里水路），对面驶来一条挂桨船，开得极快，眼看就要撞上帮船。这时，挂桨船头上的一妇女操起竹篙想戗开船，哪晓得两船行进中速度奇快，一篙窜过去，不料正巧扎到一条小猪崽的脚上。父亲来不及说"你赔我的猪"，船已擦肩而过……

　　这一次父亲本想一到家就去找三和，连说辞都想好了："姨丈，这次您失算了吧!"另外,还会加上哈哈几声笑来,谁知道就被三和算准了。

而第二件事是父亲一生当中,最最刻骨铭心的事,也是我们全家最无助的事。

那一年我家让出村里两块老房地,凑了些钱,加之父亲的发小天宝哥帮助,重新打了一块房地建房,房子砌到一大半,砖头不够,家人犯愁,外婆知道这情况,急忙去唐刘乡砖瓦厂,找到了砖瓦厂的厂长,是我的表伯。送了一水泥船半断的砖头,才将三间瓦房建好。那时还是大集体,要想还借来买木料的钱及工钱是何其的难!母亲听说村里有人去大丰、如皋等地收银圆,再贩到江西,赚钱来得快。母亲东借西借,三姨娘六舅母,总算借到些本钱。收了几月,也有四百个银圆左右,加上村里人托带的玉镯、金器首饰,价值四千有余。这等大事必须要去三和那里求"课"一下,方能放心,但求"课"的结果不好。我在旁边劝父母不去为好,这些货送到江西南昌,要坐大轮船,再坐火车,路途不近。母亲急的是借人家的钱要尽早还上。母亲要去,父亲担心,争论了一晚上,最后决定父亲去了。

父亲自以为书看得多,三国、水浒上擅长用计谋的故事,他都能如数家珍。他决定装扮成挑河挖土的人,旧棉絮叠于前后担头,可一下九江码头,他万万没想到检查的人就生疑,怎么挑河的人不是成群结队的?而是一人,取出金属探测仪,仪器在叫,并闪着光。后来,父亲身上所有金银全都充公。当时是属于"投机倒把"。那人给足了路费,让他回家,父亲赖着不走,也无济于事。几天后,父亲回到家,要债的人蜂拥而至,这个家哪像个家呀?母亲哭着说,要是她去江西有可能不会有事,我那时也怪父亲,为何不听三和的劝?为何不等些时日?父亲伤心时,如雕塑在流泪!

打从这件事以后,父亲总想跟三和学这绝活,三和不允,不知何故?三和临终前,将所有易经占卜的书籍都一一焚毁,实属憾事!如今随着国家不断繁荣和强大,日子也过得越来越好了……

虽然父亲离世已逾四载,我想他必定不会心甘,也许他在那边早已学会了三和的绝活。

12. 我那些爱喝酒的老师

张友良

阿紫文学群里，许多老师都喜欢喝酒。李白喜欢喝酒，斗酒诗百篇。大概，酒是老师们创作的灵感源泉。

我的老师们也有喜欢喝酒的，生活中离不开酒。

曹正旺老师是我的小学老师。他喜欢钻研，发明了各式教研模具，转动教学板、摇动教学板、小助手教学试验。扬州市教育局组织多批次老师来参观学习。为此，他多次获得扬州市教育局的嘉奖。遇到难题，曹老师苦思冥想，尝一杯大麦酒，就思路宽广起来。曹老师一杯小酒后常说："只要学生进步，就是我最大的满足，最大的幸福。"

万丈高楼平地起，打好基础是关键，曹老师就是学生的奠基石。他的学生有一百多名大学生，三位博士生，还有几位硕士生。曹老师很骄傲，时常酒后拉起二胡，成功的喜悦融进抑扬顿挫的七色音符里，既幸福又满足。我村是个五百人的小村，我爸、我、我女儿，一家三代都是他的学生，他是我们一家人的老师。我回去经常遇到曹老师，他乐呵呵地说："友良，来和先生喝两杯。"尽管他是个七十多岁的老人了，喝起酒来却毫不服老，喝完了酒，还能写书法。

上了初中，我的老师张富旺是我的远房本家，一个老祖宗，不太远，所以也比较亲近而不拘束。张老师教我的时候，刚师范毕业不久，年轻有为。教学上"德智体美劳"稳步推进，坦克式层层向前，稳扎稳打。他教数学兼班主任，遇到难题，他总是左一遍右一遍反复讲解，让学生领会。张老师每天起得很早，早早地到班上督促学生学习。师生们的共同努力，取得了很好的成绩，那一年，班上考上了五位中专生，曹勤山的数学成绩一百一十九分，全县第一，这在农村学校是值得骄傲的。考上这么好的成绩，离不开张老师夜以继日的努力。在学校老师组织的庆祝宴会上，老师们开怀畅饮，张老师也喝了很多酒。

我时常遇到张富旺老师，他说校内我们是师生，校外我们就是弟兄俩。他经常鼓励我写作，说文化很重要，有文化对于做生意都有很大帮助。我偶尔遇到张老师，有时闻到酒味。老师喝了酒，又把我当学生待了，好像我还是他的学生，还坐在教室里，听他神采飞扬地讲解坐标系。

唐刘中学是一所农村高中，师生都从农村中来。夏志章、夏志铨是兄弟俩，他们分别任教我们班的语文和物理，志铨老师兼任班主任。姜礼华老师任教英语，教我那一年，他刚刚从扬州师范学院毕业，他们有一个共同的爱好，就是都喜欢喝酒。

夏志章老师上语文课，一般他兄弟俩晚上才喝，不知那一天中午什么原因高兴，喝了些酒。他讲到《诗经》与《离骚》，中外文学，酒让他思路开阔，激情澎湃。夏老师那天激扬文字指点江山，真是美不胜收。说到精彩处，要学生读一篇文章。他看到了我渴望的神情，似乎读懂了我，让我读了课文。我在老师的感染下，那天的朗读抑扬顿挫。老师表扬了我，增加了我的信心。在未来的工作生活中，我一直都记得老师那天的表扬。夏志章老师治学严谨，一丝不苟，在课余生活中非常和蔼，他衣服纽扣每次都扣得整整齐齐，严肃、儒雅又有风度。家乡走出去的姜广平老师曾经称赞说："我们蒲塘这么多学生学业有成，都离不开夏志章老师的言传身教。"蒲塘的老师在唐刘中学三分天下有其一，蒲塘的大学生、博士生数量全乡第一。

姜礼华老师很有意思，他只要一喝酒，学生皆是兄弟姐妹。我上学时他还给我洗衣服，说谁跟谁啊，有好吃的也喊上我，是个不拘小节的"江湖侠客"。夏志铨老师时常呷一点儿小酒，学生就成了他的家里人，侄子侄女，时常嘘寒问暖，鼓励上进。有时喝上酒，也会一脸威严，恨铁不成钢。在一次同学聚会上，夏志铨老师开怀畅饮，说同学们有的成了行长、局长、船长，他很高兴骄傲。

在唐刘开店的日子，夏以楼老师经常来我店说道。他最好酒，在他看来,酒里就是学问与历史,有哲理,有典故,有前进的动力,人生几何,唯有酒也。

李仲泉老师一次酒后专门给我作了一首诗。

> 兴化水乡多奇葩,蚌蜒河水滋润它。
> 超市恩泽众乡亲,温暖何分你我他。
> 笔端耕耘赛犁铧,不产粮棉出诗画。
> 文豪并无天生来,有志竟然笔生花!

我的老师们大都喜欢喝酒,喝酒成了他们生活中的一部分。老师们的酒中有快乐、有美好、有成功,也有辛劳和烦恼。令公桃李满天下,何须堂前更种花。现在,老师们都已经步入老年,愿他们畅享醇香的人生美酒。

13. 十三岁，去当兵

华正堂

2021年2月4日，兴化市张郭镇范家村朱应龙去世了。这是一位十三岁就参军的老复员军人，曾参加过淮海战役、渡江战役、解放一江山岛战役。并荣立三等功两次，四等功三次，集体二等功一次，队前嘉奖三次。1955年9月加入中国共产党。1957年8月复员到兴化通用机械厂工作。自1962年从兴化内燃机厂下放后，他一直在张郭农机站工作，为基层农业做出了毕生的奉献。

朱应龙，1934年11月出生于戴南镇北朱庄。两岁时，他的父亲因病去世，母亲改嫁。他来到张郭镇范家村与年迈的外公姜永福相依为命，艰难度日。其间，外公节衣缩食，送他在本村塾师处读书三年。1948年6月，只有十三岁半的他就参加了解放军，编入溱潼团新兵连。不久，兴化团与溱潼团合并，由于他年龄小，行动敏捷，部队首长指派他担任华东二分区五团炮兵连通讯员。他矫健的身影驰骋于淮海战役的疆场上。1949年4月，十五岁的他又随百万雄师过大江。一颗炮弹打到他们船侧，他以身躯护卫着首长的安全。解放上海后，他担任上海公安十五师四十四团三营机炮连通讯员。

1950年10月，国家从陆军部队中招收空军飞行员，因为身体素质好，经过严格的层层选拔，朱应龙成为我国空军航校的航空兵学员。先在徐州航空兵预科中队学习政治文化知识，再到长春空军第二航空兵学校学习飞机驾驶知识、飞行技术。1954年6月，航校即将毕业，正当他踌躇满志，准备翱翔于新中国蓝天之上时，因为身体的个别指标不合格，他与空军飞行员失之交臂，只能转入空军第九航校学习飞机机械等专业知识。1954年底毕业后到华东军区空军二七四〇部队三大队任机械员。

1955年1月18日至20日，其所在的部队参加了解放一江山岛战役。该战役是解放战争的最后一战,也是我军首次陆海空联合登岛作战。总指挥是华东军区参谋长张爱萍将军,空军前指为聂凤智将军。这次战役中,朱应龙担负着战斗机的后勤保障工作。飞机起飞前,他一丝不苟、严格仔细地检查每一个部件,确保飞机安全飞行,深情地目送飞机起航。飞机起飞后,作为赴前线作战的登机人员的战友,他又耐心地等待、热烈地欢呼每架战机胜利返航,每位战友安全凯旋。

1957年8月,他服从命令从部队复员,先后在兴化通用机械厂、兴化机床厂、兴化内燃机厂工作。1962年5月,在国家处于困难时期,他又响应"调整、巩固、充实、提高"的号召,下放到张郭公社范家大队。那一年,里下河地区遭受大旱。他夜以继日,操作抽水机,抗旱保苗,并担任民兵营长。1966年8月公社发现他精通机械,抽调他到张郭公社农业机械管理服务站任机司长,直至退休。

在二十世纪六七十年代,农业机械缺乏,懂机械的技术人员尤其缺乏。他尽力维护好、操作好全公社仅有的大型的机米机、电动机、发电机。随着农村农业机械的逐步普及,他又致力于农机人员的培训普及提高。常常步行到各村各地指导操作、排忧解难。多次组织农机人员进行集中培训,克服参培人员文化水平低、基本技能参差不齐等困难,不厌其烦,条分缕析,将知识原理讲足讲透,把实际操作做小做细。深受基层农机人员的欢迎,受到领导群众的一致赞赏。

60年代,公社党委准备提拔他任公社武装部长,他以自己适合搞机械而婉拒。"文革"中,被打倒的公社党委书记黄义魁到农修站下设的机米厂被监督劳动。他主动帮助黄义魁。一次,同事的儿子结婚,他吃过喜酒后,跟主人耳语,带来好酒好菜悄悄地给黄书记改善了伙食。

"为什么我的眼里常含泪水?因为我对这土地爱得深沉!"

14. 我的母亲

范芹凤

今早,我在家练习书法,收到一个微信群里的一则消息,朋友传来妈妈打工的照片。照片中妈妈身着灰色运动套装,系着围裙,头发打理得一丝不苟,满脸微笑,正收拾着顾客吃好早茶的碗碟,神情专注,精神饱满。

有谁知道,她已经六十七岁了;又有谁知道,她早上三点半起床,到朋友发来微信之时,老人家已经不停息地工作了近五个小时。我在图下点赞,点评:"我的勤劳的母亲大人,她虽然大字不识一个,却培养了两个当教师的女儿。这一切缘于她勤劳,对生活不屈不挠的精神。"

我和妹妹生活在重男轻女的家族里,爷爷奶奶压根儿就不管我们。记得我上小学五年级,妹妹上小学一年级,爸爸妈妈开大船跑运输,得出远门装货,没有办法,只好把我和妹妹"丢"在家,我俩成了彻彻底底的留守儿童,自己照顾自己的饮食起居。

妈妈临行时,左叮咛右嘱咐,米在厨房碗柜下面,鸡蛋在家神柜里,钱在三门厨最下面的抽屉里,晚上睡觉要从里面锁上所有的门,上学前记得淘好米,打好蛋,回家煮饭炖蛋才来得及。一定要吃饱穿暖,不能冻着妹妹。尽管对未来的日子充满惶恐,我还是故作镇定,一一应允。爸爸妈妈为了把出门的时间缩到最短,每次都是晚上开船出发。妈妈等我们洗漱完毕,在大门外面叮嘱我锁好所有的门,在屋山墙悄悄说一句"我们走了",才离开。我听到"我们走了"伴着哽咽,还依稀听到妈妈抽噎的声音,然后就什么也听不到了。

我搂着妹妹,妹妹也搂着我,我们相依着,睡着了。睡梦中,妈妈回来了,这趟出门很顺利。饭桌上有红烧肉,我和妹妹狼吞虎咽，肉汤泡饭，每人都吃了满满两碗。妈妈没吃，痴痴地看着我们，眼含泪花，她悄悄转过脸去，用衣袖擦拭，我都看见了。

妈妈真的很能干，田间农活，样样精通；做生意，精打细算；帮工做手艺，心灵手巧，一学就会。她吃的是穷、姊妹多的苦，要是能上学，一定学习很好！记得还是跑运输那会儿，卖石灰、石子等建材，可以零卖，价钱高，但需要过磅计重。妈妈不会写字，爸爸帮买家卸货挑担，又要自己过磅记录，这样干起来很慢，一点儿都不开工。妈妈看在眼里，急在心里，悄悄跟我说："丫头，教我写字、认磅秤吧，靠你爸爸一个人，太累太慢了。"

我就模仿老师教我们的方法，手把手，教她写数字，告诉她数的组成，87，先写十位的8，再写个位的7；156，先写百位的1，再写十位的5，最后写个位的6。磅秤先读秤上的重量，一格2斤，5公斤就是10斤，10公斤就是20斤，加上秤砣的重量，一起算总的重量。

妈妈学得真快，她记录，我教着，一次实战演练，就全会了，最后还歪歪扭扭地签上了自己的姓名。爸爸看了，很惊讶，一再夸妈妈聪明，说，要是妈妈能上学的话，成绩也会不差。是的，妈妈头脑灵活，反应快，就连有时跟爸爸吵架，也头脑清晰，把她的"歪理"说得头头是道。我到现在都佩服她的应变能力，社会大学也练就人啊！

妈妈是个闲不住的人，现在她一人做几份工作，说出来，会吓你一跳。她种了一亩六分的口粮田，从播种到收获，这期间父亲偶尔帮个忙；协助父亲送出租家宴用的餐具；租的仓库四周有空地，全种上了油菜、黄豆、豇豆、南瓜等农作物；每天凌晨4：00到中午11：00还在一家早茶店打工；平时一有时间，还倒腾些好吃的，喊我和妹妹两家回娘家聚聚。

妈，您太劳累了，我真舍不得您。记得有一次，陪你送餐具，给客户搭帐篷，那么高的人字梯，您爬上爬下，多少次，我都想在下面接着您，太危险了。可您，如履平地，灵活自如，动作麻利，与爸爸配合默契。不多久，帐篷就搭好了。搬圆桌，那个玻璃转盘，我一次只能拿一块，还步履蹒跚。您太棒了，抱起两块，撒腿就跑，看着您的背影，哪像快七十岁的人啊，顶多三十岁。唉，我这肩不能挑，手不能提的，在您面前，就是个废物。您打趣："我是个田鸡翻跟头——白大肚子。你这满腹经纶的，好好做学问，咱家就指望你们姐妹俩撑住门面。谁说女子不如男，好好生活，努力工作，女人照样能顶半边天。"

我的天啦，这是一个大字不识一个的老太太的言辞，妈妈，我服您了！

15. 文忠哥哥

朱 峰

颜文忠哥哥，是我姨奶奶的孙子。俗话说："一代亲二代表，三代四代好拉倒。"但是因为我们两家离得近，一直有来往，所以比一般的表亲关系密切。文忠哥哥比我整整大十岁。我才记事，他就已经在糕点厂工作了。

文忠哥哥人如其名，温文尔雅、忠厚仁义。记得小学的时候有手工课，要用小剪刀，哥哥有一把非常精致的折叠式小剪刀（我无法描述小剪刀的形状，总之就是与众不同、独一无二）。我跑到哥哥家借，哥哥听了来意，二话不说就拿给我。这一借不要紧，借出了个"幺蛾子"。

说起来怪我不好，跟哥哥借来用用也就算了，千不该万不该，不该把这漂亮的小剪刀在同学面前嘚瑟。一位吴同学看见了跟我借，我没多想就答应了。谁知道小剪刀又被她弟弟拿去了，而弟弟跟着教师妈妈在村小学上学。接下来的日子里，我每天放学后都会背着书包去她家，边写作业边等她弟弟，眼巴巴等着讨要哥哥的小剪刀。

连续等了好几天，同学的弟弟总算回来把剪刀还给我。可怜我的小剪刀，伤痕累累、面目全非，剪刀柄上面的一层镀层已经脱落，变得无比丑陋。那时的我看着小剪刀简直欲哭无泪，心肝肺都气疼了。当我忐忑不安地去哥哥家还小剪刀时，哥哥就说了一句："不要啦，就给你玩吧！"本来准备好了要挨骂的我才松了一口气。

文忠哥哥在糕点厂上班，自然会做点心，每年的春节前，都要来我家给我们做芝麻糖、花生糖等等。哥哥把糖料放锅里煮沸，再小火慢慢熬制，直到用筷子沾上一点儿就能拉丝，糖丝稍微冷却一弹就断，第一步就算成功了。熬制好的糖料，立即拌入预先炒熟去了皮的花生米、橘子皮丁等等，迅速翻匀，倾倒在抹了菜油的砧板上，压实压扁，用同样抹了菜油的切菜刀趁热切片，就算大功告成。哥哥做的花生糖，那香味儿才直传到天涯呢。

有一年冬天，晚上十点给我家做好糖的哥哥，又被我家邻居喊住帮忙，也要做一锅。这一来，哥哥一直忙到了半夜，就连我这个烧火丫头都满腹怨言了，好脾气的哥哥却一点儿都没有抱怨。之后的几年，我家邻居总是念叨："这小伙子真不错，不知道谁家丫头有福气给他当老婆呢！"

哥哥和嫂子相识相恋了。嫂子个子高，表面上看不属于那种小鸟依人型，但是和哥哥在一起，嫂子总是一副很依赖的样子，文忠长文忠短地喊他。有时我看到了，不由得笑出声来。嫂子问我笑什么？我说："好羡慕你们，嫂子你真是嫁对人了，我哥哥多好啊！"嫂子也笑笑，看了哥哥一眼说："你哥也有犟脾气呢！只是我让着他，没找你这个小姑子告状罢了！"

哥哥对嫂子好，嫂子待哥哥更好。他们夫妻两个孝敬老人、疼爱孩子，又勤劳能干，日子过得红红火火。前些天，哥哥和嫂子来我店里，说在连云港买了学区房，正在装修给儿子做婚房，所以过来看看合适的窗帘。他们还说，先买的那套房留着等他们退休了老两口自己住。

我看着哥哥嫂子一路来一路去形影不离的样子，忍不住说："嫂子，你真是有福气啊，我哥性格好，手又巧，关键人还帅，走到哪里也不像个五十几岁的人啊！"嫂子一听，哈哈大笑，比夸她还开心："是的呢，你哥哥到连云港，那里的亲家和朋友都夸他，跟明星差不多！"

昨天，文忠哥哥给我发信息，请我国庆节参加侄子的婚礼。在祝贺侄子新婚之喜的同时，送上我的祝福：衷心祝哥哥嫂子家庭幸福、平安健康，早日当上爷爷奶奶，尽享天伦之乐！

16. 母亲的牌友

唐介锋

那天打电话回家,父亲说:"你妈正忙着呢,打完这把跟你说话。"我竟一时没转过弯来,印象里从没见母亲打过牌。以前别人打牌时,她连"斜头"也不看,怎么突然间就学会了打牌。

母亲接了电话,很是兴奋,说闲着没事,就和庄上的几个老太太,一起玩玩长牌。长牌?我说:"那牌可不好认。"

母亲说:"不难啊,不就是饼子、条、万,她刚学没几天,都认识了!人老了,闲得慌,腿脚又不灵便,哪也去不了,只能在家呆坐。现在好了,打打牌,活泛活泛脑筋,省得患老年痴呆。"

我说:"这样子好啊,我正怕你在家无聊呢,平常可有人玩啊?"

母亲说:"有啊,有啊。人不少,可热闹了。"

母亲好客,又舍得买新牌。因此,庄上会打长牌的老太太,只要午后有了空闲,就都聚到母亲家中,玩上两三个小时。边上照例会有几个"看斜头"(看人打牌)的人,边看边拉着家常。

母亲说,她们有时三个人,人多时就四个人玩,虽然不打钱,但认真,甚至还顶火。有人胡了黄牌或是碰错了牌,会受到指责,有时还会闹出点儿小矛盾,相互之间不理不睬。这时,她就会从中斡旋,直到大家都消了气。有人因为牌风不顺无端发火,气得要摔牌,她还会拿饼子或是拿个橘子,哄小孩一样,哄高兴了,那人又坐下来接着玩。

人多的时候,要是谁来晚了,就没有位置了,只能在边上"看斜头",中途有人上茅房,马上有人屁股一蹲,抓着牌就打。

今年,母亲告诉我,玩牌的人越来越少了。说这话时,母亲似乎有些落寞。也就两三年间,桂英和大爱珍还有聋太太都不在了,也没人争位置了。懂牌的就剩根生、凤扣还有松南家的。松南家的有活计要忙，除了刮风下雨才会来，好天时还要打理她的几分生活田。"看斜头"的还有几个，老姑妈兰珍，虽然拄着拐棍，走路一步一摇，可只要有人在玩，她还是会到场的，虽然看不太懂，也能看得津津有味；还有周军家的，眼睛看不见，磕磕绊绊地摸过来，找个小板凳，坐在边上，听到散场。

母亲还告诉我，有时根生来得早了，会嘟嘟囔囔地说凤扣的不是，这人不光拖拖拉拉，还不讲卫生，老头子死后，常常不洗澡，人越是老了就越是要干净。母亲有时会恭维根生几句，说："还是你好啊，有福气，每个月能拿几千块养老钱，吃得好穿得也好，小伙丫头都把你当菩萨一样供着。哪像凤扣，一个月两百多块，动不动还要接济她家那不成器的三小。你啊，要好好过，活到哪天都不亏。"

这时，根生就会笑眯眯地说："嗯啦，嗯啦！"一脸的满足。

有时，凤扣会捧着大碗，边跑边说："来了来了，早上下田薅了会儿草，才把饭烧熟，赶快就来了，你们先洗牌，我就剩一口饭了。"等她撂下碗，又会说，"不晓得高血压的药可曾吃？我要家去望看，好几块钱一瓶，吃多了又费钱，不吃又头晕。"

前几天，母亲告诉我，她好几天没打牌了。根生得了病，已经在唐刘医院住了一个礼拜，也不晓得肚子里长了个什么东西。哪个晓得，前天中午凤扣又倒在了家门口，可能是记性不好，药吃多了，醒过来后，大丫头就把她带家去修养了。

"这人岁数一大，说不好就不好了，我跟你爸也是过一天算一天。这几年，我的这些个牌友，走的走了，病的病了，以后，怕是没得人玩了。"母亲说。

我对母亲说："你好着呢，今年才八十三岁，还能穿针缝被子，还能裹粽子，有得过呢，等几年我退休了，哪也不去，天天在家陪你打牌！"

母亲说："好啊，好啊！妈要好好过，妈等你，等你回家来打牌，妈还要裹你最爱吃的小豆粽子！"听着母亲孩子般兴奋的声音，我的鼻子一酸，眼泪不争气地流了出来。

生活浪花

1. 我最爱的阿紫群

周丽华

和当下大多数人一样,我也有很多微信群:家人群、同学群、朋友群、顺风车群、美容护理群、流浪动物救助群等等,大大小小十多个。两个多月前,我又多了一个群:阿紫文学沙龙群(我简称它为阿紫群)。

阿紫群的群主,是老家兴化的女作家王玉兰,就在两个多月前,一个偶然的机会,我从微信朋友圈"看一看"功能里看到了她写的长篇小说《沈小菊》。欣赏她文章的同时,我也深深地喜欢上了她,成了她的一名忠实粉丝。互加了微信,初次聊天时我就被她的随和、亲切所打动,更令我意想不到和感动的是,她热情地把我这个从没写过一篇文章的粉丝,拉进了她创办的文学沙龙群。

进群伊始,怀着极度自卑心理的我有点儿战战兢兢,想到这个文学群里可谓高手云集,众老师才华横溢,我真的感觉自己就像《红楼梦》里的林黛玉初进贾府、刘姥姥初进大观园:不敢多说一句话,不敢多走一步路。但是我一进群,群里的老师们都特别热情地主动和我打招呼,发各种微信表情包欢迎我进群,一下子,让我好感动,觉得好温暖。

很快,性格活泼开朗的我也融入了这个一百多人的"大家庭",认识了许多老师,结交了好多朋友。群主兰姐非常正直、善良、不虚伪、不做作,敢于挑战文学界的不正之风,对所有的文学爱好者进行耐心的交流和鼓励,亲和力和号召力十足;夏所珍姐姐常年致力于慈善事业,积极参与社会各界爱心活动,她所在的爱心超市浓缩了世界上最温暖的善意,并潜移默化地影响着我们群里所有人。

周春根老师聪明机灵,幽默风趣,不但文章写得好,同时爱心满满,正能量爆棚,听说他每年都会参加无偿献血,收入并不高的他积极参加各种捐助活动,甚至把发表文章的稿酬都捐给了慈善机构;陈铭老师文才出众,学识渊博,同时也是群里公认的大孝子,宁可放弃北京大都市优越的生活而退居地处农村的老家,侍候年迈的老父亲。他是我们学习的榜样,也是群里公认的发红包大王,几乎每天都要给群里奉献点儿"福利"才能安心。

张三凤妹妹善良又有包容心,标准的贤妻良母,她经常在群里"晒"各种美食美景,让人看得心情愉悦,情不自禁笑容挂在脸上;周瑞红妹妹聪慧可爱,温婉大方,特别好学上进。因为共同的梦想,共同的爱好,五百年前又是一家,我和周春根、周瑞红,我们三个人还成立了一个小小微信群"周家村"。当然,我也积极参与群聊,坚持每天在群里给老师们分享一首歌,让大家轻松愉快地享受,给这个有趣的文学群里增添一道亮丽的风景线。还有很多很多的老师都各有风采,都是我学习的榜样。

因为是文学群,群聊话题主要还是围绕文章。每天早晨,群主兰姐责无旁贷地在群里分享各位老师写的美文,接下来老师们有的改错字、有的改病句、有的提建议、有的写点评。一时间,也会很严肃很认真,甚至老师之间有不同意见时,会展开激烈的辩论和交流,气氛时而紧张时而热烈。

从没写过文章的我一开始很自卑,对自己写作一点儿信心都没有,群主和老师们在群里不厌其烦地鼓励我、帮助我,教我怎样开头,怎样抓住重点,怎样去构思框架等等。在大家的帮助和鼓励下,我终于鼓起勇气写了我人生中第一篇文章《我的爸爸妈妈》。后来,通过不断地阅读老师们的精彩文章,跟他们学习借鉴,我再接再厉,又陆续写了几篇,终于。我的《保安居哥》一文由群主兰姐给我推荐投稿,并成功发表在泰州晚报坡子街副刊。自己的文字变成了铅字,是我以前从没想过的事,想也不敢想。

阿紫群在群主兰姐的带领下,我们大家每天都在群里聊些与文学有关的话题,交流写作经验。当然也聊各种其他话题,真正的畅所欲言,嘻嘻哈哈百无禁忌。每天群里群旗飘扬,红包雨满天飞,众群员发的发抢的抢,玩得不亦乐乎。在阿紫群里,大家就跟兄弟

姐妹一样,互敬互爱,其乐融融,真的是一个充满正能量充满激情与活力的温暖大家庭。

　　我爱阿紫群,它让已经中年的我重新在知识的海洋里实现了自己最初的梦想,找到了心灵宁静的港湾,给了我更多的快乐和感动。我爱我的微信群,微信群中,我最美好的遇见,就是我最爱的阿紫群。

2. 师父与徒弟

常玫瑰

小店不大,来来往往的客倒是各行各业的都有。

最近这几天,天天中午来吃碗馄饨的一位爷爷引起了我的注意,七十多岁,个不高,脸上满是岁月留下的"沟渠",头发花白,走路斜着个腰,好喝个二两酒,不抽烟,说话大嗓门,不讲究下酒菜,有时煎两个鸡蛋,有时带几块鱼段,要不带几块鸡肉,总之家里有什么他带什么。喜欢聊个天,无论是谁,只要跟他同坐一张桌,不管你愿不愿意,不管你受不受得了他的酒味,他都会主动搭讪你,是个实诚的小老头。

偶尔遇到投缘的人,他恨不能将穿开裆裤的记忆都倒出来给人听。一天正好在我店里遇上个同村爱喝酒的瓦匠,也差不多七十岁了,两老头聊得越来越起劲,聊得最多的就是夸喝酒爷爷当年篾匠活做得多好多漂亮。说什么他做的扁担上肩轻松,刚韧恰当。说什么他做的筛子精巧漂亮,方圆周正。说什么他做的凉席光滑细腻,凉爽舒坦。夸得喝酒的爷爷一高兴,倒了一大堆好篾匠的基本秘诀:什么竹子分青竹片和黄竹片,什么竹皮分青篾片和黄篾丝。什么一个好的篾匠要掌握砍、锯、切、剖、拉、撬、编、织、削、磨这么一个循序渐进的过程,方才能成为一名合格的篾匠。一番话直听得老瓦匠不停竖大拇指。听的次数多了,他的大体经历,我一个外人都能给拼个完整的版图出来。

原来爷爷是郊区边上的农村人,小时候姐妹兄弟多,吃了太多苦,长大后学了个篾匠手艺,十里八乡数他活做得最好,名气也最大,鼎盛时期收了二十几个徒弟,每逢过节家里的东西多得吃不了。后来时代在进步,种田的工具越来越先进,加上方便袋横空出世,篾匠的活越来越少,他的徒弟们差不多都改行了,只有他因手艺好,不愁活，没改行。

不过随着人们生活水平的提高，种田大户越来越多，生产和生活的工具也越来越先进，篾匠手艺步入了死胡同，从惨淡接活到再也接不到活，终于英雄无用武之地，他也老了，除了因久坐落下个腰痛的毛病，这么多年也没挣到啥钱，儿女们生活也不是太富裕，没办法只能出来打零工，太重的活人家嫌他腰不好岁数又大，所以他只能干干除草、做保洁的活，一天也挣不了几个钱。反观他那些徒弟们一个个都比他有能耐、有出息，就连当年他最看不上的徒弟，进了厂做了一名工人，现在也比他强。退休了天天捧个茶杯，月月拿退休金，日子过得逍遥自在。

今天中午人不多，十一点爷爷照样来喝酒。老规矩，二两酒，二煎鸡蛋，一碗馄饨，爷爷一个人玩独席，话也少了。我刚准备陪爷爷唠两句，这时外面来了个人，五十几岁的样子，个子很高，精神抖擞，嘴上叼根烟，衬衫配西裤，气度不凡，一看就是有钱的阔老板。"老板娘，来碗茅山馄饨。"我边应允边点头，刚想热情地接待。一旁喝酒的爷爷倒比我还激动，先站起来了，说："小李子，是你吗？""谁喊我小李子？"阔老板顺着声音望过去，突然夸张地叫了起来："师父，怎么是你？自从离开你就没见过面，这么多年，变化真大，我都快认不出你来了。"爷爷说："师父老了，不中用了，只能出来打点儿零工，赚点儿养老钱，你小子好啊，越来越精神，看上去比以前还中看。听别的徒弟说，你现在包工程发大财了？""哪里哪里，只是发了点儿小财，今天到这里来，是因为有户人家装潢找的我公司，我来看看手下的工人活干得怎么样？"因店里没什么客，我听得仔细，看得也仔细，徒弟进来时，爷爷用衣角搓了搓手，顺便理了下又破又旧的脏衣服，将双脚往墙角挪了挪，因为干活的鞋上沾了不少土。遇到徒弟，师父的脸上一下子堆满了笑容，感觉平时的大嗓门也降了点儿分贝。徒弟遇见师父倒是挺淡定，脸上露了点儿象征性的笑容，不过进来的时候，我看到后背故意挺直了一下，跟矮矮的师父站在一起，显得个子更高了。"小李子，你手下有不少装潢师傅吧，能不能介绍我到师傅手下打个下手？""怎么敢劳驾师父您到我手下来,再说了,师父,您都七十多了,别人也不敢用您老做徒弟呀。"一句话,将爷爷所有的热火劲都浇灭了,眼里刚刚燃起的希望又暗淡了下去。

爷爷闷头继续喝起了他的二两老酒,这之后,小李子以徒弟的身份又嘘寒问暖了几句,临走给爷爷付了馄饨钱,又跑到隔壁小店买了两瓶稍好的酒丢给了爷爷。

小李子走后,爷爷的神情看上去有点儿落寞,叫人看得难受。这时店里又来了几个客,吵吵嚷嚷忙忙碌碌间,爷爷什么时候走的,我都没注意到。

3. 老家的小巷

周瑞红

老家的小巷很短，不似江南的雨巷深远而悠长，小巷两侧总共不过十户人家，探头从巷口这一头望向巷尾那一头，可以一眼看穿。我家住在巷尾最后一家，一条大河横穿流过屋后田舍。

这是一条铺着青砖的小巷，巷子两侧墙角湿润的地方，长着星星点点的青苔，少有人走动的道砖已然发绿。小巷平凡朴实，却藏着我最美的回忆，让我念念不能忘怀。

夏天的小巷最有烟火味。天微微亮，"喔喔、喔——"一声嘹亮的鸡鸣，从巷口传到巷尾，小巷渐渐热闹了起来。男人们端着盛满热粥的大碗或站着，或蹲着，一边闲聊些田间地头的话，一边吃着早饭；女人们坐在小凳子上，围着一个圆木桶，在搓衣板上麻利地搓洗衣服；孩子们起得晚一点儿，吃完早饭，搬一张高脚杌子到小巷，再搬一张小木凳，趴伏着开始做暑假作业。

上午十点左右的光景，日头有点儿晒人了，大人们从田间归来，顺便带回几样自栽自种的蔬菜，孩子们便自觉地放下作业，忙碌起来：茄子切成丝或块；豇豆撕去茎；丝瓜先切成圆圆的几段，再用小刀伸进去剜一圈，瓜皮和瓜肉自然分开……若是哪家大伯或者婶婶在田地头的河里摸几把螺蛳，中午吃饭时，小巷里就会传来吸螺蛳的"嗦嗦"声……

一场秋风几场秋雨过后，小巷安静下来。孩子们上学，大人们在田间劳作。小巷只有在孩子们放学后才开始热闹，几家孩子会围在一起剥烂棉桃，剥完自己家的，再去给没剥完的人家帮忙。那时没有自来水，大人们从田间回来，就去水码头挑水。"丫头，往旁边挪一挪，别洒你身上。"小巷里不时传来挑水人的吆喝声。

偶回老家，坐在小巷，不禁想起平和华两个表弟来。姨娘家平时玩大船,平寄住我家,跟着教书的父亲在他的学校上学。平比华大了两岁,那年暑假华来我家玩。有一次,两个人早上起来抢洗脸盆洗脸。平大一些,华自然抢不过他,气呼呼地跑出堂屋。没一会儿,华却又笑嘻嘻地跑进来,一边笑,一边得意地说:"我也洗好脸了,还比你洗得快活呢!"妈问他在哪洗的,他伸手朝厨房一指说:"在大水缸里洗的呀!"妈妈哭笑不得。那天,妈妈挑着水桶在小巷里来来回回好几趟……

年前几天,小巷来来去去的人会多一些,村里的大伯叔叔来我家,手里拿着红纸,在小巷里遇见互相打着招呼:"你也是来请周老师写对联的啊!""是啊,你家已经写好了!"父亲那几天就忙着裁纸写对联,妈妈也不指望他帮忙,一个人忙着家里的事情。一直忙到除夕下午,我和父亲才开始张贴对联,父亲拿着对联站在长条凳上,我端着面糊盆,站在巷子里,一边呵着手,一边指挥着父亲:"向上点儿,向左点儿……"

不知哪年,小巷里一起长大的姑娘出嫁的出嫁,进城的进城,先后都离开了小巷;不知哪年,小巷里在世的叔叔婶婶都做上了爷爷奶奶、外公外婆;不知哪年,小巷里铺上了水泥石板,家乡兴起了迎会……

迎会的日子在每年的正月十八。舞龙、舞狮、挑花担、打腰鼓……退休的父亲不仅负责拉二胡,他还是节目的导演。有些小型节目就在我家天井里排演,那段日子,小巷里经常传来悠扬的胡琴声。老爸动员妈妈参加了腰鼓队,傍晚时分,小巷人家炊烟袅袅,勤奋的妈妈一个人在庭院里练习打腰鼓,"咚呛、咚呛、咚咚呛、咚呛……"的打鼓声传遍了整个小巷。

父母这些年都住到了城里,我也难得再回老家了。有时在我的梦里,那条小巷,砖还是那么绿,人还是那么亲,情还是那么暖……

4. 大妈学车记

沈玉年

2019年的一天,有个熟人对我大谈老了会开车的好处。在他热情鼓动下,我仿佛看见自己驾着爱车成了自由飞翔的小鸟。脑子一热立马交钱报名。之后长达三年的学车经历,让我一度怀疑,这个熟人一个劲地鼓动我这老大妈学车,是否不怀好意!

初入驾校,全是小年轻。教练声色俱厉。一个小伙子操作失误,被他打了一下手,看得我心慌。在他严厉目光注视下,我手足无措,反应本来就慢,偏偏他语速奇快,我听得云里雾里,方向盘都没拿稳,他一句"先看别人开,晾一边去"。看了好久,我毫无头绪。我想,有的是时间,三年呢,就把学车搁一边了。

拖到2021年年初,再不学就到期了,心疼几千块钱,学吧!岁月如流,之前的教练已离开,新教练脾气好,就是人生感悟特别多,一边练车,一边听他说,有些分心。我们这一组的学员是几个奔五的妇人,我这年纪,自动荣任她们的老大姐。三年没敢来,来了,反应更慢了。每有失误,教练总要进行一番深刻批评,我被打击得体无完肤。这批女学员也不算多灵巧,大约想从我的失误中找点儿信心,教练一批评我,她们就发笑,搞得我只想尽快约考。科目二,第一次考毫无悬念地挂科了,第二次,安全员瞄了我一眼,冒了句:"这么大年纪,还学什么车?"我立马泄了气。科目二,其他学员都通过了,我只能心疼地抱紧自己!

自信心全面崩溃,放弃!可儿子说:"老妈你再试一次呀!"想到从小教育儿子知难而上,不轻言放弃,我不能光有言传,没有身教。痛定思痛,学车真的那么难吗?自我总结,是心态太差了,被环境左右了!找到原因,对症下药,果然,科二满分,科三路考更有了信心。那天,五人参考,我一枝独秀。看到他们唉声叹气,我感叹道：原来心态是决胜的关键！顺便说一句，理论考试是难不倒我这爱看书的老大妈的。

拿到驾驶证我喜不自禁，赶紧发朋友圈，但很快又删了。

车子提回来，坐在车上半天不敢开。清晨的阳光透过树枝的间隙，斑驳的光影洒了新车一身。每天光是看着车，心里就有一种喜悦，但又莫名有些胆怯。若新车就这般闲置，又恐老公说："驾本一到手，一天都等不得，买车买车，现在买回来了，咋不开呢？"

思虑再三，又上网恶补了若干上路注意事项，找来两张实习标志贴在车身上，我决定上路！

调好座位，先挂一挡，找找感觉。路上遇到一个女邻居，和我客气地打招呼，我不经大脑脱口而出："一起去兜兜风吧！"不料，她冒一句："你开这么慢，小心翼翼的，我不敢坐。"我羞愤交加，为了挣回点儿面子，果断地挂了二挡，虽然时速才十公里，但我感觉已是速度惊人，神经绷得紧紧的，双眼紧张地盯着前方……

开到顾庄十字路口，左转拐上311县道，有个不小的坡度，正值早高峰，人来车往，面前眼花缭乱，不由心慌起来，一面暗骂自己真会挑时间出风头，一面紧张地左顾右盼。不好！对面有辆车仿佛"杀"过来一般，完全无视我贴在车上醒目处的"请多关照"标志。慌乱中我一脚急刹，熄火！车子堵在路口，生怕被人埋怨，赶紧打火重启，但是车子和我唱反调，不向前跑，反而向后溜。我不敢再试，拉紧手刹，钻出车来求助。

一位小哥热心肠，果断钻进车内，一顿猛操作，然后，用不容置疑的口气对我说："你瞎开，把车开坏了！"

新车这么容易坏吗？又上来一位大兄弟，一看动作就是高手，不慌不忙中，把我的新车开向前，然后拐过弯，稳稳当当靠边。

本来是想把车开到戴南去的，现在，戴南是不敢去了。站在车旁边纠结：这车还开不开？正思想斗争呢，一个邻居过来说："才上路都会紧张的，别怕！我正好有空，给你做陪驾，壮壮胆！"一听这话，心里瞬间热起来。邻居是个名副其实的老司机，经常开车在甘肃和江苏之间来回跑。有他指导，顿时没了丝毫胆怯，我握着方向盘,踩离合,换挡……自己都感觉气定神闲许多。邻居还在旁边鼓励:"我又没帮你什么忙,车子是你自己开的,开得不差!"正说着,行至一个转弯口,我见路口没其他车,生怕有车冒出来抢道,猛一踩油门,车嗖地往前一蹿,我急打方向盘,然后便是一个传说中的"漂移"!

邻居显然被我吓了一大跳。平静下来后,对我正色道:"转弯没车也不能这么快!你不减速也就罢了,还加速!交规怎么考过的呀?"

昨天我又去兜风了,竟然想了句诗:春风得意马蹄疾,一日看尽长安花。大妈只要心态好,奔六一样夕阳红!

5. 十年之约

李树楚

刚退休，我就受到一所民办学校老板的盛情邀请。心想，身体尚健，就发挥一下余热吧。因而我背起行囊，来到了充满生机活力而又秀美的苏中第一镇戴南。走在车水马龙，行人匆匆的大街上，心中顿生愉悦之情。而校长告诉我教小学六年级时，我刚刚燃起的热情之火，又在慢慢冷却。因为我一直在教中学生，对中学生了如指掌，却不晓得小学生怎么去教育。课文中有些内容讲深了，这些"小朋友"肯定云里雾里。校长看出了我的心事，笑着对我说："你教一段时间，就会知道这些小学生有多么可爱。"我不置可否。

既来了，总不能做回头客。我想，从教中学改教小学，也不是不可逾越的鸿沟。只要真心爱学生，师生感情会融洽的，教学成绩肯定好。我对中学生总不苟言笑，中考结束时，同学们都对我说，上初三一年，中考后才第一次看到我的笑容！听着同学们的话，我心中泛起了一阵酸涩。现在教小学了，要不要这样呢？开始，我也承想要严，要"冷"，不然这些"小麻腿子"要"翻天"的。但跟同学们相处后，我发现，小学生单纯、天真、掏心掏肺，真的可爱。

沿袭了几十年的"不苟言笑"不能再继续了！我把笑容毫不吝啬地给了学生，语气温柔了，交流热情了。从那以后，班上欢声笑语多了，下课后和活动课时，同学们小鸟般地偎依在我身旁，问这问那，真应了一句俗语：锅不热，饼不靠。我班上近四十个学生，四川两个，云南两个，吉林一个，安徽四个，河南八个，江西两个，外省学生有一半。这样五湖四海的班级，我想必须一视同仁，绝不能厚此薄彼，因而我把爱的阳光雨露，洒给了每一个学生。全班紧紧地团结在我的周围，一呼百应。

真诚的爱，总会有回报的。我家离戴南四十里，周日下午去，竟然有学生在校门口迎接，后来越来越多。有时，全班一个不少，我当然及时制止了。星期天下午，是我们师生最快乐的时光。我跟同学们一起下棋，一起打乒乓球、篮球，踢足球，我们唱歌、跳舞，什么活动都搞。同学都盼着星期天下午的美好时光，我也非常盼望。星期天下午，像磁石般吸引着我们，真的好像把我们师生情发酵成浓郁芳香的一坛坛美酒。

　　同学们爱我越深，我更视同学们为己出。班上有几个后进生，寄宿在学校，下晚自习后，我把他们留下来，继续辅导。我虽教语文，但数学也讲，英语照样为同学们听写、默写。经过几周的努力，后进生都有了进步。后来，有几个好学生下晚自习后，躲在教室外不走，也要参加，我默许了。最后，近三十个寄宿生，都不想走。大多数同学说："我们不一定要您辅导，只因为跟您在一起，就有说不尽的快乐！"

　　"六一"儿童节前，学校要求各班准备三个节目，我在班上一宣布，全班沸腾了，都要我尽早确定。我自编了一个相声，内容是尊老爱幼，又改编了小品《三打白骨精》，到网上买了金箍棒等表演用具；还选了一首歌《父亲》。在排演过程中，说词，动作、表情等反复推敲，手把手教同学们动作，同学们都佩服不已。《父亲》的歌词内容，我多次解读给同学们听，讲父爱如山，讲为什么说父亲是我们登天的梯，为的是使同学们唱出真情。同学们唱着，唱着，都流下了感恩父亲的热泪。会演结束评奖，我班三个节目都是一等奖！

　　有春风必有春雨！有的同学学习退步了，我立即帮找原因，耐心补讲；同学家有不幸事，我竭尽所能帮忙，给他以温暖；哪个同学思想上误入歧途时，我苦口婆心教导；谁身体不舒服，我看医拿药。我身体不适，全班同学，同样围绕在我身旁，帮忙到食堂打饭菜，并瞒着我，买了许多水果；放学了，扶着我去宿舍。爱的暖流，在师生间澎湃着。

　　毕业的脚步越来越近了。天天有同学问何时拍毕业照，我说快了，同学们预定了很多拍照方案。拍的那天，每个人都跟我单独拍了一张，还有跟班干部的合影，也有跟外省同学的合影，一共拍了几百张,直拍到中午放学。不少同学还做了造型,我们师生真是亲密无间!几百张照片见证着真挚的同学情、师生情。最后几周,班上纪律出奇好,同学之间从不争吵,彬彬有礼,互助互学,情同兄弟姐妹。此时,同学间、师生间不忍分离的种子已深深地埋在心中。

  同学情,穿越了时空,胜过了血缘,师生情更是跨过了年龄代沟。我每天很早就到操场小跑,全班寄宿生也起来不少,悄悄跟在我后面跑;我跑好后,到教室里看看书,同学们也跟去读书,真赶不散啊。有时候我早晨跑步后,在教室后面的小河边看书,同学也默默地坐在我身旁看书。我告诉同学们:"孔子看着小河的流水,曾说'逝者如斯夫,不舍昼夜',意思就是时光如同这日夜不停的流水,一去不复返。因此,你们要格外珍惜时间。"同学们都看着我,重重地点了点头。不少同学说:"老师您的教导,我们一辈子不会忘记。"此时,我们师生间的关系,真的如热恋中的人一样,如胶似漆,形影不离。

  情至深,怎忍离?因而同学们经常问我,学校为何不办初中?要不然,我就能到戴泽初中再教他们三年,那该多好啊!我说不可能的!这时,好多同学,泪花闪闪,动情地说:"老师,我们真的离不开您啊!"真是情至深,言恳切。只有最后两周了,同学们纷纷要我在毕业纪念册上,写分别赠言,我一一用心在写。那时同学们谈得最多的,是师生马上要分别了,外省不少同学要回去上初中,从此天各一方,因此全班笼罩了一种忧伤的气氛。我说:"我班同学来自五湖四海,这一分别,可能一辈子都遇不到了,大家好好珍惜吧!"其实,我更舍不得师生分别啊!说罢,有个女生突然哭了起来,然后,全体女生都哭了,男生也跟着哭,全班哭成一团。这情势我始料未及,立即思索如何才能让同学们再相遇。我一会儿在教室里踱步,一会儿眺望窗外。"有了!"我大声道,"同学们莫哭,有办法了!"同学们一听,立即停哭了,问何办法。我说:"你们初中三年,高中三年,大学四年,整整十年。现在是2017年,十年后的2027年8月1日,仍在我班教室集中,不见不散!"同学们一听,短暂沉默后,立即鼓掌,都破涕为笑了。

太阳花

　　分别的这一天终于到了,那天下午考完试,同学们怎么也舍不得走,大家都说了许多动情的话,教室里一片啜泣声,我更是难过万分。但我要镇静,不然局面难以控制。这时,班长在黑板上写下了四个大字:十年之约!教室里又响起了热烈的掌声。加上我的多次劝说和庄严承诺,同学们才泪眼婆娑,一步三回头地离开了教室。这是我教了一辈子中学都未曾遇到过的情景,它将永远闪耀着真情的光芒。

6. 善念与善行

周春根

　　古语云："人之初，性本善。"就是说，每个人来到人世间，都有一颗带着善念的初心，只是因为成长的环境不同，境遇不同，或多或少改变了人们心底的善念。有的被无限放大，正能量满满；有的则会与初心背道而驰，甚至仅有的一点儿善念也被彻底磨灭。

　　近墨者黑，近朱者赤。和什么样的人在一起，在一个什么样的圈子里，必然会影响我们的认知，促进我们的感悟，决定我们是个什么样的人。值得庆幸的是，我就身处一个非常优秀的圈子，身边有一群善良又极富爱心的人，这个圈子，其实就是一个微信聊天群，乡土作家王玉兰创建的阿紫文学沙龙群。

　　群主就是王玉兰大姐，虽然她是一位出过几本书的作家，但是用她自己的话说，本质上还是一名文学爱好者，是我们这个群体中的大姐，带动和鼓励大家业余写作，并提供阿紫公众号平台，无私帮助初学写作者登上属于自己的舞台。不要看她平时说话大大咧咧，嬉笑怒骂，然而，在大是大非面前很有原则，提出来的指导意见很有领导气概，对群成员的思想观念提高有着决定性作用。事实上，其个人魅力修养，也确实赢得了群里所有人的尊敬和推崇。

　　群里的夏所珍大姐，以及编外群员夏姐的丈夫马桂荣先生，都是乐于助人热心公益的楷模，分享的各种捐助帮扶活动，晒出来的爱心超市日常工作情景，以及他们所倡导的人生观、价值观，往往让我们在敬佩之余，非常欣赏和感动，相处时间久了，慢慢地，成了我们心里学习的榜样，暗夜里的光亮。

　　每个清晨分享早安心语的沈培林老师；文质彬彬、博学多才，关键时刻出来指点江山的华正堂老师；孝顺老人、乐善好施、感性又有才情的华九红姐姐；心地善良、心怀感恩、助人为乐，同时常年致力于关爱救助流浪动物的周丽华女士,以及很多很多心存善念、践行善行的老师和文友们,总是感动着我,影响着我,成为我平时工作生活中的良师益友。

前不久的一个星期天下午,休息在家的我接到领导电话,临时去公司安排一位新员工住宿。这是一位来自甘肃的女大学生,瘦小的个子,衣着朴素,比较文静,初来乍到的她,显得很拘谨,手足无措的样子。也许是第一次出门打工,远离父母和家乡,面对陌生的环境,有点儿无所适从。那怯生生的样子,看上去很让人心生怜悯。

带她到女生宿舍楼,参观介绍了几个员工宿舍,供她选择。出乎我的意料,她并没有选择住宿人员是与她年纪相仿的房间,而是挑了一个住着几个相对年纪大些的,属于阿姨级员工的宿舍。悄悄问其缘由,答道,那房间里几个阿姨笑眯眯的,人很热情,看上去就面善。

安排好她的床位和衣橱,关照了一些注意事项,我注意到她行李不多,便多问了一句:"你的被子铺盖呢?"当得知并没有从家里带来,刚到厂里报了名,还没来得及买。准备回家的我突然想到,已经是傍晚了,如果她待会自己去街上买,肯定不认识路。于是便提议,我反正也要回家,可以顺便带她去镇上。虽然我特地送她去得绕一段路,但至少她买完东西回来时,能认得路,天黑之前能回到宿舍。

到了镇上,告诉她在哪些地方买生活用品和被子铺盖等等,又再三交代她回去怎么走,多注意安全。准备回去的我还是不放心,又停下电动车叫住她,把手机号码给了她,让她存一下,有啥事需要帮助,随时随地可以联系我!

第二天早晨,快到厂门口的我,又遇到了从宿舍区往厂区走的小姑娘,远远地看见我电动车骑近,就大声喊:"周叔早!谢谢你啊!"说完,又像是发现了什么似的,"周叔,原来你回家和去镇上不顺路啊!"我冲她笑了笑,点了点头,说了声,"还好,也不远。"

一声周叔让我感到很亲切,也很开心,"赠人玫瑰手留余香",

举手之劳就能得到别人的赞美和尊重,也许还能将这份善念继续传递,何乐而不为呢!其实,善念是初心,善行是体现,从来不会因为个人能力大小,而否定善行的本质。一个善意的微笑,一句温暖他人的话语,一件力所能及的小事,一颗温柔以待的初心,都是善念,都是善行。

"心存善念,必有善行,善念善行,天必佑之。"同一个世界,同一个蓝天,心存善念的人越多,积极投入善行的人越多,世界就越美好,人与人之间,国家与社会,就越和谐。

7. "哭鼻子"也有好处

蒋仁乐

一堂《心曲》的作文课刚下,同学们便飞似的向操场奔去。

我班下一节课是广播操队列训练的体育课。课已上了十多分钟,我习惯性地从办公室走向班级,好想安静地坐下来批改学生的作文。还没进门,隐隐约约的哭泣声就从教室里传入耳际,我快步走进教室,发现几个女生坐在自己的座位上泪流满面,见到我更是如泣如诉:

"班主任呀,体育老师太不公平了,说我齐步走时,膀子没有甩到位,影响整体形象。"

"也真是的,这老师太武断了,只一次向后转,转慢了,他就叫我下来了。"

一向腼腆的蒋小丽也不顾脸上的泪水,抢着说:"单老师他耳朵太灵了,他竟然听出我的'1、2、3、4'口令没大声叫,硬是把我叫出来,你说气人不气人!那我以后体育课就不上了。"

"三个姑娘一台戏",面对三位女生声泪俱下地述说着心中的委屈:原来她们不经意间被老师从广播操队列训练中淘汰了,又欲辩不能。当时的氛围,我很清楚,她们都想为班级争光,这积极性可鼓不可泄。我只好先稳定她们的情绪:"你们不愧为我们班上的女中豪杰,班上有你们这样好强的女生,不愁这次比赛拿不到名次呢。听我的话,先把眼泪擦干净了,我带你们归队,我要亲自查看你们究竟怎样!"

于是我带着她们走向操场,体育老师也晓得了我的用意。她们终于又在体育老师的口令声中按部就班地训练上了。我站在一旁,她们仿佛更加认真了,也更加投入了,丝毫不敢有半点儿马虎。你看,张小慧同学看着我竟破涕为笑了。

放学前，我又把这三位女同学找来谈话，肯定了她们为班级争荣誉的精神是可嘉的，同时指出"哭鼻子"是没有用的，只不过老师对她们要求严格罢了，指责老师也是不对的，应多多地反思自己的不足，才会有更大的进步。"今天的体育课，你们一定受益匪浅。心中有不平，老师也体谅你们。今晚你们回家把事情的真相、心里的变化过程记下来，也算是又一次完成了《心曲》习作吧。"

第二天早上，这三位女生到校的第一件事就把各自的《心曲》交给了我，我很快地进行了修改并面谈了有关过渡与点题的要点，再几易其稿，最后把《谁之错》《老师啊，我们多么需要你的指导》《我又长高了》三文印成范文发给全班同学传阅，并向报刊投稿。时隔几天，第一篇见报了。其中两篇还在市征文比赛中得了优秀奖。对此，我在第二次《心曲》作文评讲课上，因势利导地对写作中如何获取材料做了细致地分析。之后，我深情地说："经历就是财富，能把经历及感受如实写出来就是进步，有时'哭鼻子'也有好处的。泪水，也可以是写作的源头！"同学们听得频频点头称是。

是啊，现实生活使学生尝到了作文的甜头。生活处处有语文，这样的事不胜枚举，俯拾皆是。学生既发泄了难忍的心痛，又能使师生间互相理解。这样，既解决了成长生活中的矛盾，又使学生的心灵受到了净化。用自己经历的原汁原味的事来教育自己，提升自己，何乐而不为呢？真情实感的作文来自亲身经历，那就要善于发现和引导学生，热爱生活的每一天。其实，这也是尽了一个语文老师的职责。

8. 替鸟雀求情

成小玲

国庆节回到老家,我迫不及待地往蟹塘跑。谁知,刚跨上圩堤,冷不丁,头顶被什么"弹"了一下。用手一摸,才发现蟹塘四周的半空中,被围上了一种细如发丝的尼龙绳。公公告诉我,这是对付那些麻雀和野鸟的"秘密武器"。

公公是个勤快的人,种了一辈子庄稼,几年前乘上了老家养殖螃蟹的"顺风车",将自家几亩责任田开发成一框蟹塘养蟹。人勤地不懒。同时将蟹塘周围的边边角角种植了油菜、大豆、玉米……蟹塘前还有一亩地,是他们老两口的口粮田,春种秋收。眼下,又快到稻谷成熟的季节,丰收在望。然,树大招风。与此同时,鸟雀们也敏锐地嗅到了空气中飘荡着稻谷快要成熟的味道,麻雀在稻田上空的电线杆上"弹"起了琴,那是一曲欢乐的大合奏《庆丰收》;捷足先登的黑雀在稻田边横冲直撞,呼朋唤友;而不甘示弱的野鸽子也徘徊在稻田边,准备瞅准机会一哄而上……

公公便与它们斗智斗勇。于是,稻田就出现了围成圈的稻草一家人:有憨态可掬的洋娃娃,有头戴斗笠的怪老头,有顶着方头巾的老婆婆……我还看见我的一件红棉袄,被填上稻草,变成了我的模样伫立在田头,站岗放哨。阵阵秋风中,我仿佛听到了稻草一家人在吆鸟赶雀,大呼小叫,双臂挥舞。不过,这像模像样的稻草一家人却没有骗过那些狡猾的家伙,鸟雀们很快就识破了公公的"诡计"。在稻草一家人众目睽睽之下,它们明目张胆地偷吃稻谷,直到肚子溜圆,才施施然飞走。

这些鸟雀简直成了精,不但偷食稻谷,更可气的是,它们可识货了,居然专挑糯稻吃,每年种植的糯稻几乎被吃个精光,害得连我们过年回家都没有汤圆吃了。

为了对付这群可恶的"窃贼",公婆真是伤透了脑筋。去年破天荒种植了新品种——黑稻,外壳坚硬,连米都不好碾,每次都把人家的碾米机弄得像掉进了污水池里。果然稻谷快要成熟时,那些"坏家伙"还是一脸的茫然和疑惑:不知这黑不溜秋的东西是何物?黑雀和野鸽子如同蒙了圈,随处可见惊慌失措的身影,而麻雀天天在电线杆上开会,叽叽喳喳,也没说出所以然来。可是,公公没能得意多久,就在他磨刀霍霍,跑到地里却遭遇了当头一棒。只见鸟雀饿疯了似的,纷纷啄开了黑稻坚硬的壳,里面的黑米却是如此香甜可口。

此时此刻,我仿佛看到了鸟雀们欢呼雀跃,大快朵颐,还恬不知耻地调侃:"老人家啊,你根本骗不了我们。"

"呼啦,呼啦……"鸟雀一群群,乌泱泱,纷纷偷食农民的劳动成果。它们什么都吃,除了吃稻谷、吃麦子、吃玉米,连豌豆和黄豆都不放过,用锋利的嘴巴啄开了厚实的荚,就能吃到里面鲜甜而多汁的果肉。鸟雀偷食果树的果实更厉害,我妈的柿子还没完全成熟,就被糟蹋得面目全非。气得我妈恨不得跳起来,拍着屁股大骂……

听了他们对鸟雀的"控诉"后,我并没有大惊小怪,唯鸟雀是问,而是将心比心,替鸟雀发声。其实也不能全怪鸟雀,因为生存受到了威胁,以前这里都是成片成片的稻田,它们有吃不完的虫子。可现在农田都被开发成一汪汪白花花的蟹塘,虫子没了,何以果腹?

我劝过了妈妈,又劝公公:"鸟雀是我们人类的朋友,怎么能让它们饿肚皮呢?我们都不在家,你们老两口也吃不了多少粮食,就让它吃吧,毕竟还是你们收得多。庄稼不收,年年种!"

我替鸟雀求起了情!"苦大仇深"的公公终于释然了,当场卷起了尼龙绳,收起了对付鸟雀的"秘密武器"。

置身乡野,一眼望去,广袤的天地间,好一派生机盎然,鸟雀自由而欢快的身影无处不在:半空中的飞鸟犹如渔人撒出的网,一会儿张开,一会儿收起;蟹塘里长腿白鹭,亭亭玉立,孤芳自赏;麻雀、黑雀、野鸽子宛若快乐的小精灵,起起落落,喧哗了寂静的大自然……而有着空中隐者之称的布谷鸟,不见其影,只闻其声"咕咕咕,咕咕咕……"

9. 我家的猫

王 兰

从小到大,家里不知养过多少只猫,记不清,也就不能说出准确的数字。父亲不喜欢猫,母亲喜欢,二十世纪七八十年代,家家基本都养猫,为了保护粮食,为了防止衣物被老鼠咬坏。

我喜欢猫,姐姐不喜欢,记得当时家里养了一只猫,天冷的时候,总是喜欢钻到我的被窝里睡,有一次我和姐姐故意调了个方向睡,谁知夜里猫还是睡到了我这一头,多么机灵的猫!记得有一次家里养了一只猫,后来吃了人家药老鼠的诱饵死了,我伤心过度还写了一篇《祭猫文》,虽然文采一般,但是有日期,有拼音,有英文,最重要的是有日记为证。贪吃害死猫,这就是人们常说的馋猫。1989年,哥哥三十岁的时候,我们一家还把猫从兴化带到了高邮,虽然现在想不起来为什么带猫去做客,又是如何带过去的?那是一只阴阳脸的猫,不好看,甚至是丑,但是这只猫擅长捕捉老鼠,比较厉害。

后来成家了,到泰州了,住进了商品房。养猫不方便,那个时候不像现在有猫砂,解决猫的大小便不方便,也曾经养过一只,就是因为猫的大小便不好处理,送给了乡下的亲戚。

到了女儿上大学二年级的暑假,农历的七月初七,一家三口在小区里走,看到了一只小小的流浪橘猫,可怜又可爱,全家都动了恻隐之心,我们就把它带回了家,并取名七夕。

这只橘猫陪伴了我们近两年,养得膘肥体壮。但是它很聪明,大小便会喊人开门出去,出门玩耍也会叫人开门,夜晚出去也会叫人开门,早上回来了,也会在门外喊人开门,我晚上在小区遛弯时,它总会跟在我后面走,奇怪的是它跟踪的范围就在小区里,只要我出了小区,它也就不跟了。

2017年的元旦后,这只猫早上出去了后就再也没有回来,数九寒冬,据说好多人猎捕猫当羊肉卖,又据说猫发情会跟猫跑了,我倒是情愿它是找对象跑了,找不到回家的路了,反正我找了好多天都没有找到。

到了2018年的3月,老公的朋友带了一只猫给我们,这是一只英短蓝猫,其实应该叫灰猫,因为它是灰色的毛,短短的腿,短短的尾巴,黄眼睛,黑鼻子,我们给它起了个很洋气的名字——维尼。

这是一只很奇怪的猫,之前养的猫,什么都吃,尤喜鱼虾。但是维尼只吃猫粮,三文鱼都不吃,满桌子的山珍海味只是瞧瞧而已,闻都不闻。

更好玩的是它会发出各种声音(可能之前的猫我也没有仔细观察过),要吃饭的时候绕着你的腿叫是一种声音;在阳台上听见鸟叫,抖动着胡须发出一种想抓抓不到的无奈的叫声;如果你抱着它,它又很不情愿就会发出埋怨的叫声;出门一天,你回来了,它就会喵喵直叫,开心极了。

维尼很会玩,一个小小的纸团能玩半天,又很淘气,会搞破坏。我们家的大花瓶、双面绣被它跳来跳去弄坏了。它又会搞突袭,常常我们在家走着就会被它扑上,手脚被它抓破是常有的事,每当遇到此情景恨不得揍它一顿,扔了它。

可是一看到它一脸的无辜,有些淘气,生机勃勃,如此可爱,我又怎会生它的气?又怎舍得扔了它?它让我们不寂寞、不孤单,我们陪它一起变老。

10. 一口铁锅

张三凤

我喜欢烧菜，经常在群里发图显摆。今天我把炖的野生鲫鱼汤拍成小视频发到了群里。文友们看了都打趣我，一位细心的文友说："鱼汤没有什么特别的，倒是铁锅看着有年代了。"说起这口铁锅，还真是一言难尽。

2002年开春，闺女刚出生，婆婆让我们分家另过。一亩三分地，三间"鸽子窝"，是我们的全部家当。村里的年轻人大多出去打工，我也不想安于现状，靠这一亩多地熬日子，觍着脸，找到邻居小包，好话说了一箩筐，他终于答应带我们去上海干工装。

去上海，要先坐帮船到溱潼，然后乘长途汽车，一个人路费三十多元，丈夫在庄上转了半天，回来后愁眉苦脸告诉我，只借到十几元。

人家好不容易答应带我们去，这个机会不能就这么浪费了，我心急火燎地骑着自行车回了娘家。妈妈把我拽到一边，悄悄塞给我一把钱。妈妈说："别嫌少，出去好好干，别苦了自己，想家了就回来。"

我噙着眼泪，没在娘家吃饭，一只手抓着车把，一只手紧紧地捂着口袋，路上还摔了个跟头。回到家，顾不上洗手，急忙摊开母亲那一把零钱，一数，一百零二块一角。我泪如泉涌。

初到上海，举目无亲，睡在工棚里。透过工棚顶上的窟窿，看着满天的繁星，思念在老家的女儿。为了省时间，多干活，我们决定在工地上自己煮饭，可是又舍不得置办炊具，就用吃饭的盆子放在炉子上当锅。有一天，一个工友告诉我，工地角落里有一口铁锅，生了锈没人要，你去看看能不能用。

我一听，立即丢下手上的活，果然在工友说的角落里找到了。

拿回来后，洗洗涮涮，很好的一口铁锅。从此以后，搬到哪儿，既用它煮饭，也用它烧菜。有时活儿忙，就烧一锅粥，肚子饿了，就去喝一碗，接着再干。

为了多挣几块钱，没有一点儿木工基础的我，跟着孩子他爸，学会了使用电锯，学会了钉模板、安装家具，只要是男人们干的活，我样样都行。工地装潢，泥瓦、水、电、油漆、木工都是分批进行，每隔几天就要换场地，换一次场地就要搬一次家，带着所有的工具，加上随身的行李，前驮后背，穿行在繁华的都市，非常不便。为了带齐挣钱的工具，有时候连棉被都狠心扔了。记得有一回，我蜷缩在防水垫之中过了一夜。只有这口铁锅，我一直带在身边，因为人总得吃饭。

后来，工作终于稳定下来，收入也有了提高，为了不再过担惊受怕的日子，我们在外面租了一间很小的平房。我们有了安身之处，铁锅也有了安身之处。白天小屋像个火炉，黑夜里耳边是嗡嗡作响的蚊虫，但只要铁锅中能盛出简单的饭菜，肚子填饱了，我依然会很快进入甜美的梦乡！

二十年过去了，这口铁锅跟随我，从上海到苏州，从苏州到无锡。如今，又从无锡到了常州，一路颠沛流离，我已和它结下了深厚的感情。我想，我永远都不会扔了它。我要把它当作传家宝，传给我的孩子们。

11. 乡村码头

张友良

　　村庄上有许多小砖砌的码头。东码头对我来说，是我最喜爱的玩乐场所。

　　时光的胶片倒回二十世纪七八十年代。那时，东码头水流潺潺，河水清澈，站在河边能看见河里的水草和碎瓦片。河岸上栽着好多树，婆娑的树影倒立水中，俨然一幅清新的水墨画。枕河的人家在码头上淘米、洗菜、洗衣服、拉家常，淘米后的米浆水，引来了小鱼，在水里游来游去，仿佛在倾听码头上人们的畅谈。人们聚在码头上，享受着劳动后的清闲，蓝天、白云、小桥、流水，是我心里永远的一幅画，安静且祥和。

　　码头岸上有一座草房子，住着"五保户"允宽嗲嗲。草房子低矮，差不多只比一个大人高一点儿，房子里黑乎乎的，显得有些神秘。允宽嗲嗲平时喜欢讲一些神鬼传说，神乎其神的。我的好多同学说看到他家有个会法术的白胡子老头。我就感觉到那莫名的害怕和好奇，一直不敢去他的家里，经常站在东码头边，对着他的房子看，希望能看见那个白胡子老头从草房子里走出来。

　　东码头是钓鱼的好场所。我从爸爸店里拿一根二号针，放在煤油灯上烧红，用老虎钳子弯成鱼钩，再找些线，找根芦柴，找两支鹅毛，就做成了简易钓具。到草堆角落里挖些红蚯蚓做鱼饵。准备好这一切，我把鱼钩放到河里，坐在码头上的阴凉处，静静地等着鱼儿咬钩。随着鹅毛浮标猛地一沉，往上一提，准有一条虎头鲨在鱼钩上扭着身子。爸爸从华庄拿货回来看见了，说我不会游泳，不能在码头上钓鱼。一旁比我大两岁的曹登山听见了，说他可以教我游泳。

　　第二天吃过中饭，东码头上有好多人在游泳。曹登山让我回去拿来一个塑料的面粉袋，他把面粉袋子装满了空气，袋口一扭，做成一个大气球,让我抓住袋口下到河里去游泳。我来回地在河里游着,登山一直在我旁边。半小时后,我和登山坐到码头边休息,他问我怎么样,我说他的发明真好,游泳真简单,脚拍拍水就向前进。

休息了一会儿,登山让我抓住袋子,我游到了河中央。忽然,登山把袋口扎破了,空气很快跑光了,我把头埋在水里,两手拼命地向后划,两脚拼命地蹬,游到河那边,呛了几口水,好一会儿才回过神来。我不敢再游了,登山鼓励我说:"你游得挺好,没有沉下去。你是勇敢的,再游一回,我保护你。"他的激将法成功了,尽管我只有九岁,但我不是胆小鬼,我要让爸爸妈妈放心。我全身似乎来了力量,我又下水游了一个回合,登山始终在我旁边保护着我。那时他也是一位孩子,居然一个小时的工夫就教会我游泳了。

对岸的了嗲嗲经常默默地看着码头不说话。他原本是个大和尚,他对佛学有很深的研究,是位大师。那时他已经不在庙里念经了,在生产队的猪场里负责养猪,还要烧茶送到田头,平时一点儿也闲不下来。他有一位好徒弟,在中国香港某大寺庙做住持,一年要写好多信让他去那里。他回信说在曹兴大队习惯了,人也老了,哪儿都不去。他的信件都在我爸的双代店里代寄送,我有时送给他,了嗲嗲摸摸我的头,笑着给我一块薄荷糖,然后把信放到桌子上面。我猜想他是想等到夜深人静的时候,再读他徒弟的来信。徒弟的出息,是他最大的欣慰。每次来信,都让他感到满足。分田到户后,生产队解体,了嗲嗲没事可做,回到了他自己的家乡。我有时站在码头上,向那边看,似乎看到了嗲嗲传奇的人生,神秘而深奥。

今天我给爸爸的小商店送货。现在,我爸不需要再从码头上撑船到唐刘或华庄供销社拿货了,需要什么就给我打电话。我把货送到后,一个人跑到码头上去看风景,码头还是那个码头,阳光照在小河上,洒上了满河的碎金,树木还是那些树木,树影倒立在水中,微风吹过,树影蜿蜒地往前游,却怎么也游不出树根的牵挂。

我仿佛又看见了码头上熙熙攘攘的乡亲,听见了温馨的笑声久久回荡。

12. 母亲的缝纫机

王 兰

母亲年轻的时候是裁缝,养家糊口的工具是缝纫机,也就是她口中的洋机器。

母亲那台蜜蜂牌缝纫机,使用五十多年了,比我还大一点儿,那时母亲怀着我,大着肚子,专门去了一趟上海,请住在我家的插队知青的亲戚买的。

这台缝纫机是母亲自己组装起来的,母亲至今说起,成就感满满。

出了月子,母亲就把我带到了她的缝纫店,家里和店里各一台摇床,方便照应。

这台缝纫机至今完好,放在老家,母亲有时仍然使用。

哥哥三十岁时,在高邮成家,母亲也买了一台蜜蜂牌缝纫机送给他,说这样她去高邮时方便给哥做衣服以及缝缝补补。

后来哥哥调到南京去工作,家也搬到了南京,缝纫机也一起搬去了。

嫂子不会做缝纫,当时省作协分的房子很小。这台缝纫机放哪里呢?他们想了个办法,把缝纫机当女儿的书桌。

侄女从小学开始就在这台缝纫机上做功课,一直做到出国留学。后来换了大房子,她又把电脑放在缝纫机上上网。

侄女在美国留学十年,读完了博士,回国发展,现在已经有了国家重点实验室,我们常调侃母亲,你的缝纫机上出了个教授呢。

2005年,哥哥又调到北京工作,南京的房子卖掉了,北京的房子还没装好,好多东西都搬到泰州我的家里,当然包括这台缝纫机。

缝纫机来到我家已经十多年了,已跟着我们搬迁了两次。母亲来我家,总会带一瓶缝纫机油,给她的缝纫机保养。

前不久,母亲又到我家来,这次除了机油还带了一把平口起子,说是花四块钱买的。

　　母亲先用起子把油口地方的螺丝拧下来,每个油孔都滴了油,再把螺丝拧上,然后一点点踩,由踩不动到踩得动,再到踩起来又不费力,看针脚是否均匀,听声音是否轻柔,母亲脸上笑着,嘴里说着,十分开心,哪里像个八十八岁的老人!

　　我一会儿给她拍照,一会儿给她拍视频,发到亲人群,立时,围观者、点评者、点赞者纷至,大家互动不休。

　　临了,母亲把缝纫机头放下,让它躺在机身内,说这是养油,让油充分吸收,不"睡"下,油就会滴跑。

　　我怎能不把这台蜜蜂牌缝纫机当传家宝呢?

13. 遍地尽是大闸蟹

成小玲

盼望着,盼望着,秋天终于来了……

秋天是个收获的季节,到处呈现出一派喜人的丰收景象,瓜果飘香。我的老家苏中里下河水乡,水网密布,丰沛的水资源更是养殖螃蟹得天独厚的自然条件,全国闻名,被称为"河蟹之乡"。

无论你走到哪,水天一色,框框蟹塘鱼虾成群,螃蟹家族如同千军万马,八足鼎立,挥舞着一双锋利的大螯汹涌而来……

难怪鲁迅这么说:第一个吃螃蟹的人是英雄!

(1)

春去秋来,转眼又到了一年一度螃蟹上市的时候。老家是养殖螃蟹的根据地,养蟹的、贩蟹的,纷纷闻风而动。公路边新开了不少收蟹的门面,家家做起了大闸蟹的生意。晚饭后,去隔壁的蟹店玩,发现老板是个陌生面孔,说着一口吴侬软语,原来是江南人跑到我们这里做生意了。

而他的老妈却是一口地道的本地土话。老人告诉我,"三年困难时期",她随父母背井离乡去江南讨饭,然后在那里落了脚,生儿养女。谁知,风水轮流转,如今儿子又返回了老家,做螃蟹生意赚钞票了。

(2)

所谓挑膏蟹,就是选蟹,挑选成熟的、饱满的、健壮的螃蟹。然后再给它们洗洗澡,戴上腰带和戒指,装进精美的包装盒。

挑蟹师傅不但要有火眼金睛,还要"心狠手辣"。除了看、捏,有时还要翻开螃蟹的肚脐,查看里面有没有油和膏?被翻了肚脐的螃蟹如同受了暗伤……

记得,二十多年前在上海铜川批发市场,灯光如昼,车来人往,遍地都是大闸蟹,物以类聚!有个"大块头"当场解包看货,只见他老练地抓起一只大雄蟹,准备翻肚脐……我的哥们儿老顾眼睛一瞪,怒斥:"你翻螃蟹的肚脐,也让我把你肚子翻开来看看……""大块头"被吓得手一哆嗦,那只螃蟹趁机挣脱了他的"五指山",逃之夭夭!

(3)

晚饭后,我跟着公婆去蟹塘捉蟹。借着锃亮的灯光,眼前出现了一幅妙趣横生的"螃蟹上岸图":圩堤上全是螃蟹繁忙而热闹的身影,有的对着拦蟹墙举起大螯,不断尝试"越狱";有的横冲直撞,企图寻找出路;有的你追我赶,呼朋引伴捉迷藏……蟹塘边咆哮着一股浑浊的水流,依稀可见螃蟹乌青的脊背,犹如千军万马汹涌而来。而那原本坚硬而平坦的圩堤,已被糟蹋得千疮百孔。

螃蟹本领了得,不光善于模仿,还善于逃脱,哪怕一丝缝隙,一夜之间,就会来个胜利大逃亡,消失得了无踪迹。据说,月黑风高之夜,遇到高大的障碍物,它们居然搭起了"人梯",猴子摘月亮似的,制造了一条诡异的逃生通道,然后神不知鬼不觉,逃之夭夭。即使集体摔倒得四仰八叉,也没关系,它们还会从头再来。

(4)

螃蟹上市,满城尽是大闸蟹,除了大小菜市场,各个专卖店,就连路边的修车店、小吃店、手机店、宾馆门口都卖起了螃蟹。但凡有兴化老乡,或与兴化有点儿拐弯抹角关系的生意人都跟风卖起来大闸蟹,技不压身,多种经营的同时还可以解解馋,让大闸蟹成为自家餐桌上的主角。

有熟人问我为什么不卖螃蟹,毕竟做了那么多年生意,熟门熟路。

我说现在的螃蟹质量千差万别,我不能保证顾客吃到满意的螃蟹……后浪推前浪,我已经不会卖螃蟹了,就让别人去卖吧。

(5)

一年又一年,在我的老家里下河水乡,养殖螃蟹犹如上演了一幕幕闹剧,几家欢乐几家愁!

我们的亲朋好友、左邻右舍都养蟹。我公公是个循规蹈矩的老人,以前"科学种田",现在又"科学养蟹",从水草、蟹苗、饲料,及为螃蟹求医问药的方方面面都一丝不苟,用他的话说:"天天把真金白银往水里撒……"国庆节期间,值得高兴的是,公公已经收回来了养蟹的成本,但塘里也没有螃蟹了。

而隔壁蟹塘早已人去塘空,亏本成了铁一样的事实,投资了十几万如同打了水漂。据公公说,他家的蟹塘曾经水肥草美,虾蟹成群。然而,就在螃蟹脱第四次壳时,仿佛一夜之间,所有的螃蟹都销声匿迹……

老公问养蟹蚀本怎么办?

我苦笑着调侃:"那只好寄希望于明年了,不是说,一年盼着一年好吗?"

14. 谈写字

陈凤如

我只读了几年书，对写字却情有独钟。

谈写字，有点儿夸大其词，我没有研究过书法，也没有系统地学习过，仅是喜爱而已。这些年来，为了生计，四处打工，没有工夫，也没有那份闲情逸致静下心来写字。写字，好似农民种地插秧。一汪汪水田就是一页页稿纸，手是笔，一把秧苗就是一段清秀的字，一棵棵从手中分出来，一棵棵地插入秧田，心神不宁，插下去的秧苗东倒西歪，不成行不成趟，犹似歪歪扭扭的字。心沉浸于田间，一行行秧苗间隔有致，齐刷刷地竖立于秧田，犹似清风出岫，看着美到心坎里。在我眼里，耕地的犁铧就是毛笔，满地光滑翻滚的泥浪，犹似落纸的云烟，行云流水，宛若一幅包孕天地乾坤的书法佳作。

我个人对写字有一点儿看法和心得。小学时，我就喜欢写字，凡是动笔的作业，都会工工整整地写满作业本。第二天一早，教室里还没人，我就端坐在自己的位置，等候上课老师检查作业，一双害羞的眼神，期待着老师的一番表扬。老师上课时就表扬了我，说我字写得好，当时，我激动得小心脏似乎要蹦出胸膛一般。其实，我的字写得不好！就是将字码得整齐，看上去整洁一些，根本不懂笔锋和结构，更扯不上书法。

中学二年级，每天下午都有一节写字课，平时写得还算规矩。记得有段时间，每次大字课都是随手涂鸦一通，交上写字本，写字余下的时间可以自由支配，那会很自在。受我的影响，班上居然也有十八位同学跟风。一次写字课上，语文老师将我的"书法杰作"在全班痛批了一番，然后再将受我影响的其他十八位同学，逐个地叫上讲台，站立在黑板前，以我为首，再分别编号为我的大弟子至第十八位弟子,我当着全班同学的面很是惭愧,恨不得就地钻入地下。所幸,当年我的十八位"弟子"中,他师从书法家邵希平先生,成了一位真正的书法家。他低调、内敛,从军几十年,仍坚持练字,并且在书法事业中取得了一番成就,在军界中具有很强的影响力!

我沾沾自喜,当年的"弟子"成了书法家,我很骄傲!

写字还是很重要的,尤其是在填写求职简历、笔试等重要场合,写字会直接影响到面试官对你的第一印象。写字好看,你就能够获得别人对你的好感,尽管别人可能不会说出口,但是心里还是对你加分的!

写字是一门禅学,坐下来排除杂念,读帖临摹,宛如一段劳苦心累的旅程;写字也是需要静下心来学习的艺术。现代的社会人心浮躁,能够坚持练字、写字的人实在不多。练字、写字能够给人带来内心的宁静,明志!

写字,写好字,用心写好字,能够给人好的印象,也就是我们常说的"字如其人",写字也能反映人的性格、习惯等。

当下,网络发展迅速,便捷的网络铺天盖地地进入了人们的生活,原本的生活节奏被搅得措手不及,手机语音、拼音取代了曾经的写字习惯。

一手好字,就是一幅赏心悦目的书法。书法是中国传统文化的瑰宝,也是中国历史文明发展的组成部分,举世无双。大家可以利用闲暇的时候去练练字,为以后到来的人生重要场合提前做好准备!

15. 追求

姜乐明

　　如今的生活，越来越便捷，网络让世界变得触手可及，几十年未谋面的，数十年无往来的，平常无瓜葛的，因为网络渐渐熟络起来。天南地北，联系也变得随心、畅达！

　　平常工作之余，总喜欢看看新闻、军事时事、地方经济、家乡报道。互联网发达，手机越来越智能化，功能越来越强大，QQ、微信、电话，畅游网络世界，信息纷沓而来。

　　微信朋友圈，慢慢地汇集了无数的朋友、家人、亲戚、合作伙伴，及一些多年的网友。

　　一次无意中地点击，看到了简书写作平台上姜广泰老师的文章，姜广泰老师和我同村，做过我小学的班主任。他已经入驻简书写作平台多年，发表了几百篇文章。

　　我们互加了好友，相互关注了。在他的鼓励下，我重拾信心，喜爱文学的梦想，又燃起了火花。喜欢一发不可收拾，姜老师是简书很多专题的编辑，把我的文章收录在很多专题，让更多的简友可以浏览到。就这样，我如饥似渴，贪婪地游弋在简书书海中，逐渐认识了更多的简友、文友。

　　网络拉近了距离，又在一次浏览家乡，互联网论坛点击中，我熟悉了故乡的作家——王玉兰老师。我不敢冒昧加王老师，就默默地关注着她的公众号，看着她贴近生活、接地气的文章，时刻关注她的文章动态。

　　在美篇中，一个邻村的华九红的文章吸引了我。看着文中熟悉的一切，我关注了她，没想到她很快回关了，当她看了我几篇文章之后说："老弟，我拉你进几个家乡的文学群，更好地学习交流交流。"就这样，我荣幸地成了"阿紫文学沙龙"群中的一员。

太阳花

　　在群里，我认识了更多的文友、老师，还有像我一样的草根文学爱好者。他们执着文学追求，正如夏花灿烂。袁正华老师，工程水电工，数十年笔耕不辍，终于在今年出版了《串场河边》散文集，一开售就被抢购一空，后续小说将陆续出版。草根文学，前景广阔。姜诗兰，人如其名，文字幽雅芳香，她写的文章被不少教授、老师点赞，相信未来她一定能走出里下河，芬芳溢翠！点击他们的美文、分享、点赞、评论、转发，我们的心更加贴近一体，融入这样的氛围，我很开心。

　　王玉兰老师的"阿紫文学沙龙"，有了自己的专辑，有时同题，我们时不时相互学习，文趣盎然，不少草根文友的文章被泰州晚报"坡子街"专栏刊发，还有文友的文章在省级平台刊发，好文呈愈演愈烈的趋势，文字之魅力，越发精彩。

　　网络之缘，文字相遇，和自己喜欢的一群人，一起追求，做自己喜欢的事，生活多了几分感动，多了几分向往，生命的意义就在于平凡中努力地追求。

16. 扭螺丝

夏所珍

在私人老板厂里打工的小姑子，不安于现状，找了个比挣工资多的门路，利用村里的闲人比较多的优势，到不锈钢厂里拿些螺丝和螺帽回来组装，既能比上班多挣点儿，又能方便在家照顾她九十多岁的婆婆。

说是村上闲人多，其实一点儿都不多，村上百分之九十的人（六十岁以下的），不是在外工作就是在外经商。所谓的闲人，就是村里的七八十岁的老大爷、老太太们，我的老母亲也是其中的一位。

父亲走后，就老母亲一个人在老家。弟弟也曾将她带到天津住过几个月，可她就是待不住，说她自己像个呆子，一天到晚吃了睡，睡了吃，不能做一点儿事。弟媳说："你都八十岁的人了，还想干什么？你就吃吃玩玩就好了。"侄子侄媳妇怕她心焦，隔个两天就带她到公园或是超市去逛逛，可老母亲还是天天念叨要回家，弟弟说："回家？儿子、孙子、重孙都在这，这就是你的家呀。"在老母亲的唠唠叨叨下，弟媳护送老母亲回到了家。弟媳临走时再三关照："在家你就吃吃玩玩，打打麻将，心焦了，就到你的两个女儿家玩玩，手机记得一天到晚放在身上，我们好找到你。"

有一天，小姑子打来电话："嫂子，你妈也来扭螺丝啦，我不让她扭，她还生气了，还不肯我讲给你听，我偷偷告诉你的。"听到电话，我立马打通了母亲的电话："妈，你在哪儿呢？""我在家吃饭呢。""那你吃完饭做什么呢？""我去陪你舅母打麻将，不大，十块钱。"我知道母亲在撒谎，立马打电话给弟弟，弟弟让我回家去说说老母亲。

吃过饭，妹夫开车把我和妹妹带回家。走近小姑子家，老远就听见有说有笑的声音，只见十几个中老年妇女，正围坐在台板边，每人面前一个小盒子，低着头认真地扭着螺丝。我悄悄地站在母亲的身后，用手搭在母亲的肩上轻轻地拍了拍。母亲一扭头，像是个犯了错误的小孩，立马从坐着的凳子上站了起来。我们姐妹俩默默地坐在母亲旁边，帮她扭起了螺丝，一时的僵局渐渐地缓解开来，仿佛一切又回到原先的样子，旁边的几个又开始有说有笑起来，母亲也时不时地插上两句。过了一会儿，母亲把扭好的一盒螺丝包装好，说："人多力量大，两个丫头帮了一下忙，今天的任务完成了，走，别扭了，回家去喝口茶。"

在路上妹妹说："妈，你这样劳神我们不放心，你收拾收拾，我带你到我家去玩几天。""在外面不要老担心我，你们自己做好自己的事情，趁现在我还'凶'，我也帮不上你们的忙，你们各家把各家照顾好就行。况且，我们一大帮老妈妈一起干活，有说有唱的，还省得有老年痴呆呢。"我对母亲说："要扭螺丝可以，你要抱着我们家儿女不缺钱的态度。一、不准起早带晚。二、不准跟人家比多少。三、保重自己的身体，感到吃力就不扭，但最好是不要再扭了。"妈妈连连点头说："你们放心，我自己有数，我现在能动，到了不能动的时候，你们一个也溜不掉。你告诉你弟弟，就说我已经不扭螺丝了，让他放心，你们也早点回去，各做各的事。"

母亲站在大门口目送着我们，当我走到巷子尽头，回头再看母亲时，只见她拿了件外衣往胳肢窝里一夹，又一路小跑往小姑子家的方向去了。

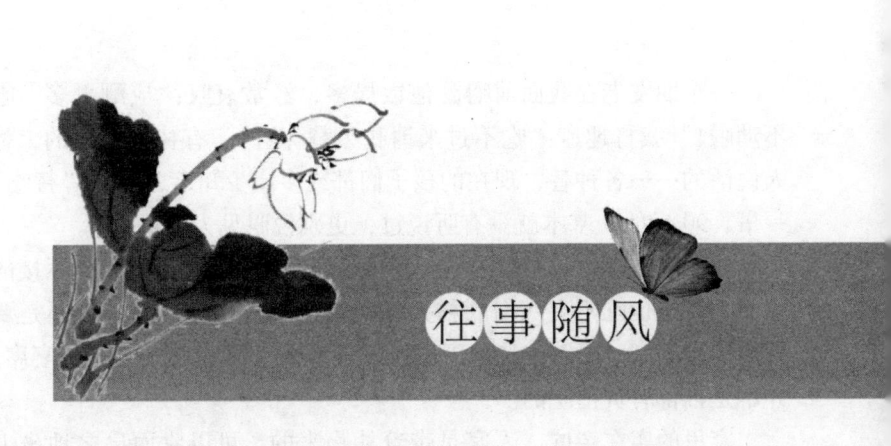

往事随风

太阳花

1. 替吃

王玉兰

一个朋友老在我面前嘚瑟他饭局多,经常哀叹:"应酬太多,吃不动啦!"我打趣道:"吃不过来请我去替你呀!"有替人干活的,替人说话的……各种替,现在的孩子们都或多或少知道,可是"替吃"一事,90后的人基本就没有听说过,更别说眼见为实了。

70年代的农村,物质生活很贫乏,有些人家,到了青黄不接的季节,连饭也吃不上。但农村人朴实啊,婚丧嫁娶,这些事还是要按规矩办酒席。尽管红烧肉下面衬的是萝卜,那"八大碗"的宴席,并不是谁都有资格吃的。

家里的实在亲戚,人家是带着礼物来的,可以堂而皇之地坐上席面,等到了正日子,一定要把大队干部请一下。前几天就商量好了,难得家里有事,不请到干部,事情就不算办得圆满。家境好的人家,会把大队一班人都请了,支书、大队长、会计、治保主任、民兵营长、妇女主任,请全了也就一桌人。家境不好的人家,商量来商量去,前面三大员一定要请。

于是男人前一天晚上就去约客:"支书,家里有点儿事,到亲戚了,请您明天中午去吃饭。"一面赔着笑脸,一面掏出一包香烟,递一根过去。

"明天中午啊?有空一定去。"支书给了准话,男人放心回家,告诉婆娘,约到干部了。

农村里办酒席,除了丧事不能选日子,一般的贺寿、贺搬、嫁娶,都放在农闲、春节前后。再说,请人掐算的"好日子"就那几天。于是,同一个大队同一天,就会有好几家摆酒席。问题就来了:支书大队长和会计,常常被约得双了档。吃饭的时候,究竟去谁家呢?有办法解决:找家里人替。那时候的农村,干部家虽然条件好一点儿，但也不是天天有肉吃。社员来请吃席，这个机会不能"作掉"，婆娘、孩子的肚子里，油水也不多。

社员都是实心眼的人，有约就有请。开席前，男主人就上门请干部，支书娘子说："不巧啊，今天和小队长家双了档啦。刚刚被他家拉去了。"其实男人在家里，婆娘就照应好了，今天有事的人家多，请不来支书就请个替吃的，反正也算请了他家，了个心事。于是，男人就顺口说，支书双档了，让她着个人去。干部娘子就说："好吧好吧，让大小子去吧，省得你心里不安逸。"干部娘子守在家里，后面还有一家要来请呢。

虽然是个半大孩子，但他是替干部老子来"把光"的，正桌子上的上岗子，必定还是要给他坐，不然这个客就是白请啦。于是，常常有这样的情况：一个孩子，或者一个女人，坐北朝南，其余的男人，都是这家的长辈，敬陪末座，这就是70年代农村特有的"替吃"场景。

后来分田到户了，后来种田不交农业税了，后来土地可以流转了，再没有农民咬着牙捂着心口去请干部吃饭了。现在的领导早已经改变了作风，别说替吃，自己也不去吃村民的白大，遇到村民家有事，常常会随个礼，表示一下关心。大家的日子都过好了，谁还在乎吃呀。

2. 干塘与沉脚鱼

顾晓良

小时候,每逢年底岁末,生产队的池塘就要清淤干塘。对于童年的我来说,干塘抓鱼无疑是一件很快乐的事。

村里的青壮年在生产队吴队长的号召下,昼夜不停地踩水车排水。

水面越来越低,受惊了的鱼,惊慌失措地四处乱窜,有的干脆跳出水面,在空中划出一道弧线,又"啪"的一声<u>重重落下</u>,在水面上溅起无数水花。随着水面越来越低,草鱼、鲤鱼慢慢浮出了水面,岸边围观的孩子们欢呼着:"鱼出水了,好多好多的鱼!"

待到水快要干完的时候,大人们牵着大渔网,从池塘这一头慢慢向那一头收网,那些弹跳力超级好的鱼,拼命想越过渔网跳出来。

十几位身强力壮的男人穿着裤腿肥大的下水裤,在水只有齐膝高的时候入塘,把网脚全部踩到泥巴里,慢慢地,水越来越浅,越来越浅,塘底朝天了。乌青的鱼脊背露出来了,反射出诱人的光泽。所有人都兴奋了,十几个人,从四周向中心,一寸寸捉过去,确保"干塘捉鱼一条不剩"。鱼儿在泥水里挣扎,"啪啪啪"地打得泥水四溅,引得岸上的人一片呼声。

干塘捉鱼一结束,吴队长便一声吆喝:"放塘!"

顿时,早就等候在池塘边上的男女老少,争先恐后地跳进塘里,大伙挽着裤脚,拿着竹篓、脸盆、水桶、虾笆,抢着在池塘里捡螺蛳、泥鳅、蚬子、河蚌,还有漏网的沉脚鱼,场面像炸开了的锅,十分热闹。

我那年十一岁,个子也小,也跟着人群跳进了池塘里,加入捡湖脚的队伍。我一边在泥水中摸索，一边提起虾笆随人群前行。虽然只捡了些小鱼小虾，但不一会儿就已是满身污泥。

不远处人群中，一阵骚动，有人捡到了一条大甲鱼。一会儿又一阵骚动，有人捉到塘底的一条乌鱼。

我落在人群后面，在清洗过的泥浆里艰难前行。突然，我脚似乎踩到了软软的光光的东西，"叭啦啦"从泥浆里窜出一条大鱼，让我差一点儿跌倒。此时，有两个村民正向我袭来，我奋不顾身地用力扑向大鱼，死死地抱紧不放。

另一个身体强壮的村民正要过来抢，吴队长在岸上高声喊叫："人家老庆家三儿子先抓到的，不要抢，不要抢。"

我抱紧大鱼，浑身上下除了眼睛还有亮光，已经完全成了一个泥人。我翻过池塘高岸，沿着田埂一路狂奔，裤子落下一半，雨鞋也掉了一只。

父亲在村后种菜，听到池塘边一阵阵吵闹声音，立即放下手中的活，发现我抱着一条大乌鱼冲到了门口。他欣喜若狂地立即找了一只大缸，清洗后加水把大乌鱼养了进去。

听到我捡了一条大乌鱼，全村都沸腾了。

第二天是星期天，我正在家忙着家务。西村的红鼻子老太婆拄了拐杖蹒跚而来，声音沙哑颤抖地说："全村人都在说，你家捡了一条鱼，我来看看呢。"

父亲在门口接待了红鼻子老太婆："队里捉了几次，那么多人摸底排都没有发现，给我三儿捡到了。昨天晚上称了，足足八斤三两。"父亲讲得眉飞色舞。

红鼻子老太婆走到后面，看到大乌鱼正张着大嘴在水缸里打转。

红鼻子老太婆回到门口，沙哑着骂道："村里人眼睛都瞎了，这么大的乌鱼没看到。公家的损失啊。吴队长呢，我要找他去。"说着，径自往西去了。

"显什么宝啊。"母亲责怪父亲道。

一会儿,村上尤二老裁缝听到风声也过来了。

"昨天的乌鱼多大,看看呢。"

父亲冷冷地说:"自个儿看吧。"

尤二老裁缝看了看说:"你们还有什么衣服要做吗?我再补做半天。我喜欢吃乌鱼片,清炒的。"

母亲说:"我们家暂时没衣服要做,谢谢你!"

尤二老裁缝自讨没趣,寒暄了几句,悻悻地走了。

东头的阿婶也过来了,坐在门口晒太阳:"我家婆婆姓顾,也算是门房里的亲戚,上次她跌伤了在医院住院了,你们也没去看她,听说乌鱼补身体的。"

父亲说:"看是一直想去的,你不提醒,真忘了。"

第二天去上学,前排从来不跟我说话的女同学回过头来问:"听说你抓到一条大乌鱼,怎么看到的?"

我一听她说的就是外行话,大乌鱼在污泥里怎么能看到呢。刚想说话,上课铃声响了,她头还没转回去。

"下课了再讲吧。"我匆忙地说道。

下午放学了,同村的同学喊我割草。割着割着,突然我发现我篮子里的草多了许多。

"什么意思?"我问他。

"你家什么时候吃乌鱼片,我从后门进来,尝几块再从后门出去。"

"这没问题。割的草你拿回去吧,都是朋友。"

第二天放学回家,我看见缸里乌鱼不见了,焦急地问母亲。

母亲说:"你爹送给阿婶了,上次奶奶受伤住院我们没去送礼。"

我非常生气,草也不割就跑了出去。

那天到天黑,姐姐才在屋后的草垛旁找到了我。

晚上我翻来覆去睡不着，答应同学的乌鱼片要泡汤了，还有前排女同学从来都不和我说话的，我抓乌鱼的故事还没来得及说完啊……

迷迷糊糊地，我听到父亲说："乌鱼共卖了十元八角，阿婶那送了两元，余下的我明天要去街上卫生所检查，最近肺病又犯了，还咳嗽出了血。"

母亲说："我跟老三说乌鱼送阿婶了，明天你有空，等他放学回来，带他去吃一碗阳春面吧。他还是个孩子，哪里知道生活艰难啊。"

听到这，我已泪流满面。

从此我再没提沉脚乌鱼的事。

3. 那夜炉火分外旺

顾处清

"高宝兴泰东,盐阜到大丰,三十六个伙,七十二庄舍。"这句地名顺口溜,对于生长在里下河腹地的兴化垛上人来说并不陌生。年少时,农村刚实行大包干,我每年都要与父亲一起出门远行,划桨纤舟,销售些芋头、山芋、芦箔等等,以贴补家用。足迹遍及许多码头、村庄,其中位于原盐城县义丰公社的殷古村,曾发生过一场暖心感人的事,令我终身难忘。

那是1982年的春节前夕,我们家将约两千斤龙香芋头根打理后欲整装待发。可老天作恶,连续的雨雪天气,竟一时难以出门,家人焦躁不安,眼看就要过年了,家中还指盼着这批芋头能赶在年市卖个好价钱呢。这不,一天三次收听着"红灯"收音机里的天气预报,"预计持续多日的雨雪天气将渐止,转阴到晴"。

次日凌晨,母亲起早煮了一铝锅熬饥的糯米饭,给我们吃好以便赶路。有道是"世上有三苦:打铁、行船、磨豆腐",行船对于无舟不行的水乡人而言并非难事,但对于我这个十五六岁的少年来说,几十千米的水路,重载逆风而行,在这寒冬腊月里,却也出了一身的热汗。傍晚时分,终于赶到了预定的目的地——殷古村。

殷古,西距义丰公社所在地石庄约两千米,东距秦南镇约四千米,盐邵河傍村而过,通南往北,有盐城至镇江的大轮船停靠这里的码头,客运繁忙,并且村庄较大,多种经营发达,民风淳朴,所以,每次外出销售,都是我们父子的首选之地。

民居呈条形分布,庭前一条路,路傍一条河。这正是我们沿河走街叫卖的理想之所。"卖芋头——,粮食换芋头——"父亲挑担岸上走,我撑船河中行,彼此呼应。

突然,竹篙下边的篙钻钩住了水底的异物,出于本能,我舍不得松开竹篙,"轰通"一声,掉进了冰冷的河水中。"救人啦,救人啦,有人掉河里啦!"仗着从小练就的水性,我蹬脱了一双布棉鞋,拼尽全力游到岸边码头,被赶来救援的村民和父亲拉上了岸。此刻的我,惊吓和寒冷一同袭来,浑身颤抖,耳边不时传来父亲责备爱怜的唠叨:"你咋弄的,这咋好呢?"这时,一位五十多岁的老大爷来到跟前说:"老兄弟,细小的已经冻成这个样子,你就不要再埋怨他了,你把船拴好,我带你家小伙上我家找衣服换。"原来,就在我落水的一瞬间,刚巧被正在菜园里干活的老大爷第一时间发现,"龙英子,龙英子。"还未进门,大爷的大嗓门就叫开了,"快!找几件衣服把这个卖芋头落水的小伙换身,不然要冻死的,你去找,我拿桶,把烫猪食的热水先舀来让他擦洗一下身子,暖和暖和!"

换上了大婶给我找来的内外衣服,身体渐生暖流,我准备将湿衣服拿到河边浆洗,俩老人家看见连忙说:"我家有井水,冬暖夏凉,你先坐在锅边帮我烧水,衣服我们帮你清洗,再把衣服送到秦南的炕坊里,这样就不误你明早穿了。"

父亲安顿好船以后,寻到我,见此情景,感动不已,便去代销店,买了两包"雪峰"牌香烟,又上船拾了一篮子芋头上来,以示感谢。可两位老人家几番推辞:"在家千日好,出门时时难,谁遇上都会相帮的。"后来得知大爷姓黄,早年从盐城下放插队,在秦南粮管所工作过,如今儿子顶替其工作在单位任会计。老人问我们是兴化哪里人?"缸顾。""缸顾庄,靠中堡,有口大缸……"

天空放晴,夜幕降临。那天晚上,庄上打谷场上放了一场露天电影,我们父子将船行至打谷场的河边,躺坐在温暖的船舱中,观看着两部影片《打铜锣·补锅》《独立大队》。

次日清早,黄大爷将我在炕坊烘干的衣服送回,还让我们父子趁早将船上卖剩的芋头送至秦南粮管所,他已跟领导打过招呼了,卖给粮管所当职工过年福利发放。此刻的我们更是千恩万谢,载着部分芋头和深情厚谊向秦南进发!

此后的若干年,我们父子逢到殷古,都会去登门拜谢。晚上歇宿,船拴河滨,上岸与黄大爷家拉拉家常,聊聊过往!

太阳花

　　时光荏苒，岁月沉香，一晃三十多年过去了。近日，铁马单骑，赴亭湖区（原盐城县）探望久病的老表，特绕道去殷古一走，以期重寻故人。以前的土坯房已经被一栋栋别墅所代替，村镇公交四通八达。听当地村民说，当年的黄大爷一家早已回城，但蜿蜒的盐邵河河水依旧静静流淌，那晚的两部电影的情节我也早已模糊，但那天满膛的炉火却始终温暖我的心房，如一盏明灯照引着我的人生之路。

4. 给妈妈打电话

周春根

　　第一次打电话，是 1989 年的夏天。初中毕业出来打工半年的我，想家想"疯"了。烈日炎炎，热浪滚滚。我决定试试运气，步行五公里去镇上的邮电局往家里打电话。

　　说是往家里打电话，自己家里并没有电话。那时候，整个村里只有村干部传达室有一部手摇式电话机。如果打电话，必须先"哗啦哗啦"摇几下，首先呼叫总机，再由总机转接目的地。

　　当时的电话线，和有线广播合用一根线。也就是说，要想打电话，必须要等广播结束。所谓传达室，其实就设在村干部家里。桌子上放着一台连着广播线的电话机，院子里竖一根高高的毛竹，顶端绑着一只高音喇叭，有谁家的电话，村干部就用喇叭喊。人在家里还好办，巷子里飞奔过来也就几分钟，如果人在田里干活，顺风才能听得见。就算听见了，等急急忙忙赶到传达室，往往黄花菜都凉了。所以，顺利接到电话，难度非常高。

　　那天也是我的运气好。大汗淋漓走到邮电局，正好中午的广播结束了，让工作人员帮我接通了顾庄乡里的总机，再请总机帮忙转接到村里，居然真的打通了。电话一通，我也顾不上客套话，立马急切地对着话筒大声喊："我是春根！我是春根！喊我爸接电话！喊我爸接电话！"我还想再说什么，对方"啪嗒"一声，挂了。

　　我知道，对方挂断是约定俗成的，因为喊人接电话需要时间。也好，可以为我省些钱。我在心里默默计算着父亲母亲在田里干活来接电话需要的时间，又耐着性子多等了几分钟，才第二次拨打。这一次没那么顺利了，连续几次都是忙音接不通。如果不是看我满脸通红满头大汗的样子，我估计那个工作人员不会让我在数次无法接通的情况下再做一次努力。终于，电话再一次打通了。

父亲可能走不开，来接电话的是母亲。"春根啊！你打的电话？"母亲声音显得激动，有点儿气喘吁吁，但是特别好听。听到母亲久违的声音，我一下子眼泪都要出来了。"妈妈！妈妈！我在这里很好……"我略微带着哭腔的一句话没说完，电话断了。大概是总机占线的原因，再拨一直没有接通，只能放弃。不过，回去的路上我开心极了。虽然整个过程总共只有母亲的一句话和我的一句话，毕竟，和她通了电话，说上了话，母亲一定很放心。

数年后，家里装上了固定电话。只要父亲母亲在家，随时可以打电话给他们。有一次，母亲在码头上洗衣服，隐隐约约听到家里电话铃声响，她一边往家跑，一边喊："春根啊，不急啊！不要挂，不要挂啊，我来了！"我可怜的母亲！大字不识一个的她一直以为只要铃声响了，我就能听到她说话！这是后来隔壁邻居当笑话告诉我听的。可是，我听了一点儿也没觉得好笑，反而顿生几分心酸。

父亲过世后，母亲独居。家里的固定电话，被移到了弟弟房子里。这样一来，打电话再次成为母亲的难题。尤其是母亲病后，天天盼着我给她打电话，每次说到最后，总会照应我一声："春根啊，上下班骑车当心点儿啊！"

思来想去，买了一部老人手机，买了一张电话卡，专门回去了一趟。母亲心里欢喜，又有点儿怯生生的，担心不会用。我反反复复教她："听见铃声响，就按绿色键，说完不用按，由它自己关。"还别说，母亲真把我这个自创的口诀记住了，每次都能很顺利地接到我打给她的电话。

手机才用大半年，母亲就走了。那部母亲生前最爱的手机，也一起带去了天上。从此以后，我再也不能给父亲母亲打电话了。数不清的梦境里，我常常梦到我打电话给母亲，当母亲听到我和姐姐、弟弟都很好的时候，还是从前那样在电话里微微地笑着，似乎她和父亲在天堂，什么都知道。

5. 一张旧船票

刘宝山

"十六铺上来的。"这是上海滩上的一句说法,指的便是苏北人。泰州上海,通江达海,两地往来当属便利,不过那是指水路。早在1949年前,数十万苏北移民便是沿着这条水路来到上海。

直到二十世纪九十年代初,我刚到上海,泰州和上海之间的客运主力,依旧是往来于泰州高港和上海十六铺之间的江申号大轮船。春运期间,一票难求。

那年春节早,大学生放假与打工一族的返乡重叠在一起,为了能够早点儿赶到位于金陵东路中山南一路口的长江航运公司售票大厅排队买票,我半夜三点就起床了,走了半个多小时才搭上夜宵公共汽车,赶到那里时发现竟然有好些人通宵在排队,身下垫两块麻袋片,盖一床破破烂烂的棉被,就无遮无拦地等了一个冬夜,想想都感觉冷。

看着前面望不到头的漫漫人龙,我真的非常担心买不到最近的船票。好不容易挨到了前面的一阵躁动,说是售票开始了,于是人群便打起了精神。我夹在队伍中,无奈地随着人流缓缓挪动,正在没精打采的当口,听见前面一声骂:"侬敢打人?"

我昏昏的脑袋随之一振,忙抬眼往前看,只见一位从穿着看应该是生活在城里的中年人,正从地上爬起来。这位中年人想要插队,穿着满是石灰水印渍帆布上衣的年轻人推了他一把。年轻人操着盐阜口音,跟他争吵。

终于排到我了,却得知我想要的船票卖光了。正在失望之中,身穿航运公司制服,一直在面无表情忙碌着的女售票员抬头抛出一句:"加开了一班船,晚上六点半的。"

我先是一喜,后又开始担忧,晚开两小时,怕是要赶不上到下河的帮船了，于是问道："大概几点到高港？"

"上午十点到十一点吧，加班船，第一次开，具体也说不准，要不要？"女售票员头也不抬，"你到底要不要？下一位快点儿。"

"要，要，要。"我一听急了，管他赶不赶得上帮船，先到泰州再说。

加班船，中间少停了两个码头，只比正班晚了一个多小时。倒公交换三轮，终于在中午十二点半赶到位于韩桥口的帮船码头。去下河的帮船都是下午一点开船。

我却没有找到要找的帮船，只看见好些港监正在拼命地催促那些还没离岸的帮船快点儿离岸，他们甚至都开始亲自解缆了。原来春运期间，客运量大增，港监是在担心客船超载发生事故，许多帮船被他们赶走早开了。

后面的行程是跟在码头上同样没有赶上帮船的几位同路人花大价钱搭了一条私人出租船，先到了边城，再背着行李摸黑走了十里路才赶到家里。

这张上海十六铺到高港的四等舱船票，我保存了很久，那里有我第一次从上海回家的记忆。弹指一挥，快三十年过去了，往来沪泰之间的交通已经快捷了许多，现在高铁通车，两地之间都有了同城的感觉。

6. 第一次去唐刘

夏所珍

　　第一次去唐刘是在我六岁的时候，妈妈对我说："所丫头，今天你姑姑家有事，我没空去，你跟你二妈和三妈一起去走亲戚吧。"

　　姑姑是爸爸的妹妹，是我最小的姑姑，嫁给了本村做小篾匠的姑父，因为有这项手艺，姑父在唐刘供销社谋了份临时工的差事，一家人搬到唐刘住了。跟着二妈三妈撑的小船，第一次去唐刘，对一切都充满了好奇，在大人们的交谈中，知道了我们这次要去的是唐刘公社。从小没出过门的我，也不知道什么是公社什么是大队，感觉就是地方很大很大的意思。

　　船七拐八弯停在唐刘供销社前边的一条大河边，姑姑他们就住在供销社河边的宿舍里。大家七手八脚把东西搬了上去。二妈说："外面还很早，吃夜饭还早呢，我们去供销社玩玩。"二妈口中的供销社离姑姑家宿舍没多远，姑姑在家忙夜饭，我跟在二妈、三妈后面去了供销社。

　　唐刘供销社坐北朝南，东、西各有一个大门，我们从西南角的大门进去。店里由柜台组成U形，西面一排柜台，前面两个柜台卖的是锅、碗、瓢、勺，后面两个柜台卖的花花绿绿的果糖。北面一排是由很多柜台组成的，里面卖的有日用百货、小五金、鞋帽，还有各种不同颜色的毛线等。二妈和三妈一进供销社，就拉着我往最东面一排卖布的柜台奔，我挣脱二妈拉住的手，一溜烟地跑到果糖柜台前，眼巴巴地盯着那些花花绿绿的果糖，小手不自觉地隔着玻璃抚摸着。

　　也不知道看了多长时间，二妈夹着两块布料来叫我："快，我们去等找钱，钱找好了，我来给你买糖吃。"南边两个门之间有一个高台，旁边用围栏挡着，坐着一个居高临下的漂亮姑娘，估计是个会计。我拽着二妈的手，眼睛盯着上方铁丝上的铁夹子，就盼会计手一松。找回的零钱滑到这头，售货员点了点数额，顺手交给了二妈。花五分钱买了五块果糖，二妈给了我两块，叫我省着吃，把手上的糖放进裤袋，说带回姑姑家给两个表弟吃。我剥好一块糖，咬了一半含在嘴里，还有一半用糖纸重新包好藏进口袋，心想等馋了的时候再吃。吃过晚饭，姑父用稻草打了个地铺，他们一家人睡在地铺上，我和二妈还有三妈，睡在姑父他们让出的床上，因为床小，我们三个人只能在床上横躺着。大人们谈着家常，我则手握着那剩下的一块半糖，迷迷糊糊地睡着了。正在我做着美梦的时候，忽然听到"烧起来了！烧起来了"的叫声。我一骨碌爬起来，只见二妈正在手忙脚乱地拍打着被子上的火花。我赶忙用手一抄，摸到掉在床上的一块果糖，捏在手里往外跑去。原来睡觉前二妈要关灯睡觉，我因为第一次看见电灯，感到新鲜，吵着不准他们关灯，二妈想了个办法，用一条毛巾罩在电灯泡上，毛巾被灯泡烘得越来越干，当二妈半夜醒来时，一眼看到着火的毛巾，她用手把毛巾拽了下来，掉到了被子上，好在有惊无险，姑姑的一桶水把火扑灭了，但我们被吓得一夜再也没有睡觉，也可惜了我那到最后也没找到的半块糖。

这么多年过去了，唐刘公社改成了唐刘乡，又从唐刘乡变成了唐刘镇，前几年合并到张郭镇后，现在又合并到戴南镇，又变回了从前的唐刘庄，但在我的记忆里，第一次去唐刘那是我童年时候印象最深的一件事。我从小时候难得去一趟唐刘，到现在已定居唐刘三十多年了。虽然我不知道还能在唐刘住多少年，但他乡已然成了故乡。

7. 那年发大水

周瑞红

外面雨还在下,停不下来的节奏。新闻里看到湖北、安徽、江西等地方因为洪水,好多房屋都被冲垮了,心里很难受,不由得又想起了1991年的那场大水。

那年妈妈种了五亩田水稻和三亩田棉花。妈妈说种棉花虽然辛苦点儿,但收入比水稻高,砌房子还欠了些债,争取秋收的时候把债还了。

村子里有一座南北向的大桥,我们全家一直住在桥北边的老屋。老屋很小,只有两间,一间堂屋,一间卧室。厨房就搭在狭长的天井东侧,很逼仄。寒暑假或者周末爸爸从他任教的学校回来,我和妹妹就睡临时搭建在堂屋的床铺。到我读初三的时候,爸爸妈妈才在桥南申请了一块地,新砌了现在的房子。

发大水那年我正好高考,因为预考没通过,我提前进入了暑假生活。爸爸安慰我,让我不要灰心,他说他会找人让我去兴化文科比较出名的鲁迅中学复读一年。

刚进入暑假没几天,老天爷就开始下雨,天气犹如我低落的心情,湿答答的。因为爸爸放假在家,每天早上去棉花田排水的任务爸爸就承包了下来。刚开始几天,爸爸回来还有笑脸,因为看到有鱼,爸爸就带了一个大篮子拦在垄沟出水口处,每天排水还能带回来几条大鲫鱼给我们改善伙食。

雨一直下,天气不见好转,爸爸一连好几天没带鱼回来,脸上也没有了笑容,很严肃的样子。他说棉花田可能保不住了,田里的水位已经和垄沟里的水位持平,就要淹掉了。爸爸和妈妈两个人还是每天下田,去给稻田排水,他俩的眉头锁得越来越紧了。河里的水也和稻田里的水持平,秋收后还掉外债的愿望肯定落空了。

太阳花

　　水位持续上涨，妈妈已经不让爸爸去田里了。一眼望去，除了几棵大树在风雨里飘摇，到处白茫茫一片，去田里的路根本不知道在哪。我家不在庄中心，地势很低，家门口的巷子两头已经有水了。

　　妈妈本来还很乐观，她说去年的粮食留得多，就是真的淹了，家里人也饿不死，钱也是借的家里亲戚的，不着急还。这句话还没说两天，妈妈就乐不起来了，厨房里面进了水，烧火坐的小板凳都浮了起来。草都是湿漉漉的，房屋后面的草垛，中间的干草已经被妈妈掏空，再也掏不出干草，水已经淹到草垛的一小半了。虽然有米，但巧媳妇也难做无柴之炊。

　　爸爸找了一根长木棍，探测水深和路面，终于从镇上买了个煤油炉回来，还打了一壶煤油。那段时间，我每天的任务就是看守煤油炉子。烧粥的时候防止粥溢出来，烧饭的时候不停地转钢精锅，防止饭被烧焦或者夹生。

　　雨一直在下，邻居大叔已经把他家的小船拉到了巷子里，厨房和天井里全是水，水已经快到堂屋前最高的那一级阶梯。妈妈养的几只鸡已经没有栖身之地，晚上鸡笼放在堂屋里，味道很难闻。没办法，爸爸把鸡杀了，可怜的几只童子鸡变成了一大碗鸡汤。那段时间的鱼特别便宜，好多人都在卖鱼，为了节省煤油，爸爸妈妈一次也没买过。

　　我家三间房子的地面铺的是砖头，因为水位持续上涨，地面已经不平了，脚踩哪里，哪里就会陷进去一些。妈妈引以为豪的那一稻芡子水稻已经不能放我们房间了。再不往高处移，下面的水稻要发霉了，这可是全家人一年的口粮。妈妈在家里四处张望，想找出一块可以囤稻子的地方。最后，她选择了吃饭的方桌。她把稻芡子圈在方桌上，方桌因为面积太小，囤不上多少稻子，妈妈把稻芡子往上圈得不能再高的时候，剩下的稻子全用蛇皮袋装好，堆在了吃饭坐的四张长凳子上。一家人的口粮安全了，爸爸妈妈这才松了口气。

　　天像破了个大洞，滴滴答答的雨就像打在我的心上，生疼生疼。我在想爸爸妈妈还能有钱给我复读吗？

水慢慢地退了下去,天终于放晴了。田里的棉花苗已经看不到一片绿叶,剩下一根根光秃秃的苗杆,黑乎乎的。水稻田里稀稀疏疏的秧苗顽强地站立在水中。

村里给每户发了些黄豆、绿豆、玉米等晚季作物种子。一家人全部出动,三亩棉花田两天也就播种完毕。妈妈在水稻田里施了肥。希望的火苗又在我的心里点燃了。

爸爸没有让我失望。开学的时候,爸爸把我送到了鲁迅中学。他告诉我没花多少钱,让我安心上学。可是在鲁中一学期还没下来,我的心就又开始不安了。学校领导说上面不允许办复读班,这个班要解散。想复读要找老师帮助辅导,不过要自己租房子,伙食也要自己想办法,费用估计要好几千。

坐在颠簸的大客车上,一路上我都在思考回去怎么向爸爸妈妈开口。爸爸是个穷教书匠,因为发大水,田里也没有什么收入,家里砌房子的债还没还清呢。

想着家里的情况,还有妈妈种地的辛苦,我回到家和爸爸妈妈说复读班解散,我不上学了。在兴化租房子找老师辅导,代价太大,我自己在家里复习。

过年前几天,爸爸拿出一沓钱,让我去找在兴化租房子的同学。当我知道这是卖掉老屋的钱时,我难过地哭了。老屋虽然清贫,可那里留下多少温馨的回忆啊,为了让我复读,说没就没了。我感到一股从未有过的压力,压得我喘不过气来。我坚决不同意去兴化找老师辅导,我坚持自己在家复习。妹妹说第二天早上她起来的时候,发现了我眼角的泪痕……

8. 史堡人的几则歇后语

陆享阳

史堡是个大庄子，人多话多，故事也多，史堡村的一些趣人趣事还由此衍生出不少流传甚广的歇后语，这些歇后语不仅本村人讲到的时候心照不宣、会心一笑，就连不少的邻村人也喜欢跟着说，当作人际交流时增强彼此认同感的特效工具。

史堡庄中心住着一个苦命的老头，叫陈应松，他的老伴、儿子、儿媳都先他而去，剩他一个还留在世上。但他住的位置是"黄金地段"，与供销社设在史堡村的门市部相邻。老头了便利用这样的地理优势在家门口摆了个杂货摊。但他的买卖并不兴旺，用村里人的话说就是"哄儿伢（小孩）的钱"，他的主顾大多是一些馋嘴的孩子，拿着一分、二分的零钱来消费解馋。兰花豆是其摊位上的主打商品，油亮亮地装在透明的大玻璃瓶里，很是诱人。卖的时候并不用秤称，而是一分钱数三颗。有一回哪家的"熊孩子"偷家里的鸡蛋卖，不幸事发，被家长拎着耳朵来陈应松的摊上对质，可能想挽回点儿损失，因为那"熊孩子"招供，偷鸡蛋卖得的钱都在陈应松的货摊上消费了。但那个家长似乎又找不到什么有力的证据来指责老头儿诱骗未成年人消费，就说老头儿卖的兰花豆太贵。陈应松不紧不慢地回道："我的豆子一分钱能买三个，我是赔本的。"

本想兴师问罪的家长面对这样的"老绝户"竟无计可施，只能将自家熊孩子打一顿出气。但"老应松卖豆儿，一分钱三个——认本蚀"却成了村里流行的一句歇后语，在表示自己于某种情形下吃了亏的时候加以引用，半真半假，效果奇佳。人们在交易或是买卖时，每遇僵持不下甚至剑拔弩张之际，若有一方祭出此语，则紧张之势大多能即刻化解，重归和气。

陈应松住在村里的"繁华地带"，那儿通常是信息传播的中心。

处于信息中心的陈应松,其一举一动常成为村人的谈资。老头儿可能不擅于家务,做饭时淘米下锅后的放水量老是拿捏不准,不是嫌多就是嫌少。有一回煮粥,水放少了,煮出的粥异常稠厚,筷子能挖得起来,结果他吃粥的时候被邻人发现,邻人就拿老头儿开穷心:"老应松,你这吃的是粥还是饭?"陈应松尴尬一笑,自嘲道:"我是煮粥的,哪晓得变成了饭,该发财!"村里遂又增加一句歇后语"老应松煮粥变成饭——该发财"。

村里诸如这些鲜明而独特的俏皮话还有不少,不仅烙有时代的印记,也是村人们从前在艰辛的日子里,苦中作乐借以释放生活压力的一种手段,于幽默风趣中将生活的烦恼暂且抛到一边去。这些别致的歇后语也成了村里某一段时期历史的记忆和载体,也许今后总有一天会消亡,故用文字记录下来,多少留点儿痕迹吧。

9. 那一年，我去兴化城高考

陆享阳

1982年我在戴南中学初中毕业，接到了兴化中学的录取通知，可以去读兴化中学设置的"农村班"（从各乡镇学校"掐尖"录取的初中毕业生）。戴南中学高中部的陈国义老师是家里的亲戚，他对我父亲说："就在戴中上吧，一样考大学！"这样我就继续留在了戴南中学读高中。

高中三年后一考跳"农门"是我迫切而实际的愿望，为了实现这个愿望，我对待功课还算是上心的，除了偶尔看点儿课外书，我的时间和精力都花在学习上，直到我遇到电影《少林寺》。《少林寺》像是一夜间席卷而来，我忍不住连看几场，就入了魔，一心向往当一名侠客，挟一身天下无敌的武功去浪迹天涯。

不过，我们地处里下河平原水乡，向来没有尚武的传统，想找武术师傅拜师练武无异于白日做梦。

但有同学搞来了《武林》杂志，杂志上图文并茂，便于对照学练。但人家不可能把书搁我这让我慢慢揣摩，我又没办法搞到这种杂志，只有借过来先抄录，然后再研习。至此，每天废寝忘食地抄武术图谱便成了我的日常。

往往一本书抄好了还过去，同学又殷勤地拿出一本来，说："这是最新的一期，先给你看吧！"我自然求之不得正中下怀，乐滋滋地拿走了。

人对于酷爱的东西难免陷于贪婪而不自知，我一本接一本地抄拳谱、剑谱、棍法、枪法、刀法……边抄边在头脑里想象动作。晚自习时在教室里再也坐不住，溜号到操场去"练功"。时间久了，每去操场时身后总会跟上几条尾巴，他们是跟我学练的"同道人"。人大抵上都是"好为人师"的吧，我对那些"尾巴"自然是倾囊相授毫不保留，现学现卖很是陶醉。

每天晚上去操场，终于有一次把老师也引来了。记得那晚的月色不甚明朗，我照例对着面前的几个同学比比画画地讲解，俨然一个称职的教官。看到有个黑影缓缓进了操场，但我根本没在意，以为又是哪个"粉丝"来学艺的。差不多能辨出面目的时候，我发现竟然是金宝琳老师！

金老师教我们数学，他爱人是我初中的班主任闵老师，也是教数学的。两口子教学水平都相当高，中考我们班的数学满分卷有好几个。金老师戴副眼镜，一向不苟言笑，不怒自威，很多学生都莫名地"怕"他，在路上遇到金老师因为心慌而提前绕着走的学生不在少数。

走过来的金老师目光一直锁定在我的脸上，我像被施了定身大法僵在当场。那些同学察觉有异，回头一看身后立着金老师，瞬间作鸟兽散跑了个精光。

我垂下头，不敢看金老师，感觉老师镜片后的眼睛里有锥子扎过来。

"你可是中考数学得满分的呀，现在数学老考不及格，原来是弄这个！"老师讲过这一句，就头也不回地转身走了。

留下我独自站在空旷而寂静的操场上，内心虽无比凌乱，却并无丝毫悔意，实在是沉迷太深已难以自拔。

时光飞快流逝，一晃就到初考（从前要通过初考，才有参加高考的资格）了，仗着从前的底子我勉强过关，但在学校里排名第四十八名，按理差不多就没有考上的希望。

陈国义老师找来了，他开口就对我说："伙恰（本地方言，不知是否为'伙计啊'三字的连读音）！这下子我牛皮要吹破了！"

我知道陈老师所指，心下也慌了，当初陈老师对我父亲的承诺并不重要，重要的是我要成为大学生，却不想来年当复读生，我不能成为别人嘴里的"老秀才"。

第一次静下心来审视自己的行为，每次考试的题目只要给足我时间，似乎都能解决，但我上了考场时间总是不够用。问题是不熟练！道理其实与练武一样，对方出招，不容你细想，拳脚就过来了，你得本能地应招，不假思索、条件反射一样地迅速。此境界，必练得熟烂不可。对付考试最有效的方法是题海战术，平时什么题型都练过，那考试时碰到的题目很可能就是"同款"，那便可以随手破解。但我耽于武术，几乎从不刷题，试卷上的题目于我都是生面孔，而考场上哪有那么多时间让我去"攻关"。

为了两个多月后的高考，我把拳谱搁到一边，找来数理化的习题集，开始疯狂刷题。

高考的日子终于到了，学校让去县城里参加高考的同学每人交了十八元钱，这是去县城坐船、吃饭、住宿等等的费用。

坐上去兴化的轮船，腋下夹着几本书，那是临行之前慌里慌张挑出来的，因为老师讲过"临阵磨枪，不快也光"。轮船鸣响汽笛缓缓离岸，我竟然生出此行是赴刑场的感觉，心虚得没有一点儿底气，似乎还什么都没准备好。

戴南开兴化的班船要经过六个多小时的航行，一路停靠了好像数不清的码头，终于到了兴化轮船站，下了船我们是一路步行到的"二招"（兴化市人民政府第二招待所的俗称），街上的大妈、大嫂们看着我们的队伍浩浩荡荡地经过，指指点点地交头接耳："乡下的，上来高考啊！"

"二招"是政府招待所，伙食特好，一桌八人，凑齐了就发筷子开吃，饭还可以随便添。同学们面对佳肴风卷残云，但桌上菜盘里的剩汤也足以让我再飞快地吃下一碗饭去，吃得惬意极了。

然而长时间坐船的"副作用"很是顽固，脑袋里一直萦绕着轮船马达的"嗡嗡"声，脚下也总是不稳当，明明坚实的地面，却像是踩在摇晃的船上。

第二天早饭后，像放鸭子一样，大家三五成群地沿丰收路、牌楼路，来到英武路尽头的兴化中学——我们的考点。

第一门考语文，比较下来应是我的强项，却依然紧张，脑袋瓜像冻住了，做作文打草稿愣是挤不出字来。剩余时间越来越少，我只得直接在试卷上写，写着写着思路开了，却也只开了个头，就听铃声急骤地响起,那么刺耳,简直是在催命!我不顾铃响继续埋头疾书,监考老师飞快赶过来,一把抽走了试卷。那一刻,感觉身上的骨头也被抽走了,软瘫下来。

不知道自己是怎么走回"二招"的,进了房间身子往床上一扔,恍恍惚惚就睡了,那天中午,"二招"的美食我自动放弃了,没去餐厅,只在床上迷迷糊糊地昏睡。下午,被人从床上硬拽起身,于是迷迷糊糊地跟在他们身后走。下午考化学,拿起卷子竟有种无所谓的悲壮和凛然,随它去吧!之后,该吃吃,该睡睡,什么也无力多想。

三天考过,离开兴化,天已经热得穿不住外套,我不得不脱了外套,用它兜了那带来的几本书,像包袱一样捧在胸前,那几本书带出来后一次也没翻动过,只是白白跟着我到兴化城旅行了一趟。又坐了六个多小时的轮船,停靠了好像数不清的码头,终于回到了戴南。几天就像是做了一场模糊不清的梦。

那一年暑假,很长的日子里,"乘船后遗症"都如影随形地纠缠着我,不是感觉脚下在晃荡,就是觉得耳畔有马达在轰响。

有一天听到通知,让我去学校拿毕业证书。找到校长室,翟人才校长看见我,笑眯眯地说:"这个毕业证书你拿不拿都无所谓了,你考上大学了!"

那一年第一批录取分数线五百二十四分,我考了五百二十五分,语文一百二十分的卷子我得了七十分。

说来也怪,那天从校长室出来后,我的"坐船后遗症"就消失得无影无踪了。

10. 记忆中的红花大队

沈朋道

  我的家乡红花村是苏北里下河地区水乡兴化的一个小村庄,位于白涂河和盐靖河交叉的地方。二十世纪八十年代初还没有分田到户以前,我们红花村还叫红花大队,村民叫社员。红花大队并不大,只有四个生产队,全大队也就一千三百多人口。

  那个年代社员一年忙到头,却总是缺吃少穿,生活捉襟见肘,经常吃了上顿愁下顿。吃不饱,一日三餐经常是野菜、萝卜、山芋干,大麦、粯子、麦糁粥;穿不暖,衣服补丁缀补丁,新老大旧老二,缝缝补补给老三。有的人家甚至连针头线脑都没得钱买。

  当时社员们出工劳动,使用的工具,大都是生产队的,像耕地的牛、犁、耙、船、风车等等。出工前,全体社员把生产队长围在当中,听他安排农活。这个时候的队长是很神气的,队上的经营管理,都是他说了算。队长把工分完了,男劳力有的到牛棚去牵牛,有的拿起篙子去撑船;妇女们该拿锄头的拿锄头,该拿镰刀的拿镰刀,大家各奔各的"战场",一天热火朝天的大集体劳动就开始了。

  生产队为了调动大家劳动生产的积极性,实行多劳多得工作制。谁出勤多,记工分就多,越苦越累的活记工分就越高,年终分钱分粮也就多。所以,当时的人们最看重记工分,小队里有专门的记工员,会把每天出勤详细地记录在案,并公布于众。"工分,工分,社员的命根",工分就是钱,起早贪黑,风吹日晒劳动了一天,记工员不给记上工分,那还了得,非撑家骂去不可。到了年底,算出总工分,按工分多少分红。当时的劳动分值很低,一分工才几分钱到一毛钱,一天下来,累死累活也就能挣个块儿八毛的样子。劳力多的人家年底还可以分些钱，劳力少或有家庭成员生病的人家还会超支。这时的大队干部就会向上级部门申请些救济粮或救济金，帮助队里的困难户，度过那段艰难的日子。

在那个没有收割机的年代，地里的庄稼全靠人工收割。开镰收割时，男女老少齐上阵，地头上一字排出，大家叉开双腿，弯下腰，面朝黄土背朝天，左手把麦（稻）秆一拢，右手的镰刀贴着地皮前送后拉，将割下的麦（稻）顺势拢到怀里，再顺势抱起放在草腰子上。汗水顺着面颊往下流，流到眼里涩涩的，流到嘴里咸咸的。累了，立起身子用衣角擦擦汗，缓解一下腰酸背痛，再俯下身子接着割。

男劳力将收割捆好的麦（稻）把挑到河边的大船上，有经验的老农负责堆把。堆把是一项技术活，堆得不好就会将麦（稻）把倒下河去，严重时甚至会翻船。麦（稻）把在船上堆好后，把船撑到打谷场那里，傍晚再拉到打谷场上铺散开，晚上开夜工赶牛碾场。

我们那时候是半大的孩子，重活苦活干不了，就在打谷场上翻草（稻），比起在家里没事贪玩快乐多了，还能混点儿工分补贴家用。一群小伙伴一起，边做边玩，其乐无穷。

到了年底，社员们也有过年的福利。生产队里养猪场会杀几头猪，分肉给社员；河沟里养的鱼打捞后，分给社员过年；生产队还有慈姑、黄豆、糯米，以及各种蔬菜等，让社员们都能过个欢乐的新年。

红花大队也曾经兴旺过一阵子，昌荣公社政府曾一度迁到红花大队十多年。那时，公社经常开会，其他大队的党员干部和社员代表来参加会议，都住在红花大队的各家各户，给庄上带来了欢声笑语。政府在白涂河上建起了大桥，白涂河两岸建起了各个部门，有政府大院、供销社大院，有食品站、棉花站、兽医站、农机站、电管站、邮电所，还有银行、学校、医院等，红花大桥河北还形成了一条商业街，人声鼎沸，繁荣无比。可惜好景不长，当时的新领导一声指示，将公社所在地又一次迁走，红花大队也慢慢成为普通村庄。

如今的红花别墅成排，道路宽阔，景色宜人。新农村建设有声有色，人们安居乐业，邻里一团和气，大家都在小康的路上疾奔前行。

忆往昔，峥嵘岁月稠，看今朝，旖旎风光秀。真心祝愿红花人民更加美好、繁荣、富裕、幸福！

11. 一盘青椒炒鸡蛋

华九红

人生中有的回忆是温馨的,有的回忆却是如蚁蚀心,让人疼痛一辈子。一盘青椒炒鸡蛋,这在当下,是极为普通的一道家常菜,而在三十多年前的某天,这道菜却成了我们全家永远不可碰触的伤痛。

那年暑假,我趁着早凉早早煮好了中饭。菜呀,只等着田头归来的爸妈割点儿韭菜或者青菜什么的炒炒。农村人,不来亲戚不到客,桌上是不会有荤腥的。临近中午,爸爸回来了,他草帽里放了十几颗青椒,一踏进门,吩咐我到瓦罐里拿几只鸡蛋,说今天青椒炒鸡蛋吃。一旁的小妹听了乐得拍手直跳。

我烧火,爸爸掌勺,一会工夫,一盘色香诱人的青椒炒鸡蛋端上桌了。馋气咽咽的小妹,早就按捺不住,硬是嚷着让爸爸先夹了块鸡蛋送到她嘴里。而我和另外两个妹妹,只能眼巴巴地咽着口水,等着妈妈回来一起吃。

急切的期盼中,妈妈终于回来了,还没放下锄头的她,一眼瞥见小桌上的青椒炒鸡蛋,立马冲爸爸吼了起来:"这些鸡蛋是等余多了,拿到代销店卖钱给丫头们换学费的!"爸爸回敬道:"不就三四个鸡蛋,能穷到哪去?再说孩子们都多长时间不吃荤了?"一旁的小妹听爸妈在争吵,竟不适时宜地来了句:"蛋蛋好吃,我要吃。"气不打一处来的妈妈,顺手给了小妹一记响亮的耳光,边打边骂道:"我让你馋!馋得将来嫁不掉!"这下好了,准备拿碗盛饭的爸爸,火上堂屋,他端起那盘青椒炒鸡蛋,在三个妹妹的哭喊声中,疾步走向河边,愤怒地扔进了河里!

失望、惋惜顿时占据了我和妹妹们的心,惊恐中只听爸爸说:"今天我过生日,都不得太平!孩子们沾个光,吃点儿鸡蛋都挨打!"

气呼呼的爸爸,饭也没吃,抓起草帽又返回了地里,留下一脸愕然又愧疚的妈妈愣在那里。

　　生活的艰苦和贫困,让勤俭的妈妈积劳成疾,妈妈在四十五岁那年患了不治之症。临终前,她抓住我的手说:"你是家中老大,要懂事,帮爸爸分担点儿家务,带好妹妹。别忘了,六月初七是你爸的生日,这天你要弄几个鸡蛋炒青椒给你爸吃……"

　　妈妈去世已经三十年了,这期间,我们的生活有了翻天覆地的变化,而唯一不变的是,每年的六月初七,我都会为爸爸炒上一盘青椒炒鸡蛋,不为别的,只为了心中那份沉甸甸的承诺。

12. 二亩地

王春芳

队里重新分田了,妈妈抓阄回来,躺在病床上的爸爸问分到的是哪一块田?

妈妈叹了一口气说:"黄圩子那块二亩高墩子。"

黄圩子离村子有六七里路,是我们村最远的一块田,我们村的坟地就在那里,清明上坟的时候我去过,坟地和农田相隔一条河。

稍微平整的田块都被队里分给了各家各户,唯独那块高墩子,土地贫瘠,长什么都不出产,所以一直都荒在那里。

这一次重新分田,高墩子也合在那些田亩里一起分配。

"真是人倒霉喝凉水都塞牙。"爸爸有气无力地说着。

妈妈不吱声,抓阄抓了那块田,就好像是她犯了错一样。

邻居叔叔婶婶,大伯大妈们七嘴八舌议论纷纷,大家都在我家门口看看爸爸,又看看我们,都说:"不得命啊,那块田荒了好几年了,那个草啊,有人把高呢!""宦翠英啊,你手气怎么这么背呢?"

第二天,天蒙蒙亮,妈妈就起床烧早饭,自从爸爸病倒后,田里的重活,家里的家务活全部压在妈妈一个人的肩上。

我看在眼里,十分舍不得,心里决定要帮妈妈分担分担。

吃过早饭妈妈拿一把镰刀准备去那二亩荒田里割草,我说也要去,妈妈看着我瘦弱的小身板有些舍不得,最后还是让我一起去了。

我和妈妈一前一后走了四十多分钟,到田里太阳已经很高了。

妈妈拿起镰刀弯腰便割,我也学妈妈的样子,只是有些荒草太粗壮如同小树苗一样,我割不动就喊妈妈割。

割了好一会儿才割了一点儿,汗水把衣服都浸湿了,手上也磨了好几个泡,看看眼前那一片荒草似乎无边无际,我有些后悔了,心里想,在家里做做暑假作业、烧烧饭不好吗?为什么要说帮忙割草呢？

妈妈似乎看出了我的心事，便说："累了吧，割不动了是吗？唉！宁投头窝狗，不做头一个儿，你最大，爸爸又不能做了……"

我不再多想，埋下头继续割，一天下来晚上上床时腿都抬不上去了。

第二天，第三天……已经记不清割了多长时间，二亩地的荒草晒干了装了满满三船。

每天下田干活妈妈的脚闷在球鞋里泡在脚汗里，时间长了脚趾丫中间都烂了，她就赤着脚，可也不行，脚底板裂开了。走路一瘸一拐的，我就陪着她走走歇歇，以往四十多分钟的路，有时候要个把小时才走到家。

这样的日子日复一日，转眼开学了，爸爸却没有一点儿好转的迹象。

每一天我都在焦虑中度过，我想问爸爸，开学了我还能不能去上学，可是我说不出口。

这一天已经上初中的邻居大哥带来了红星中学校长的一封信，信中写道：东葛王春芳同学，你已经被我校录取。分在初一（2）班。望收到信后，速来我校报到，否则作自动放弃处理。

我把校长的信读给爸爸听，爸爸说："要不你去学校问问校长，能不能免你学费。"

这时候妈妈一瘸一拐地拿着农具准备下田了，我强忍着要流出来的眼泪，默默地跟在妈妈后面一起下田了。

13. 难忘那年光荣入党

孙贵书

前几天上午，积极向党组织靠拢的侄女婿请我帮他完善入党材料，让我一下子回忆起自己在部队入党的光荣时刻。

1984年11月，怀着报效祖国的热情，怀着对部队生活的向往，我应征到了部队，成了一名武警战士。结束了两个月的新兵连训练，在春节前分到了连队——武警淮阴市中队。由于我是高中毕业，在中队训练了两个月后，1985年3月1日，中队选派我到位于洪泽农场的卫训队，参加卫生员培训班培训。

在卫训队培训期间，我积极参与卫训队的公益活动，认真学习军医所讲授的课程，每次的单科测试都取得好成绩。在卫训队首次吸收团员时，我于同年4月27日，成为一名共青团员。

八个月的卫训队学习，我以优异的成绩结业，回到中队。当时中队有两个执勤点，一个在淮阴城南，担负淮阴市看守所的执勤任务；一个则是在城北的黄河新村，负责收容审查站的执勤。我除了督促食堂搞好食品卫生外，还要承担两个执勤点六十多名官兵的防病治病任务，骑着自行车奔波于两个执勤点。

记得是1986年夏秋之交的一天，我正在帮助食堂搞环境卫生，中队长赵庆九找我谈心，和我进行一番交谈后，让我谈谈对党组织的认识，问我为什么不申请入党。我诚恳地对队长说："我很想加入党组织，可是我觉得我现在还不符合入党的条件……""你先写一份入党申请书吧，既表明你向党组织靠拢的愿望，也是自己努力的方向！"第二天，我把一份工整的入党申请书递交到了赵队长手里。

我当时之所以没有给中队支部写入党申请书，是我觉得自己是一个才入伍不到两年的新兵，那些整天摸爬滚打、辛苦执勤的老兵还没有跨入组织的大门，怎会轮到我呢。

铁打的营盘流水的兵。就在我递交入党申请书不久,赵队长奉命调动,新的领导来到中队,我递交上去的入党申请书没有了下文。这件事并没有在我的心里留下什么遗憾,因为我深知自己离共产党员的标准还有不小的距离,我还要努力工作,恪尽职守,以党员的标准严格要求自己,真正在思想上、组织上成为一名共产党员。

这之后,我一如既往地做着自己的分内事和分外事。利用自己在家学过木工这一特长,为中队制作了一套台球桌,丰富了官兵的业余文化生活;运用自己掌握的新闻写作知识,把中队里的好人好事报道出去……这期间,我又一次向中队支部递交了入党申请书。

1987年3月27日,是我终身难忘的一天。这天中午,中队指导员、支部书记张长贵让通讯员把我叫到办公室,递给我一份入党志愿书。手捧入党志愿书的那一刻,我的心一阵狂跳,新中国成立前就入党的父亲,在平时的来信中,总是叮嘱我要积极向党组织靠拢,要尽心尽力地在部队好好干,像大哥和姐夫在部队那样,跨进党组织的大门。而今,我终于完成了父亲的嘱托,实现了加入中国共产党的夙愿,我终于可以在鲜艳的党旗下举起右手庄严宣誓,成为一名为共产主义事业奋斗终身的共产党员!

当天晚上,在写好给家中亲人们报告这一喜讯的信件后,我在日记上这样写道:曾记得刚入伍的时候,是抱着入党、学点儿技术、自己写的东西能发表这几个理想而来。现在,这几个理想都得以实现。在同年到中队的二十二个战友中,我第一个加入党的组织,这是支部对我工作的肯定,更是在激励着我要不断前进。虽然现在填写了入党志愿书,但这绝不是船到码头车到站,而是为党为部队官兵服务的新起点。在今后的工作,更要兢兢业业、勤勤恳恳、一丝不苟、任劳任怨,争取更大的成绩……千万不要停滞不前,否则愧对共产党员的光荣称号!

一年后,我如期转为正式党员。1989年3月1日,我退伍回到了家乡。三十多年来,无论干什么工作,无论遇到多大的困难和压力,我都时刻牢记自己是一名共产党员,努力践行着自己的入党誓言,努力以党员的标准严格要求自己,努力以自己的一己之力为党旗添辉!

14. 两次戴大红花

翁学凤

1976年春节刚过，我怀着精忠报国的决心，和我们顾庄籍的四十多名新入伍参军的战友，在顾庄公社人民武装部戴上大红花，在一片敲锣打鼓和响亮的鞭炮声中，在机关部门的干部和少先队员的夹道掌声中，我们列队走向了顾庄轮船码头，登上挂桨机船，向兴化城驶去。从此我立志参军报国的梦想终于成为现实。

遵照接兵首长和兴化人武部的安排，我们住进了兴化水乡旅社。

第二天母亲乘轮船赶到兴化。第一次进城的母亲几经周折终于找到了我，看见我穿上了绿军装，她热泪盈眶，嘱咐我几句，拿上我换下来的衣服，就匆忙赶回去挣工分了。尽管父亲平时一个工都舍不得息，还是在母亲回来的第二天也赶往兴化看我，可惜我们已乘大轮船连夜去了镇江。

到了镇江火车站，上的是铁皮闷罐车箱，里面铺的是芦苇席子，两名接兵首长负责一节车厢，教我们学唱《革命军人个个要牢记》等军旅歌曲。接兵首长为了认识大家，也让大家互相认识，在车厢里不时地点名。列车一直向北呼啸驶去，当到达山东境内，部分车厢的人下车了，到了夜里零时左右，列车停了下来，我们全部在火车站下车。外面漆黑一片，伸手不见五指，下着小雪，我们背着背包，列队站在车站广场，听到点名的出列，让接兵首长带去，当点到翁学凤时我高声应道"到"。有人在私下议论说"特务的，特务的"。

不理解的还认为是搞特务工作、情报工作的，其实不是，经部队首长解释，我们是执行特殊任务的连队，简称"特务连"。随后在接兵首长的带领下在漆黑的深夜，冒着小雪，背着被包，我们步行近一小时，到达益都县尧王山营房。

受部队大熔炉的锤炼，我从一名不懂事的农村青年成长为合格的解放军战士，历任特务连卫生员、文书，并光荣加入中国共产党，衷心感谢部队首长和战友们对我的培养、关心、帮助、教育。

俗话说得好，"铁打的营盘流水的兵"，根据部队新陈代谢的需要，在"毛主席的战士最听党的话，哪里需要哪安家"的音乐声中，我光荣退出现役，又一次戴上了大红花。几十年过去了，这首歌至今记忆犹新，不时回响在我的脑海里。当指导员为我拆下帽徽和领章时，我的心情无比难过和沉痛，我和朝夕相处的连长、指导员、班长、排长、战友们握手，道别，拥抱，不舍，流泪……

我退伍时的二十世纪八十年代初没有电话更谈不上手机，只能靠写信交流感情，我尊敬的首长、亲爱的战友们陆续转业或退伍，他们为了家庭、生计、前途，发扬解放军的光荣传统，退伍不褪色，各奔东西，战友们之间失去了联系。

几十年过去了，我朝思暮想的首长和战友们时时在脑海里浮现，他们过得怎么样？身体怎么样了？

随着智能手机的问世，晚辈们首先用上了它，2015年1月我如愿以偿地第一次买回一部智能手机，经过努力，我建成了尧王山老兵群。

作为群主的我，每天清晨的第一件事就是向首长、战友们问好打招呼，然后大家相互打招呼，尤其是节假日，我的老连长还首先发红包，大家在手机上有说有笑，谈笑风生，热闹非凡，通过手机微信，我们在2016年6月，组织到第二故乡——山东省青州市部队营房成功聚会，后又在江苏省徐州市，山东省淄博市，河南省唐河县等地多次聚会，每次聚会战友们总是要敬我酒，感谢我这个群主为战友们建了一个很好的沟通平台。

因为有了两次大红花的经历，为了我尊敬的首长、战友们的晚年幸福欢乐，我甘愿当一辈子的尧王山老兵群的群主，直到永远，永远……

15. 进仓

陈凤如

　　入秋，天光地净。地里的庄稼比任何一年都要好，长势喜人。一望无垠的稻田，金黄黄的一片，将一片天高云淡的秋季映得人心里暖洋洋的。沉甸甸的稻穗压弯了腰，低垂着像松鼠尾巴的头，饱盈盈的，黄灿灿的。

　　太阳西沉，田野里有风。场头边高高的穰草堆在顶上，一面艳艳的红旗在瑟瑟飘扬，人民公社时期，庄上每年秋季进仓都是以旗为号。

　　不远处的田野里，庄稼汉、农妇们赶紧丢下手头的活计，扛着农具，沿着细窄的田埂，一路小跑来到铺晒着新稻的打谷场。推的推，扬的扬，堆的堆，打谷场上你来他去，一片喧闹。散学归来的孩童，无拘无束地跟进收场进仓的大人行列之中，他们像翩翩起舞的蝴蝶，见到热闹的地方就会蜂拥而至，一双双细嫩的小手，一捧捧飘散着稻草清香的稻谷撒向稻堆。在宽阔的晒场上将延续了千年的游戏演绎得激情飞扬，晒场上的热闹气氛被一群孩童渲染到极点！一阵奔忙，心里嘀咕着，兴许能混上一顿香喷喷的夜顿子（夜宵）！算是对得起奔跑的细腿和捧稻的小手。

　　场头，几条空舱的敞口水泥船，犹是整装待命的战士，空洞的眼神死死地盯着打谷场一堆堆金色的稻谷。

　　满笆斗的稻谷，一个接一个地倒入舱中，船身渐渐下沉，舱内开始打尖，船舷随着人的上上下下的崴动，时不时地擦碰着水面，发出嗞叭嗞叭的声响，一纹细浪慢慢地向外扩散，触碰到邻帮的船舷，又是一阵嗞叭嗞叭的声响。

　　撑船的人都是高手。满载稻谷的进仓船从打谷场出发，一段弯弯长长的水路，进仓船七平八稳地停靠在仓库后面的水码头。

船靠岸，一个瘦黑的农民从船后走来，赤着脚，湿漉漉的麻布短衫，腰间系着一根草绳，一撮山羊胡飘垂在宽阔的胸前，一头汗渍渍的头发。他四下里望望，抓起撑船的竹篙，轻盈自如地从齐水的船帮上跨上船头，然后轻轻一跃上了岸，扦牢桩绳，搭好跳板，早已迎候的庄稼汉开始进仓。

　　仓库是储备粮食、放置生产用具、开会和娱乐的场所。仓库是我少年记忆中村庄上最高大雄伟的建筑。

　　进仓是仓库最热闹的时候。这是农民一年中收获最大的季节，盼望的季节，也是最辛劳的季节。烈日泻火下，田畴上忙碌着割稻、打谷、耕田的农民，他们像风车上不停滚动的车轴，没有片刻停息。

　　仓库的门前，仓库保管员早已用三根木头，利用三角形的稳定性，架起了进仓过秤的大木秤。那时没有磅秤，三根木棍支起的秤架，既快又省力。从船上抬上来的稻笆斗，经过大秤定量，每笆斗都要添减。进库一笆斗，须抓上一小把稻谷丢在地上，留作记数，进仓结束，保管员按着地上小稻墩计算，经过大队支书、会计的审核，作为每月发放口粮的依据。

　　每次进仓，在那个经济拮据的年代，温饱都不能保证的岁月里，抬稻的庄稼汉都会想尽一切办法，绕花糊子混上一笆斗稻谷藏至船舱中，已备晚上碰头吃夜顿子。几条船同时上粮进仓，空笆斗满笆斗来去穿插，进仓人你来他去，乘着保管员忙碌之际，地上多丢一摊稻谷，船上就会多上一笆斗稻。这样，晚上的夜顿子就有了着落，饭菜就会丰盛起来，进仓的庄稼汉脚步就会轻快起来，跑起路来脚下生风。

　　大队保管员，官虽不大，但掌管着全庄几百人的口粮，是个实权派，走到哪，都会受到村里农民的恭敬，村里人敬上一支烟，说上几句恭维的话，这是最平常不过的。庄上的保管员是我叔伯二叔，一位退伍军人，一身正气，个头不高，却有胆有识，机智果敢。父亲经常提到二叔，每月分口粮，二叔从来没有多称一把口粮给父亲，背地里，父亲都会埋怨二叔几句。二叔经常告诫父亲：群众的眼睛是亮的，稍有不公，会招来人家的白眼和咒骂，自家兄弟更要多多担当和理解，甚至吃点儿亏，这样工作才好做！都是乡里乡亲的，低头不见抬头见，他必须做到公平、公正，否则不好向人家交代！每月分口粮，都会有个别专想讨巧占便宜的村民，为了秤的高低和大队保管员吵得面红耳赤，甚至剑拔弩张，这时都会有和气佬出面，捧上一捧稻打发了之，这才息事宁人。二叔一直担任大队保管员一职，期间从来没有听说过二叔厚你薄他。

　　进仓后，金灿灿的稻谷堆积得像小山似的，散发的清香把农民熏得美滋滋的，激发着他们对丰衣足食的向往。

16. 澡堂

陈凤如

  家乡水乡深处，有个水陆交通便利，商业繁荣的千年古镇——大垛。

  我的老家毗邻古镇，是个交通闭塞的小村舍。去镇上要从长满青草的土圩上走过去，途中还有两条阻断去镇上的大河，河上有专人摆渡，渡口上去，离镇上就不远了。

  小时候，每年春节前几日，心中总是期待着去镇上老澡堂洗澡，剃头，干干净净地等着过年。再在镇上的老街上尽兴地逛一圈，吃碗热气腾腾的馄饨，杀杀憋在心里多日的馋虫。

  澡堂，顾名思义，简而明了，就是专门供人洗澡的地方。使人不由浮想联翩，一个个赤裸裸、白条条的光身子，仰躺在擦板上让人搓背，或坐于浴池边，或淹于池水之中。但澡堂里洗澡的人，都相互尊重，澡后更衣，客气地相互打声招呼，各自离去。

  澡堂位于古镇南北老街的北头三岔路口处。从老街南头过来，在澡堂南边不足百米处有一条东西流向的夹沟，河上有座黑砖拱桥，桥上容两三人并行，两旁有砖砌的栏杆。人行桥上，桥下时有乌篷渔舟穿行。桥向北是一条铺着细黑砖的老街，街阔约两米，两旁林立着各式明清时建的古典小阁楼，青砖细瓦，飞檐雕阁，木窗格棂，精雕细镂。置身老街，墙上斑驳的青苔，透过岁月的苍凉，老街的沧桑让人肃然无声，生怕惊动了它。各式老字号店铺鳞次栉比，临街而立，剃头店、铁匠铺、金银加工坊、桐油日杂……北头三岔路的拐弯处，便是澡堂。

  澡堂坐东朝西，青灰细砖，屋上青细小瓦严严实实，守着日月光照，风吹雨淋，默默地承载着百年澡堂的沧桑和没落。

  澡堂的店面是两扇涂着铁红油漆的木门，一块青石门阶，光滑圆润,踩出了百年沧桑岁月的过隙。进门见一口盛水的大水缸,直径足有一米许,半截埋入土中。负责担水的是一位中壮年男人,每天早上,从距澡堂较远的外大河里,一担一担地将缸挑满,缸里的水是专供澡堂烧水而用。澡堂地面由大而方的罗砖铺成,经过百年澡客们的磨踏,砖面光滑可鉴。

进门便是南北走向的过道,入室有一粗布棉帘,挑帘而入,一室东西通间,北墙临街,有两扇木制玻璃窗,依南北墙,两边置放长长的、宽宽的木凳,是澡客置衣休息的地方,两面墙上各钉着一排二十个木制的挂钩,上面挂满了衣裤,墙边写着"贵重物品,自行保管,若有遗失与本室无关"的白底红字。那个年代哪有什么贵重物品,几件随身的脏衣服,自带的毛巾和洋碱,别无他物。但澡堂自有澡堂的高明之处,且当明哲保身而已。

澡堂有位跑堂的,是个独腿拄着一支拐棍的瘸老头,身高个大,嗓门洪亮,为澡客们把脱下来的衣服,用木头叉杆(一根长长的树棍,上面是八字形的丫)把能挂上去的衣服,统统地挂到墙上的木钩上,这样既不占木凳的面积,又不会将衣服相互搞混。澡洗过后,再帮澡客们打上个热乎烫手的手巾把子,擦去身上的汗珠,最后再将衣服从挂钩上取下来给澡客。拐棍声穿梭于澡客之间,忙得不亦乐乎。

浴池有一扇厚重的木门,门上有一木头把手,经过澡堂里水蒸气的熏蒸,手拉木把时有种黏糊手滑的感觉,木门上悬一根麻绳吊一块石砣,开门入池,门在石砣的外力作用下会自动关上,这样澡池里的热气就不会外溢。很早以前,聪明的家乡人民,利用力学原理,实用到日常生活的方方面面,他们很注重节能减排,现在忆想起来,不禁对广大的劳动人民的智慧感叹不已!

澡池不大,最多可容纳三十多人洗澡,室顶上有一玻璃天窗,那时没有电灯,天窗的光亮可以透过水雾,给雾气腾腾的浴池带来一丝亮光。澡池分内外两池,纯麻石建造,内池水较烫,上面搁一木头蒸架,躺在上面,一会儿便会大汗淋漓,是祛湿除毒的养生之道。大部分年岁大的,坐在内池池边,用毛巾淋上烫水,来去快速地擦拭着身体，嘴里不由自主地发出轻轻的哼声，那种烫水淋身的舒服和惬意，只有亲身体会才能享受。我们年少之人，就于外边温水池里，半坐池中的石凳上，温温的水湿润着身体的每个角落，一会儿过后，身上的污垢便浮胀起来，浑身上下用手轻轻搓动，整团整团的皮垢便滚落于浴池之中……

浴池外有一小块空地，有一块长长的石板由两根石柱支着，供浴客躺着搓背而用，若无人搓背，也可作浴客憩息而用。

每每念及古镇的老澡堂，一种莫名的情绪油然而生。一角钱的澡资，八分钱一碗的馄饨，在那个苦涩的年月里，算是一个奢侈的日子了。

时代日新月异、突飞猛进的发展变化着，家乡的老澡堂已被新时代豪华的洗浴中心替代，心中未免有些失落，好在老澡堂仍原式原样地屹立在古镇老街的三岔路口处，它在向人们诉说着当年的风雨沧桑。

每次回家，途经古镇，都会绕道古街，看一眼饱经岁月沧桑的老澡堂，拾遗往昔，追溯以往……

17. 爸妈的五十年

朱　峰

爸妈的五十年，好像没有爱情的感觉。他们过一天斗一天，却满满的烟火气。吵吵闹闹大半辈子，从来没有动过手，爱情也许有千万种，婚姻意味着责任和坚持。

（1）

爸爸在跟妈妈结婚之前，谈过一个对象，据说那人为了一条上海的丝巾跟爸爸闹了不愉快。我埋怨爸爸，你也太不会哄人了，不然她当我妈妈，说不定还能把我生好看点儿。爸爸笑："那就没你了，你个小鬼还不晓得在哪个城隍庙搬砖头呢！"我又缠着爸爸问："1971年跟妈妈结婚，1970年就认识了啊，那年月上上海买丝巾，咋去的啊？"爸爸说："费老鼻子劲了，先搭船到白驹再乘汽车到南通，最后乘轮船到上海。"我白了爸爸一眼："不怪人家跟你生气，这么珍贵的丝巾，辛苦买回来的，当时咋能被我可爱的大姑妈要了去呢？真是活该！"

（2）

要不是新冠疫情，我们会在泰州的会宾楼给父母办一场温情的金婚宴。我提议的，姐姐和妹妹表示附议。爸爸表示极大的兴趣，急着问是不是把亲戚喊安丰来？妈妈则比较扫兴，上来就是得花好多钱，不办。我们表示不要妈妈动老本，我们仨平摊！姐妹三个好不容易把妈妈摆平，可是计划赶不上变化。南京、扬州疫情管控，姨侄小宇去了一趟南京，居家隔离，所有日程全部搁浅。妈妈则又找了个理由,无论如何都不办了:"你二舅妈不在了,把舅舅、姨娘、姑妈他们都喊来,二舅舅会难过的!"她的这个理由我居然无法反驳。是啊,如果开心请小声笑,不要惊动隔壁伤心的人。

(3)

记得小时候,天气预报根本不灵。有天晚上,突然狂风暴雨电闪雷鸣。妈妈要去厂里盖砖坯,爸爸能放心吗,只好一起去,两个人快点儿盖好早点儿回家。爸妈刚出门,家里又停电,只见窗外闪电把天空劈成几瓣,一个个惊雷在屋顶炸响,我跟妹妹怕得要死。我问问大了四岁的姐姐,她也说怕。三个人抱成一团一起喊妈妈。屋又漏雨了,一会工夫地上都有坑坑洼洼的亮光了。这下我们顾不上哭了,找盆找桶接雨水。

(4)

后来日子一天天好了,我们也长大了。姐姐出了门,家里一下子冷清许多。其实姐姐的家走路才五分钟,爸爸有时会伤感地说:"难怪人人要养小伙啊,丫头大了就上人家去了。"有时又说养小伙是名气,养丫头才是福气,"我有三个丫头,福气一辈子呢。"我和妹妹哪有空听他唠叨,我们正追着看电视剧《烟锁重楼》呢!被刘雪华、钟镇涛演的情节吸引,头也不抬。突然听见爸爸喊:"小冬、迎春快来啊!"我们冲进东房间,只见妈妈脸肿气喘,不晓得咋回事。赶紧帮妈妈穿鞋上医院,爸爸拿钱,我和妹妹兵分两路,妹妹跑姐姐家喊人,我陪着爸妈往医院走。走到奶奶庙时,妈妈已经说话困难了,她都要跟我交代事了,吓得我都哭出了声(后来得知是妈妈在厂里医务室拿了药吃,过敏了,差点儿吓死一家人)。到了医院就不怕了,检查治疗输液,半夜的时候妈妈也缓过来了,我们就像劫后余生一样围着妈妈,更依赖他们了。

(5)

只听说过"饺子就酒,越喝越有",我爸爸就着月饼就能喝酒。平时都是我去"好想来"超市采购,这段时间有泰州的红五星还有妹妹单位发的月饼。我问最近没吃的了吗?爸爸说你妈在老街小超市买了两袋子。我一听就明白了,又是图便宜买的快到期的食品。我责怪妈妈:"你们已经没劲头出去旅游了,就吃点儿零食还舍不得,没听你家外孙子说啊,万象城他都吃了个遍,你们要跟他学习。"妈妈根本不服管还凶我:"我们自己吃,又不给你吃。"我反驳她:"看你们都过呆了,不买好东西吃,还有七十几岁过啊?这次就拉倒,你保证以后不买!"爸爸看我以下犯上,还让他老婆作保证,不乐意了,说:"你还说我们舍不得吃,你自己挣的那些钱还不是给你丫头,我也没看你吃什么好东西,尽跟着我们吃山芋饭呢!"唉,算了算了,我一心为他们好,他们还联手欺负我。

(6)

想来想去觉得冤,意难平啊!不行,我得找帮手一起对付他们,姐姐不能找,姐姐在蟹塘,太辛苦了,我跟妹妹开视频会。妹妹听完我啰啰唆唆一大堆投诉,轻飘飘来一句:"你管他们呢!他们能听得进?人还要过期呢,吃过期的拉倒呗。"

18. 路在山穷水尽处

刘党娟

  1995 年正月,我出嫁了。
  丈夫刚刚从唐刘高中毕业,没有考上大学,又没有找到一份工作,文不像秀才、武不像兵。
  公公婆婆在家里磨豆腐,只够糊口不够养家。
  钱不是万能的,但成家了就会有孩子,养育孩子没有钱是万万不能的。
  是绑定公婆啃老,还是自己奋斗?
  夫妻俩商量了几天,下定决心:要钱用,往前冲!
  做事情要讲个"天时地利人和"。当时政策已经允许个体工商户经营,算是合了天时;婆家的房子靠近医院,人流量大,算是占了地利;我们自己以后往"人和"方面多努力。
  这样一想,胆子大了,就在自己家临街的一面,扒开一间门面房,一节柜台,两节货架的小商店就开张了。主要卖一些生活日用品,既方便了医院的病人和周围邻居,我们的生活也有了着落。关键是我们初步积累了一些做生意的经验。
  1997 年,我们又做了一个大胆的计划。接手了人家转让的一个服装店,"睁着眼睛吃老鼠药",亏了几千块钱服装,又花三千块钱房租,才在大街上开了一个小批发部。
  现在想想,两个没有多少存款,涉世未深的小青年,跨这样的大步,那时胆真够大的了。
  好在我们的冒险都没有失败。要钱用,往前冲。短短几年,我生了儿子,积累了经验,攒下了第一桶金。
  天有不测风云,人有旦夕祸福。本来我的小批发部可以就这样平稳发展,可是遇到了乡镇大拆迁。自己家和租的门面房都拆掉,店开不成了，一下子失去了经济来源。住家都成了问题。

有困难，找政府。在拆迁办的沟通下，我们得到了当时乡长的帮助，租下了农经站的一间门面房，经商的路得以延续。

店面有了着落，住家还是问题。因为开店，生活上能将就就不讲究，特别是照顾不到小孩，那时儿子才两三岁，租住在村民的一间厢房里，房子低矮潮湿，小孩身上长湿疹。湿疹痒，孩子抓得浑身是血痕。我常常给孩子洗澡，孩子身上疼得哭，我心里疼得哭。

饱受租房痛苦的我们，决定在中心街买一套门面房。当时门面房售价十八万，拆迁补贴了七万，我们的积蓄都投在货上，相比房价，还差一大截。亲戚朋友借遍了也没有凑齐，我一狠心，卖掉了结婚的首饰，在娘家的帮助下，终于凑够了房款，梦想成真，有了自己的一间门面房，开了个小超市。

有了自己的小超市，有了自己的家，生活又一次对我露出了笑脸。然而成功的路上，永远不会一帆风顺。

在我家小超市的周围，接二连三冒出了众多的竞争对手。地理位置、店堂面积成了我们的短板，生意不断受到挤压。小超市何去何从，我又站在了十字路口。

要发展，往前冲！和顾庄中心街垂直相交的"陈张公路"建好了，临公路的金龙农贸市场搞开发，不多的门面房炙手可热。咋办？想买又没有那么多钱，不买在竞争中就难以发展。经过一番思想斗争后，艰难地筹钱，一狠心，加盟了××品牌超市。

经过简单地装修，依靠优越的地理位置和品牌影响，生意有了很大的提升，高高的债台渐渐平下来。

超市开了不到一年，农贸市场二期项目开始。我们又迎来了竞争对手。为了以后不被挤压，更为了以后的发展，我们又举债买下了相连的几间门面房。

经过十几年的奋斗，终于有了现在一千七百平方米的超市。

2020年的春节前后，新冠肺炎疫情爆发。顾庄一时人人谈"冠"色变。

说实话我们开店的也是个普通人，也怕感染。正月底，在疫情防控最紧张的关头，我们对是否坚持把店开下去也动摇过。那段时间每天头脑里都会经常闪现这个想法：赶快关店，保命要紧。但是我们最终还是坚持下来了，记得那段时间，每天超市顾客盈门，大家都在准备生活必需品。

　　白天忙得不可开交，晚上下班后拖着疲惫的身躯回到家里，我和老公第一件事就是谈论疫情，国内、省内、市内疫情情况；上级部门对我们超市疫情防控有哪些新要求？今天超市疫情防控是否存在问题等。

　　说来说去，我和老公最终形成了统一的观念和认识，那就是尽管疫情形势严峻，但是我们只要听党和政府的话，严格落实防控措施，坚持营业保供给。开店这么多年，我们有了一定的经济积累，虽然关店的经济损失我们能够承受，但是关店我们就对不起广大新老顾客这么多年对我们的信任和支持，也就失去了一个企业应该承担的社会担当。

　　讲担当，往前冲！那一段时间，我白天盯着店里防控措施，夜里奔在兴化泰州组织货源。我累病了。我个人失去了一时的健康，而我树起来的是普通人对社会的一份担当。

　　别看我写了几个往前冲，就以为我心坚如铁。对员工，对顾客，我可是柔情似水。

　　有一个丢了三百块钱的老奶奶，在超市门口哭。我自己拿出三百块钱，告诉她找到了。

　　老奶奶千恩万谢，感谢超市拾金不昧。

　　对员工人性化管理，有困难的，能帮的一定要帮，多奖励，不惩罚。人心换人心，好多因故离开超市的员工，多年以来，一直把自己当作超市一员，关心超市的发展。

　　二十多年，一路走来，我的超市从无到有，从小到大，我最深的感悟就是：不泄气，往前冲，路在山穷水尽处。

人间万象

1. 翠云

袁正华

两岁的家栋缠住翠云的腿,哭着嚷着要喝奶。婆婆去社里上工了,十岁的翠云急得团团乱转,一缕稀疏的黄头发,汗哒哒地粘在额头上。眼前肉虫一样的小人儿,骂了他不懂,打又舍不得。没办法,翠云学着婆婆的样子,把家栋搂到怀里,掀起了自己的衣襟。

家栋从此迷上了翠云的胸,跟屁虫一样长在翠云身后,一口一个"姐"地叫着。翠云喊他"宝宝",洗衣、做饭、打猪草,到哪儿都带着他,又当姐,又当妈。

翠云长到十八岁,早就到社里去上工了,虽然面黄肌瘦的,像个豆芽菜,胸前却已经波涛汹涌,把社里男人的眼睛都看直了。婆婆回到家里骂她:"拿根布条把你那两个猪食罐子裹一裹。像个狐狸精似的,你想勾引谁?"

家栋十六岁,翠云二十四岁,婆婆张罗着给他俩圆了房。

晚上,家栋嘬着翠云的胸,嘴里含糊不清地说:"姐,我天天都要嘬。"

翠云抚摸着家栋的头:"宝宝,姐随你。"

婚后,翠云像一株春天的麦苗,泼喇喇地长开来。黄头发乌了,细胳膊有肉了,屁股变翘了,瓜子脸变白了,胸变得更挺了。

翠云结婚五年,胸越来越大,肚子却没有一点儿动静。

婆婆揎掇家栋:"把她休了,重娶个能养的。"

家栋不肯:"我就要跟姐过。"

"姐!姐!你一天到晚就知道喊姐。她是你婆娘,领回来给你传宗接代的,不是给你做姐的。"

"我不管。我就要姐。"

"你要她,我就去死。"

不管家栋怎样闹,翠云还是被赶出了家门。家栋哭喊着追在身后,想要拉住翠云,被婆婆死命地拽着。翠云眼泪汪汪地对家栋说:"宝宝,你回去吧。回去重寻个婆娘,好好过日子。姐没这个福气。"

翠云的爸爸早就死了,三个哥哥也各自成了家。翠云回到了自己八岁就离开的家,和妈妈一起过。

三个嫂子轮番上门,指着她的鼻子骂:"被婆家休了,就该自己跳进白涂河里去。还好意思回到娘家来丢人。你不要脸,我们还要脸呢。"

翠云低着头,一句话也不敢回。她是被休回娘家的扫把星,哪有说话的份。

大嫂回娘家,看见涟在河边摸螺蛳的宝昌,心里一动:"宝昌,你给我一只老母鸡。我把我家姑娘说给你做婆娘。"

宝昌的老子是地主,几年前就被人民专政的铁拳砸得稀巴烂了。家产被分光了,家里人也死光了,他一个人住在四面漏风的破房子里,三十多岁了,还是光棍一条。听了翠云大嫂的话,宝昌果然回去把家里唯一的老母鸡抱给了大嫂。

翠云被大嫂送到三十里外的串场河边,成了地主崽子宝昌的婆娘。不到一年,翠云生下了儿子——钟山。

生了儿子的翠云,出落得越发丰腴了,胸前沉甸甸的。三十岁的翠云,成了庄上最好看的俏媳妇。在地里干活的时候,男人的眼光全都落在她身上,一个个喉咙里像是钻进了老鼠,在衣领里面上下乱窜。

宝昌上工车水,从水车上摔下来,摔断了腿。在床上躺了三个月,再下床,走路一瘸一拐的,成了瘸子。瘸宝昌只能在生产队里做些轻巧活,和妇女拿一样的工分。

1959 年大旱开始的时候,钟山刚刚过了周岁。上工的时候,翠云用一块灰色的布兜把钟山背在身后。钟山肚子饿，在她背上哇哇地哭。翠云坐到田埂上，解开怀，让钟山吮。早就没有奶水了，钟山把翠云的胸吮出了血丝。

看仓库的杨树鬼鬼祟祟地走到翠云身后，神神秘秘地说："翠云，晚上到仓库来，给你拿几个山芋。"

翠云回过头，看见杨树正伸着头、张着嘴，猥琐地盯着自己的胸，哈喇子都快流下来了。翠云扯下衣服遮住前胸，抱起钟山就走。杨树在身后咬牙切齿地发狠："臭婊子，睡不到你，老子誓不为人。"

生产河、小池塘都见了底，胳膊粗的裂缝把河底的淤泥分成了一块一块的，像个巨大的乌龟壳，灰扑扑的。庄稼都死光了，地里尘土飞扬。几个月不下一滴雨，能吃的都吃完了。

庄上的人，一个个浮头肿脸。三岁的钟山瘦得只剩下一个大脑袋。两年多的工夫，庄上死了几十口人，瘸宝昌也没能逃过去。

生产队仓库后面有一排猪圈，原本养着几十条卡猪（架子猪）。隔一段时间，杀掉一条，隔一段时间，杀掉一条。最后就剩一条两排奶子拖到地上的种母猪了，同样饿得皮包骨头，整天趴在猪圈里哼哼。

人都饿死了，老母猪自然是养不成了。管他将来怎么样呢，先过了眼前这一关再说。队长发贵决定杀了最后一条猪。

傍晚，社里分猪肉。猪肉和下水搭配好了，一家一份。轮到翠云时，发贵把一块两指宽的肋条和一叶巴掌大的猪肝放到翠云的竹篮里，顺手在翠云的手上摸了一把，冲她使了个眼色。翠云顺着发贵的眼神，看见了墙角水桶里有几块厚墩墩的猪血。

翠云心神不定地回到家。钟山躺在床上，闭着眼睛昏睡，饿得哭的力气都没有了。

翠云在家里坐立不安，天已经完全黑下来了。翠云看了看床上快要饿死的钟山，心一横，关上门，朝着黑灯瞎火的仓库走去。

仓库的门虚掩着，翠云在门外来来回回走了几趟，终究没有勇气推开门。就在她准备调头回家时,仓库门开了,鬼魅一样的发贵从门后闪了出来,一把将翠云拽了进去。

仓库里黑魆魆的,像一只巨大的黑洞。翠云两手抱在胸前,瑟瑟发抖。发贵一把抱起翠云,把她扔到了角落里的一堆稻草上。

发贵猴急地解开翠云的腰带,两手攥着翠云的奶子,一边在她身上发狠,一边嘴里骂:"你个日死人的婊子!日死人的婊子!现在有两块猪血,老子什么样的女人睡不到。"

发贵折腾完了,四仰八叉地躺在稻草上喘气。翠云艰难地起身穿上衣服,伸手从墙角的水桶里捞起两块黑乎乎的猪血,蹒跚着走了出去。

回到家,翠云切了半块猪血,烧了两碗汤,给钟山喂下去一碗。

喝了猪血汤,翠云搂着钟山睡觉。钟山迷迷糊糊地伸手到翠云怀里去摸,翠云"嘶"地吸了一口凉气,把钟山的手轻轻拿开。看着咂着嘴熟睡的钟山,翠云蒙着被子,"呜呜"地抽泣了半夜。

钟山长到十岁,家里来了几个造反派,要批斗地主狗崽子。

翠云搂住钟山,向领头的杨树求情:"他还是个孩子,祖上的事他不知道。不说他了,我都没见过他的死鬼爷爷。"

杨树一挥手,打发走了几个手下,把钟山也赶出了门。杨树关上门,把翠云推倒在小饭桌上,伸手就去掀她的裙子。翠云一声不吭,像个死人一样摊着双手,眼睛盯着从门缝里漏进来的一道光,任凭杨树的臭嘴在自己胸前来来回回地啃。

从此,翠云的窗户常常半夜三更地被敲响。窗户一响,翠云就惊惴惴地披衣起床。门一打开,准会有一条黑影裹着寒风钻进来。

批斗钟山的事,也没人再提了。

翠云慢慢地把钟山拉扯大了。钟山的胳膊和腿瘦得像竹竿,衣服穿在身上像是披着的床单,顶着个冬瓜一样的大脑袋,活像他妈纺线的棉锤子倒立着。

庄上的女人都提防着翠云,不许自家的男人和翠云搭讪:"看她那两个长马奶,都有拉瓜(长圆形南瓜)长了,不晓得被多少男人抈过了。"

钟山该找媳妇了,翠云到处求爷爷、告奶奶。女方的父母到庄上一打听,立马就拉着姑娘走了。一回两回,钟山忍了。次数多了,钟山在家里扯着嗓子对着翠云喊:"通庄上那么多女人,咋就你那么不要脸呢。"

翠云不说话,两眼盯着钟山,幽幽地说:"以前你三个舅妈这样骂我,现在轮到你了。你们都有理,就我没理。"

分田到户了,钟山没能娶上媳妇,三十多岁了,还是光棍一条。夏天穿着一条短裤,专门往女人堆里钻,裤裆前的布片上斑斑点点的。

红秀的男人在窑厂挖窑泥,半夜就跟着船队出去了,中午才回来。红秀胸前鼓鼓囊囊的,钟山的眼睛盯上就挪不开。

钟山像发情的骚公狗一样,嗅着鼻子围着红秀的屁股转。红秀支使钟山到玉米地里干活,钟山像条哈巴狗一样听话。一边卖力气干活,一边涎着脸撩拨红秀:"你那俩奶子咋么大?是不是你男人抈的?"

"能有你妈的奶子大?"红秀可不是省油的灯。

"让我嘬一口,今后你家地里的活我全包了。"钟山停下手里的活,猥琐地盯着红秀的胸,像猫盯着碗里的鱼。

"回家嘬你妈去。"红秀"呸"了他一口。

钟山看见红秀半真半假的俏模样,一时间热血沸腾,扔了手里的锄头,一下子把红秀摁倒在玉米地里,脑袋直往她怀里钻。也是该他倒霉,还没等他嘬上,红秀的男人就出现了。

只一锄头柄,钟山的腿就被打折了,走起路来,一瘸一拐的,和他爸当年一模一样。瘸了腿的钟山整天游手好闲、不务正业,成天和外庄上几个二流子混在一起,不是偷鸡摸狗,就是"抬轿子"骗人,难得回家一趟,回到家里就是对着翠云吼。

七十岁的翠云，头发花白稀疏，腰身向前倾，弯成了一把棉花弓，胸前晃荡着两只瘪口袋。

儿子不争气，可她还得活。平日里，翠云把地里长的瓜果蔬菜摘到镇上的菜场门口卖。夏天到河沟里捞点螺蛳河蚌，也拿到市场门口去卖。

这天，翠云像往常一样，坐在菜场门口卖茄子。一个六十岁左右的老头盯着她看了半天，最后蹲在她面前，一把抓住她的手，颤抖着喊了一声："姐。"

翠云抬起头，眯起眼睛看着眼前衣着光鲜、精神矍铄的老头，看着看着，翠云枯井一样的眼睛里，滚出来两行浑浊的泪水。

翠云的嘴唇抖了起来，像是衔着一块滚烫的火炭，抖了半天，终于喃喃地喊出一声：

"宝宝！"

2. 晕花

王玉兰

大沪庄的一个小垛子上，住着一对中年夫妻，日子过得不错，感情就和许许多多中年夫妻一样，虽说激情不再，但亲情还在，对家庭的责任还在。无论在别人眼里，还是自己心中，他们都是一对恩爱夫妻。

又到一年的梅雨季节。妻子每天早上起床，就发现院子里地上有一朵带着露水的栀子花。心想，是哪个好意从院墙上扔进来的吧？垛子上有栀子花的好几家，是谁好人做好事，和乡邻们分享栀子花的馨香？

妻子每天收了花，回家放在家神柜上，堂屋里一整天都飘着栀子花特殊的香味。她心情就很好，丈夫的心情也就很好，一整天精神焕发，笑容满面。

也有些早晨，妻子开门没有发现院子里地上有栀子花，心里便像少了什么似的。丈夫便也没了精神，脸上再也看不见笑容。这从院墙上扔过来的栀子花，仿佛成了夫妻俩心情的晴雨表。

梅雨季快结束的时候，有好事者告诉妻子，你丈夫和谁谁勾搭上了。妻子并不相信。丈夫天天在家里，偶尔晚饭后出去散个步，早早就回来了，怎么可能"走小路"呢？

经过好事者指点，一个地上没有栀子花的早晨，妻子去乡邻家要来一朵，如往常一样放在家神柜上。

那一天晚上，就出了事。丈夫和别人双了档（碰了头，两个人一起去了),被打得头破血流,手里还抓着栀子花不撒手,理直气壮地和人家理论……

妻子闻讯跑到现场,看着丈夫手里染着血的栀子花,直挺挺倒下了。

从此以后,她就落下了病。

人家有晕高的,有晕血的,她晕栀子花。

太阳花

3. 铁锁

马雨保

　　一切都在慢慢地腐朽破落，也包括它自己。它似乎嗅到了死亡的气息正向它走来，它坚信这个时间不会太长。它感到身体所有的零件都在僵硬起来。它的心脏似快要停止了跳动，或者已经停止，外表已看不出原来的样子，成了一坨铁锈成的疙瘩。它是一把挂在村庄木门上多年未打开的锁。

　　它时常怀念从前的日子，那样青春靓丽，发出熠熠的光芒。它所有的零件是那样灵活，打开或锁上它时发出的清脆而响亮的声音，是那样高亢，似乎要让所有人都听到。它忠于职责与使命，它是骄傲的。

　　那个春暖花开的日子，它被重重地锁上。而再次打开它时，已是天寒地冻的冬日。它的身体已显僵硬，被滴进了油才灵活起来，外表也不再那样亮堂，生了薄锈，但没人擦掉。十多天后，又再次被锁上。它单调而寂寞，伴随它的只有慢慢褪去色彩的门神、对联及花边。这样的日子重复着，它似乎变得越来越苍老。

　　十多年前的那个冬天它没被打开，院子里的荒凉与野草伴它度过了一个个新春。某个麦收季节，它被一对老人费了很大的劲撬开，他们往屋里堆满了麦草及秸秆。它被重新挂上，但它知道，它已经成了无用的摆设。它内心充满了无限的希望，希望那把或已失落的钥匙被重新找到，打开它已僵硬的心。能被滴上油，润滑已锈蚀的身躯，斑斑的外表被擦拭一新，能够再现从前的光辉，它盼望着！

　　它的所盼被一次次失望所替代，没人再打开过它。院子里的荒草及藤蔓似乎要将它遮掩。一棵野榆的种子发育长成了小树，盛夏时节把它盖得严实，野藤穿过锁扣缠绕着它，它感到了窒息与死亡。它只能从榆树叶的间隙艰难地打量这个世界，它生了悲凉的思想。

某个狂风暴雨的夜，木门上的那对门神经历不了风雨的摧残，落在地上腐朽烂去。它更加孤独起来。门边的墙倒塌成了一个黑洞，夜晚有黄鼠狼与野猫出入。或在某个夜，老鼠啃咬着门槛，这些都成了它的欣喜，可以消了日子的无聊与寂寞。它似乎高兴起来，但又哀伤着。

屋子终于倒了，连同腐朽的木门被隐埋起来。最终都没能找到打开它的那把钥匙，它成了垃圾被深埋，哭泣着慢慢融归大地。

寂静的夜，我躺在老屋的床上，似乎听到了一把把锁在响亮地关闭。我不知它们会不会重新打开，或许这样的关闭便是永远，连同关闭的乡村。我是要常开老宅的锁的，至少在我有生的世界，至于我的孩子会不会永远关了它，我不知道。

唉！多少乡村老屋的锁终成了殇呢？

4. 一条狗

马雨保

一条狗跟随着车在狂奔,它们的距离越来越大。

暮色渐浓,车已不见,狗停止了追赶,向着车去的方向,大声地嚎叫,眼角有泪流下,车灯照耀下,发出光芒。车带走了它的主人,主人留下了它。

它走在回村的路上,不时回头,在空气中嗅闻着,希望熟悉的味道出现,但那味道终究没有出现,寒风却依然凛冽。

一条狗在桥洞里趴着,身下是一件环卫工的棉衣,它是主人离开时留下的。那个晚上,做环卫工的主人被赶出来时,与它一起在这桥洞里相拥着度过了寒冷的冬夜。此刻,它蹲在棉衣上,它在守望着,眼睛在黑暗中闪闪发光。

清晨,一条狗窜进门窗破碎的出租房,它找到了原先的家,但却没了主人。它在屋里嗅着熟悉的味道,回忆从前的温暖。它又返回了桥洞,衔着那件有着环卫标志的棉衣,穿过满是弃物的街巷,穿过破洞的门,将棉衣放在角落。它趴在上面,一天没有吃喝,也没离开这黑暗的屋子。

远处隆隆的机器声越来越近,当挖掘机的抓斗,冲破了彩钢的外墙时,屋里亮堂了许多。它对着抓斗狂吠,甚至冲上前去撕咬。一阵烟尘中,房屋坍塌成废墟。

一条狗很幸运,没有被倒下的房子压死。钢构倒塌时撑出了空间,它只是受了伤,更幸运的是它找到了走出废墟的通道。

天空如蓝,月色朗照,村庄安静而寒冷。一条狗站在废墟的最高处,它一动不动。它在嗅着,张望着,周围一切似雕塑般地凝固起来。

它在等!

5. 秋水一色

王玉兰

现在的基层干部,越来越难当啦!

开了半天会,书记讲了镇长讲,这次不是为了公路沿线面子工程整治,也不是治理不许养猪养鸭,这次是整治水环境。转着圈讲了半天,其实就一句话:打捞漂浮物。并且现在领导工作作风踏实,有布置就有验收:三天后市环保局市宣传部综合验收小组就抵达各村。

散了会,小沪庄的张支书一把抓住大沪庄王支书的胳膊。大沪庄在小沪庄南面,小沪庄在大沪庄北面。一条小河把两个村子串起来:大沪庄在上游,小沪庄在下游。张支书怎么能放过王支书?小沪庄河里漂浮的水花生、水葫芦,都是从大沪庄漂过来的啊!

"老张,老张,你放手。"大沪庄的王支书年方四十,在支书任上也干了七八年,他头脑灵活,总能顺顺利利把上面布置的任务完成了,年年还能弄几个先进个人、先进支部的奖状。他看着着急上火的张支书,心里也不落忍说他。只是一边扒拉开他的手,一边跟他诉苦。

"老张,你说你们村河里的水花生、水葫芦是从我们村漂去的,可是我们村河里的,是从哪儿来的呢?你今天站在我们大沪庄桥上看看,一堆一堆的水花生水葫芦,也不是我们大沪庄长的啊!也是从上游漂过来的。你抓住我不放手,我去抓谁呢?"

张支书听了这话,不由得松开了手。这小子说得没错呀,我找他,他去找谁?大沪庄的上游已经不是本乡镇的地盘。王支书不是没有去找过人家。去找别的乡镇麻烦,人家根本不理睬:"你们有本事,回去把河打起坝来,什么漂浮物也漂不过去!"

把河打起坝来,谁敢呢?怨天尤人没有用,还是老老实实回去

组织人打捞吧。

现在农村里的情况，不是以前一动员，就可以一呼百应了。村里年轻人少，张支书找来十六个五六十岁的村民，分别撑着八条小船，在村里的河面上打捞。下游的河面已经被水花生、水葫芦挤满了，上游还源源不断往下漂。捞了一天，河面没有少一点儿。村民的工钱，一个人八十元，十六个人，就花了一千二百八十元。张支书一边心疼，一边下决心：明天加大人力投入。这样小打小闹，看不见效果啊！

张支书第二天动员了二十条船，第三天继续。一天工钱就是三千二百元。终于把小沪庄村前的河面，清理得看见河水了。可是，庄后面的河里，还是大草原一样，铺天盖地的水花生、水葫芦，在秋天的阳光下，一色绿滴滴的。

不谈张支书在组织打捞漂浮物，大沪庄的王支书也没有闲着。他花了一天工夫，喊了四个村民，弄了两条船。一条从村后往村前，把连成片的水花生分开，一小块一小块往下游推。还有一条船，带上装备，到远离村子的上游，河中间留下一船档的空档，在河两边打上桩，粗草绳一拦，拦河坝就成了。后面的两天，让这条小船横在河中间，把上游漂下来的水花生、水葫芦，二面一分，就拦住了，没有一点点能漂到下游去。王支书就有这个本领：花最少的钱，办最漂亮的事。

检查验收小组如期而至。王支书西装革履，早就等在大沪庄村前。会计拎着包跟在后面。验收小组一共四个人。

一番客套后，检查组成员站在大沪庄前面的大桥上，南面看看，北边望望。秋水一色，风景优美。验收过关，去下一家。

下一家就是小沪庄。这会儿张支书还在河里忙呢，下游的水花生、水葫芦漂不走，上游不停地往下漂。检查组到了，一看，满河的水花生和打捞的人。这是在做表面文章啊！秋水一色，水草满河。

接下来的年终评审会上。镇长表扬了大沪庄，训斥了小沪庄。令人难堪的是，发了两张奖状，一张红的，一张黑的。上面都有四个字：秋水一色。

288

6. 回家

唐金华

怀小回来了,住进了镇上的养老院。听说是被南京救助站送回来的,流浪了几十年,到底没忘了坞津村。

巷口,几个老人聚在一起说起这事,感慨万千,回来好,回来好啊。

关于怀小的身世,村里人众说纷纭,没人知道他究竟是何方人氏。只知道,那个灾荒年代,有个女人带着个叫怀小的男孩,逃荒落脚到了坞津村。

那天清晨,林山妈摸摸索索找到了自家的草垛,手刚伸进草堆,里面突然动了起来,吓了林山妈一大跳,一个踉跄,马灯险些摔掉。

这时,从草堆里窸窸窣窣地爬出个女人,在她的身旁还有个孩子。

在晨曦初露的白光中,惊魂甫定的林山妈定了定神,眼前这个女人岁数不大,头发上沾满了草屑,只见她紧了紧单薄破旧的衣衫,脸上露出似笑非笑的表情,说了一堆林妈妈听不懂的话。

是个外地人!

这时,女人身旁的孩子也醒了,他一骨碌爬起来,揉了揉一双不大的眼睛,然后挨着女人惊恐地盯着林山妈。

林山妈打着手势,叫他们起来,先跟她回家再说。

老林家来了个外地人,还带着个七八岁的小伙!

消息一下在巷子里传开了。一时间,林山家挤满了看"西洋景"的人。

林山妈翻箱倒柜,找出了一件破棉袄,一件还算干净的外衣给女人换上,又烧了几大盆水,让女人和孩子洗了澡。

梳洗干净后的女人,除了面色蜡黄外,高挑的身材,挺耐看。

这时,热心的郝婆婆把林妈妈拉到一边,说:"这女人挺不错的,山子也老大不小的了,就留着做儿媳妇吧。"

女人和孩子埋着头呼哧呼哧地喝着薄粥,郝婆婆连比带说讲了自己的意思,女人一脸茫然,抬头看了看在一旁抓耳挠腮的林山,然后似懂非懂地点了点头。

那孩子,女人叫他怀小。怀小长得真难看,要多丑有多丑。一头自然卷发,小眼睛藏在眼泡里,尖嘴猴腮,鼻涕拉呼,显得很是邋遢。但他性情乖巧,像个温顺的小绵羊。

好日子过了两三个月,女人蜡黄的脸色依然蜡黄,还时不时捂着胸咳嗽。怀小因为有了粥汤的滋润,小脸蛋逐渐有了红晕。然而,一天傍晚,女人去地里挑野菜,就再也没有回来。

林山在女人的枕头下看到了一张折成二指宽的纸条,他大字不识一个,赶紧拿去请庄上的唐会计看看,写的啥。

唐会计拆开纸条,工工整整的几行字映入眼帘:你们别找我了,我的病很重,估计活不了多久,我不想拖累你家,只求你们给怀子一口饭吃。这孩子命苦,他不是我亲生的,是六年前我在流浪的路上捡的,那时他还不会说话。

难怪她整天病恹恹的没精打采的样子,想必是得了绝症。

"可怜的人啊,你就这么不声不响地走了,就这么放心地把怀小撂给我们。"林山妈看着惊恐万状的怀小,不住地抹眼泪。

女人杳无音讯,生死未卜。老林一家闷闷不乐,没了妈妈的怀小整天战战兢兢。

慢慢地,怀小知道了女人不是他的妈妈。那天晚上,他跑到野田里放声大哭,凄惨的哭声,听得乡亲们无一不落泪。

有谁能理解一个七八岁孩子的心声,他除了痛哭,还能怎样?

几年后,怀小十几岁了,个子长高了不少。

林山也老大不小了,自从女人走后,几次说媒的都说黄了,原因很简单,就因为家里有怀小这个拖油瓶。

就在林山一家感觉无望的时候,好事从天而降,媒婆进了门。姑娘也是苦人儿,没父没母。新来的媳妇叫彩儿,为了表示友好,怀小很想巴结她，可是他不知叫什么好。叫婶婶还是嫂嫂似乎都不妥，其实他很想叫她彩儿。

林山从怀小与彩儿的对视中察觉出暧昧，他内心很不爽。

第二天，林山妈把怀小叫到一边，"怀小，你也不小了，可以自己挣工分，我们不能老是这样捆住你，分开吧，你另立门户，自己存些钱也好找个婆娘。"

怀小没有作声，默默地收拾了自己的东西，搬到了村南渡船口边上的旧仓库里。旧仓库，真的很旧，土坯墙被蜜蜂蜇得洞洞眼眼，加上原本墙上就有的裂缝，深秋的风穿过裂缝，吹到身上，忍不住打了个寒战。还好林妈妈给了一床薄薄的被子，怀小把自己蜷缩进被子里。

惨白的月光从没有玻璃的窗户照进来，铺满了坑坑洼洼的地面。他想起来到坞津垛这么多年的点点滴滴。

他想起妈妈，她现在在哪儿？是否还在人世？妈妈，你在哪啊，怀小多想跟你再一起流浪……

天越来越冷，队里没了农活。一连几天，大家也没见怀小从旧仓库里出来。几天不见怀小，林山妈有点儿慌了，摸到旧仓库拐角处，就叫着怀小的名字。推开两扇没锁的门，屋里只剩空荡荡的土块垒起来的床和早已没有生气的土灶。林妈妈记得，特地拿来的一床薄被也不在了，怀小离家出走了？难道是被那几个欺负他的孩子给气走的？

林山妈抹着眼泪，嘴里大声地骂着："这下子好了，人走了，你们安逸了，快活了！"几个戏弄怀小的孩子远远地看着她，像犯了大错一样，谁也不敢吱声。

怀小走了，正如当年刚来一样，巷子里又一次炸开了锅。

一连十天半月，大家都在谈怀小，一年半载后，偶尔还有人说起。

怀小离开一年多后，林山妈去世了，临死前还提起过怀小。

一晃四五十年过去了，当年戏弄怀小的调皮蛋都有孙子了，彩儿、林山也都已作古。怀小也成了尘封的历史，早已被村庄遗忘。

那个叫怀小的光棍，大概，也许，真的早已不在人世了。

  2021年8月，南京的一处废弃的配电房。一个胡子拉碴的老人老泪纵横地紧紧地攥住救助人员的手，谢谢党，谢谢国家。他不知道自己出生何处，只知道小时候跟着妈妈一起流浪，后来在兴化坞津垛林山家生活了许多年……

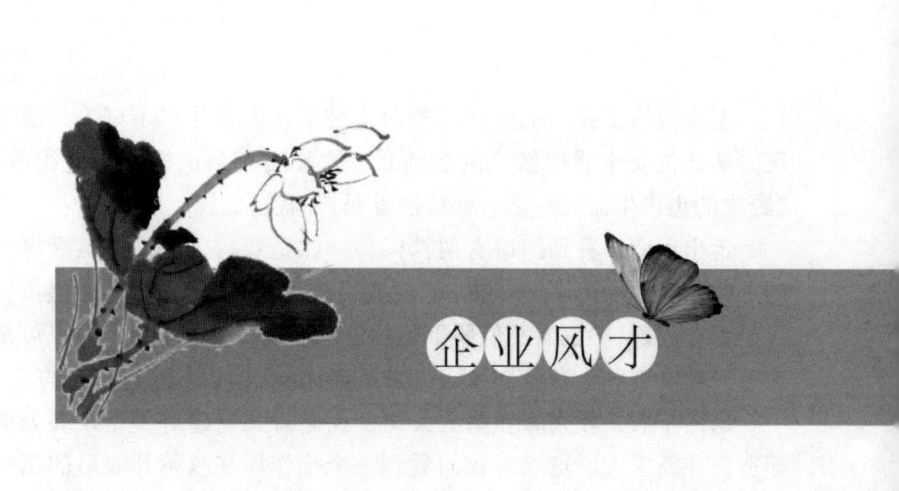

企业风才

1. 夏日采风行

徐国军

王玉兰给了我一把炒好的野西瓜种子,因为牙口不好,只能把玩。从几位女士嚼得惬意的表情看,这小得精致的野货一定很香,"野生的也许生命力旺盛,就特别香吧。"我这么想。

走出亚盛,看到门口有两株树,一株是枣树,一株是结满枣子的枣树。"这枣子也香,和我们亚盛一样可不是野生的。"亚盛负责人笑着对我说,"别看我们属于私营,土是我们垫的不错,春风可是改革开放吹来的,高度是我们选的,向上的力量可是政府引领的。"

这话不假,在兴海和星火公司,我们看到党建对公司发展力的塑造,在新宏大展览馆,我们看到一个小作坊在改革开放后的茁壮成长。如今,他们已经成为改革开放东风中一道道亮丽的风景。

这种风景,成长在眼里,涌动在心里。

立秋才去,夏意仍然盎然。

8月8日,早上的阵雨并没有冲走烈日残留的酷暑。下午,我们慕名来到戴南镇裴马村,来蹭一蹭新时代中国特色社会主义新农村的文化热点。

热点很热,却别有一番风味。

他人看景,我们约定看人。茅盾说过,没有了人,风景还有什么意义呢。自然是伟大的,人类是伟大的,然而充满了崇高精神的人类的活动,乃是伟大中之尤其伟大者!所以,我们约定看人。

裴马村没有裴姓,几乎很少马姓,刘姓为主。村东有个老爷巷和村西一个刘园,以及刘园内一株百年状元柳,可以让人想象出刘姓有过一段辉煌的历史。

史载乾隆年间泰州出过两个武状元:一个是刘荣庆;一个刘国庆。他们是亲兄弟。刘状元故里位于泰州市姜堰区桥头镇雁子墩东边的孙家庄。道光元年（1821年）十月，调任山西大同镇挂印总兵。刘国庆道光六年（1826年），进疆平定张格尔叛乱。道光八年（1828年），进剿奏捷；三月，回大同任所，记名以提督用。道光十三年（1833年）四月十九日，卒于大同官署，享年六十五岁，后归葬泰州耿家庄。那株状元柳是道光二十一年（1841年）栽下的，所以，应该不可能是刘国庆栽下的。刘荣庆道光十二年（1832年）十二月至道光十四年（1834年）三月，被两广总督李鸿宾所陷害，以"营务废弛，兵丁吸食鸦片，剿瑶兵败"之罪，发往新疆伊犁充军。道光十四年（1834年）三月，道光帝谕旨平反释放回故里。道光二十二年（1842年），刘荣庆寿终正寝，享年八十一岁。由于姜堰孙家庄与裴马村很近，状元柳为刘荣庆亲手栽植，是可以让人信服的。不过，古人植柳，是为丧葬，如果确定是道光二十一年（1841年）栽下的，那这里的墓地可能为刘荣庆的长亲，不可能自己为自己植柳。不管怎么说，刘氏家族的这段家世是值得我们敬佩的。

少年时代，我们每到清明，都要来裴马村追悼陈兴泰烈士。陈兴泰，裴家庄人，十七岁参加革命，十八岁加入中国共产党，二十五岁光荣牺牲。这位抗日英雄后来牺牲在姜堰沙甸乡，为纪念他，沙甸乡更名兴泰镇。先烈精神，着实是我成长的能量。

裴马人，有什么理由不骄傲？

走进村口，我们看到抱膝静观恬淡如文化墙上画的荷花的老人。我看到一位看似七十岁的老人，其实已经八十三岁高龄了。她胸前的党徽不仅醒目，而且正好映衬着她和善的面容。旁边一位看似八十岁的老人，告诉我她已经九十四岁了。她告诉还在惊讶中的我，那位八十三岁的老人叫刘九年，十四岁加入中国共青团，十八岁由老支书介绍加入了中国共产党，每天都在为村里做义工。可是，刘九年却说，她仅仅是村里一百二十四位党员中最普通的一员，那些党员都在为小康示范村做贡献，自己只能做这些微不足道的小事。

在福利院门口，一个坐在轮椅上的老人看见我，问我是不是记者，要我一定要表扬表扬小康带头人党总支书记刘勇华，他是裴马新貌的"画家"和设计师。这么朴实的老人，说出的这些富含文化韵味的感激语言，真让我说不出话来，我悟到了裴马村之所以成为小康示范村的原因了，我更感受到了裴马村成为小康示范村后文化建设的日新月异了。

成功，得益于精神。而精神，来源于追求。

习近平总书记说过，全面建成小康社会，不是一个"数字游戏"或"速度游戏"，而是一个实实在在的目标。为实现这个目标，就要开创和睦共处的美好家园，培育历久弥新的优秀文化。在这个意义上，裴马村做到了。

回程时我们经过一个码头，一对夫妻在那里洗鱼，两条三四斤重的花鲢，今晚注定有一顿鲜美的晚餐。夫妻俩高兴地告诉我们，鱼是刚刚在村里河中钓的。鱼是野生的，不容易。十几年前裴马可是污染大村，河中不要说没鱼，连螺蛳也没人敢吃。现在能钓到鱼，而且这么大，确实让人感到高兴。

同行人激动地拍照时，我看到从我身边走过的一个年轻人，正在散步，手机里传来"学习强国"手机软件启动的声音。

上车时刻，我一回头，看到阳光依然投照在"裴马村党群服务中心"的镰刀和锤子上！

2. 兴达人永远都年轻

——参观兴达九厂有感

王玉兰

四月二十三日，我和徐国军老师、鞠景如老师一起，应兴达钢帘线曹爽芝部长之邀，参加学习刘锦兰董事长的讲话精神。会后，曹部长带我们参观了兴达钢帘线九厂。

我是土生土长的戴南人，确切地说是顾庄人，我早就熟悉了兴达钢帘线的大名，多少乡亲朋友是她的员工，多少家庭因为她走上了小康之路，我的认知是，钢帘线是戴南办得不错的一个大厂。

通过今天的学习，我对兴达钢帘线有了进一步的认识，这是一个有着深厚文化底蕴的企业，从董事长到普通员工，他们是一群有信仰的奋斗者。

造福，感恩，吃苦，创新，经营。口号不是喊在嘴上，兴达人落实在行动上。

最让我感动的，是刘锦兰董事长去北京参加人代会的事。别的代表都带着秘书去，有生活秘书，有文字秘书，兴师动众一大帮。刘董事长一个人去了北京，事必躬亲，准备议案材料，认真履行代表职责；衣着仪表，不能马虎，一举一动，代表着戴南形象。会议之余，还惦记着兴达的生产生活，及时传达中央领导的指示精神。这是一个多么低调务实的人呀！

把合适的人放在合适的岗位上。以奋斗者为本，让奋斗者有用武之地。兴达把这些话写在宣传牌上，也贯彻在行动中。

我遇到一个胖墩墩的小伙子，他叫董四海，据他自己说，上学的时候不知道用功，高二结束了离开了学校。但进入了兴达钢帘线，他刻苦钻研，搞了好几项发明，既能节约成本，又能增加效益，他也从一线工人成长为一个机械工程师。兴达，是一个人才成长的摇篮，是奋斗者大有作为的演兵场！

　　参观了九厂的生产车间，清洁的行道，自动化的设备，认真敬业的员工，让我们感到很震撼！不走进兴达，怎么能感受到这热火朝天而又井然有序的生产场面？

　　走在九厂与八厂之间的一座公路桥上，下面是一条南北向的小河。曹书记介绍说，原来打算在小河两岸装上不锈钢栏杆，现在董事长说了，好钢用在刀刃上，为了应对危机，能省则省。把省下的钱，投入到兴达餐饮上去，让兴达的儿女们吃好饭，才能干好活。我又一次被兴达感动了，他们不仅对市场有危机意识，对员工还有一片温情。民以食为天，办好兴达餐饮，就是增强了企业的凝聚力啊！

　　认识了几个兴达人，一个个精神抖擞，言行敏捷。猜他们的年龄，一个也没有猜对。曹部长六十八了，看起来比我们三个精神好，翟部长比我大两岁，他看起来像三十出头。比我小两岁的潘主任像二十，三十岁的小胡腾像十八，兴达人为什么这样年轻？

　　在兴达的所见所闻，告诉了我答案：兴达是一个有文化底蕴的企业，兴达人是一群有信仰有追求的奋斗者。所以，兴达人永远都年轻！

3. 大麦茶

沈 杭

  正逢盛夏，骄阳似火，酷暑难当，连日气象报告，最高气温皆逼近三十七摄氏度。就是坐在家中一动不动，不用空调、电风扇都一直冒汗，偶尔与身边人闲聊，第一话题就是"热"。

  夏天本来就应该热，水稻、棉花、蔬果等农作物，正接受大太阳最佳的光合作用，得以成长成熟。

  人的生活同样接受大自然的洗礼，顺其自然，天冷添衣裳，天热乘乘凉。这一说，好像什么都不用干，还真不是这么回事。

  身为公司行政一员，时常看到工友们在车间汗流浃背，从身后望见，工作服像染了鲜亮的颜色，有时还有因皱褶发出星星般的闪光，边缘处一圈一圈白杠，如同晴空云线，雪白地泛起晶莹的浪圈。这不是写诗，也没有那么矫情，却是比诗更优美、更有意境，更让人感动的情怀。

  走进钢丝厂，在车间办公室外墙边，看到一个不锈钢的大茶桶，大茶桶旁边有个透明的塑料袋，里面装有颗粒状谷物。打开大茶桶桶盖，一阵久违淡淡的焦巴香扑鼻而来，哎呀！大麦茶。好东西，还真来得及时，忍不住装上半杯喝上一大口。那一份清凉、一份爽朗，在内心深处追忆回荡……

  小时候，放暑假，在生产队做"小工"——剐牛草，由学长带领，队里养了三头牛，牛草都由我们一帮中学生、小学生负责完成，我们生产队效益很一般，四分的单价，大劳力干一天挣十工分至十二工分，领队的学长挣四工分，咱们岁数小一点的孩子，一天挣二工分，到年终结算也能挣八分钱。八分钱是什么钱，现在要凑齐已经很困难，市面上早已销声匿迹，只有玩收藏的人恐怕才有。在当时一分钱可以买一块硬糖，牛奶糖是二分钱。但一起劳动、一起学习、一起成长，颇有收获。

每天早晨上工，各人备好牛草刀、草海（草海：地方方言，用草绳编结装草的工具袋），由学长带领，先到场上转一转，场头组组长早已准备好两大桶大麦茶，不管三七二十一，每人喝它两舀子，只听场头组长说："多喝点儿大麦茶，防暑降温，多剐点嫩牛草，你们这帮人就是社会主义接班人……"谆谆教诲，记忆犹新。

说起大麦茶，来历久远，是我们祖先勤劳智慧的结晶。能清热解暑、消毒降温、健脾养胃、减肥瘦身，还能帮助消化，去除油腻。科学分析，大麦茶中含有丰富的维生素，其中维E、维B、维C含量很高，还含有碘、锰、铁、硒等多种矿物质元素。除此之外，大麦茶中的碳水化合物、蛋白质、不饱和脂肪酸、香豆酸等人体所需的有益成分，能够为身体补充所需的微量元素，起到保健抗病、防癌抗癌的作用。

当高温来临，公司总经理翟海平主持召开"战高温—夺高产—保安全—送健康"专题会议。冶炼厂、钢丝厂管理层积极响应公司号召，落实海总专题会议精神，关心员工的生产、生活。处处从细节做起，自行开展"送清凉防中暑"等系列活动，厂部主动购买大麦茶、电水壶，且落实专人服务，每天上班前，就早早安排好专人烧水冲茶。

之前唱红歌，有一曲叫《请茶歌》，其中唱道："请喝一杯茶呀，请喝一杯茶，我家没有好饭菜，只有清茶敬亲人。"反映了浓浓的军民鱼水情。同样，星火公司冶炼厂、钢丝厂的大麦茶，不仅为员工提供"及时雨"，同时践行公司职能部门就是为生产一线服务的理念，厂区、车间处处洋溢着公司领导对员工的关爱之情，这正是学习董事长"转、改、提、增"的硬着陆和真实体现。

一杯大麦茶，看似轻微，却承载着公司领导的心意，一份心意，看似普通，能充分体现星火大家庭的家和文化，一方文化，并不高深，可调动、凝聚员工的热情，一份热情，看似平凡，可激发星火人无限的创造力……

正因践行类似"爱民亲民"的举措，冶炼厂、钢丝厂在星火公司成立 28 周年各项技能大赛中，斩获佳绩，钢丝厂荣获先进集体！冶炼厂、钢丝厂在行车、叉车等多项技能比赛中夺冠。事实说明，"大麦茶"早已超越它本身的功效。

　　下午两点，我们继续在车间调研，巧遇公司华总，于是我们一同在冶炼厂、钢丝厂走了个把小时。华总说："我们车间的兄弟们很给力，近期客户签订的特种材质订单，各厂都能按照要求不折不扣地完成。往年因高温天气，都会向客户打招呼，请求延期，最近几批货，客户在签合同时则明确交货日期，人家也和我们一样，都在赶工期。"

　　与华总一同在车间又巡视一圈，衣衫也湿透了。又见到大桶装的大麦茶，华总亲切地说："沈工，我们再来喝一杯，品尝这口大麦茶。"就同喝酒一样，"来，干一杯。""咕噜咕噜"，相饮而尽……

　　畅饮星火大麦茶，体现家和好文化，兄弟同心手牵手，不怕风吹和雨打。

4. 孝道当先　厚道为本

——新宏大企业文化

王玉兰

8月8日，戴南镇文联组织乡土作家书画家采风。我一听说下一站是新宏大，心里便有一种亲切的感觉。

这种亲切源于两个人。一个是戴中85届文科班的师兄陈爱中。我2015年蒙戴中85届师兄师姐错爱，拉到他们同学群里，自然就认识了陈帅兄，互相加了微信，不过很少聊天，我只知道他在云南经商，曾经是新宏大董事长。

另一个熟人是我唐中同学戴冬兰，她在新宏大上班好多年了。我在新宏大门口下了车，就打语音电话联系她。她急匆匆跑出来，听说我们来采风，她抱歉地说："你自己走走看看吧，这两天要发工资，我一大堆表要弄，没有工夫陪你了。"

"我就是想看看你，不要你陪。"我和她一起拍了一张照片，待会儿发到同学群去嘚瑟一下，然后她忙去了，我也连忙跟上采风团队，进了新宏大展览厅。

听完接待员的讲解，看了一圈陈列的图片，印象深刻的是这么大的企业，当年竟然是两千块钱起家的。

1990年，家住戴南镇陈万村的陈长林，在家里给人家做些小产品，补贴家用。大儿子陈爱中在扬州上大学，课余时间做点不锈钢螺丝推销。二儿子陈爱民在父兄的影响下，对营销产生了兴趣。但当时的经济制度遏制了个体经济的发展。

1991年，兄弟俩怀揣2000元钱，去云南寻找不锈钢螺丝销路，和中国四化建签下了两万多块钱的合同,这是他们第一张过万元的人单子。

1992年,邓小平发表南巡讲话后,父子仨看到了希望,决定大干一场。父亲陈长林召集全家人开会,约法三章:第一,确定以科学技术发展、以市场为导向的创业战略。第二,分工明确,各司其职。第三,杜绝家族企业陋习,实行股份制。

新宏大经过十多年的奋斗,成为拥有资产十多亿的科技型化工装备企业,成绩与其独特的企业文化是分不开的。公司提倡的价值观就是:孝道为先,厚道为本,大道致远,持续创新。从董事长到员工,每个人都身体力行。

集团创始人陈长林一向重义轻利。负责机修的陈师傅家属患病,陈长林动用不了"公款",便将自己的工资一笔笔挤出来交给陈师傅。陈爱中初到云南创业,就资助当地教育。陈爱民在戴泽中学创立了助学奖学基金。董事长夫人和母亲,每年春节都到陈祁养老院慰问五保户……

领导层孝道当先,厚道为本。凝聚了人心,也为员工们做了榜样。

职工冯华峰是东台人,每天骑车上下班。2018年11月的一天,经过一个十字路口,看见一个赤身露体的年轻人,目光呆滞,行为异常。如果没人过问,冻就冻死了。冯华峰停下来仔细询问,从年轻人嘴里问到一个电话号码,打过去联系到了他的家人。在等待其家人的过程中,冯华峰脱下自己的大衣给年轻人穿上,一直守候了两个小时,把他交给了赶来的家人。

在企业文化的影响和熏陶下,新宏大涌现了许许多多如冯华峰这样的有"爱"好员工。新宏大的仲爱军,他是我们兴化市第一个捐献造血干细胞的志愿者,2014年12月8日,仲爱军经过近4个小时的手术，为一名 4 岁的白血病患儿成功捐献了造血干细胞。

了解了这些事迹，对新宏大的迅猛发展便一点也不奇怪了。一个拥有深厚企业文化的集团，其精气神都是蓬勃向上的，且处处充盈着爱和亲情。

晚上在同学群，发了和戴冬兰同学在新宏大的合影，正好看见她发的视频：82 岁的老妈妈过生日，一家人围着寿星唱生日歌，视频中寿星是主角，我想，旁边唱生日歌的，肯定有董事长夫妻俩。

以孝为先，厚道为本，大道致远。新宏大的价值观，深深打动了我。

5. 星火故事

沈 杭

星火公司，打磨车间新装的大门，蓝白相间，在朝阳的照耀下，鲜艳夺目，好像婚礼上妆容靓丽的新娘，格外光彩照人。身临其境，直叫人心里美滋滋的，倍感欣慰自豪。

我在门口徘徊两趟，却吃了"闭门羹"。始终找不到开门的方法。

身为安全管理员，犹如手提尚方宝剑，在公司范围内，从来不曾有过被拒之门外的羞臊。车间里打磨机吱吱作响，似乎在对我声声嘲笑，此刻连新大门也突然变了脸色，不屑一顾地看着无可奈何的我。我心里明白，上周因隐患整改不及时，扣打磨车间10分，罚了他李主任100元。他这是故意刁难，让我难堪。

回头一看，三十步开外的包装车间门口，徐班长正在备货，连忙走过去问道："徐班，打磨车间的门怎么一直关着？有什么情况吗？"徐班回答："不晓得啊，才装的新门，我们班上又没有哪个人进去。"就在这说话的空档，见打磨车间的老赵魔术般地进入，接着大门就关闭。我赶忙过去，只听到嘎吱的关门声，又吃了个"闷鼻子"。顿时火上堂屋，这是什么意思？恨不得一脚把门踹个洞，里面到底搞什么名堂？

立马掏出手机，气呼呼地向总经理翟海平告状："上次罚了李主任100块钱，他不服气，一直怀恨在心。现在他竟然把打磨车间的门关住了，里面可能还装了个暗插闩，不让我进去，他那车间的安全，到底还要不要我管。"

只听到海总哈哈笑道："李主任，打磨车间现在牛得很啦，那个门别说你，我刚才也吃了闭门羹，就是天皇天老爷来，也进不去。安全检查按部就班。进门的事，到技术中心孙主任那去一趟就OK

啦。"挂了电话,我心头云里雾里的,立马前往。

原来事情还是因我而起。上周我看到无关人员进出打磨车间,劝阻效果欠佳。从工作纪律、从安全大局出发,由海总指示,孙强主任牵头实施,对打磨车间大门进行升级。

具体是在大门上方安装个摄像头,对进入员工进行人脸图像、工号、星火标志的识别,然后输送至电脑,对已有储存人脸图像内容的,自控系统自行启动门禁开关,大门自动打开且自动关闭,如途中有碍,还会自动停止,真的很神奇。

星火公司的奇闻趣事屡见不鲜,励志故事在公司内外口口相传……

公司总经理除了统管各厂各部门的生产经营,同时也是公司安全生产的第一领导者与责任人。

海总在主持月度安全生产工作会议上,强调双重预防机制的学习贯彻,对近几年,周边同行业发生的事故及隐患进行同比,并要求各厂各部门在自我岗位及相关工作范围内进行对照、筛查,安全部负责全公司范围的排查,对号入座,对标找差,确保安全生产工作,无死角、全覆盖。并鼓励参会人员积极发言,提供相同相似场景(情节)的隐患案例,引以为戒,防患于未然。其中,曾在D钢公司拉丝车间工作的操作工董美眯,回忆起许多年前,发生在她身边的那场惊心动魄的一幕……

当年,在D钢公司拉丝车间,董美眯与同事像往常一样当班,突然听到有一组收、放线机发出"吱吱呀呀"刺耳的怪叫声。不妙,放线机夹丝卡线了!她们的第一反应是,赶紧到收线机上按开关、切断电源。一旦第一时间内没有发现,危险性极大,因放线机出现乱丝、夹丝、卡丝、跳丝等情况,收线机还在继续旋转拉拔,即出现因拉力逐渐增大而引发断丝,瞬间断丝产生的甩丝,力量不敢想象,如甩到附近的人员,后果相当严重。说时迟,那时快,董美眯不知怎么想的,在紧急关头奋不顾身去收线机上关掉电源。正在她关掉电源的同时,收线机将放线机,连同放线机架"轰"的一声,拉到收线机龙门架内。这一幕,收线机、放线机恍如经历隔世生离死别的情侣,随着轰雷般的巨响,来了个"激情拥抱"。董美眯也吓蒙了,她蜷缩在龙门架角落处,虽毫发无损,已魂飞魄散。

事后,海总作总结并要求:设备部尽快采取有效措施,消除放线机乱丝、跳丝等隐患。

车间里,设备主管翟工在拉丝机旁苦思冥想。终于有了办法。

操作工许佳佳站在15号精拉机旁,正常当班。本来没什么值得注意,却见她满面春风,心花怒放。如同梅雨时节,看到久违的阳光。是公司给她加薪升职?还是她老公杨主任买彩票中了大奖?

走近一探,只听她带点老东台口音兴奋地说:"沈工,你个晓得?翟工把我们放线机下,装了个指头顶大的"杲昃"(杲昃,gǎo zè,老东台地方方言,普通话解释为"东西"),好得凶呢。"我答之:"什么东西这么好?让你这般得意洋洋?"许佳佳继续解释:"这小杲昃一装,收线机转,放线机就转;收线机不转,放线机就不转;放线机不转,收线机就不转;如果出现意外触碰等情况,收线机、放线机都不转,以后我们在这儿干活心里头更踏实、更有安全感啦。""哎呀!我们的个许姐姐,什么这个转?那个不转滴?"听她这么一说,我已经头晕目眩,到底咋回事?

深入了解许佳佳说的,翟工在精拉放线机底下装的个指头顶大的杲昃。仔细端详,屈膝弓腰,将脸贴在地面,才能看见。

许佳佳进行示范。只见她轻碰一下放线机,收线机即跳出红灯,停止工作。重复试验多种状态,完全符合最初的介绍。不问为什么?这是科技的成就,不问是什么?这是星火的技术。看来这个指头大的小杲昃大有文章。必须刨根问底。

再遇翟工,说话直奔主题,请他讲解那个小杲昃的神秘之处。翟工自信地说:"当天月度安全会后,海总特地留我和技术中心孙主任,专题商议如何解决乱丝、跳丝的隐患。经过反复分析、讨论、合议,受海总的启发,加上孙主任点拨,我受令制定了技改方案并实施,一举成功。装的这个小杲昃,其实也不复杂,一说你就懂。用了个三相接触器,同步控制收、放线机的开关,只要收、放线机有一个出现异常不转,三相接触器立马指令、切断对应收或放线机的电源,没有电,它就都停下来了。"又问:"收、放线机如乱丝、跳丝拉力异常增大怎么也会停机?"翟工解释:"放线机上装了个力臂器,放线从力臂器通过,先测定正常运转时收、放线上的受力是多少,运行钢丝线在收线机模具外到放线机途中受力很小,说句土话,只有3两的力,我将力臂器设定为4两,超过4两时,力臂器自动切断放线机电源,同时三相接触器因放线机断电,继而切断收线机电源,所用成本仅普通的一包香烟钱。"

"噢!原来是这么回事。"我似懂非懂地点点头,敬佩之心油然而生。

星火团队拉得出、打得响,星火故事山高水长。

书海泛舟

1. 用心点亮生活

奚群峰

一直盼望着能有点儿闲暇时间,静静地读读书。当沪上的寒风执拗地将满街梧桐繁茂的枝叶撕扯到稀稀拉拉、七零八落的时候,上海真正的冬天也就来了。时近岁末,老板已经部署完年内工作内容;接近尾声的项目抓紧善后,中期项目保持跟进,新接业务继续完善方案。总公司也已发函不再安排门店新报送的生产项目年前出货,看样子往后基本不需要天天熬夜加班出图下单啦,晚上下班之后应该可以成为我的读书时间。

读书是最廉价的娱乐,更是最廉价的高贵,一个人只要你识字且眼神好使你就能乐在其中。你衣衫褴褛也好,灰头土脸也罢,如果被发现你正捧着一本书或蹲或站在寂静的角落,超然物外地沉浸或陶醉在书本中,别人多数会投以赞许甚至敬佩的目光。倘若有好奇或有相同爱好的人就会感叹究竟是怎样一本好书,会如此有吸引力。

读戴南作家王玉兰的《玉兰和她的孩子们》,就让我进入了这样一个轻松闲适的境界。阿紫的这本新书不经意间点燃了我久违阅读的激情与冲动,虽然读完全篇用了三个晚上,八九个小时的时间,与轻狂少年时的两天一本大部头相去甚远,无奈,好汉莫提当年勇啊!但读得慢是因为读得细,就像小时候品尝大人上街偶尔带回来的一根麻花或一个烧饼——虔诚地左手捧着,右手托着,力求既不遗落一点点表皮碎末,又让美味的香甜临幸唇齿间的每一颗味蕾。

文章的大背景似曾相识,二十世纪六十年代之后的苏北里下河水乡,文中的人物也是一见如故,憨厚朴实的父老兄长,勤快善良的姑婆姨娘,诲人不倦的老师,砥砺奋进的学子。一个心有灵犀猫眼洞的小姑娘如何顽强地茁壮成长为胸藏文墨,腹有诗书的姥姥级幸福女人的故事,读来让人感慨良多。

作者将自己成长中所历经的幸福和苦难、快乐和忧伤随时光的足迹一路随意铺陈,犹如晨雾中驾舟远行的农人执一支毛篙于船尾,左推右挡,或撑或扶,不疾不徐地穿行在蜿蜒曲折的河床上,她把平凡真实的生活场景穿插着邻里乡间悠远的传说,奇妙的故事朴实地展现出来,没有太多华丽的辞藻,也未见过多精巧的构思,却像记忆中,夕阳下卸甲晚归的老牛扑打在田岸上的脚步踏实而欢畅,篇章段落里每每洋溢着乡间俗语的亲切与灵动,字里行间仿佛时时展露着初春地新翻泥土的质朴与芬芳。

这是六五后农村孩子都经历过的非常熟悉的成长故事;取鱼摸虾,挑草挖菜,胆大鲁莽,向善爱美,叛逆倔强,发愤图强……我的同龄人早已把心酸或苦难的记忆就着酒,就着烟,销蚀淡忘,但是作者却能记忆犹新,如数家珍地娓娓道来,可见作者对生活有着绝非一般的有情与用心,路遥说过感情像牙齿,掉了就没了,即使再装上也是假的。一个与文字相亲的人,读书时也好,写字时也好,应当始终保持对生活绝对的真诚,超常的感动,读完本书深深感知——怎样才配称"对文字的一往情深"。

掩卷之际,我突然反倒觉得也许正是因为你心里多长了一个智慧的猫眼,不然你不会慧眼识珠般瞄准穷得叮当三响的小白脸阿樊,不然也不会一眼看穿狠婆婆的立场坚定,本性善良。更不会狠声霸气如晚娘,归拢可怜兮兮的小阿樊,又不惜一切代价,使尽浑身解数,连推带拉,引领她踏上求学求职的漫漫征途,直至送她结婚生子步入人生的康庄大道……如今你也是含饴弄孙,功成身退了,美且壮哉。总听说一句话:上帝为你关上一扇门的同时会给你打开另一扇窗,由此看来你是命运的宠儿,上苍对你的眷顾让人羡慕。

"两情若是长久时,又岂在朝朝暮暮",遥想当年,秦少游的经典诗句也曾鞭策过我们;隐忍儿女情长,坚持奋发向上,可是"记得少年骑木马,转眼已是白头人",最能读懂这本书中爱恨故事的人们已经渐渐老去,从贫贱中走出来的这一茬农家弟子对于爱情、婚姻并没有奢求,也不敢有奢求,当初他们想得最多的是家庭、父母、兄弟、姐妹，于是惺惺相惜，同病相怜者凑到一起，只是无奈地认命于买个馒头搭个糕，不是一家人不进一家门。

　　莫言老师说："我只对两个人负责——生我的人和我生的人。"而平庸如吾辈也知道努力去践行"还债给父母，放债给子女"的责任和担当。老夫老妻风风雨雨一路走来，或许也曾有过天真迷茫，也曾有过幼稚荒唐，但是他们终于还能自省自责，初心不忘，凭着韧劲，凭着信念，凭着本性的善良，用心爱父母，用心爱子女，用心爱他们力所能及的一切，用心点亮生活……

2. 婉约兰花　芬芳水乡

姜乐明

悠悠蚌蜓河，东西走向，流经里下河腹地。在一个叫管家村的地方，直接向北拐了一个大弯，又折向东南，与南北走向的唐港河相交汇。管家村因此北接蚌蜓河，东临唐港河，二龙相交，龙脉涌动，风水宝地，人杰地灵。

管家村这些年人才辈出，不计其数。作家王玉兰，就是其中一位。这位享誉水乡大地，风靡网络的作家，进军文坛创作，短短三四年时间，写下了众多散文、小说、诗歌。并相继出版了《沈小菊》《大沪庄》，非虚构纪实散文《玉兰和她的孩子们》三本书，是什么力量支撑着她的创作之梦？

最初知道作家王玉兰，是在浏览家乡《戴南在线》网页上，看到了一些署名阿紫的散文、小说、诗歌。如《大篮子》《杨水花》等，贴近生活，接地气的语言，通俗易懂，鲜活的人物，栩栩如生，写出了人物的精气神。一个草根作家，淳朴的农民，用自己的笔墨，展现一个不一样的自我。

那时我还不知道她是作家王玉兰，就经常关注阿紫的文章。直到一次唐刘中学的校友联谊会，那些精彩的瞬间定格，照片留影，我才知道阿紫是她的笔名，她中等身材，一脸的真诚，没有绰约风姿，却有一番侠骨柔情。现场即兴一首《千钟醉》诗文，气势恢宏，把联谊会推向了高潮，博得老师、同学的声声喝彩，才气底蕴越发精彩。

慢慢走近阿紫的世界，宛若玉兰花开，纯洁清净，芬芳水乡。但明艳之花，也是一路坎坷，历尽磨难。尽管蚌蜓河，唐港河水的滋润，管家村钟灵毓秀，但幼年时期的阿紫，八岁时一场"误诊"差点儿要了她的命。家人最后一次孤注一掷的救治，病房的惊悚，一生难忘,最后终于冲破鬼门关,"伤寒"止步,踏上了新生之路。

光阴似箭,转眼间阿紫告别管家中学,就读唐刘高中,才女初现端倪,才气横溢,满园馨香,留下了许多精彩的校园故事。三年酣战,高考败北,无缘大学梦。但其内心那种深层的文学之梦一直在隐忍,在沉淀。

走上了社会,和高考一起落榜的老樊同学谈上了对象。乡人口中的两个"二流子"对上眼,当时遭到了亲人朋友的反对,最后在爱情的强大力量支撑下,两人如愿以偿,牵手幸福,爱撑起了一片天空。

两人一起打过工,在家种过地,跑过运输,玩船。跑船时曾经把六个月嗷嗷待哺的女儿狠心丢给奶奶和妹妹家照应。那股子狠劲,都是被逼出来的,她想起来就觉得亏欠女儿。生活的打拼,命运的抗争,美好的希望,骨子里一种坚强。硬是把"二流子"的水准,拼搏、发挥出一流的"高超"水平,日子过得日益红火。这以后陆续开过服装店,站过超市。女子本弱,为母则刚,她有一颗勇敢的心。

就这样,跌跌撞撞,懵懵懂懂走过风雨几十年。眨眼间,女儿相继圆梦大学,考取研究生之后,她空闲时间多了起来。年少时的文学梦想,又在心头泛起,执笔成文,梦想璀璨,一发不可收拾。一个个跳跃的字符,畅快淋漓地展现,时代,现实,生活,写意人生,寄情笔墨,玉兰花开,香艳水乡,文字如涓涓细流,在水乡大地流淌,激荡。

网络的便捷,自媒体的推波助澜,文字功底扎实,为人豪气,有点儿侠女风韵的阿紫,成功地进入了千家万户的视线,走红网络,深入人心。现实中也是名声大作,无数人仰慕。她是无数水乡儿女的缩影,自强不息,烙上了时代烙印。生在水乡,长在水乡,她自豪,自豪这片土地,能让她深耕,为她的文学作品,插上了腾飞的翅膀。

故里作家王玉兰,随着读她的文章越多,越是喜欢、敬佩她的为人。生活中,那么慈祥。她孝敬婆婆,爸妈,感恩生命。她爱女儿，爱家庭，每每看到小外孙女，就一脸的幸福笑容。她和老樊的故事，一辈子说不完，每每读到她和老樊的一些往事，都让我忍俊不禁，为之动容。点滴生活，玉兰姐知足常乐，深谙相守包容之道，珍惜身边有一个懂自己的人，是她自己认为最幸福的事。

　　玉兰大姐个性率真无邪，没有一点儿作家的派头。大家都喜欢叫她"大姐"或者"兰姐"，亲切得都像自己的亲姐。兰姐对人热情仗义，喜欢喝点儿小酒，豪气豪情满怀。你若相邀对酌，她一定会说"我请"。拳拳之心，赤诚相见。你看她双手抱拳颔首之后，双手捧碗，豪饮畅喝，不推三阻四，大碗喝酒，大块吃肉，酣畅淋漓，颇有好汉之风度。但其大大咧咧后面，也有其小女人温柔细腻的一面，一封情书大赛《七夕飞笺》阅读量突破二万六千，款款柔情，落笔随心，爱浓情融。

　　一次去医院检查，医生嘱咐其勿喝酒吃肉。其发文痛述，"假如不能喝酒吃肉，我还有什么过头？"虽然是虚惊一场，但至情至性至真，一览无遗。我有幸在阿紫微信群和她零距离接触，她刚直不阿的脾气，疾恶如仇的性格，淳朴善良的心，时刻敲击着我们的心房。她的话语文章，充满了对幸福生活的向往和对文学创作的热爱。

　　如今，她已经是江苏省作家协会会员。著有长篇小说《沈小菊》，获第二届郑板桥文学奖；短篇小说集《大沪庄》；非虚构纪实性叙事散文《玉兰和她的孩子们》，入选2019年泰州市文联里下河生态写作计划，获第四届施耐庵文学特别奖，2020年获泰州市政府文艺奖。她用自己朴实无华的文字，续写新篇章。她一边深耕自己的文学梦想，一边在顾庄创办了阿紫教育培训班，把一个个水乡的孩子，送上了人生的快车道。无怨无悔，乐于奉献，以一腔慈爱，精心呵护未来的花朵，传播文化内涵，让自己的人生价值，再次体现。

　　王玉兰她认为做的最有意思、最开心、最得意的事就是培训了这些孩子。相信多年之后，水乡大地会出现更多的"玉兰花"，群芳竞艳，熠熠生辉。

　　她，不自高自大，追求本真的初心，怀着一颗感恩的心。在她的感召下，她的"阿紫文学沙龙"微信群，聚结了一大批草根文学爱好者,其中有不少文章,不时见报、上刊。小草也开花,聆听大自然的声音。

她的写作风格,书香人生,越来越丰盈。她,自强不息,与人为善,有着平凡、执着、奉献、忠诚、淳朴的新时代精神,用心谱写了一个水乡人的人文情怀。

她,婉约兰花,芬芳水乡,激荡里下河。她,一树玉兰花开,一路香馨阵阵,馥郁味浓,摇曳芳姿。她,以一种一往无前的勇气,独特的气质,尽显了里下河时代风韵。

3. 夏所珍的《藕垛》

王玉兰

最早知道夏所珍,是2016年3月,哪一天记不清楚了。我有个老同学,是她表弟,发给我两篇文章《看电影》《牛官乔嗲》。我一看,仿佛看见了作者的样子:恋家乡,爱家人,朴实无华的一个农村女子,油然而生一种亲切感。毫不犹豫推荐给唐中学弟韩平小,让他在戴南在线的戴南文学栏目推发。随后又加了夏所珍微信,看着她一篇接着一篇,写到今天,终于捧给读者一本散发着泥土清香的散文集——《藕垛》。

夏所珍的作品,每一篇都离不开她的家乡藕垛。《情系藕垛》《藕池村》《藕垛的桥》《藕垛有个四十三》《藕垛的大庙——碧云庵》……你只要读过《藕垛》,这个流传着七仙女故事的美丽乡村,会让你有一探芳容的好奇心。夏所珍说起藕垛的前世今生,如数家珍。"藕池村从牛子、藕丝垛、藕垛、藕池到藕杭村,这么多年来,村子的名字一直在变化着,但不变的是藕池人的淳朴和善良,还有勇敢和勤劳。藕池对于藕池人来说,它已经不是一个村,而是一个家,一个充满温馨而又和谐的家。"

《藕垛》这个家,既是夏所珍的娘家,又是夏所珍的婆家。她怀着满腔热情,写了她青梅竹马的学长龙哥哥,炸炒米勤劳致富的父亲,外公,奶奶,麻婆嗲嗲……三姨娘六舅母,娘家婆家的人,依次登场,把水乡人的淳朴勤劳,善良友孝展示得淋漓尽致。《遇见爱情》中,那个"穿着白色的确良小褂,卡其色长裤,声音轻缓却有着磁性"的龙哥哥,经过三十多年岁月的验证,成了一个"认认真真做人,踏踏实实工作,积极向上且又十分顾家的老公"。《炸炒米》的父亲,"在1976年,成了村里的第一个万元户",建成了村里第一幢楼房,给了孩子们一个幸福的童年。从这样的家庭长大的夏所珍,从小就是不甘落后的"翻腔猴子"。她初中毕业后,学过缝纫机,开过服装店,随着时代发展,她还经营过移动公司充值业务,做过煤炭和不锈钢生意,现在一边写文章,一边守着她的公司:替人代账。每个星期必有两天,参加慈善公益活动,然后马不停蹄地写出新闻报道,在戴南成了家喻户晓的名人。

夏所珍之所以受欢迎,不仅仅是因为她勤奋,还因为她的文章接地气。她从来不故作高雅,去装什么上层人物,写那些自己不熟悉的上流生活,她生在藕垛,长在藕垛,她写她的家人,写她的乡亲,写藕垛的民俗和乡情,与其说她写的是藕垛,不如说她描摹的是一幅幅里下河风情民俗图。这部散文集,囊括了里下河水乡的春种秋收,老百姓的婚丧嫁娶,祖辈父辈土里刨食,后辈们好学上进,在城市化进程中,藕垛平常很少有人在家务农,更多的是故土难离的留守老人,也就有了夏所珍一趟趟回乡,一篇篇人物传记。我在欣赏她文章的时候,常常为她的孝行所感动。她用文字,用行动,传播着真善美。

有话你就说出来,有故事你就讲出来,有感情你就抒发出来。没有人天生就会写文章。夏所珍之所以能写,也是从小练出来的。她在《我喜欢所以写》中说,上学时就喜欢读书,喜欢作文。因为是家中长女,父亲常年在东北炸炒米,又逢分田到户,只好辍学帮母亲种田。但每月三封信,把家里的情况告诉父亲。后来结婚了,和"龙哥哥"两地分居,每周一封信,洋洋洒洒,信马由缰,常常把信封都快撑破了。每次都超重,邮局的工作人员,不相信这鼓鼓囊囊的都是信,怕是夹带了东西吧,以至要求她,拆开信封检查一下。正是这种勤读勤写,练就了夏所珍现在倚马可待的文才。

每个写作者,不管有意还是无意,总会用很多笔墨去描绘自己的家乡。鲁迅写过鲁镇、咸亨酒店、三味书屋和百草园;莫言的高密东北乡;贾平凹的商州系列;沈从文的湘西世界;毕飞宇的王家庄,都因为这些作家而闻名。我相信,藕池村也会因为夏所珍的《藕垛》,赢得世人更多的关注。

4. 串场河边的土味情话

王玉兰

几年前我在微信上看见一篇小小说——《宝圣嫖婆娘》，写得风趣幽默，就关注了这个作者，还发了一个朋友圈，前面加了一句由衷的赞美：这个袁正华，写得好！

后来，他的文章看多了，自然就加了好友。知道他是戴窑人，住在串场河边，比我小几岁。高中毕业时，因为体检不合格放弃了高考，后来和一个女同学成了家。他代课、种田、打工、看书、写文章。他的人生，和我有几分相似，便莫名地对他有点儿偏爱。他的公众号，只要一更新，我会在第一时间认真阅读。

《彩云妹子》这本小说集中，包含两个中篇小说、七个短篇小说和九个小小说。不论篇幅长短，每一篇都写得引人入胜，发人深省。

袁正华很勤奋。最近几年，他跟着建筑队，走遍了大江南北。不管是酷暑还是寒冬，工作之余，他都不会让粉丝久等，他公众号《串场河边》的更新速度是常人不能比的，不但数量多，质量也很高。

袁正华有写小说的天赋。他的小说，题材广泛。有写爱情的，有写人情的，有写风俗的……世间烟火在他的笔下有着暖烘烘的温度，一个个人物、一桩桩事，仿佛就发生在自己身边，既形象又典型。《彩云妹子》中，有纯如香草清新而浪漫的爱情，有惯以自我为中心的自私"爱情"，有以下半身思考的动物性爱……每一个故事都独出机杼，意料之外而又情理之中。

《串场河之痛》中，作者使用了很少见的 AB 角笔法。第一人称的叙事方式，既让读者有一种代入感，又更大程度从男女主人公的心理活动铺排开去，叙述了一个凄美的爱情故事。《做茧》中的主人公贾佳明，因为找对象的时候，高攀了邻村总账会计的女儿，在妻子梅影面前,一直抬不起头来。为了找回男人的面子,他从在一起打工的兄弟项贵的老婆兰英、自己的侄媳妇秦秀丽等女性身上,寻找突破口,步步为营,从征服中找寻一点儿变态的自信。因为自身的狭隘,把原本可以美好的人生变成一座与世隔绝的囚笼。

袁正华有敏锐的观察力。他在《彩云妹子》一文中,讲述了四个因生活所迫、半推半就,被"媒人"卖到串场河边做新娘的云南妹子:菊香、梁慧、红梅、苍兰,她们在串场河边的生活可圈可点、可叹可赞。

菊香为老德明家生了孙子,被一家人捧为功臣,她在串场河边的路,走得艰难而坚定,最后靠养螃蟹发家致富。梁慧就没有这么好的命,她生了个女儿,婆婆慧芳处处为难她。直到她无意撞破了婆婆的奸情,才一下子"翻身"。红梅把自己"卖"到水根家,想着斩断与香樟的情缘,得几个钱,让弟弟完成学业,自己死心塌地在串场河边好好过日子。可是她遇人不淑,遭婆婆挤对,丈夫打骂,逼得她走投无路,最终跟青梅竹马的香樟远走高飞。有人的地方就有左中右。苍兰也是一位半卖半嫁过来的彩云妹子,她不安于室,先与有妇之夫德高勾搭,后来因为一条项链没有要到手,竟然与年龄悬殊的养鱼老贵勾搭成奸。最后,因为好吃懒做,成了失足妇女。

四个不同的彩云妹子,四个不同的家庭,不同的结局,作者用敏锐的观察力,把一个个男人女人写得栩栩如生,有血有肉,让读者过目不忘。

袁正华是个有思想的作家。他的《驯舅》给读者提出一个问题:面对长辈的无理要求,应该怎么办?《怂人》其实不怂,老宋也有脾气,面对无休无止的加班,他也敢说不。可是想想老病的父母,等着花钱上学的女儿,他只能做个怂人。

不管是殉情的痴男怨女,还是偷情红男绿女;不管是恶婆悍妇,还是宵小刁民,作者都没有从表象上去简单判定好坏,而是赋予了他们尽可能大的人性和道德空间。在这些小说中,作者大多以串场河为背景,在铺陈情节的同时,不着痕迹地描写了串场河水,从清到浑,从浑到清的变化。其实,这是用一条暗线,从小说的角度,客观反映了改革开放四十年，包括串场河边在内的广大农村经济发展轨迹：贫穷—发展—污染—治理—小康。

　　袁正华的小说乡土气息浓郁，自成一派。读者和文友们提起串场河，就想到了袁正华。这本小说集，既有荷花淀派的清新脱俗，又有山药蛋派的古朴乡音。作者用他自己的土味情话，表达了对故乡串场河边的爱与思考。袁正华戏谑自己是串场河边的公交车司机，写的是一部串场河边的野史。其实，说他是串场河派的领军人物，当之无愧。

　　有的小说，读过了就像喝了一杯白开水；有的小说，品过了就像喝了一杯清茶；《彩云妹子》绝对是一坛坛好酒，有清凉开胃的，有香醇绵长的，还有麻辣醒神的……每一篇都让读者觉得余味无穷。

5. 玉兰花开

张巧生

《玉兰花开》，这个原是本土作家王玉兰出版的第三本书的书名，不知何故，改成了现在的《玉兰和她的孩子们》。

曾经很长一段时间，我对这样的改动耿耿于怀，玉兰花开，多么富有诗情画意，而且暗合其名，用作书名，真是再好不过。

存在就是合理，她接受了这近乎土得掉渣的书名，一定有她的道理。

闲暇时，再一次翻开她的小说《沈小菊》，从她的自我简介里，我确信自己找到了答案："做过农民工，玩过大船，卖过服装，年过五十，开始涉猎文学写作。"

不错，她就是一名赤脚走在田埂上的农村妇女，一个喜欢聆听"东家长，西家短"的邻家大婶。然而，这个在有些人眼里只能算是乡间一棵"狗尾巴草"的她，却开出田野里最灿烂的花朵。短短三四年的时间，她先后出版了长篇小说《沈小菊》，短篇小说集《大沪庄》，非虚构纪实性叙事散文《玉兰和她的孩子们》，入选2019年泰州里下河生态写作计划，即将出版。她的头衔也由兴化市作家协会会员到泰州市作家协会会员再到如今的江苏省作家协会会员，成为一名名副其实的作家。

让人尤为称奇的是，在她身上，曾经的经历或者曾经经受的苦难都成功地演化为一名作家的必要"准备"：做农民工时的吃苦耐劳，玩大船时的顽强坚韧，卖服装时的观察体验。

第一次知道她的名字，源于曾和她在超市一起工作过的一位亲戚无意的闲谈。说她人在超市，心在文学，而且还赶潮流有了一个名叫"阿紫"的公众号。

金庸的武侠小说我看得不全，好在《天龙八部》看过，依稀记得那个有点儿颜值但不乏阴险的名叫阿紫的少女。一个上了年纪、爱好文学的农村妇女选择用"阿紫"作为她的公众号,想必是有点儿颜值或气质,或者两者兼而有之,我曾这样想。

直到戴南作家协会成立后的一次小型聚会上,我才第一次见到她的庐山面目:圆圆的脸,胖乎乎的身材,你既不能把她和金庸笔下的"阿紫"连在一起,也无法把一个能把"大篮子"描摹得活灵活现的女性作者和她画上等号。

但从她在酒桌上展现出来不输男子汉的豪气,我似乎有点儿明白在金庸笔下众多的女性人物中,她特别钟爱"阿紫"的原因。

有了她的微信,我曾在一次长达四小时的晚自修时间里,完全沉浸在她所塑造的"沈小菊""杨水花"的人物世界里。我必须承认,这种欲罢不能的感觉还是在我上大学时看金庸的《天龙八部》,梁羽生的《七剑下天山》才有过的。

再后来,她通过微信发给我一张时隔三十多年的初中毕业照,她的老公,一个经常在她的随笔里被提及的"保安",一个被她揶揄甚至痛恨过的老樊,竟然是我初中时的同班同学!

我们的交流开始多了起来,从写作到生活,我们发现,我们的人生观有着惊人的相似!

正直,善良,不虚伪,不做作。

看到"文抄公",她像是眼里揉进了沙子,甚至不惜解散了经营多年的"阿紫文学沙龙"的微信群。

她的善良,更为无数人所称道。参加高邮市文联组织的"七夕情书大赛"拔得头筹,拿到价值不菲的奖品——戒指后,转手就捐给了"蒲公英"慈善协会,而且还赋诗一首:"戒指轮流戴,顺序不好排。捐给蒲公英,小爱变大爱。"

到南京,别人在游山玩水时,她想到的是到刚刚成立的江苏文学院,找找老乡毕飞宇,谈谈文学,谈谈创作……

她不喜欢求人,记得在她计划出版长篇小说《沈小菊》时,曾经在微信中和我谈起她经历过的人生坎坷和对文学的执着,让人为之动容。虽然我只能以一个学校图书馆馆长的便利,答应给她提供可能的帮助,她真诚的感谢也让我好不自在!

去年学校为"戴中读书之星"活动举行颁奖典礼,我邀请她免费来给获奖学生做讲座,她极其爽快地答应了。讲座受到了空前的好评,第二天,消息灵通的晚报记者以"农村妇女走上高中讲台"为题,放在了晚报的头版。

在《玉兰和她的孩子们》行将付梓的时候,我曾接到她的邀约,为她精选的十篇散文设计一些"现代文阅读"的题目,我没有丝毫的犹豫,反而感到是一种荣幸。

前不久,在我校高一学生的阶段性测试语文试题上,我选用了她的一篇散文作为"现代文阅读"的素材,当我把这个决定告诉她时,她高兴得像个孩子,再三向我表示感谢。

其实,真的应该感谢她:在生命的秋天,她活出了人生最精彩的模样,给我们同龄人树立了一根前行的标杆……

6. 眼前飘过的玉兰花

常 鱼

和贾宝玉不一样,"她",这个妹子我曾见过。"我",这个女子她没见过,在我还不知道她的名字的时候,就知道有这个人了。这一说已经是二十多年前了,有个拐了好多弯的亲戚来我家玩,不知咋的,谈到了这位亲戚的老同学樊恒国,说樊的妻子写得一手好文章!说实话,我是给一根红头绳,就能聊出一件毛线衣;让我谈红线女,我能把她聊出常香玉味道的人。但当时在那个小村庄,从来没有人和我聊文学,顿时眼前就有一位既像红线女又像常香玉的女子飘过。

和这位女子第一次见面,还是因为一位亲戚,这一次拐的弯不大,是我的一位舅舅,樊恒国租他们单位的房子开服装店。那时老樊的头还不像现在是"地中海",更像是直布罗陀海峡对面的非洲大陆,乌黑亮丽还带点儿卷,好像脸上还有个酒窝,声音也像自来水一样圆润和源远流长。我身在曹营心在汉醉翁之意不在酒地和他"砍"着一件毛线衣的价格。这时一位女子,细腰细夹的、细眉细眼的,从眼前飘过,小脸像个白果儿。

再一次眼前飘过这女郎,已经是二十年后了。那时老家有个戴南论坛,上面有个大兰子写的文章,文字很流畅,文风表面爽快,内里却有一种细眉细眼的别致。仿佛一个女孩子垂下眉头时很不经意,眉眼抬起来,韭菜叶子一样的双眼皮就出来了,仿佛杨凝式的《韭花帖》,那种略带隐忍的摇曳就出来了。

有人告诉我,这位宛如天下第五行书的女子,她的所有权属于樊恒国,她叫王玉兰。我一下子就想起来了,一下子终于知道了这个名字。自从喜欢上《红楼梦》,对于名字中带玉的就有一种莫名的亲切感,而越剧《红楼梦》中的贾宝玉、林黛玉的扮演者就叫徐玉兰、王文娟。兴奋之下,以至后来怎么加上好友的也记不得了,反正一切如同流水一般自然。

她的每一篇文章我都读过,这是除了我自己的文字以外绝无仅有的。有时候恍惚觉得,多年以后的人们,如果想知道现在的顾庄发生了什么,可能看她的文章会更有现实感。不可否认,我们处于一个前所未有的伟大的年代,文字资料、音像资料堆积如山,但是未来的日子里,真正值得一读的,可能还是一些文学作品。而王玉兰的文字,一定位列其中,可能不是荦荦大者,可能也没有王者之香,但绝对是韭花妙而成帖,野芳发而幽香。

王玉兰小说中出现的人物都是我身边的人,一伸手就能摸到,随时可以听得见他们的呼吸,形形色色的,每一个我都认得,他们的喜怒哀乐活生生地在我面前反复出现,我相信未来一定会有同样的人、同样的事反复出现。不可否认,她的小说有单线条和人性的复杂性挖掘不够深入之嫌,但能有人把我们的生活如此生动活泼地描绘出来,这些文字恰恰是我们这个地区一个个平凡人生的真实写照。

相对于她的小说,有时候可能更喜欢她的一些随笔,特别是有一篇关于她少女时代在管家村的文章,文字洗练得如同夏夜星空,繁星似锦,但每一颗星都不可或缺,少了一个字都觉得遗憾。此时此刻,中学时代的才女本色表露无遗,让我想起了二十年前,我的那个拐了好多弯的亲戚,赞叹的语气。

玉兰是隐忍的,同时也是适时而开的。这三年是一年一个台阶,一年一本书。先是县作家协会会员,然后是市作家协会会员,现在是省作家协会的一员。前年出版《沈小菊》,去年出版《大沪庄》,今年花开非同一般。所谓一生二,二生三,三生万物,这一次"玉兰花"带来了一朵又一朵"小玉兰花"——《玉兰和她的孩子们》。这些小玉兰花都是兰姐婆家的娘家的小孩,一个一个,都是玉兰从小学一年级带到初中三年级,纷纷都"飞"进了高等学府。长达十余年,她每天早上五点起床煮早饭,夜里不到十二点不会睡觉。王作家曾经自嘲道:"十多年光阴,我从王小娘子变成了王婆,十多年光阴,我的手一直没有离开笔,却从没为自己写一个字。但我从不后悔,我认为这些孩子才是我最值得夸耀的作品。我得到了老樊的呵护,我得到整个家族的拥护,我得到了孩子们的欢呼。我觉得我拥有了属于我自己的'三从四德'(得),我拥有了无憾的人生!"

　　对于写作,王玉兰可能只是无心插柳柳成荫,不成想从此就打开了春天的百花园。从此我们的玉兰姐,绽放在田埂上的"歌谣",会越来越嘹亮,越来越悠远。让每一个听过她歌唱的人们都余音绕梁,让每一个看过玉兰飘过的人们,都遗有余香。

7. 写在《玉兰和她的孩子们》出版之前
——记戴南作家王玉兰

孙爱晴

其实我想写她的念头已经有很长时间了，可是我一直不敢写，我怕写不好她，我怕我单一的文字不足以描述如此丰富的她，当她的第三本书《玉兰和她孩子们》即将出版时，我知道是时候写写她了，今天我更多的是想谈谈她这个人，因为书是人写出来的。

算起来我和她也是长达数年的微友（微信好友）了，偶尔点个赞，也知道她出过两本书，但从来没有交流。真正的关系深入应该是今年春天，看到她参加一个情书大赛，看了她写的情书，说实话当时就被打动了，我好久没看到如此质朴不造作的文字了，而且她的文字又是极其灵动和鲜活，让人看了辗然一笑。

那次情书大赛，因为比赛周期长，到最后已经不是情书比赛了，我想她其实是有些疲惫的，可是她不能且不敢放弃，那么多的亲朋好友和粉丝都在支持她，帮她投票拉票。那么多人真心地希望她能获得一等奖，希望她能拿到那枚价值六千八百元的钻戒，她也曾调侃如果能拿到这枚钻戒，让每个投票的人轮流戴一天，事实上是她最终获得了一等奖，得到了这枚钻戒，可是她却把它捐给了"蒲公英"慈善协会，她说这或许是对所有帮助她的朋友最好的回馈了。其实我多么希望她能留下这枚承载着很多人对她深深爱意的戒指，但我知道，或许那就不是王玉兰了。

起初我们看人都是看表象，我要说想了解一个人没有比看她的文章更透彻的了，文章更是一个人精神层面的显现。你以为她是粗线条的，可是我说她其实非常细腻。你说她是豪爽的，却也是极其柔软的。

打开她的朋友圈，你会看到她没有一般人所认为的作家朋友圈的高格调，甚至有些杂，那些小商小贩她帮着打广告，那些文章她认为写得不错的帮着转发分享，那些她认为有需要帮助的她都尽自己的力量去帮助。可是正是她朋友圈的杂让我看到了她的真实、可爱、善良。

她喜欢喝点儿酒，白酒。我其实很喜欢看到酒后微醺的她，带着点儿醉意，脸上泛出红晕，会露出少女般羞涩的笑，时光便一下子回到从前，让看的人也有些微微的醉意。这小女人般的情态会让人有短暂的恍惚，此时你会想那个大碗喝酒大块吃肉的是她吗？那个在短短一个小时内边带孩子边写出《五味调和百味香》，阅读量近三万的高考作文的人真的是她吗？没错，真的是她。你会看到她身上有最为明显的女性特质同时又具备男性优秀品质的格局和大气，就这么完美的在她身上重叠，所以一直以来她给我的感觉都是层次丰富的。

人其实都是具有两面性的，她大大咧咧、仗义的性格下深藏着一颗非常细腻、柔软、敏感的心，对一个人好会把她的心掏给你，即便别人不是对等地待她，却依然用一颗滚烫的心去爱护身边的人。别人对她的好她会记在心里加倍回报，我不确定这是因为她憨厚的性格还是来自内心的善良和教养，或许都有吧。其实谁暖过她心窝，谁陪她哭过，她心里明镜似的。

我发现一个很奇怪的现象，喜欢玉兰姐文章的人年龄跨度和文化层次跨度都很大，上至七八十岁的大爷，下至十四五岁的孩子，高至大学教授，低至初中生。这些丝毫不影响他们成为玉兰姐最忠实的读者。她的文章总是能打动读者，让读者共情，只要看过她文章的人便会一下子成为她的粉丝，我也承想这究竟是何魔力，这力量让那些受过高等教育科班出身的人都自叹不如。我后来想，哪是什么魔力，不过是她用最原始质朴真实的文字去书写最厚重的情感，不玩文字技巧和套路。而往往最朴实的才是最打动人心的。

她的公众号只要一更新短时间内阅读量就可以上千，要我说为什么会有这么高的阅读量，我只能说是她攒的，靠自己的善良、体贴、真诚、厚道攒的。

我不知道《玉兰和她的孩子们》是怎样的一本书，我依稀记得那天她得知这本书入选 2019 年泰州市文联里下河生态写作计划时发朋友圈说自己真没出息，哭了，感恩一路走来所有给她帮助、肯定、支持的人。她哭了竟说自己没出息，在我看来，这才是她呀，只有一颗易感的心才会感受爱、回应爱。也只有至情至性的人才能写出打动人心的好文章啊。

　　人活在世上难免有纷扰，何况现在她小有名气，人的心境有时会因外部环境而起伏波动，有些确实是让人意难平，但我看到了她硬是按照自己的体系活成了想要的模样，而我知道以后的时光里她将会更好，会越来越强大，这是我们都愿意看到的景象。

　　这个做过农民工、玩过大船、卖过服装，年过五十才开始涉猎文学写作，在报纸和自媒体上得到众多读者追捧的女人本身就是一个传奇。事实上是我明显感到写她有些吃力，文字功底不够，那样丰满立体的一个人我连她的"骨架"都没有展示出来，我以为也许只有读她的文章才能真正地读懂她。那么让我们还是通过阅读她的文章去了解她吧。

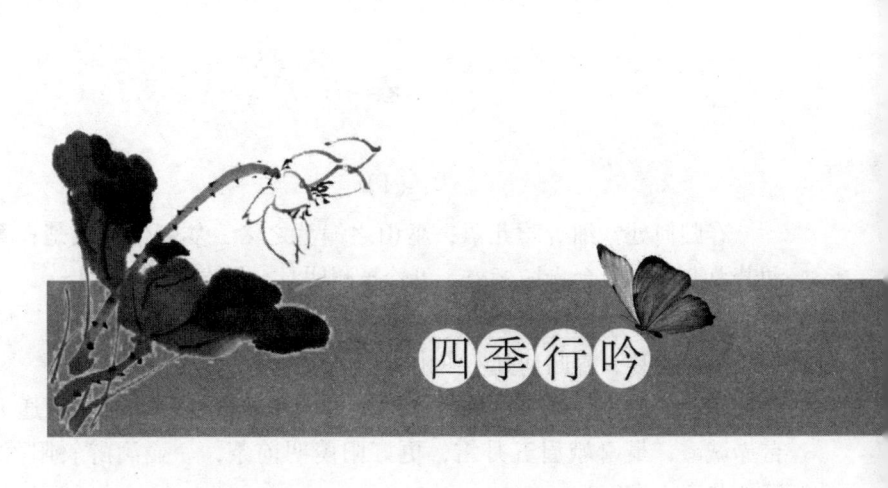

四季行吟

1. 孙正明诗词

春

（1）

春归何处？细听莺儿语；巫山之巅兰之渚，梦落烟雨三楚；潇湘芳草兼葭，天台赤城栖霞，可怜扬州明月，思春花落谁家！

辛丑暮春下浣四日学填词《清平乐·春归何处》。

今日立夏，春归何处？巫山之巅兰之渚！

春归何处思如麻，五湖烟水树参差，心念潇湘洞庭月，神通天台赤城霞；最喜峨眉五月雪，更好阳羡明前茶，一壶酒醉斜阳落，管他花春去谁家！

（2）

思春酒千觞，春去何方？浅夏鹭岛风犹凉，鼓浪洞天芳草绿，三角梅香；老友聚一堂，神采飞扬；杯中深浅语家常，酒生春色眉腮上，大醉何妨！

辛丑暮春下浣五日学填词《浪淘沙·相聚厦门》。

老友相聚，笑语满堂，相逢一笑，酒醉千觞，山高水远，情深谊长，知己难寻，大醉何妨！

（3）

鼓浪洞天波连云，风烟迷了渡津；徘徊彷徨鹭江滨；幽树含晴雨，花鸟思三春；老友殷勤劝我醉，醉了销魂伤神；阳关西出有故人；借得一春酒，足以慰风尘！

辛丑暮春下浣六日学填词《临江仙·无题》。

暮春初夏风烟匀，云天雾海酒千巡，香径幽树含晴雨，芳丛花鸟思三春；玉山醉倒眠高阁，阳关西出有故人，殷勤王母蟠桃酒，一醉江湖慰风尘!

(4)

离歌轻飞扬,把盏挥觞;满城花树一杯香,汽笛几声幽梦醒,酒入愁肠;窗外夜茫茫,山高水长;几丝春风几丝凉,人生如寄能几醉?真情难忘!

辛丑暮春下浣七日于高铁列车上学填词《浪淘沙·无题》。

舒心酒楼幽景堂,浅斟低唱酒几觞?几杯真情几杯醉,满城花树满城香;如寄人生醉几回?似水流年梦一场,怜取眼前花月酒,一路风雨下潇湘!

(5)

春去毋伤神,造化弄人;不夜城里无昏晨,舞池歌台少冬夏,四时皆春;明眸焕彩唇,薄粉轻匀;巧笑倩兮装清纯,蜂狂少年逐春去,管他伪真!

辛丑暮春下浣八日学填词《浪淘沙·无题》。

春来春去毋伤神,阴阳造化戏弄人,不夜城里日日欢,歌舞池中四时春;明眸皓齿点绛唇,巧笑艳歌装清纯,老成少年春梦醒,有意无意醉中真!

夏

(1)

云雾密易湿,窗轩涩难开;梅子黄熟落苍苔,冥冥细雨来;有约夜过半,无语酒相陪;心思幽筑馨香处,当窗人画眉!

辛丑仲夏下浣十日学填词《卜算子·无题》。

漠漠轻烟细雨丝,阴阴帘幕万家垂,迷失翠山云雾里,正是江南梅雨时;小筑临溪荷满池,柳荫当窗人画眉,难得明月过窗来,花心彩云展芳姿!

(2)

夜来雨暴中,电闪雷攻;惊龙狂起舞长空,搅得天翻山地摇,憔悴苍穹；雨歇晓湿红，东开鸿濛；卧听清露滴梧桐，留云借月田园醉，难忘英雄！

辛丑季夏上浣一日学填词《浪淘沙令·雨思》。

夜来风嚣雨匆匆，惊龙狂起惊雷隆；风嚣不止万物伏，电闪只见天地红；憔悴苍穹豪雨歇，精神田园醉意同，雄起山水园林间，老来风味怕瘦穷！

(3)

酒醒茅庐舍，三更半夜；荷香味扑小水榭，出梅入伏第一天，惊过半夏；弄人是造化，毋辩真假；万般皆是命定下，随缘天地逍遥去，一路芳华！

辛丑季夏上浣二日学填词《浪淘沙令·村居夜思》。

今天是官宣出梅入伏第一天，一晃半夏已讨！岁月蹉跎，造化弄人，弄人造化！万般皆是命，半点不由人！

酒醉酒醒茅庐舍，荷碧荷香小水榭，半堂闲月几杯酒，满庭清风大半夏；一点不由人做出，万般皆是命定下，莲花心上度风月，楞严经中诵年华！

夏安！

(4)

绿树红瓦房，滨海浴场；风情万种夜来香，销魂今宵雨云处，星眸微张；锵锵几人行？随波逐浪；把酒笙歌意疏狂，小醉蓬莱仙境里，夜雨潇湘！

辛丑季夏上浣五日学填词《浪淘沙令·无题》。

登临复远眺，碧出海峤；赤橙黄绿青蓝调，远山近树水云间，苍烟落照；相逢开口笑，男女老少；会聚青岛把鱼钓，漫天撒网老船夫，沧海一啸！

辛丑季夏上浣六日学填词《浪淘沙令·开会》。

青岛是个好地方，充满温情和水！元孚李总雅致，盛情款待，谢谢！

崂山千里又登临，道士日日复远眺，金木水火阴阳济，赤橙黄绿青蓝调；几人相知随缘起，一醉重逢开口笑，羞色容易惹人醉，流光飞舞由她俏！

秋

（1）

小桥流水黛瓦墙，碧云芳草绿荷塘；秋水长河千帆过，稻田垅上农夫忙；别墅边，古渡旁，信马由缰转斜阳；日暮苍烟云水间，赏风赏月赏秋香！

庚子菊月中浣五日学填词《鹧鸪天·游罗磨垛古渡》。

罗磨幽村，古渡河旁，青砖黛瓦，疏柳画墙；泰东河上，千舟竞发，稻香垅间，农夫正忙；信马由缰，一曲垅上行……

小桥流水黛瓦墙，碧云芳草绿荷塘，长河秋水千帆过，黄花村酿万家香；浮生若梦日月闲，好酒难醉滋味长，神游苍烟水云间，吟风醉月赏秋光！

（2）

月圆拾花寻芳，风冷买醉隆祥；小酒嗨起来，店小菜好酒香；花黄，秋香，酒酣醉入梦乡！

庚子菊月中浣六日学填词《如梦令·饮酒》。

月圆桂香浮，鬓白惊岁流，天涯同路人，能饮一杯不！

（3）

酒陈情浓人易醉，醉酒斜阳，花黄梧叶坠；日日酒里诉相思，酒醉深秋夜难寐；秋水横波眉黛翠，一枕秋香，梦醒人憔悴；云破月窥人未睡，踌躇红叶向谁寄？

庚子菊月中浣七日学填词《蝶恋花·饮酒》。

酒陈情深，小醉微醺，醉酒蝶恋花，身似临江仙！

酒陈情深人易醉，天冷风瑟寒叶坠，脉脉秋水望波远，片片红叶向谁寄？秋水横波眉黛翠，秋云春梦人憔悴，酒醒梦凉残月处，点滴露珠相思泪！

(4)

水瘦云漫，疏松老柳岸；多彩红霞焕楼馆，西风夕阳湖畔；神清气爽花黄，风轻林幽路长，一抹斜阳深深院，点点滴滴秋香！

庚子菊月中浣八日学填词《清平乐·游溱湖》。

朋友小聚泰州，相约溱湖，因故取消，吾携酒一人独游之，喜得半日闲欢，甚慰！

水瘦云漫老柳扬，多彩红霞焕楼堂，景移水转湖乡美，风轻林幽路径长；西风夕阳湖畔醉，神清气爽菊花黄，一抹斜阳深深院，醉风醉月醉秋香！

(5)

老柳青荷，西风夕阳；连天芳草未逢霜；丹枫万叶碧云边，黄花千点湖山庄；流水小桥，烟村画墙，万里霞云焕新妆；秋菊红叶堪图画，画展田园梦水乡！

庚子菊月中浣九日学填词《踏莎行·游溱湖》。

连天芳草碧荷塘，老柳西风转夕阳，浸湖红日半粘云，藏书楼阁未沾霜；丹枫千叶似二月，黄花万点胜春光，绝胜烟霞水乡风，春色怎能敌秋香！

冬

(1)

暗香幽浮疏影斜，馨蕊浓淡玉雪遮，风动残柳惊栖鸦；天寒孤云思春梦，酒醉芳心去天涯，轻烟和月嗅梅花！

庚子冬月中浣十日学填词《浣溪沙·无题》。

夜读闲暇。望窗外梅花，凌寒独自开，花香四溢，清风散香，香随风飘，能及几家？

冰封江天雪无垠，梅放寒蕊弄精神，暗香幽浮月影斜，玉妃浓淡竹节真；几缕馨香破残冬，一树清友报春人，三弄梅花桓伊醉，占尽风流江山春！

(2)

日饮名士逢旧故,酒醉往事,不记归时路;梦醒蓝桥桃叶渡,惆怅千里斜阳暮;夜来舍得群里住,座上豪英,性雅多情愫;醉酒灯火阑珊处,醒来好梦应无数!

庚子冬月下浣一日学填词《蝶恋花·醉酒》。

名士是家乡一家酒店,舍得是朋友们的群,定期喝酒,也是一乐。

日饮名士逢旧故,酒醉不知归来路,浮生若梦又一醉,销魂好酒应无数;浪酒群英醉复醒,夜醉舍得群里住,醒醉春梦斜阳里,逍遥江海风流处!

(3)

柳老荷枯,水瘦云寒;霜天晓角悴心肝;可怜数九冬腊月,风雪潇潇路漫漫;几株玉妃,数点黄丹;梅姿雪态笑冬残;伤心最是春归时,万紫千红谁人看?

庚子冬月下浣三日学填词《踏莎行·无题》。

夜读,思及一同学溺水而亡,叹生命之脆弱,人生之短暂,痛惜之余,学填词踏莎行一首以纪念之!

老同学,一路走好,天堂没有痛苦!

柳老荷枯风霜寒,水瘦天冻烟云残,念兹同窗三年整,思及恨天千泪弹;都云梅花凌寒苦,不知世间行路难,伤心最是春归时,万紫千红谁人看?

(4)

天冻水缩,霜染傲菊;雪映梅花风敲竹;围炉煨芋残冬夜,静听西风东风逐;寄情山水,随心案牍;诗向无字书中读;造化神奇夺天工,草庐馨香胜金谷!

庚子冬月下浣四日学填词《踏莎行·无题》。

夜读闲暇,偶感古人读书有味,书中能读出豪宅美人来!不信,你看:读、读、读,书中自有颜如玉,书中自有千钟粟,书中自有黄金屋。思及古人,读书之勤奋,今人不及!

好学挂角负薪束，腹有诗书不流俗，囊萤映雪出贤人，凿壁偷光省香烛；琼林宴赐黄金屋，诗书画有颜如玉，文脉万年谁来传？风流千古书相续！

朋友，在这温馨浪漫冬夜里，围一炉火香，捧一本好书，温一壶清酒，与贤人对话，不亦乐乎！

(5)

细烧沉水，慢弄丝弦；三叠阳关古今穿；几条杨柳万千泪，多少离恨在眼前；陶情小酒，寄兴红笺；风花雪月自在天；笑饮人生三万场，醉向桃源深处眠！

庚子冬月下浣五日学填词《踏莎行·无题》。

夜读闲暇，偶然想起王维的阳关曲，劝君更尽一杯酒，西出阳关无故人。思绪万千！几条杨柳万千泪，多少离恨在眼前！

几多人生几多弯，三叠离歌到阳关，一条杨柳万千泪，多少离恨古今间；风云变幻浮生梦，世事无常九连环，阳关唱到第四声，酒醉春江花月还！

朋友，冬安！

2. 我最爱的（并序）

徐国军

由于太专注工作，也由于自己一直骑自行车，回家的次数少了。每次回家看望母亲，都会接受她的质询：对学生怎样啊，不能打骂，要关爱，要学习自己的老师；我们家境穷，渔船上上来的，吃百家饭长大的，要有机会就接济人家；对媳妇要好，人家来过日子的，不是来受气的。我笑着面对，母亲怪我不严肃，我沉着脸接受，母亲怪我学了脾气。我只能耷拉着脑袋装虔诚。王玉兰老师布置了同题作文，心有感焉，遂诗一首，敷衍充量。

>我最爱的
>妈妈 就是您生气的样子
>一脸的状词
>写着儿大不由娘
>然后看我委屈成您身边的那只猫
>耷拉着一身的神经
>听您矜持地唠叨唠叨
>
>我最爱的
>妈妈 就是您生气的样子
>一脸的状词
>写着自己的儿子成了"黄世仁"
>然后逼着我公开微信捐助清单
>看我惶恐的样子
>听您说穷人的孩子要记得百家饭

太阳花

我最爱的
妈妈 就是您生气的样子
一脸的状词
写着等待我来时的鸣诉
我看着我在您脸上刻下的年轮
母亲 您生气的样子
心疼却让我幸福一生

3. 二月，平

韦巍

（1）二月，平

山丘懂事，不高不低
所有的油菜花刚好够活过来
麦苗，还是未发育
清澈得要命，小河不适宜任何密谋
鱼刺和鱼脊骨都偏软

无闲事，也无忙事
老村庄现在无须谋生
整个节气没有风浪，麻雀没有惹是生非
没神怒目，没人低眉
二月，平
阡陌纹路清晰
让虚弱的万物可以放心抵达

（2）一棵年轻乌桕树的难过

袒露。一棵年轻乌桕树的难过
灰喜鹊来了就走
没有照顾到它的漂亮果子

停歇。要怎样才有意义呢

水在潭里打坐
那些溢出的，不会开悟

如果黄昏执念，黎明会不会原谅
一匹黑马和一朵白云
私下交换姓氏

哪座山头的风，不是春天
哪座山头的春天，不是风呢

（3）年轻的火苗

年轻的柴火，火苗多年轻呀
欢呼雀跃
噼里啪啦的响声
干脆利落
森林周围的光也十分炙热
尽是些想做火苗的人

群山是智慧的，会为一声自由的鸟鸣
也聚拢过来

4. 爱的传递

顾红干

（在牵手中成长，在牵手中感恩，在牵手中传递爱的力量……）

外婆的手是片小小的树林
我是一只快活的小鸟儿
每天在树林子里
叽叽喳喳地幸福成长

早晨
阳光笑眯眯地对我说：
小宝贝快飞上枝头
咱们该上学啦
小树林弯弯身子伸出膀臂
轻轻走来拉起我的小手
啊呀，多舒服的小树林
多么温暖的摇篮
到校门口了我却舍不得离开
小树林直起身子松开手说：
小宝贝拜拜，外婆放学来接你

晚上
我一个人不敢入睡
赖在小树林里一个劲地撒娇：
今晚留下陪我睡可不可以？
树林轻轻拉起我的小手

放在心口亲了又亲
讲起了《豌豆公主》的故事

慢慢地我睡着啦
梦里外婆的手上爬满了皱纹
正一天一天老去
眼前却出现了一片高大茂密的森林
我一下子找不到
曾经让我快乐的小树林
惊慌失措地大喊起来：
外婆，我要我的小树林

这时
身后远远传来熟悉的声音：
孩子，我必须放手
你要学会长大
你看天空那么高那么蓝
你该飞向美好的明天
那儿才是你梦的彼岸

若干年后
外婆走不动了
我成了外婆手里的一根拐杖
把爱去传递

5. 梁祝

常 鱼

同窗（一）

我们一起读经，一起写字
每一个笔画都一样，都不一样
意思却很明显
就是没有什么意思

你起身告别，和昨天一样
我低垂着眉，嗯了一声
不能望其项背
项背太美了

同窗（二）

你是世界上最无辜的人
不管多难的题目
你都能给我讲解
我想的是什么，你却不知道

每天都是新的，不厌旧
我们两人之间
就是人间

相送（一）

此后无数不眠的夜里
总弥漫着你的香气
你的味道，也是一种道
我若入眠了，便是入道了

你所有的话，我都懂
懂了以后，再说不知
我是属猫的
其形如虎，胆小如鼠

相送（二）

我是小学生，班上最小的学生
手也小，也白，也巧
我是小白菜，青白之年
白也由你，青也由你

所有的比喻，都不及你
你是一只呆头鹅
总是叫着
我——我——我

楼台会（一）

见到你不容易
见到你不容更改
白天是你，黑夜是你

黑白分明是你

弯月如弓,想你似箭
弯月如眉,想你是眼
眉眼永生永世
只能两两相望

楼台会(二)

楼台很高,楼台很大
但我们可以搂在一起
什么话都可以说
什么花都可以开
我是从你身体里长出来的

我们代表月亮的心
我们十指相扣
手心也是心
我们心心相印

化蝶(一)

这一次,真的睡着了
你还坐在我的前面
老师在讲课
我在看你

一只蝴蝶,停在你的双髻
记不得是在左,还是在右
记不得

蝴蝶是谁
谁是蝴蝶

化蝶（二）

早知道可以飞
上课时就可以飞出去
我们可以一边飞
一边聊天

碧草青青花盛开
彩蝶双双久徘徊
小心翼翼
梁兄，请了

6. 爱情袈裟

沈 杭

很想和你说说话
放不下心里头
失落与牵挂
很想和你说说话
不知道应该从
何处表达
绵绵的丝雨
弹奏飘逸的头发
风中的蝴蝶
亲吻盛开的鲜花
一个叫漂亮
一个叫潇洒
仿佛天地间
只有你我
没有其他

很难和你说说话
经不起凡尘中
瓜田李下
很难和你说说话
撑不住如梭的
岁月积压
雨后的彩虹
不再现往日的光华

风中的惦念是
抛种在月亮上的庄稼一个是自然一个是神话
谁知红尘中
哪里种豆
哪里种瓜

挥去无奈的爱念
打开思绪的枷锁
剪下那片云彩
贴上蝴蝶花儿
线穿两行泪珠
编织成
爱情袈裟

7. 兴达之歌

　　　沈　杭

兴达 兴达
一丝丝帘线
连接四海传佳话
兴达 兴达
一双双巧手
编织生活美如画
看吧 穿梭的帘线
有条不紊谁也不落下
听吧 机声轻吟
清洁节能现代化
兴达人建兴达
艰苦奋斗度春夏
兴达人创兴达
不断跨越闯天下

兴达 兴达
一份份热情
温暖民众成一家
兴达 兴达
一身身汗水
洒遍神州闪光华
看吧 共奔小康
擂鼓扬鞭驰骋千里马
听吧 赞歌高唱

响彻云霄迎彩霞
兴达人建兴达
艰苦奋斗把根扎
兴达人创兴达
不断跨越意气风发

兴达 兴达
一颗颗红心
永远都听党的话
兴达 兴达
一肩肩责任
相携不分你我他
看吧 乐于奉献刻苦钻研
再大的困难也不怕
听吧 步调一致
飒爽铿锵多潇洒
兴达人建兴达
艰苦奋斗兴中华
兴达人创兴达
不断跨越报国家

兴达人建兴达
艰苦奋斗度春夏
兴达人创兴达
不断跨越报国家

8. 传奇

沈 杭

第一次见你
就不一般
过眼的风景
不求不贪
第一声问候
虽然简单
平静的湖水
荡起波澜
一直敷衍自己
腾不出时间
发现了你
才知道什么是孤单

想你时 羞答答
遮遮掩掩
想你时 沉甸甸
欲诉无言
想您时 脆生生
腼腼腆腆
想你时 甜滋滋
情愿心甘

再一次相遇
已沧海桑田

太阳花

熟悉的双眼
陌生而平淡
再一次回首
怎么能释然
奔涌的心胸
摇曳着孤帆
一直坚持的信念
已烟消云散
茫茫人海
谁能算英雄好汉

想你时 风飘飘
缠缠绵绵
想你时 雨滴滴
流水高山
想你时 路漫漫
沟沟坎坎
想你时 月蒙蒙
苍天可鉴

一次次回眸
凝望那秋归的鸿雁
一次次回避
剪也不断 理也还乱
一声声寻呼
还会在哪儿连线
一幕幕心海里的传奇
至今
你还是主演

后记

我们盛开过

王玉兰

一次和曹峰峻老师闲聊,告诉他,我已经在自己的"阿紫"公众号上帮文友们推发了七百多篇原创作品。曹老师说:"你们可以选一些质量好的文章结集出版啊!"

我们"阿紫文学沙龙"里有一百三十多位文友。我当初用自己个人的公众号,替文友们推发作品,是因为有些文友写了文章没处发表,心里着急。文章写了,都想有读者,能被更多人阅读,而我的"阿紫"公众号,已经有了五千多位粉丝,有一定的读者群体。

记得刚开始做的时候,因为文友们水平高低不齐,有好多人原来只是我的粉丝,后来在"阿紫文学沙龙"里,大家一起写同题,文友们越写越好,许多人登上了家乡的报纸副刊。我们"阿紫文学沙龙专辑"一亮相,就遇到了一些嘲讽。戴南文学的一些前辈看见了,立即支持我们。记得李明官老师给我发来一篇散文,说投稿"阿紫文学沙龙专辑"。华干林学长和沈培林师兄也纷纷为我们站台,积极投稿。我才有了信心,才有了"阿紫文学沙龙专辑"的繁花盛开。

一群草根作者,写作只因为自己对文学的喜爱,在狼狈的生活中,能摆一个优雅的造型,谁也没有想到要出书吧?我试着把这个话题撂到群里,没想到大家热情似火。我把结集出版的打算,向兴化市作家协会、戴南镇文联做了汇报,立即得到金倜主席和刘林主席的肯定和支持。泰州市评论家协会主席李明官老师,爽快地答应了为我们的文集作序。

文友们很快行动起来,自愿参加出版的,先自己选出满意的作品发给我,我又筛选了一遍,书稿就齐全了。袁正华老师、陈洪文老师帮忙指导大家修改;张巧生老师帮我分类整合;华正堂老师帮忙校对；舒眉、周春根、王春芳、沈杭等文友，在幕后帮我做了很多准备工作。向他们表示感谢。

  文友们讨论了好几天，才定下了书名为《太阳花》，这是沈培林老师参加出版的一篇散文题目，寓意深远。我们这一群草根作者，虽然从事的工作五花八门，但我们生活在里下河水乡，我们热爱这片热土，我们孜孜不倦地追寻，我们赤胆忠心地讴歌，我们不就是一片自由生长、竞相开放的太阳花吗？

  《太阳花》出版，得到了江苏新宏大集团有限公司陈爱民董事长、江苏星火特钢有限公司翟世先董事长的鼎力支持！在此，我代表《太阳花》所有作者，向戴南这两位有情怀的企业家，表示崇高的敬意和衷心的感谢！

  阿紫文学沙龙是个园地，是产业工人的精神家园，一朵朵小花静悄悄羞答答地开了。这一本《太阳花》，便是这个园子里结出的果实。风吹过，雨打过，我们来过；时光荏苒，岁月流逝，我们盛开过。

2021 年 11 月 6 日